Un chant sublime d'éternité

Audrey d'Aurore

Préface

Cette œuvre, ce roman je l'ai écrit pour répondre à une quête d'absolu. Écrire s'est révélé pour moi une aventure intense et exaltante. Je suis parvenue par le truchement de cette intrigue à résoudre mes énigmes existentielles et à satisfaire mon aspiration métaphysique, à ravir mon questionnement ontologique, à étancher ma soif de spiritualité. Lorsque j'ai amorcé cette entreprise, cette quête j'ai ressenti une paix intérieure dans la mesure où elle était en adéquation avec mon être intérieur. Je me suis alors sentie transportée et propulsée, poussée par une force mystérieuse et énigmatique. Le souffle d'une foi, d'une spiritualité m'a alors guidée vers des sentiers inconnus, vierges et purs, des rivages mystiques, des flots oniriques.

J'ai été aussi portée par une conviction, une idée limpide quant au dessein qu'il me fallait poursuivre. J'étais résolue à guider, à éclairer une humanité plongée dans le doute et parfois dans les ténèbres du désespoir.

Je voulais écrire un roman ouvrant la porte à l'espoir, à la vie, au rêve. Je voulais démontrer que tous les rêves peuvent devenir réalité par la force de l'espoir et de la foi. Je souhaite offrir un souffle nouveau à l'être qui se cherche spirituellement et qui demeure en proie à un questionnement inhérent à l'être humain.

La vie, l'existence peuvent se révéler belles, il suffit de chercher à côté de soi, de scruter, de décrypter les indices et finalement de parvenir à trouver son chemin, la voie de sa destinée.

Je voudrais aussi léguer de l'émotion, transmettre des sentiments qui divulguent, dévoilent toute la noblesse quintessentielle et la complexité humaine. Je voudrais aussi faire réfléchir quant au devenir, quant à demain. L'amour, la vie, la mort, la foi, l'élévation spirituelle sont des thèmes qui se déploient, grandissent, s'épanouissent dans cet abîme narratif, dans cet univers romanesque, dans cet abysse onirique, dans cet ornement fantaisiste et imaginatif. Cet hymne à la vie, cet éloge de l'existence, cette apologie de l'espérance, du rêve et de la spiritualité est communiquée, est dévoilée au lecteur avec la plus sincère transparence telle une lumière cristalline.

Les mots résonnent, tintent comme des sons qui nourrissent l'inspiration et traduisent les pensées, la liberté créative, l'affranchissement artistique.

Le lyrisme, l'énergie la plus pure se déploient au gré de l'inconscient de l'écrivain, au gré des caprices de ses pensées arbitraires et aléatoires, au gré du ruissellement verbal, de l'écoulement du fluide inspiratoire. Les mots jaillissent souverainement telles des volutes captivant l'esprit, pénétrant la conscience. Les mots, le verbe gravitent, nous encerclent et nous guident selon leurs lois autonomes et souveraines.

Ils sont la clef de toute communication avec les êtres, avec notre monde et sont aussi la clef de la transmission spirituelle par la prière et la méditation conduisant vers des virages transcendants. Toute pensée limpide se véhicule, se propage par des mots appréhendés et maitrisés.

Venez rejoindre cet univers de la plume qui côtoie des contrées verdoyantes, vierges, innocentes, fraiches, inhabitées et inconnues. Venez prendre contact avec une vérité inhérente à l'écrivain, un monde intrinsèquement lié aux rêves, à la spiritualité et à l'espoir. Venez rejoindre le souffle d'un vent doux, apaisant, un vent de mots insufflés à la conscience d'un auteur. Les mots vont, viennent telle la cavalcade insolite de la démiurgie. Laissez-vous guider par le pouvoir puissant des phrases, des mots, de leurs rythmes libres, de leurs courses folles, impétueuses et frénétiques. Ils sont vivants, vivent selon leurs règles souveraines, et impérieuses. Ils expriment toute leur indépendance, ils énoncent et exaltent les souffles liturgiques, le vertige des souvenirs, les résurgences du passé telle une magie effrontée. Ils libèrent l'avenir, ils éclairent, ils affranchissent, émancipent et décryptent les sentiments voilés. L'écrit est le langage universel de la paix pour une humanité en quête de repères, de racines et en proie à des réponses existentielles et spirituelles. Il décrypte les symboles de l'avenir pour préparer demain.

Le lecteur est alors plongé dans la vie quotidienne dans tout son prosaïsme où néanmoins la fantaisie, le rêve et la spiritualité s'entremêlent et se combinent pour s'unir à ce quotidien et ainsi le sublimer, le transfigurer. Il s'agit alors de démontrer que sciences et rationalité peuvent .fréquenter aisément la foi et la spiritualité. Cette intrigue délivre le reflet du miroir de la réalité pragmatique, pure, simple et stoïque. Le décor prend racine dans la vie « de tous les jours » avec sobriété et humilité.

Va, écoute la mélodie de la vie, prends part à la splendeur de la fête et, que ni les violons, ni les lyres ne cessent jamais de vibrer pour la vie, pour le monde, pour l'univers…L'art doit poursuivre son envol, il doit encore et encore charmer et lutter contre le désenchantement humain. Laissez cette œuvre, vous enivrer, vous griser telle la danse ondoyante des vagues marines.

Viens rejoindre l'écrivain qui amène dans le labyrinthe de ses pensées, dans son univers magique, dans ses rêves. Il emporte le lecteur dans son esprit, l'y invite et dévoile sa vérité, son essence, son âme et son être. Approche, chemine, n'aie pas peur, laisse-toi envahir, immerger par un univers empreint de mystère, de magie, viens pénétrer l'esprit de l'auteur, de l'artiste qui fait don, divulgue son monde intérieur, viens traverser ses pensées, sa voix intérieure. Il intériorise au creux de la vague, thésaurise, emmagasine et laisse exploser ses pensées afin de les extérioriser pour des heures fastueuses. Sa démiurgie prend genèse dans l'espace familier, dans la sphère prosaïque pour ensuite le faire voyager vers des rivages insoupçonnés et l'emmener au-delà de lui-même.

J'ai écrit un roman d'un genre quelque peu hybride et novateur dans la mesure où par le truchement d'une intrigue, d'un véritable récit s'entremêlent des passages d'introspection, des critiques philosophiques se rapprochant de l'essai mais sublimées par des envolées poétiques d'un style original puisqu'elles découlent d'une écriture automatique laissant libres les caprices de l'inconscient ou d'une inspiration immédiate. Mon ouvrage reste ambitieux, quant à son style fort personnel, à son originalité, sa forme et à son thème directeur : **la découverte de la spiritualité**.

Il s'agit d'une découverte de la vraie vie, d'un monde transcendant et d'une quête au cœur de soi-même...

Cette découverte, cette quête s'entrevoit et se parachève grâce à un registre fantastique. Le roman entretient le mystère et l'interrogation tout au long de l'intrigue. Ce texte est avant tout **fantastique** mais pose **des interrogations fondamentales** pour l'être, des questionnements métaphysiques jalonnent le roman. Les propos restent très universels et demeurent inhérents à l'humain. Ils proposent une intrigue à la fois mystique, fantastique mais prenant racine dans le quotidien, le prosaïque et se nourrissant du rêve. Le texte n'est nullement marginal ou déconnecté de notre monde, de notre univers du XXIème siècle et tente sans cesse d'humaniser son contenu.

Un constant entrecroisement de rêve et de réalité concrète :

Le va et vient dans un univers onirique et le retour au réel permettent d'enrichir, de nourrir la pensée et de la sublimer. Le rêve sert à transfigurer le réel mais n'empêche nullement de capter l'attention sur des vérités ou de formuler des critiques relatives au quotidien parfois déshumanisant. Il n'omet pas de cibler notre matérialité désenchanteresse ou notre conformisme inhibant la créativité.

Les envolées poétiques et oniriques :

Les envolées lyriques interviennent telles des pauses mélodieuses dans une comédie musicale, tels des instants musicaux dans un film, la musicalité poétique doit servir à transcender, transfigurer un abîme romanesque. Une peinture n'est-elle pas toujours empreinte de poésie, d'une suggestion musicale qui chante à la conscience de l'artiste ?

Une interrogation sur Dieu :

Dieu a toujours préoccupé l'homme, qui n'a pas, tôt ou tard, cherché la réponse ultime ? Qui n'y songe pas de temps à autres ? La jeunesse est une phase déterminante de la construction où les questions métaphysiques abondent, la maturité et l'expérience, le recul face à l'existence fait ressurgir inexorablement ce flot interrogatif au cœur de la conscience intime.

Indices :

Il s'agit d'une rencontre inattendue, impromptue mais inopinée entre un vieil homme et une jeune femme trentenaire. Ce vieil homme va lui relater une singulière, riche et aventureuse existence, tout en dégageant un mystère évident, puisqu'à aucun moment, il ne lui dévoile son identité.

...Extase de l'Infinie Lumière

Première partie : Rivière de l'espérance

« Sois loué l'Eternel, notre Dieu, Roi de l'univers, auteur de la lumière, auteur des ténèbres, » dispensateur de la paix intérieure, originelle, et universelle et origine de toute œuvre en ce monde. Genèse des œuvres humaines, belles, pures et nobles, l'homme émanant de la créativité divine.

Ces mots tournoyaient dans ma conscience, ces paroles, résonnaient dans ma tête, dans mes pensées. Je ne cessais de les prononcer, de les chanter, de les entonner. Ils me bouleversaient, je venais de découvrir une vérité belle et exaltante. J'étais enfin parvenue à la rencontrer. Ces mots étaient si harmonieux dans mon esprit qu'ils étaient telle une mélodie, telle une symphonie inconnue et mystérieuse, pareils à des notes d'une prodigieuse musique, des accords purs, doux, joués par un pianiste exalté et savourant son chef-d'œuvre. J'avais navigué enfin dans les eaux calmes de la sérénité, j'avais chaviré dans la rivière de la pureté, l'océan de la béatitude, le fleuve de l'extase, la mer de la félicité... Je ne cessais d'entendre cette musique vibrer dans mon cœur, les nuages de mon esprit nébuleux se dissipaient et laissaient place à un ciel clair, lumineux, bleu-azur... Saveur parfaite, couleur chatoyante, accords parfaitement harmonieux, étoffe de soie pure, douce, chaleureuse, réconfortante et apaisante.

Dieu a façonné le monde, a élaboré le cosmos, a arboré la vie et a honoré l'homme de sa vérité originelle, universelle, atemporelle et unique. Tel était le résultat de mes méditations et je n'ai jamais oublié jusqu'au crépuscule de mon existence cette révélation. La lumière divine avait atteint mon âme et avait illuminé ma conscience et mon cœur.

Les souvenirs sont parfois si puissants qu'ils ne meurent jamais et voguent dans le fleuve de la conscience tant individuelle qu'universelle, ils pénètrent notre âme, nous submergeant telle une révélation.

Nul ne peut destituer autrui de sa liberté et de son droit à une vérité sacrée et essentielle.

Le vent de l'espérance soufflait, me caressait le visage, cette brise douce et légère ressemblait à un souffle sage et apaisant, le drapeau blanc de l'espoir se hissait vers moi, cette étoffe m'enveloppait et m'emporta au-delà de moi-même.

J'aperçus soudain le seuil d'une existence nouvelle, je me trouvai à la croisée de deux voies possibles, laquelle devais-je emprunter ? Etait-ce le bon choix ? J'étais hors du temps, mais je détenais la clef de l'épopée. J'entrai dans la course du destin qui subitement s'accéléra et s'emballa. J'étais comme aspirée, propulsée vers un ailleurs...

CHAPITRE UN : Rencontre au cœur de moi-même

La rose pourpre du destin est en train d'éclore à la lisière de notre monde pour, un jour s'acheminer inexorablement jusqu'à nous et nous ravir de son parfum doux, capiteux, de paix et d'amour.

J'avais connu une ascension vers la lumière, j'étais passée d'une illusion sans chemin à un rêve absolu. Ce rêve demeurait et demeurera à tout jamais absolu et parachevé. Il existe des souvenirs si intenses qu'ils restent impérissables, ils ne s'effacent jamais et se gravent dans le cœur, dans la mémoire, dans l'âme. Cet instant ineffable marque la suite de toute une existence, le destin de toute une vie. Je n'avais fait que suivre la route de ma destinée, et ce sentier au début si escarpé, si tourmenté s'était métamorphosé en une ligne parfaitement pure et droite, impossible à contourner. Cette voie m'avait plongée dans un vertige onirique et réel d'espérance, dans un tourbillon exaltant de beauté. De fait, n'y a-t-il pas plus exaltant qu'un souvenir ?

J'avais été plongée dans une lancinante griserie flamboyante de bonheur. J'avais été attirée dans un ouragan extatique qui transcende la réalité prosaïque, la matérialité émergente, qui sublime la vie et qui scelle une vérité inaltérable, glorifiant le maitre de tout, couronnant la quintessence et l'extase du souvenir. J'avais connu une extase si puissante que toute ma vie en avait été bouleversée et magnifiée... Le souvenir parmi les souvenirs s'était imposé en moi, me gouvernait impérieusement et m'avait teintée d'une lumière cristalline et sereine. J'avais fait la rencontre du chantre de la vérité limpide, de la destinée qui ondoie prodigieusement vers une ère aurifère à la mystérieuse et singulière clarté enivrante de la vie et du bonheur. Une fraction de jours, la fuite d'une poussière d'heures, l'évanouissement d'une poignée de minutes, l'évaporation de quelques secondes, l'écoulement d'une infimité de grains de sable dans le sablier du temps universel a suffi à déclencher l'instant originel, l'instant crucial, le moment déterminant pour toute une existence. L'évènement de ma destinée avait vu le jour, ce qui devait être, était né malgré les péripéties, les obstacles, les évènements perturbateurs, pour franchir la porte du temps, le seuil d'une réalité transcendante et immanente. Or, j'étais devenue l'actrice de mes jours, je ne mesurais nullement l'étendue de ce qui s'imposait impétueusement à moi...

Cela fait deux semaines que j'ai entrepris ce nouvel emploi de rédactrice dans une compagnie d'assurance. Il s'agit d'une profession peu excitante et peu exaltante, mais pas, non plus, excessivement fatigante. Je n'ai pas le sentiment d'évoluer, de m'épanouir grâce à ce statut, mais je ne suis pas toutefois, malheureuse. Mes journées m'occupent l'esprit, néanmoins je ne pense guère que l'on puisse à l'instar de celles-ci soutenir la thèse selon laquelle le travail serait libérateur. Certains bénéficient de ce privilège, mais ils ne représentent qu'une minorité...Se lever chaque matin en étant heureux d'aller travailler reste bien rare ou peu fréquent, à moins que ce soit pour plaider, opérer, soigner, enseigner, vendre, concevoir, créer, écrire, chanter, danser...

Or, suivre les ordres, obéir, répéter les mêmes tâches année après année, ne pas pouvoir être autonome ni même pouvoir s'exprimer, pour gagner son salaire et ne pas être licenciée, use jour après jour. Connaître la chance de subvenir confortablement à ses besoins et de se sentir particulièrement utile à la société, au monde, se donner à lui, lui offrir une œuvre, une part de son être, de soi, semble demeurer une véritable bénédiction. Cependant, donner le jour à des enfants n'est-ce pas aussi offrir une part de soi, transmettre un miracle au patrimoine de l'humanité ? Ainsi, chacun n'est-il pas apte à créer, à apporter son chef-d'œuvre, et même, le chef-d'œuvre de sa vie ?

Offrir un être humain à l'humanité, n'est-ce pas prendre part à l'avenir collectif, au destin universel ? N'est-ce pas léguer un membre supplémentaire à la société mondiale qui inscrira son dessein, son œuvre même en apparence dérisoire, infime à l'échelle de l'humanité, mais tellement fondamental pour le projet divin qui échappe au mortel ?

Je ne suis peut-être constituée que de chair et de sang, mais j'ai des aspirations, une âme dans laquelle sont enfouies un foisonnement de sensations ou de sentiments confus ou contradictoires. Je me suis mariée tout en ignorant si c'est cela le grand amour. Je suis fidèle à celui avec qui, j'ai uni ma destinée par loyauté, par devoir. En revanche, il demeure un fort attachement entre nous, mais la passion ne m'a jamais envahie...Je doute que ce soit cela l'amour...Quand on évoque le don de soi en amour, pour moi cela signifie le sacrifice pour la loyauté. J'aimerais ressentir à nouveau brûler en moi le feu de la vie, de la jeunesse, de la passion et de l'insouciance. Je veux vivre, je veux vivre en conformité avec mes aspirations, je désire profiter de l'amour, des plaisirs que l'existence peut accorder. Je veux goûter l'instant présent, le savourer, sentir son parfum dans le creux de ma main, au gré de mon humeur. Je veux déguster les saveurs de l'orient, me délecter, jouir des douceurs exquises des fragrances de l'Asie.

Je veux me sentir vivante, respirer le souffle enivrant et enchanteur d'un vent doux, caressant ma peau et embrassant ma chevelure emballée. J'ai vécu trente automnes, trente hivers, trente printemps pour attendre l'été. Viendra-t-il ? Est-il déjà venu ?

Je suis troublée et perdue à ce moment précis dans le voyage tourmenté qu'est la vie. Je n'ai pas tant vécu, je ne sais pas tout ou une infimité dérisoire, j'ai tant à apprendre, à découvrir. Je ressens cette soif, cette frénésie contre lesquelles je ne puis combattre. Je désire flirter avec l'inconnu, l'embrasser, le toucher, le saisir et le capturer. Je souhaite inscrire ma présence dans l'horizon, laisser mon empreinte dans l'espace-temps universel. Je désire découvrir la vraie vie, peut-être me manque t'il une once de spiritualité : breuvage nécessaire à l'épanouissement d'un être en perpétuelle recherche de la vérité, du sens de son existence si morne ou si insignifiante à l'échelle de l'humanité.

Hier, dans la pénombre crépusculaire, au seuil du sommeil, d'un sommeil tourmenté par la vacuité de mon existence, j'ai amorcé une réflexion intense et pénétrante. Je vivais ma vie dans un obscur sommeil puissant, interminable, inextinguible, insatiable, inassouvi et avide. Je me rendais compte que je n'étais qu'un grain de sable, qu'une poussière qui devait parvenir à se frayer un chemin, à trouver sa place, à s'incérer, pour enfin s'imposer.

J'étais depuis naguère en quête d'absolu, assoiffée d'action, je souhaitais faire partie de l'engrenage de la vie universelle, en être un des maillons. Toutes ses idées envahissaient mon esprit comme une fièvre qui s'était emparée de l'essence même de mon être, de mon organisme.

Je ne parvenais plus à rasséréner mon âme. C'était trop tard le destin ou la providence allait opérer. Je n'y pouvais plus rien, des vertiges m'accablaient, les rêves de liberté tourbillonnaient dans ma tête. J'étais comme enivrée...Dès que je fermais les yeux, des sensations confuses déferlaient en moi. J'étais à présent gouvernée par mes sentiments. Etait-ce folie, légèreté, jeunesse, frivolité ? Les pensées, les mots dansaient, voyageaient à travers mon imagination. J'expérimentais des sensations exaltantes, confuses alimentées par une source inconnue dont j'ignorais la provenance. S'entremêlaient lassitude, fatigue, impuissance en moi, puis se rencontraient, se chevauchaient, s'entrecroisaient alors désirs de liberté, d'aventures, de découvertes. J'étais plongée dans un océan de confusion, d'insatisfaction, en quête de moi-même comme avide et sans espoir.

Je trouvais la vie si prosaïque, si froide, si insipide, sans saveur, sans couleur, exempte de tout rêve. Je cherchais, je scrutais inlassablement, j'étais en quête mais je ne parvenais à savoir de quoi.

J'étais perpétuellement troublée, des sensations d'angoisse, de claustration s'emparaient sournoisement de mon être. J'étais envahie irrémédiablement par un virus nommé mélancolie.

Des impressions d'inaccomplissement et de frustration s'entrecroisaient puis laissaient place à un souhait d'affirmer mon identité, de me libérer, de m'affranchir, de m'émanciper enfin dans l'existence.

Je ne voulais plus subir les soubresauts inopinés, fortuits, brusques et surprenants de la vie, mais les anticiper, être active, vivante Je souhaitais prendre part à l'action des événements, tous, auparavant, toujours plus aléatoires, tous, toujours émanant de la passivité, d'un hasard arbitraire, d'un lendemain, sans attentes précises et d'un avenir voué au gré du temps, au caprice imprévisible de la vie, dirigée quant à elle, par le vent de l'imprévision. Cette soif inextinguible ou cette faim insatiable me gouvernait et m'habitait inlassablement depuis fort longtemps, depuis mon adolescence voire ma tendre enfance. Je rêvais de sentir couler dans mes veines, la vie, l'impatience, la jeunesse, la passion au goût de l'existence frénétique et hâtive.

A présent, me voici rédactrice, ce poste ne m'enchante guère, mais je ne brigue pas pour autant une promotion qui me donnerait davantage de responsabilités. J'ai à mon actif grand nombre d'habitudes dont je ne peux me défaire facilement. Or, un emploi accompagné de charges supplémentaires ne me tente nullement .L'excès de responsabilités génère surmenage, angoisse et anxiété malgré une effective et substantielle augmentation salariale. Je me suis habituée malgré mes nombreux rêves chimériques à ma petite existence, à mon confort, à cette vie si simple.

J'aspire au changement, mais je pense manquer de courage, de véhémence d'impétuosité. L'ardeur et l'audace me font défaut ou peut-être est-il question également de paresse ? Peut-être ai-je peur de l'aventure, du renouveau bien que paradoxalement je le souhaite impatiemment et désespérément ?...Peut-être redouterais-je étonnamment ou étrangement, de me plonger dans un singulier inconnu que je ne puis maîtriser, dans un imprévisible propice à l'anxiété mais si excitant ?...

Néanmoins, je pressentais comme un présage, une intuition, un pressentiment que ma vie allait basculer, que prochainement ma vie serait bouleversée. Je ne cessais de le voir dans mes songes...Un homme, une silhouette m'appelait, moi, la banale, la commune Laura.

J'entendais sa voix, je sentais son délicieux parfum, sa voix m'emportait, m'attirait, et m'envoutait même. J'interprétais cela comme une forme d'auspice ou d'augure qui m'était envoyé pour me prévenir.

Vers 18 heures, en achevant ma journée de travail, ma journée lassante, monotone, routinière, j'avais pris l'habitude d'aller déguster un café avant de retomber dans l'ennui perpétuel et destructeur. Je me permettais cette fantaisie avant de rentrer chez moi, le soir. Effectivement, avant que mon mari ne revînt plus tard, j'exécutais cette tâche que je trouvais inintéressante, mais nécessaire et obligatoire pour pouvoir vivre agréablement et avec équilibre: le fameux ménage qui, parfois, peut évincer ou même, éloigner, exclure tout enchantement, toute magie ou poésie à ce quotidien usant par son manque de charme.

J'ignorais à cet instant où je m'exprimais librement qui j'étais réellement. En revanche, la cuisine m'exaltait, cette dernière m'offrait une chance de voyage sensoriel au milieu d'une abondance de saveurs, d'odeurs, d'exhalaisons subtiles et majestueuses. J'exhalais, j'exprimais exceptionnellement et miraculeusement alors, toute ma créativité, tout mon amour de la vie, de l'art.

En somme, elle réunissait tout ce qui constitue la noblesse et la grandeur de l'homme. J'aimais inventer, innover dans le dessein de ravir.

En outre, c'était pour moi, une opportunité de témoigner mon amour à celui qui partageait mes nuits depuis dix longues années, huit mois et cinq jours.

Cet art culinaire et gustatif propulse les sens dans une symphonie de couleurs. Le mariage des tons chauds de la cuisine orientale avec le jaune safran et le gris perle du sésame nous faisait tous deux trépigner de joie. Nous exultions après avoir exploré et navigué à travers les continents, ou les contrées les plus reculées. Cet exotisme nous emportait, nous transportait, nous plongeait dans un bain de jouissance, de délectation et d'enchantement. Notre monotonie se trouvait immergée de manière fugitive, éphémère, furtive dans des substances, des nuances ensorcelantes, exubérantes et enivrantes. J'adorais acheter dans les épiceries fines foisonnement d'épices, d'herbes aromatiques, d'encens, de piments pour accompagner la préparation de mets succulents, délicats et exotiques avec lesquels nous nous régalions, que nous savourions, que nous dégustions joyeusement.

Symphonie de couleurs, foison de sensations subtiles, explosion de senteurs, éclatement de saveurs vives et douces, déploiement de nuances chaudes, froides qui s'entrecroisaient.

Couleurs diaprées, chatoyantes invitant au voyage de la vie, à l'exploration des sens dans l'harmonie crépusculaire, dans la lumière d'un soir. Accord parfait, euphorique, mais fugitif, éphémère qui s'échappe, s'évanouit inexorablement malgré notre volonté. Ces instants solennels et heureux nous tentaient et nous séduisaient une infimité de secondes pour nous quitter et nous plonger dans la frustration et l'insatisfaction permanente.

Gingembre, sauge, soja, basilic, bouquet garni, coriandre... Enfin mis à part ces éphémères, fugaces et évanescents instants de détente et d'évasion qui s'évaporaient promptement, vélocement, diligemment, vaporeusement, immédiatement sans nous attendre, sans prendre nos aspirations en considération. Ils nous défiaient, vilipendaient nos désirs, nous raillaient telles des touches impressionnistes dont on ne parvient à percer le mystère et à s'immerger totalement à cause des sensations passagères, évanescentes, flottantes, errantes tel un vagabond.

Nous ne savions pas faire durer les moments précieux. C'était comme si nous gâchions les cadeaux de la vie, emportés par la fièvre de la rapidité, de la précipitation, de l'impatience.

Nous étions perdus dans la malédiction de la brièveté d'un présent insaisissable, impossible à maîtriser, à capturer.

Nous subissions les évènements, la vie sans pouvoir en jouir, nous ne savions repérer les instants savoureux pour tenter de les retenir, de les faire durer ou de les sauvegarder. Je devais cependant toujours faire face au quotidien, aux obligations que la vie imposait.

Toutefois, mon mari et moi n'avions pas véritablement de vie sociale. Nous appréciions notre petit cocon stérile sans agressions extérieures et évidemment sans les contraintes d'une vie mondaine. C'était assez agréable de n'avoir nul compte à rendre à quiconque. Cette vie assez isolée et protégée permettait que personne ne nous connût véritablement et ne pût s'immiscer dans notre petit monde puis intervenir indûment ou sournoisement dans les décisions de notre couple. Nous n'acceptions uniquement que nos amis les plus proches, ma mère et mes beaux-parents. Donc seulement, ceux avec qui nous entretenions des liens forts et sincères, eux seuls, avaient le droit, pouvaient s'introduire dans notre foyer et avaient accès à notre intimité. Quant à moi, je n'avais jamais connu mon père, il était décédé les premiers mois de ma naissance. Je n'osais pas aborder le sujet, cela semblait douloureux pour ma mère. Elle ne l'évoquait jamais ; je ne connaissais de lui que la photo jaunie et floue qui se trouvait au dessus de la cheminée.

Il existait en revanche un grand vide dans notre couple qui limitait et entravait même tout bonheur possible.

Le fait de ne toujours pas être mère après plus de dix années de mariage me rongeait. L'inquiétude, le doute, l'angoisse et la résignation accompagnaient mes journées. Toutes nos tentatives restaient vaines et à ce jour, je ne comprenais pas pourquoi... La peur de ne pas y parvenir m'envahissait et me réveillait la nuit, cette idée fixe, me hantait. En effet, à cette époque de ma vie, je n'étais pas vraiment heureuse même si j'avais un emploi et un mari. Je n'étais pas comblée, bien au contraire. J'éprouvais inlassablement, une impression d'inachèvement, comme si je vivais dans l'illusion, dans l'erreur jusqu'à présent. Quelle était ma véritable fonction en ce monde? L'avais-je accomplie ou pas encore? Nous menions paradoxalement une existence confortable que beaucoup jugeraient agréable et enviable...

En effet, avant de recommencer à travailler, j'avais l'esprit totalement libre et je m'ennuyais fréquemment. Un sentiment douloureux m'avait particulièrement atteinte, frappée, je me sentais totalement inutile.

L'oisiveté me bouleversait, elle générait dans mon être un sentiment d'infériorité, cette inactivité, cette passivité me troublait, m'empoisonnait, me perturbait. J'étais exacerbée en permanence, tout m'importunait

J'avais besoin d'exister et j'étais en quête de reconnaissance.

J'éprouvais une hantise qui me pétrifiait, me paralysait, c'était cette crainte d'être commune aux yeux des autres, de sembler sans attrait, sans charme voire transparente, insignifiante. Il fallait que je survécusse, que j'émergeasse, que je me manifestasse, que j'existasse au véritable sens du terme. Je désirais qu'on me regardât avec admiration, qu'on me remarquât, je voulais plaire, être regardée, être aimée, ne pas passer inaperçue auprès de mon mari, des gens de la rue.

Je tentais d'assouvir cette pulsion qui me dominait. Je ne parvenais pas à l'apaiser, c'était comme un vieux démon qui s'était réveillé en moi et qui me gouvernait. Cette soif impossible à étancher, ce désir ardent et avide me faisaient profondément souffrir. Je souhaitais m'affranchir de cette souffrance, mais en vain...Je vivais un véritable cauchemar impossible à soulager, c'est pourquoi, j'avais choisi une voie, le chemin de la tentation, de la facilité et même de la dissimulation sournoise. Je noyais mon mal de vivre, dans la prodigalité, dans la frénésie d'achats luxueux. L'intérêt pour moi, était que cela permettait de paraître épanouie, enthousiaste de vivre.

Nul ne pouvait se rendre compte de la souffrance qui m'étouffait, je réussissais à faire parfaitement illusion. J'étais devenue une illusionniste du bonheur.

Je respirais la vie, la fraicheur, la santé. Lorsque je riais, je ne riais pas avec mon cœur, mais je faisais semblant, semblant de vivre intensément, semblant d'aimer ma vie que je trouvais si peu exaltante. On croyait que j'appréciais mon quotidien et que je n'avais besoin de rien d'autre, que j'excellais dans l'art de goûter au plaisir de la vie.

Ainsi, je me réfugiais dans une frénésie d'achats, une soif incontrôlable de tout posséder, de monopoliser toutes sortes d'innovations et mon domaine de prédilection restait l'habit. Il me fallait absolument suivre la mode, je voulais par-dessus tout, incarner la nouveauté, l'avant-gardisme, la jeunesse, la beauté et l'élégance. L'idée de paraître commune, ordinaire, insignifiante m'obsédait. Je désirais être admirée, regardée, convoitée. Cette exigence insatiable, ce désir affamé, cet appétit désireux, cette tentation avide me pourchassait et ne me quittait plus. Je me lançais dans ce genre de frivolité plus que de raison. Il me fallait la dernière montre précieuse et couteuse, le dernier escarpin à la mode ou les plus somptueux tailleurs. Mon mari capitulait, consentait sans une once de révolte. Dans son regard, je lisais la culpabilité de ne jamais m'avoir offert d'enfants.

Peut-être s'agissait-il d'une volonté de compenser cette carence ou la peur de me perdre s'il n'obéissait pas à mes quatre volontés.

Quand nous nous sommes promis l'un à l'autre, il disait vouloir tout me donner, devenir mon enchanteur, mon alchimiste. Il acceptait tous les sacrifices financiers que mes caprices engendraient. Il allait même jusqu'à s'imposer des heures supplémentaires, dormir si peu par amour pour moi. Chaque jour, il me regardait en souriant, avec amour et se souciait toujours de mon bien-être. Il me disait sans cesse ce qui compte c'est toi, car moi je ne suis rien sans toi, je ne peux pas vivre sans toi, tu es ma lumière, celle qui a embelli ma vie et lui a enfin donné un sens.

Or, moi, égoïstement, j'en profitais allègrement. J'étais son univers, je n'avais plus rien à lui prouver ou à me prouver à son égard. Je détenais son amour quoique je pusse faire, je possédais la liberté totale dans mes agissements, il acquiesçait toujours, se résignait, capitulait. Ma marge de manœuvre grandissait quotidiennement, j'étais la reine que nul n'osait pourfendre, fustiger ou tenter d'arrêter ou de contredire. Il ne s'opposait jamais à moi. Je m'étais transformée en un monstre narcissique et égocentrique.

C'était pourquoi, personne ne pouvait m'arrêter, ni même lui, dans cette fièvre d'achats. Elle me permettait d'exister à travers les objets. J'étais un monstre matérialiste, vaniteux et superficiel. En moi, prédominait l'illusion, la volonté de transmettre une image parfaite de ma personne.

Le regard d'autrui m'obsédait. J'étais devenue esclave de mon apparence et je craignais de décliner, de perdre mon trône de reine de beauté. Le culte de l'apparence, du corps, de la beauté me galvanisait. La prédominance de l'avoir sur l'être gouvernait ma vie et m'écrasait chaque jour plus encore.

Je me souviens, j'allais de salle de sport en salle de sport, j'essayais toutes sortes de soin, de massages, de méthodes pour sculpter mon corps, parfaire ma silhouette. Un mois, je m'étais laissée séduire par le souhait de collectionner toutes sortes de fragrances douces, suaves, pétillantes, épicées ou enivrantes. À travers ces parfums, je voulais séduire, tout en incarnant le mystère, l'interdit et l'inaccessible, enfin le rêve éveillé. Ses senteurs exotiques, lointaines, d'ailleurs, me permettaient de symboliser la sensualité et la féminité par l'empreinte qu'elles laissaient dans mon sillage. Elles me définissaient, me singularisaient, me permettaient de me sentir unique et exceptionnelle. Elles me définissaient moi, la Laura que nul n'oubliait et que l'on remarquait toujours.

Je m'étais métamorphosée en une femme superficielle, esclave de ses pulsions. Je me perdais dans des détails sans importance, plaire à autrui que je ne connaissais pas.

Je collectionnais les parfums de tous les couturiers pour découvrir des sensations plaisantes, exaltantes.

J'adorais les délicats parfums que la nature offrait. Ils consentaient à prescrire à ma vie des instants, des pauses douces, pétillantes, agréables, voluptueuses et suaves qui me permettaient de me sentir encore bien vivante et qui me raccrochaient indirectement à la vie et à ses richesses enfouies. J'étais avide et désespérée.

J'entendais comme une voix qui chuchotait à mon oreille et qui m'ordonnait de vivre intensément et d'espérer encore, de rester patiente. La mélodie de la vie m'attendait, me guettait. Or, à cet instant-là, je vivais dans l'erreur et l'illusion nourrie par des sensations et des plaisirs furtifs, fugaces qui ne comblent personne et au contraire entraînent vers le vice et le déclin inexorables, vers la décadence infernale, vers la pente inévitable et vers la chute inéluctable. Heureusement grâce à la providence, la chance allait amortir et entraver cette probable fin funeste, cette perdition, cette perte, cette déchéance.

Je pensais voyager par le plaisir des sens, par ses odeurs ensorcelantes, mais j'étais en fait, pitoyable. Je fuyais ma vie, dans ce luxe ostentatoire et indécent.

Cet apparat tapageur, manifeste et ostensible, ce comportement effréné, immodéré, excessif, ce style fastueux, grandiloquent m'éloignait de ma nature originelle, relativement sobre.

Cette société de consommation m'avait capturée, avait emprisonné mon âme, et jeté la clef de ma liberté, de ma sérénité et de mon bonheur sur cette Terre.

La tentation se faisait toujours plus intense, je ressentais des sueurs froides, des angoisses tant que mon désir matériel n'était pas assouvi. Quand, je me trouvais face à une vitrine, mon cœur battait, palpitait si fort que j'entendais le rythme des pulsations dans mes tympans. Je cherchais sans cesse à excuser l'inexcusable, je souffrais tellement sans m'en rendre réellement compte. Cette société de consommation si attrayante me tentait me séduisait et avait pris le pas sur ma volonté. Je ne parvenais pas à m'en sortir, à m'en dégager, à m'en détacher, l'appel de mes ardeurs était plus fort que tout. La tentation me gouvernait autoritairement, me dirigeait despotiquement, me commandait fermement voire tyranniquement.

En réalité, je comprenais bien que j'étais piégée dans le tourbillon de l'oisiveté et de la paresse. Rester sans travailler avait suscité en moi, le réveil d'une pulsion qui était en sommeil jusqu'alors.

Cela reflétait ma fragilité et j'étais engouffrée dans un engrenage infernal qui me permettait tout simplement de masquer mes échecs, qui semblaient quant à eux, être canalisés, amalgamés, dissimulés, pour se transformer en faux-semblants de bonheur, en simulacres d'abondance joyeuse et exubérante, en illusion de succès. J'étais piégée dans une situation incontrôlable et sans issue. Je m'engluais dans un mirage, dans un leurre, dans une duperie en proie à une vanité perverse, à une suffisance putride et insolente, à un dédain dégoulinant d'arrogance, à une prétention ridicule pleine de fatuité. Or, tout cela ne faisait que déguiser, voiler, travestir, ou me permettait d'occulter ou tenter de réprimer un mépris voire un dégoût de ma personne et corroborait un mal de vivre tangible, palpable mais réel néanmoins.

Mon égo s'exaltait et jouissait d'une intense satisfaction grâce à ces bagatelles sans intérêt, cette frivolité, cette légèreté, ses préoccupations si superficielles. Qu'étais-je devenue ? Comment m'en sortir et me délivrer de mon cachot sombre, me libérer de ma prison virtuelle?

Chaque achat était un défi, je partais à la chasse au trésor, capturer la proie que je convoitais. Je n'étais plus la même, ma douceur avait disparu, j'étais comme une bête sauvage, une prédatrice affamée, avide et sans conscience ni scrupules. Ces objets, ces parures, ces senteurs, ces ornements et ces vêtements symbolisaient mon orgueil et ma vanité sans égale.

C'étaient comme une armure, une carapace, un bouclier qui dissimulaient ma réelle personnalité. Je jouais un rôle, un rôle pour la dissimulation de ma faiblesse,

de ma vulnérabilité et de ma détresse. La tristesse et la mélancolie que je ressentais m'accablaient. Ce vide grandissait par l'absence d'enfant et par l'inexistence de but dans la vie. J'étais comme enfermée à l'intérieur d'un corps qui possédait une conscience qui n'était plus la mienne ou qui avait dérobé mon authentique et sincère personnalité. Mon être vrai, mon « moi » intérieur, intime, disparaissait exponentiellement quotidiennement. Ainsi, les achats incontrôlés, frénétiques, m'aveuglaient et me permettaient d'oublier ma souffrance et faisaient diversion.

Vice, danger pervers guettant la faiblesse humaine. Opportuniste cherchant à contrôler l'être, sa conscience, voulant aspirer sa volonté, avaler sa fougue afin de le plonger dans la dépendance infernale. Il erre inlassablement dans le dessein de s'approprier la véhémence, de dérober l'espoir et d'ouvrir des plaies puis de détruire.

L'homme qui souffre demeure une proie facile à asservir au service des caprices de l'intempérance, à aliéner au gré de l'humeur de l'immodération et de l'altération, selon les aléas de ses désirs avides et cupides. Va, laisse en paix l'être qui souffre.

Va putride néant infécond, abîme noir et froid se nourrissant avidement des forces humaines, de leur espérance et privilégiant la détresse.

Matière d'airain faillible et périssable que la persévérance,
l'acharnement, l'obstination, la pugnacité et l'opiniâtreté vaincra, que La foi fera fléchir, faiblir et pulvérisera. L'homme reprendra le dessus, et le contrôle afin qu'il triomphe sur cette douleur infernale et que ce cercle vicieux soit annihilé.

Voile noir, froid, obscur émanant des profondeurs des abîmes, des ténèbres, des gouffres immémoriaux et cherchant avec perversité à envouter, emporter l'esprit humain jusqu'aux profondeurs suppliciées de la folie, de l'égarement. Etoffe aveuglante, asservissante ensorcelante. Chasseresse avide et maléfique que l'homme doit toujours fuir et dont il lui faut s'efforcer d'échapper pour ne pas tomber dans son piège innommable et abject. Son empreinte, son sillage, son odeur putride fait frémir, tressaillir de peur, frissonner de terreur, trembler d'effroi ; fuit le danger de l'errance, de l'isolement, le piège du mirage malfaisant et nuisible, la souricière, le resserrement vers l'étau du leurre diabolique. Frontière sauvage, illimitée et sans fin conduisant à l'étendard d'une existence factice, alimentée de mensonges, affublé d'un vestige déployant pléthore d'illusions, profusion de simulacres pernicieux.

Ce voile opaque qui entourait ma réalité me galvanisait, me rendait euphorique et comblait mon vide, mon trou noir et béant. J'existais enfin, même si cela était à travers les objets qu'autrui m'enviait.

Je m'oubliais et je fuyais vers une voie sans issue, vers une route sans fin, vers un rêve sans chemin, vers un sombre néant infini et sans espoir. J'étais absorbée par un mirage qui m'éloignait de la réalité et qui se transformait progressivement en une réalité chimérique.

C'est pourquoi, lorsque j'ai trouvé cet emploi c'était une occasion inespérée, une opportunité inopinée de me racheter auprès de mon mari que j'avais l'impression d'exploiter et de ruiner. J'allais enfin sortir de ma torpeur et de ma dépendance. L'activité professionnelle était mon remède, c'était véritablement bénéfique pour mon bien-être. L'univers des boutiques semblait s'effacer de mon esprit, s'évaporer, s'évanouir, s'endormir mais continuait tout de même à m'appeler pour me séduire. C'est un prédateur dangereux qui n'oublie jamais sa proie et rôde tel un vautour vorace. Mais j'avais été sauvée par une bénédiction semblant émaner d'une force supérieure…

CHAPITRE DEUX :
Evanouissement du tourment

Enfin, les rencontres, la curiosité et la découverte professionnelle l'emportaient à présent. Qui ose affirmer que le travail aliène, dépossède l'esprit et asservit, bien au contraire je le trouve à cet instant de ma vie, particulièrement libérateur. Il émancipe et purge l'esprit des dépendances. Quand je travaille, j'oublie la futilité de ma vie, l'insignifiance de mon quotidien stérile et froid, ma douleur. La médiocrité, la platitude demeurent néanmoins, mes fidèles compagnons de route. Or, cet emploi si peu enrichissant génère en moi l'espoir, l'envie de vivre à nouveau, d'affronter la vie et d'ouvrir la porte à des expériences inédites.

La vie est un voyage qu'il ne faut pas gâcher dans l'immobilisme et dans la peur. J'ai enfin décidé d'aller au-devant des opportunités, du hasard, de la chance, de la providence et de la contingence.

Peu importe ce qui arriverait, l'important n'est-il pas de vivre et de faire face au destin même si je crains de connaître encore l'échec.

Mais la plus insupportable malédiction est de ne rien vivre et de rester passive, indifférente à tout, à son propre sort, même à soi-même. Cela constituerait une véritable défaite de permettre de se laisser conduire aléatoirement tel un navire subissant, sans un capitaine, la force du vent, des marées, de la tempête, tel un navire vacillant au gré des éléments, vacillant encore et encore à l'abandon, se laissant aller jusqu'à la déchéance et aboutissant au crépuscule des âges, à la fin du voyage, sans n'avoir rien accompli ou sans rien n'avoir à transmettre. La flamme de la vie ne doit pas vaciller, trembler, hésiter, chanceler, mais flamboyer, étinceler avec confiance et assurance.

Chaque matin, alors que je pars travailler comme le commun des mortels, comme le quotidien universel ordinaire, je rêve et je continue à espérer qu'un jour, ma vie ressemblera à mes rêves.

L'espoir est ce qui m'anime, m'alimente, me réchauffe et m'aide à continuer la traversée de ce chemin extrêmement sinueux. Attendre et espérer et se contenter de conserver prudemment ce que je possède, ce que j'ai acquis, en attendant que la chance sourie, en espérant le vent nouveau qui me guidera vers un souffle novateur.

Ce souffle m'emportera vers le rêve, vers le voyage. J'ai, à présent cette certitude qui émane de mon cœur.

Une voix intérieure s'adresse à moi limpidement, extrêmement intelligiblement et me dit : écoute ce vent qui vient de très loin pour toi, pour t'envelopper et te propulser vers lui. Il va t'ouvrir ses bras, écoute-le, entends-le, ne le néglige pas et lorsqu'il viendra vers toi, sois prête à lui prendre la main pour l'accompagner.

Ainsi, chaque matin, je m'éveillais à la vie, au passage des années, au franchissement des heures s'écoulant irréversiblement pour ne jamais reparaitre. J'ouvrais les yeux en tentant de raviver l'espoir : nourriture de l'énergie, de la force de vivre et unique aliment de l'ambition.

En effet, après ma journée de travail, ma pause café du soir était devenue mon moment de détente, de paix et de recueillement où j'étais seule. J'appréciais ces moments privilégiés qui m'appartenaient, qui me permettaient de clarifier mes pensées.

J'aimais ces instants de solitude, de méditation où je pouvais observer, prendre le temps de m'arrêter l'espace d'un instant et rompre avec ma routine bien ennuyeuse et ma vie que je trouvais si commune.

Je parvenais pendant ce quart heure à faire le vide autour de moi, à me relaxer jusqu'à ne plus entendre aucun bruit autour de moi, jusqu'à oublier mon entourage, mes soucis. Je me libérais pour faire place à l'observation, à l'étude « des habitués du café ».

Certains discutaient entre eux, je découvrais des couples qui se rencontraient le temps d'un verre, des amis qui échangeaient leurs confidences du cœur ou concernant le travail, d'autres parlaient politique et se plaignaient de la conjoncture ou avaient la fougue et la révolte de ceux qui espèrent un jour, refaire le monde...

Le café, accueillait et renfermait un monde bien à lui, qui lui était propre et qui semblait s'être approprié le lieu. Ce café était le reflet d'une société bien vivante, bien dynamique et représentant son microcosme. Ainsi, cet univers m'enrichissait, me détendait, il était vivant et insolite par la diversité des gens qui y passaient. Le plus impressionnant est qu'il a permis d'innombrables rencontres amoureuses, amicales, professionnelles, comme s'il avait un pouvoir, une âme, une histoire ou avait été un acteur de l'histoire. Ce lieu date d'un siècle et il possède une aura, une mémoire, une âme qui nous réchauffe quand nous y entrons... De fait, il se nomme le café de l'amour.

Lieu vivant regorgeant de vie, café de la vie, café de l'amour, café de la joie et du délice paisible. Antre des combats de l'histoire, secrets enfouis, philosophie naissante, politique gesticulant agilement, s'agitant avec passion et se propageant dans les esprits enclins au renouveau.

Taverne du passé, échappant à l'oubli, toujours vivante, témoin de l'histoire, spectatrice du temps, de son écoulement, auditrice du ruissellement du présent et observatrice du futur, de l'avenir, du devenir de l'existence.

Vestige charmant, attirant, captivant une insolite jeunesse, une solennelle beauté des êtres en quête d'un refuge, d'un havre de paix et de liberté. Audace de la parole, liberté d'expression, de conscience. Engagement souverain, résistance héroïque d'un passé proche, émancipation, délivrance du joug de la contrainte, affranchissement, libération jouissive. Empreinte, mémoire, présence, marque durable, profonde, de débats secrets et silencieux pendant la guerre en faveur de l'anéantissement de la servitude illégitime et barbare. Assujettissement par un totalitarisme meurtrier, inhumain, cruel, impitoyable et sanguinaire thème de la lutte d'une noble et brave résistance vive et fougueuse.

Fraicheur neuve encadrant les souvenirs, privilégiant les réminiscences, les résurgences, les flots passionnés, les flux de mémoire, de conscience survenant arbitrairement, aléatoirement, flottant dans l'atmosphère et alimentant l'âme du lieu envoutant. Souvenir vaporeux, magique et renaissant inlassablement.

Musique, son, paroles frénétiques au pouvoir captivant, intensité fiévreuse de l'être en proie au questionnement, à l'expression libre, à la méditation et à la liberté.

Echanges heureux, rencontres du destin, paisibles et suaves instants marquant une rupture avec un temps objectif ne laissant aucun répit. Un temps nouveau nait, un temps échappant aux lois, un temps subjectif gouverné par la véhémence individuelle. Lieu enchanteur hors du temps, au-delà du quotidien, dimension onirique où l'on oublie la fuite du temps pour en reprendre conscience à la sortie. Le temps, la vie reprend ensuite indéniablement son cours inexorable. Lieu somptueux, plongé au cœur de la vie, au fond des intrigues humaines, théâtre de l'existence, prodige « in medias res »...

Mais ce qui m'interpellait davantage, était les gens attablées seules comme moi. Certains individus lisaient le journal, « les nouvelles fraîches », d'autres s'attardaient hâtivement sur un roman qu'ils semblaient littéralement dévorer, alors que certains lisaient passivement ou méditaient simultanément. Ils avaient l'air de s'ennuyer et de vouloir tuer le temps heures après heures, minutes après minutes, secondes après secondes. Le temps semblait les traverser très péniblement comme s'ils attendaient un évènement qui casserait cette cadence insensée, ce rythme fou et inépuisable.

Ils désiraient probablement rompre cette routine infernale présidée par l'habitude, la lassitude, la monotonie, ils désiraient briser, interrompre le rythme infructueux, infécond, désappointé et insipide d'une existence morne, vide, soumise aux contraintes du temps, de la vacuité. Ils eussent souhaité une déconstruction de leur rythme, une déstructuration de leur flux temporel, de l'enchaînement impassible, inerte, immobile, passif des évènements subis, non choisis, en proie à la torpeur, à l'indifférence d'un présent si long, interminable et lancinant. Le quotidien était monochrome, désenchanté, exempt de coloration, de couleurs, de pigment, oubliant tout rêve, et dénué de surprise, de possibilité inopinée, d'espoir d'opportunité.

On pourrait même penser qu'ils possédaient une horloge qui s'agitait et battait à l'unisson dans leur tête.

Mais bien évidemment, il arriverait un jour où l'inéluctable frapperait à leur porte et bouleverserait cet écoulement temporel, ce flux sournois et insatiable. Or, nous ignorons tous à quelle heure, ce dernier est prévu, mais il existe au moins une certitude, qui perdure comme une loi éternelle, universelle et incontournable, c'est que tous les mortels sont concernés à égalité par cet inéluctable fait.

Il s'agit d'un constat émanant de toute physique organique, tout ce qui est vivant, tout ce qui nait, s'altère et meurt.

Telle est la règle d'une humanité hantée par cette vérité responsable d'angoisse existentielle, inhérente à la raison humaine et intrinsèquement liée à la fuite du temps.

Elle se sent irrémédiablement happée et claustrée par l'irrésistible, l'irréversible et l'irrévocable devenir.

Des étudiants travaillant leurs cours fébrilement m'interloquaient, ils voulaient compenser un retard ou une angoisse face à l'approche des examens. En revanche, un vieux monsieur attira mon attention, étant donné que je le voyais tous les jours à la même heure. Pendant que certains se livraient à la résolution de leurs mots croisés ou sodoku, ou que d'autres écoutaient de la musique avec leurs « iPod », rédigeaient leurs courriers, cet homme mystérieux buvait son thé en rêvant. Il regardait partout, il s'attardait parfois sur un individu qui pouvait le distraire dans sa méditation. Il fixait une personne, une table, un verre, l'extérieur, ceci demeurait sans importance, aléatoire, car ses pensées semblaient très profondes. On eût dit qu'il semblait faire abstraction de toutes considérations matérielles pour se livrer à ses rêveries.

Elles occupaient toute son attention, elles semblaient le tenir en haleine, être comme un rituel offrant le bien-être, des endorphines. Il était comme habité par cette énergie méditative. Il détenait le regard d'un être qui avait atteint un niveau supérieur de sagesse, d'imagination et de nourriture de l'âme.

Sa nourriture spirituelle paraissait être puisée au sein de son vécu.
Il donnait l'impression d'avoir acquis l'expérience de plusieurs siècles, voire de plusieurs vies, il m'impressionnait.

Mais, ce qui m'attirait en lui était son regard triste, mélancolique, qui n'avait de cesse d'attiser la curiosité des observateurs sans scrupules et des contempteurs frivoles et friands de scandales en tous genres. Moi, je restais une spectatrice contemplative d'un jeu de scène subtil et captivant. Il semblait détenir tant de souvenirs, peut-être, d'écueils, d'échecs ou peut-être de bonheur perdu, le rendant si nostalgique. Il restait figé des heures durant et par conséquent, il faisait naitre un mystère. Il paraissait se trouver ailleurs, dans un autre univers bien singulier, mais n'appartenant, uniquement qu'à lui, comme s'il eût été au dessus du commun des mortels. Il s'était forgé son monde, se l'était approprié pour ensuite s'y reclure et s'isoler. J'avais l'impression qu'il s'était élevé au rang des sages et qu'il raisonnait avec recul, avec détachement ou mépris à l'égard des considérations matérielles, prosaïques ou triviales.

Il voyageait à travers son esprit, se libérait grâce à ses rêveries.

Mais, j'envisageais aussi l'hypothèse qu'il pût fuir une réalité douloureuse, son présent pour se réfugier dans ses souvenirs passés, de doux souvenirs idéalisés.

Peut-être a t'il connu un âge d'or, l'apothéose, l'apogée, malheureusement bel et bien révolu dans son existence rocailleuse, orageuse... Il chercherait en vain à retenir, à appeler ce bonheur qui n'a pas cessé de se distiller, de se purifier, de s'intensifier, de se magnifier, mais qui lui a échappé et qui s'est évanoui ? Le réservoir du ciel se serait-il fermé pour lui ? Aurait-il gaspillé son bonheur par gourmandise extrême, ingratitude, inconscience ou est-ce une idée perverse de la fatalité qui lui aurait joué un mauvais tour ?

Aurait-il perdu un être cher, son amour ? Mais plus je le regardais et plus je décelais dans son regard des regrets, des remords, de la tristesse. Ses yeux bleus, couleur pureté, mais nuancés par une dose, une fraction de gris symbolisaient un ciel parsemé de nuages çà et là. Ils suggéraient à mon avis, sa vie mouvementée et torturée. Cela se traduisait donc et se reflétait dans un regard tourmenté. Ses yeux exprimaient une émouvante intensité accompagnée d'un regain de spiritualité.

Il dégageait aussi une sensibilité exacerbée mélangée à de la sagacité.et de la compassion. Il n'était pas homme à se laisser dominer ou à dévier vers une crédulité naïve, son comportement était sur ce point sans équivoques.

En fait, cet homme m'intriguait inextinguiblement.

Je ne pouvais m'empêcher de l'observer chaque jour et je voulais m'imprégner et découvrir cette richesse intarissable. J'admirais cette singularité et cette sorte d'aura, de suprématie ou même d'emprise, de charisme, de magnétisme, qu'il exerçait sur les êtres ... Il attisait ma curiosité, je voulais percer le mystère, l'énigme, ôter le voile dissimulant son secret.

Qui était-il ? Qu'est-ce qui le rendait si mystérieux ? Il laissait apparaître une spécificité, un particularisme, une originalité, une atypie au point d'être en proie à la fascination de son public ? Je m'interrogeais abondamment à son sujet, j'avais envie, moi de nature si discrète et si peu soucieuse d'autrui, de me lancer dans des investigations...Il était en fait déconcertant et ne laissait nullement indifférent. Quel était son vécu ? Quelles expériences, quels échecs, quels malheurs l'auraient-ils transformés ? Après réflexion, j'en arrivais à la conclusion que cela devait provenir d'un tempérament taciturne, introverti.

Parfois, en revanche, des individus sont tristes de naissance, comme s'ils avaient la pathologie de la mélancolie permanente, que rien ne peut atténuer ou étouffer. Ils peuvent être bénis, réussir leurs vies, gagner tout ce qu'ils convoitent, les plus prestigieux défis, obtenir tout ce qu'ils désirent, des trophées comme si un ange tombé du ciel les avait aidés à tout conquérir, mais rien n'y change.

Leur tristesse les inonde jusqu'à les noyer. Ils sont si voraces, si avides, ont tant d'appétit que rien ne les satisfait ni ne les rend heureux. Plus ils remportent des succès, plus ils en veulent, et pourquoi pas non plus la part d'autrui ? Il s'agit d'un type de nature humaine, avide, envieuse, conquérante et insatisfaite en permanence.

Ce type d'homme est si faible et si farouche, la patience et la retenue sont des sentiments fortement nécessaires et très difficiles, à acquérir, à contrôler et à maîtriser. La fougue et les ardeurs sont davantage propres à ce type homme : un être très passionné, impétueux, tumultueux et qui peine à apprendre le recul, la retenue, la réserve, la sagesse, la tempérance. Il apprécie la démesure, l'inconstance, l'excès et apprend très lentement et laborieusement la pondération, la modération.

Son ambition extrême le pousse à se battre pour ce qu'il convoite. Ces tempéraments de feu, de véhémence fournissent les plus grands guerriers que l'humanité connaisse. Leur effort et leur détermination leur offrent finalement ce qu'ils veulent. Après maintes manœuvres, ils sont rétribués.

Or, lorsqu'ils sont enfin récompensés, ils ont besoin de convoiter encore et encore un autre bien, un autre objet de fierté et de vanité. Cela représente le moyen de se fixer d'autres objectifs et de se sentir vivant, de ne pas s'ennuyer de vivre.

Ce but nouveau, ce défi qu'ils souhaitent noble, les aide à vivre, à espérer après leurs manipulations, une repentance et une rédemption pour leur conscience, un espoir de se sentir indispensable, intégré et actif en ce monde.

Cette passion nouvelle les aide à vivre, à gagner l'épanouissement. Mais ils ne sont jamais en paix avec eux-mêmes et ont toujours un sentiment d'insatisfaction et d'inassouvissement. Ils cherchent alors inlassablement un remède à cet inaboutissement, à cette quête. Or, ils ne parviennent jamais à cesser dans leur recherche d'absolu, de perfection, d'un bonheur indéfinissable et indicible. Beaucoup ressentent alors ce vide existentiel, multiplient donc les rencontres amoureuses intenses, mais sans lendemain. De fait, leur octroyer un lendemain signifierait oublier la course folle, l'adrénaline, le défi, le jeu et donc perdre ses pilules de bien-être illusoire et éphémère.

Ils demeurent avant tout, des guerriers, des conquérants de l'existence, en quête et à la chasse de proies à capturer, à collectionner, à manipuler et à maitriser ou à dompter.

L'aveuglement face à leur existence enclin à la vacuité, à la désillusion, à la mélancolie les soulage face à leur ambition et à leurs désirs insatiables et impossibles à assouvir ...

Leur ambition représente un délassement, une évasion, une récréation ou un alibi permettant d'oublier fugacement,
d'effacer éphémèrement, d'omettre furtivement, d'étancher fugitivement, de tarir l'intarissable donc de combler illusoirement et fallacieusement une tristesse omniprésente, souveraine, inexorable, tyrannique permanemment et se fortifiant perpétuellement. Ils demeurent des êtres avides, toujours insatisfaits et que les seules les victoires, les trophées apaisent et servent de dérivatif, de diversion et d'exutoire face à cette insatisfaction chronique qui dissimule un réel mal de vivre.

Cependant, d'autres sont satisfaits et demeurent heureux avec bien peu ou rien et leur seul motif de lutte est de conserver cet état de béatitude, de bonheur simple sans ornements, ni artifices. Au contraire, en se contentant de peu, ce peu devient un tout profondément précieux. Mais, parfois la fatalité ou ses propres erreurs peuvent tout faire basculer. Le sentiment d'échec, de perte irréparable brûle et consume la force vitale de l'individu.

Moi, mon intuition me poussait à croire qu'il faisait partie de la catégorie de ceux qui ont tout eu et qui ont tout perdu ensuite. Sa tristesse provenait apparemment d'un bonheur perdu et non d'un confort matériel perdu, du fait de la profondeur et de la puissance de sa désolation.

Or, quand le hasard, la contingence ou ses propres erreurs font tout basculer, on ne peut que ressentir un sentiment de perte, d'échec irréparable.

C'est un sentiment si destructeur qu'il peut aspirer l'énergie vitale et annihiler tout espoir et aller jusqu'à anéantir et modifier inéluctablement, la nature, l'essence d'un individu. L'être humain est si fragile que le fil sur lequel il se maintient en équilibre peut se rompre à tout moment par le poids de la vie, des dangers et des épreuves trop pénibles ou trop difficiles à supporter.

Or, mon intuition me poussait à croire que cet homme se trouvait dans le cas de ceux qui ont tout gagné puis ensuite tout perdu. Je ne pense pas qu'il fasse prévaloir les apparences, l'artificiel, le matériel sur l'être authentique, mais au contraire il ne semble pas superficiel et même semble profond, spirituel. C'est pourquoi, sa tristesse devait provenir d'un bonheur perdu et non d'un confort matériel disparu. Il ne paraissait pas conformiste ni matérialiste et au contraire fascinant, original et si riche intérieurement. Et c'est peut-être ces vertus en excès qui l'auraient perdu et même en allant plus loin, je pourrais affirmer que toute vertu exploitée à outrance devient un vice ou un passeport pour la perdition ou le déclin.

L'homme est par nature imparfait et s'il cherche à caresser ou s'approprier l'inaccessible, il ne peut que se brûler les ailes et se perdre dans des abîmes d'où nul ne revient indemne.

Il peut alors sombrer dans l'amertume, la mélancolie croissante,
dans la folie ou même dans l'extrémisme qui peut se travestir et se dissimuler sous une pléthore de formes. Un homme protecteur peut se transformer en monstre possessif et jaloux. En outre, un homme pacifique, altruiste, généreux et moralisateur peut se métamorphoser en être ignoble, intolérant et borné.

L'excès demeure mère nourricière de la peur, de la misère et surtout de la destruction. L'un et l'autre par excès d'amour, pourtant valeur noble, sentiment essentiel à la survie de l'humanité devient nuisible pour eux et pour autrui. Or, cette aspiration à la vertu doit être modérée et canalisée afin de pouvoir offrir à autrui la quintessence, le meilleur, le sublime de l'humain.

En revanche, cet homme m'attirait sans comprendre pourquoi. Il dégageait comme des vibrations, un mystère. Il était si énigmatique, il semblait venir d'un lieu inconnu, il se dégageait comme une sensation surnaturelle. J'éprouvais un frisson quand je l'apercevais, comme une force qui ramenait sans cesse mon regard vers lui, comme une connexion relevant du spirituel qui me saisissait au plus profond de ma chair. Cette sensation à la fois voluptueuse et ardente me faisait tressaillir, au point de m'enivrer et de me transporter au cœur de mon essence. Elle appelait comme une mémoire sensorielle qui s'éveillait en moi ou se réveillait d'un profond sommeil.

J'avais compris à cet instant précis que le destin s'emballait ou s'accélérait et ce qui était programmé pour moi allait me faire signe et ne plus me quitter. Un frémissement et une sérénité m'envahissaient comme pour me prouver que la présence de cet homme était la réponse à toute cette souffrance vécue, à tout ce besoin d'introspection.

Il paraissait désorienté, sombre et perdu. Je voulais plus que tout, comprendre s'il s'agissait d'une métamorphose causée par des évènements, des expériences ou si cet homme avait toujours eu cette physionomie si sombre, si usée, si accablée par l'existence. Il portait un costume, était très élégant, très distingué et il avait posé sur la table son chapeau.

Or, quand la serveuse lui a apporté l'addition, il a, par inadvertance, laissé tomber à terre son chapeau en tentant de prendre son porte-monnaie. Alors, j'ai saisi cette occasion tant attendue de l'aborder, mon cœur palpitait d'émotion, je tremblais, j'ignorais pourquoi ? J'ai repris mon souffle, j'ai tenté de me maîtriser et soudain je me suis approchée puis je lui ai dit d'une voix hésitante : « Monsieur, voici votre chapeau... »

J'étais enfin parvenue à prononcer les premiers mots, un soulagement, une jouissance, une paix intérieure s'était propagée dans mon corps comme à la suite d'une vive émotion apaisée.

Je commençais à revivre, je sentais que j'agissais comme il se devait et qu'un moment fatidique venait de se produire comme si ma vie venait de franchir l'étape obligatoire, inéluctable et cruciale.

J'avais la sensation que mes actes étaient guidés par une impulsion que je ne commandais pas. Une force supérieure me poussait, je n'étais plus maîtresse de mon corps, de mes membres, de mon esprit...

Puis, il me répondit avec naturel et assurance « Merci chère Laura c'est bien aimable à toi » Je réalisai qu'il connaissait mon prénom et j'ignorais comment. La situation devenait de plus en plus déconcertante, intrigante et même surréaliste. Je lui rétorquai mais comment pouvez-vous savoir?

- Je le sais, c'est tout...Enfin ..., je sais lire dans le cœur des êtres.

-Mais comment est-ce possible ?

-Quand on croit à une possibilité de dépasser les frontières de la réalité rationnelle, ordinaire et banale, on est prêt pour apercevoir ce je nommerais l'au-delà des choses et l'au-delà des apparences. C'est tout proche de toi, il te suffit d'ouvrir ton cœur et ton esprit...Ferme les yeux, respire fort et cesse d'écouter ce bruissement extérieur, concentre-toi, fais abstraction de tout et là, tu vas voir, ton âme va devenir plus légère, ton esprit va commencer à percevoir l'inaudible, pour le commun des mortels.

Tu vas sentir te pénétrer ses senteurs, des sensations dont tu ignoreras la source et là ton corps va devenir plus détendu et tu franchiras l'étape première pour entrouvrir la porte de l'inconnu, mais du nécessaire pour se construire...Les êtres humains parviennent à entendre et à s'ouvrir à ce monde intelligible souvent avant leur mort. Ils ressentent ce possible insoupçonné et ce monde encore méconnu qui les entoure sans pouvoir le saisir véritablement, mais ils avancent vers la voix de la sagesse. Or, ils n'ont pas le temps d'en profiter. La vie est si fragile et si éphémère qu'une minorité parvient à toucher ce pont entre un monde sensible et un monde spirituel.

Nous souffrons parfois, car nous savons qu'il nous entoure un univers abstrait sans pouvoir le définir. C'est pour cela que nous nous montrons avides, cupides et même désespérés sans comprendre pourquoi. Nous aspirons tous à l'atteindre, l'entrevoir, le toucher, le caresser, le saisir, le capter et avons tous besoin de percevoir cette réalité extra-sensorielle, suprasensible qui nous dépasse et dont nous ignorons la teneur…C'est comme une soif qui ne s'étancherait jamais, alors nous ne serions jamais en paix.

L'homme se cherche constamment comme un être désœuvré, en manque de repères, en quête d'absolu, ou à la recherche d'un bonheur qu'il ne peut pas trouver parce qu'il ne sait pas où chercher.

Et le problème réside dans le fait que ce soit tout proche de lui, mais qu'il soit aveugle et borné, car il est trop matérialiste. Il le ressent sans pouvoir le saisir, l'approcher et cela le frustre. Ouvre ton cœur et ton esprit, et la voie vers la vraie vie se dessinera, se profilera sous tes grands et beaux yeux. Apaise ta soif et ta faim et tu te sauveras toi-même… »

Ses mots résonnèrent alors dans ma tête toute la nuit. Il m'avait bouleversée et fascinée. Il m'avait touchée au point que ses propos furent la première révélation de ces dernières années. Mais ce qui m'obsédait fut qu'il sût mon prénom. Etait-ce un imposteur ? Un homme qui voulait m'impressionner ou tout simplement, qui était parvenu à accroître sa sagesse et sa connaissance métaphysique ? Ce qui demeurait certain à cet instant était que je me sentais très enthousiaste et même transportée par un désir ou même une pulsion qui me poussait à me dépasser, à apprendre, à grandir, à m'élever.

Rêve, passion, suavité exacerbée, intense fraîcheur. Evanescence subtile, ivresse orageuse. Tempête, ouragan, mystère, énigme absolue et insoluble pour l'humain. Surprise du destin, lumière éclairant le labyrinthe froid de l'oubli, de la détresse humaine. Route de la vie, sentier du cœur, sentiments passionnés, sentiments précieux, douleur vaincue. Nuit d'apaisement, de nacre froid et de méditation. Révélation inopinée délivrant le souffle de vie. Extase, passion, douceur, déferlement sensuel. Délice bénéfique, don divin, offrande humaine. Feu scellant l'instant unique et inoubliable telle la musique de l'espérance et de la découverte. Rivière suave, art exacerbé, intense passion, symphonie de l'existence, mélodie de la vie.

Prodige humain, sensations énigmatiques, vague atemporelle attendue par les hommes. Pleurs d'amour, larmes de joie. Ivresse salvatrice, satisfaction de l'insatisfait, désirs passionnés. Liberté, parfum de la vie, danse de l'amour, marche vers l'apprentissage de la vie, vers la route de la sagesse. Chant d'amour, chant d'honneur, douceur pure. Profondeur ondoyante, ondes, vibrations attractives. Appel de l'âme, appel du cœur, soulèvement au creux de la chair offrant la frénésie subtile de l'essence, de l'esprit et du corps.

CHAPITRE TROIS : Un bonheur retrouvé

Le soir, en rentrant chez moi, je me sentais différente, plus légère comme apaisée et même épanouie, presque heureuse. Mais je ne cessais plus de penser à cette rencontre, cet homme m'obsédait, occupait toutes mes pensées. Je ne parvenais plus à me libérer de ce souvenir, il était comme une idée fixe qui me rendait euphorique et j'étais fascinée par ses mots qui résonnaient dans ma tête. Où voulait-il en venir ? Que signifiaient ses propos si énigmatiques ? Comment parvenir à percer le mystère ou comprendre la portée de tels propos ? Quand mon mari est rentré, il nous est arrivé un évènement singulier voire étrange et totalement inédit jusqu'alors.

Nous nous sommes offerts éperdument l'un à l'autre comme jamais, avec une intensité jamais atteinte. C'était comme si nous avions véritablement fait connaissance ce soir-là.

Je ressens encore ses baisers ardents, ses caresses douces et si sensuelles. Nous avions atteint le palier de l'entente parfaite et unique, de la sincérité profonde, de l'union de deux êtres, de deux âmes qui se cherchent perpétuellement et qui sont incapables de se sentir sereines l'une sans l'autre.

Je frisonne encore quand je pense à cet instant que j'aurais souhaité éternel, nous avons connu l'harmonie parfaite, la magie de l'instant que l'on voudrait immortaliser et capturer pour toujours, pour le conserver, pour se remémorer l'apothéose, l'apogée d'une vie. L'adéquation, la complicité, l'harmonie, le dualisme était total.

J'étais essoufflée, je tremblais, je transpirais intensivement par la montée de l'émotion. Je me souviens d'une impression, d'une sensation, dans l'extase du moment, c'était qu'ensuite, j'avais pleuré d'émotion, de joie, de bonheur face à la beauté des minutes écoulées, face au cadeau que Dieu nous avait offert. La providence avait œuvré en notre faveur, Dieu nous avait bénis.

Nous nous sentions libérés, comme si nous avions puisé jusqu'aux confins de nos êtres, la quintessence de nos forces, nos réserves insoupçonnées d'énergie vitale. Nous avions dévoilé le plus secret pour libérer notre nature originelle dans toute son humanité. Cet instant de beauté avait gravé dans la pierre, l'avènement de l'accord parfait et de l'encensement de nos sentiments les plus intimes. Cette harmonie et cette splendeur enivrante et déferlante me subjuguaient jusqu'aux tréfonds de ma conscience. Quant à lui, il a prononcé ces mots « Je retrouve enfin ma femme »

Or, l'osmose était si puissante que je craignais que l'on ne pût jamais retrouver l'ivresse de cette nuit où nous avions oublié de boire, de manger, pour nous aimer à l'infini.

Je n'oublierais jamais son souffle, je me sentais vivante et rajeunie comme si une énergie nouvelle allait me pousser à avancer, me propulser vers la vie. Je frétille en songeant à nouveau à ce déploiement sensoriel et charnel où nous avions franchi la barrière de l'intimité, la limite du pudique. C'était comme si nos deux âmes étaient mises à nu, nous nous étions dévoilés et avions affirmé toute notre vérité, toute notre identité, à la fois celle de notre corps et de notre esprit.

Cela peut à la fois rendre vulnérable, mais au contraire renforcer toute la splendeur de l'humain. À cet instant fatidique transparaît l'image de l'être dans toute sa pureté. Nous avions enfin scellé cette unité tant inespérée, tant inopinée. Cette heure voluptueuse, cette soirée de sensations fortes, de douceur et de communion de nos âmes, nous avait amené à la sanctifier, à la révérer. Elle nous a fourni l'offrande, le don de l'éveil des sens, pour vivre intensément l'expérience unique dans la vie de deux amants. L'acte d'amour se trouvait grandi, sacralisé ou même érigé en action développant une religiosité immanente.

La symphonie de l'amour, la mélodie du bonheur nous élevait jusqu'à contempler l'inconnu, le supra sensoriel. L'exaltation s'accroissait jusqu'à aboutir à l'incommensurable moment d'exception. Ses heures s'écoulaient accompagnées de la majesté et du paroxysme de la sublimité.

Ce flot émotionnel à la beauté singulière et quasi mystique avait conquis une dimension solennelle. Nous étions subjugués par la puissance de cet instant qui magnifiait, sublimait nos forces vitales. La splendeur de ce flux temporel devenait, abyssal, immensurable. Je revois la transparence de son regard qui conférait à l'instant une vérité, une sincérité dans toute sa magnificence. Cette dernière transcendait notre monde constitué de rationalité froide et intolérante face à l'invisible ou à l'indicible.

Nous vivions l'ineffable : le don mutuel de deux êtres qui s'unissent et dévoilent leur authenticité sans aucun contrôle ni retenue. Sa tendresse avait été une lumière qui m'avait éclairée afin de réussir à sortir de ma torpeur. Je me sentais vibrer comme jamais auparavant et j'entendais nos cœurs battre à l'unisson comme si nous étions parvenus à effleurer du bout des doigts un autre monde, sublime et transcendant toute perception sensible. Je me remémorais ses tendres caresses, cette sensualité, ses baisers, la chaleur de son corps, qui m'avait réchauffée, je ne tremblais plus, je n'avais plus froid. Cet instant nous avait fait renaitre, son regard me fascina, me transporta pour la première fois.

Ensuite, je me suis endormie dans la chaleur du lit de l'amour et paradoxalement j'avais rêvé de cet homme qui m'avait fait tant d'effet, qui m'avait captivée et qui avait su me toucher au plus profond de mon cœur.

Le lendemain matin, j'avais ouvert les yeux à l'aube avec une sensation de légèreté, de bonheur. Je respirais la rosée matinale avec un regard nouveau, tout était frais, pur, nouveau. Mon esprit était clair, tout était devenu neuf en moi, j'étais transportée par cette impression de jeunesse retrouvée Je me sentais rajeunir, renaître comme si c'était la première fois qu'un homme m'avait touchée, caressée, embrassée, aimée, comblée. J'avais cueilli les fleurs sacrées de l'amour, de la vie et j'ignorais si à ce moment-là, après y avoir goûté, je pourrais oublier et apprendre à m'en passer ou à m'en priver. Je n'oublierai jamais cette clarté lumineuse, authentique dans son regard comme transfiguré par l'amour, comme si sa conscience avait visité des rivages lointains et merveilleux. Je percevais le regard purifié, l'âme sublimée d'un étranger en ce monde.

Un océan de lumière nous avait enivrés jusqu'aux profondeurs de la nuit. Nous avions entrouvert la frontière du sublime. La splendeur de l'instant si éphémère m'avait marquée de manière indélébile, ineffaçable. Je me suis dite peut-être est-ce cela le bonheur? Mais ce que j'ignorais ce jour-là, à cette heure précise, c'était que j'allais obtenir bientôt infiniment plus et que mon existence allait être transformée à tout jamais . Or, qui peut avoir accès à ce genre d'informations ?

Nul homme ne peut déclarer détenir la maîtrise et la connaissance du temps, de son contenu,
de l'avenir, ni même du présent qui est si fugace, si furtif et qui échappe à tout contrôle par son aspect insaisissable. Lorsqu'on le vit, on ne peut l'accaparer et il passe instantanément au statut de souvenir sans même que l'on ait le temps de le réaliser. Le temps fuit inéluctablement et irrémédiablement. Le futur, toutefois bien qu'impossible à connaître et plus encore à maîtriser peut nous ouvrir quelques brèches et nous guider afin que la lumière puisse traverser cette opacité immanente. En effet, certains d'entre nous peuvent parvenir à percevoir les signes qui nous sont envoyés.

Dieu peut nous laisser entrevoir des indices, des prémices que seul l'irrationnel peut admettre et assimiler. Or, la foi en un devenir peut être plus puissante et plus tenace que tout fait rationnel et vérifiable. Elle fait appel à l'espoir qui demeure la plus grande force humaine que nul ne peut détruire. Les prophéties énigmatiques, impénétrables ou les symboles abstrus, abscons, difficiles à décrypter pour les profanes, deviennent en revanche, inopinément la seule langue accessible. Le futur est un langage codé qu'une infime minorité peut saisir...Ceux-là nomment cette capacité l'intuition qui n'est rien d'autre qu'un don ou un sixième sens que Dieu offre aux êtres purs.

Egalement, pour persévérer, pour parvenir à poursuivre son chemin, il existe la foi en une cause, en un rêve individuel ou universel qui pousse à continuer.

Cette sorte de pulsion aide à croire en soi et à avancer. La croyance en un avenir meilleur, fruit de l'effort intrinsèque ou du travail de l'homme, génère l'espoir, la vie et le progrès. Pourquoi, ainsi ne pas révérer l'optimisme et l'idéalisme car seuls les rêves fondent un avenir possible et heureux ? En revanche, il existe une clef de compréhension du futur, c'est l'étude de l'âme, des comportements humains. Cette clef permet de lire une infime parcelle de l'avenir, qui serait alors prédit ou prévu, hormis un imprévisible inhérent au libre arbitre.

On peut ainsi conceptualiser, schématiser et visualiser, en oubliant l'arbitraire, la contingence ou le hasard, ce que sera, une séquence, un flash, un instant de demain. Les sciences humaines, les sciences expérimentales, les mathématiques, les sciences dans l'absolu poursuivent unanimement une démarche cognitive, un objectif consensuel et commun : rendre clair, intelligible le futur concernant leur discipline, leur recherche, leur domaine. Prévoir, anticiper l'imprévisible demeure le dessein intrinsèque de l'homme. Saisir le moment opportun, crucial afin de vaincre la menace, d'assouvir la soif de connaissances inhérentes à l'homme ou de s'approprier les fruits prévisibles du probable instant gagnant. L'homme cherche inlassablement à prévoir l'imprévisible et demeure en quête de l'impossible maîtrise de l'avenir.

Quant au passé, la mémoire est si sélective et imparfaite qu'elle demeure éclectique, arbitraire et cède trop souvent à l'oubli ou à l'idéalisation. Parfois, grâce à des réminiscences, des sensations, des impressions rejaillissent pour offrir une autre vie à des instants révolus. Toutefois, la mémoire des sens reste la plus floue, mais la plus objective. Cependant, les faits de toutes natures demeurent sous l'empire, sous la souveraineté de la subjectivité et des passions et peuvent être idéalisés. Les souvenirs, qui toutefois, échappent à ce traitement sont les faits douloureux et traumatisants, rares sont ceux qui altèrent leur précision avec l'oubli Ces faits restent les plus fidèlement conservés.

L'homme, afin de pallier cette carence partiellement, cette défaillance inhérente à la mémoire, tente d'immortaliser des évènements qui nous ont échappés et qui ne reviendront jamais, par le film ou la photo. Mais ce n'est qu'une fraction, une portion du moment passé. Les sensations, les sentiments sont si intimes et contingents que la vue d'un film ne pourra jamais redonner totalement vie à l'évènement. Son impact demeure peu traduisible à nouveau. Il faut donc profiter de la vie, en savourer toutes les nuances, se délecter de chaque seconde. C'est pourquoi, il est manifeste, notoire que Dieu, être unique, parfait, détient, seul, la maîtrise, la connaissance et la gouvernance du temps.

Au petit matin je pris mon petit déjeuner bercée par l'hymne à la joie et j'avais une faim de vivre.

Nous n'avions plus eu de désirs l'un pour l'autre depuis si longtemps. Ce matin-là, je partis faire des courses avec un plaisir inhabituel, comme si je commençai à apprécier la vie dans toute sa simplicité et sa sobriété. Pour la première fois, je crois que je me sentais contentée, rassérénée et moins avide que de coutume. Il se profilait d'autres nuances, d'autres saveurs que la monotonie que j'exècre et qui me ronge. J'étais curieuse, intriguée, j'avais envie de revoir cet homme si atypique. Nous étions samedi, j'avais tout mon temps puisque je ne travaillais pas. Mon esprit vagabondait et imaginait un foisonnement de probabilités concernant cet inconnu qui avait deviné mon prénom.

Il faisait voyager mon intelligence dans les abysses du possible. J'explorais toutes les possibilités sur son origine, le but qu'il poursuivait, la raison de son désir de me connaître, son intérêt à mon égard, moi, une simple rédactrice qui ne croit pas avoir une grande importance pour la société.

Mon esprit, mes pensées tournoyaient et ne cessèrent pas de s'interroger sur l'impact et le dessein de cette singulière rencontre.

Peut-être m'avait-il libérée grâce au poids de ses mots, de ma pudeur, de ma timidité et surtout de mes complexes refoulés.

Toutes mes inhibitions avaient disparu ce soir-là et j'éprouvais le besoin immédiat d'affronter la vie avec audace et véhémence.

Pendant notre nuit, nos corps convulsifs, fiévreux, frénétiques et vibrants s'étaient comportés avec une extrême impudence. Le temps avait cessé son cours, il avait oublié de fuir pour nous accorder une pause dans l'espace-temps universel. Cette empreinte, ce souvenir vivace me transperçait au point de dépasser tout concept d'entendement, de rationalité J'étais perplexe, je ne comprenais pas ce qui m'arrivait .Je me sentais transfigurée au-delà de toute frontière appartenant au réel. C'était comme si le regard, le jugement d'autrui n'avait plus d'importance. Je resongeais à l'exaltation frénétique et impétueuse, à la fougue dont nous avions fait preuve la veille. Nous étions habités par une passion incontrôlable et insatiable. Notre comportement si emporté, si enflammé, si effervescent, notre sensualité exacerbée traduisait la joie de deux jeunes adolescents qui découvraient l'amour et ses sensations, pour le premier jour, pour la première heure, pour le premier instant mémorable et unique, pour les minutes pures, inaltérables et neuves dans le cœur d'une existence et d'un être, avec un appétit dévorant ou avec un enthousiasme indéfectible.

L'amour, le vrai, le pur est tel un phénix qui renaît toujours de ses cendres.

Nous étions soudainement devenus les amants de la plénitude, les soupirants de l'absolu dans la nuit souveraine, dans la splendeur crépusculaire, dans la majesté de la lumière nocturne nourrie par le rayonnement lunaire et stellaire. Le jour, la nuit, le temps semblait nous appartenir inopinément, nous embrasser, nous attendre et se soumettre à notre véhémence.

Tout devenait beau, j'étais en train d'apprendre à apprécier la douceur de la vie, ses nuances suaves, pétillantes, ses arômes, ses couleurs chatoyantes. La brise matinale m'enivrait, m'exaltait, me procurait des ardeurs, une frénésie nouvelle. Je ressentais une force audacieuse et une ferveur inattendue. La passion et le courage m'emportaient au-delà de mes limites. J'avais décidé de revoir cet homme si original et suscitant le respect. Mon corps et mon esprit avaient été fortifiés après ce crépuscule mémorable et j'étais prête à percer les mystères qui habillaient, auréolaient cet homme. Je me dirigeai d'un pas décidé dans l'espoir de le retrouver à la table habituelle.

Je pénétrai alors dans ce lieu plein de promesses pour moi, à la rencontre de mon destin. Alors, mon cœur se mit à battre vivement quand je m'aperçus qu'il était bien présent, avec son air serein et son journal à la main, en pleine lecture.

Il lisait Le Figaro et avait à côté Le Monde, il ne semblait appartenir, néanmoins à aucune couleur politique. Il donnait l'impression d'être un homme au dessus des partis politiques, avec au contraire des idées, des opinions qui lui étaient propres. Je ne crois pas qu'il fût influençable ou pût être corrompu. Il donnait l'impression d'être loyal, droit et de n'éprouver aucun intérêt pour la mesquinerie sous-jacente qui régnait en politique. Il ne semblait pas se prêter aux querelles ni aux rivalités qui détruisent tous les idéaux politiques.

Il me vit et alors il s'adressa à moi et me dit : « - bonjour ma belle, comment vas-tu ? Je te trouve resplendissante, tes joues sont roses comme si tu avais fait une cure de jouvence. Ton regard est radieux, ton teint est lumineux… » Puis il me regarda avec un air malicieux et complice. Ensuite, il reprit et dit : « Le bonheur te va bien et te rend encore plus belle. » Je rougis et j'étais embarrassée, c'est pourquoi, afin d'engager la conversation, je multipliai les platitudes sans intérêt afin d'empêcher les silences déconcertants. Lui, semblait s'en être rendu compte, car il me demanda de me décontracter et il me mit à l'aise avec un regard plein de chaleur et de générosité. « -Toi, tu veux me parler, je t'en prie n'hésite pas …

-Comment connaissez-vous mon prénom, comment est-ce possible ?

-Je te l'ai dit, je lis dans le cœur des êtres, pour un esprit rationnel cela peut sembler impossible, mais c'est pourtant la réalité. Je ne fais qu'écouter au-delà des sons, au-delà de l'audible, je décrypte dans le silence profond le langage et la voix de l'âme et là je comprends qui tu es, ce que tu ressens. Je fais alors corps avec ta conscience. Il n'y a aucune magie à cela, je ne fais qu'écouter comme un alchimiste qui utilise son savoir-faire. Tout cela est très simple... » Je lui répondis un peu maladroitement, de manière totalement incongrue pour animer la conversation que je ne parvenais pas à mener avec aisance :

« -vous êtes un habitué des lieux, je crois vous avoir aperçu souvent l'après-midi.

-Effectivement, j'aime m'arrêter ici pour contempler la vie dans cette ambiance feutrée, chaleureuse. J'aime sentir la vie, le mouvement, ces gens qui vont et viennent, rient, discutent ou se disputent.

Mais cela constitue le reflet du miroir de la société où les gens sont authentiques et ne font pas semblant. Regarde cet homme à côté, il ne joue pas un rôle, sa colère et son stress arrivent jusqu'ici et cette femme qui attend en cachette son amant... Ils sont tous deux mariés et sont amants.

Trois fois par semaine, c'est la même habitude, la même liaison.

Elle l'attend nerveusement et hâtivement, avec le regard d'une femme qui franchit l'interdit mais qui semble trouver cela exaltant et qui ne peut se défaire de ce jeu dangereux, mais excitant. Mais tu vois, je lui donne à peine un mois pour sombrer dans un gouffre et verser des larmes de sang. Lui, joue avec elle, il ne l'aime pas alors qu'elle est follement éprise de lui. L'impunité n'existe pas et l'on paie tôt ou tard le prix de ses erreurs...Tu peux en croire mon expérience personnelle.

-Je trouve le cadre très agréable et vivant

-C'est surtout que lorsque j'avais une vingtaine d'années, je m'y arrêtais avec mes amis. C'était le bon vieux temps. Nous étions heureux, insouciants et si jeunes. Nous pensions que tout était facile, nous avions beaucoup d'ambition et nous nous comportions avec l'arrogance de la jeunesse. Nous nous croyions invulnérables et pensions avoir l'avenir et le monde à nos pieds.

Malheureusement, tous ces amis, je les ai perdus de vue, alors que nous pensions ne jamais nous quitter et tout partager à vie, à jamais. Nous avons progressivement oublié nos promesses pour faire place à l'individualisme.

Nous avions oublié ces serments d'amitié et toutes ces soirées sont devenues des souvenirs sans lendemain possible et ont pris le goût amer et à la fois tendre de la nostalgie qui fait souffrir, mais qui nourrit d'un plaisir éphémère quand on se souvient.

Cela enrichit et embellit la mémoire d'un vieil homme qui n'en a plus pour très longtemps à vivre.

Et là un malaise apparaît, qui angoisse et fait peur. Ce qui effraie ce n'est pas l'idée d'une fin, car elle ouvre vers une nouvelle vie, mais ce qui m'inquiète, c'est d'être oublié et que mon travail, mon œuvre, ma vie ne servent à rien et qu'on m'oublie comme un anonyme qu'on a aperçu au détour d'une rue. Je veux avoir été utile et non pas demeurer un individu qui n'aurait pas accompli sa mission. Sache que avons tous une mission, même infime, mais importante à l'échelle de l'univers. Tout confirme tôt ou tard sa raison d'être et contient un dessein, une raison et une logique qui, bien souvent en tant qu'humain, nous échappe. La vie est un don trop sacré pour se permettre la fantaisie absurde et ridicule de la gâcher. En tous les cas, j'ai pris conscience d'une vérité importante. En ce qui concerne la vie d'un homme, la mission qui incombe à chaque être responsable, consiste à améliorer la voie de l'avenir, de parfaire notre monde qui doit être en perpétuelle progression. Et nul ne peut se permettre de le laisser stagner ou décliner. La déchéance n'est pas acceptable, même avoir un enfant et donner la vie représente un moyen de l'éviter et de s'élever, donc de permettre un progrès.

Et même un emploi que tu peux juger sans intérêt et basique, s'il est exercé avec conscience et amour, il deviendra noble. Il relève de notre responsabilité, il appartient à notre conscience de rendre beau le monde, la vie.

Tout est une question d'état d'esprit, rien n'est négligeable, ne serait-ce qu'un père qui exerce une profession, qu'il juge dépréciative, avilissante, dévalorisante ; en l'occurrence, celle-ci peut devenir belle, si l'on y observe le but poursuivi : nourrir et aimer sa famille, lui donner tout ce que ses bras, sa force permettent. Là, c'est ce qui existe de plus beau et de plus noble, car en élevant des enfants heureux, il aura rempli sa mission et permis de parfaire le monde. Tu dois toujours garder ta dignité et être fière de ce que tu es. Nul n'a ni le pouvoir, ni le droit de juger, de mépriser ou de rabaisser quiconque, car tous les êtres humains sont à égalité importants et sacrés. Ne laisse jamais personne de donner l'impression d'être banale ou commune. Nous sommes tous uniques et avons tous notre originalité et nos particularités. C'est ce qui nous offre notre identité propre que nul ne peut voler ou brider. C'est aussi ce qui fait la richesse et la beauté de ce monde. Toute cette diversité d'esprit, de pensées génère cette profusion de saveurs, de couleurs et de beautés. Ose affirmer ce que tu es, ne te fonde jamais dans la masse, dans le moule de la banalité, du conformisme, de l'uniformisation.

Ne cherche pas à imiter autrui, mais au contraire sois toi-même et affirme ta particularité et ton identité.

Tu peux suivre un exemple ou être influencée, mais trouve ta personnalité et affirme-la, assume-la, car tu conserves la même valeur que quiconque. Toutefois, tes actes peuvent à eux seuls t'élever au grade supérieur du commun des mortels et peut-être te rendre aux yeux du monde, digne de respect et d'admiration et également digne de rester dans la mémoire collective. Comme le disait Emmanuel Kant « Agis selon que la maxime de ton action puisse être érigée en loi universelle » donc exemplaire et respectable à toute époque et en tous lieux. N'aie jamais honte de ce que tu es, nul n'est insignifiant, toi aussi tu demeures digne d'intérêt. Apprends à dépasser les apparences, à aller au-delà des préjugés, à transpercer les idées reçues...

-Vous avez toujours été parisien ?

-Oui, j'ai grandi à Paris, dans les beaux quartiers de la capitale, je suis parti un long moment pour revenir à présent retrouver mes racines et me replonger aux sources de mon être. Quand on quitte ses origines, sa genèse et son havre familial, on finit toujours par revenir au point de départ, là où tout a commencé, là où l'on a grandi, mûri, appris, c'est un pèlerinage nécessaire avant le départ final. Et je n'ai personne à qui transmettre, à qui raconter...

J'espère que tu écoutes bien ce que je te dis, c'est un don précieux et des secrets que tu devras garder au fond de ta mémoire et que tu ne devras jamais révéler. Je t'ai choisi pour... »

À cet instant précis, je sentais que quelques mots cruciaux venaient d'être prononcés. Je tremblais, ma gorge était nouée, mes jambes flageolaient et c'était comme s'il se produisait un décalage entre ce que j'entendais et ce qui arrivait jusqu'à mon cerveau. Je ne sais pas si vraiment je réalisais l'ampleur de ses mots. Et, je sentais que mon souffle était irrégulier, mon cœur battait si fort que je l'entendais vibrer dans mes tympans et mes tempes tambourinaient à rythme de plus en plus rapide. Plus je prêtais l'oreille à ses propos, plus ils m'impressionnaient. Moi, médusée, interloquée et très émue, je repris pour désamorcer la tension et l'émotion qui régnaient. Je voulais détendre l'atmosphère.

« -Je crois que les propriétaires se sont succédés dans ce café

-pourquoi changes-tu de sujet, écoute ce que je dis, je suis là pour toi, je t'ai choisi parmi tous...Je sais que tu travailles dans ce quartier et tu viens là pour te détendre, mais toi aussi dès l'instant où tu m'as aperçu, tu n'as pas cessé de m'observer, car toi aussi tu ressens une forte émotion quand nous sommes en présence l'un de l'autre.

Tu sens cette impression de déjà vue comme si notre rencontre était écrite, comme si, ce qu'il se passe est naturel et doit être ainsi... Ainsi soit-il ...N'aie aucune crainte, je suis là pour toi, pour t'aider, à apprendre à frémir de nouveau, à aimer la vie...Tu n'as qu'une unique obligation, juste un seul effort à consentir, il s'agit d'accepter d'écouter et d'obtempérer. Laisse le destin vaincre, laisse-toi guider et n'aie pas peur. »

J'étais ébahie et je restais sans voix, je ne parvenais pas à résister, il avait un tel charisme et une telle force de persuasion que je ne pouvais pas lutter... puis il ajouta :

« -si je peux me permettre, je te trouve très belle, tu me rappelles mon épouse que j'ai beaucoup aimée. » Et là, il est retombé dans la méditation et j'ai retrouvé cette expression mélancolique permanente qui avait disparu juste au moment où il me parlait. Puis il semblait retrouver vie et vigueur. C'est comme si nous avions besoin l'un de l'autre pour nous sentir mieux, en phase avec la vie. Nous partagions une harmonie complète qui paraissait nous aider à nous accomplir, à nous réaliser. Sur ces derniers mots, je l'ai laissé et je lui ai dit à bientôt.

Le lendemain matin, j'ai réfléchi, je ne savais que faire ? Etait-ce raisonnable d'aller le revoir, mais une force me poussait à y retourner.

Je ne craignais rien et je me sentais sereine, paisible comme si la peur était un sentiment qui avait disparu et que je ne pouvais plus éprouver. J'avais été comme épurée, purifiée de mes angoisses, de mes appréhensions. Alors, je l'ai aperçu à nouveau le lendemain au café et je suis allée spontanément vers lui, sans retenue et même avec hâte. J'étais presque heureuse de le voir et je me sentais comme aspirée malgré moi vers ce mystère obscur, cette énigme. Il avait l'air ravi de me voir et m'a avouée qu'il m'attendait. Je pense qu'il savait très bien que je viendrais.

Mais il avait le regard de la victoire. Puis, il a commencé à me lancer un regard déterminé et pénétrant qui me faisait frissonner autant qu'il me pétrifiait. Je me sentais paralysée, incapable de résister à son pouvoir envoutant ou hypnotique. Je lui ai alors parlé avec le naturel de deux êtres complices qui se connaissent depuis fort longtemps. Je finissais même par me sentir à l'aise. Une grande amitié était en train de naître entre deux étrangers qui, paradoxalement, semblaient partager un lien très fort et même inexplicable. J'éprouvais à la fois une forte révérence et de l'admiration pour ce grand homme, et, en même temps, une confiance aveugle, déraisonnée et dénuée de toute logique. Il incarnait pour moi l'image d'un homme singulier, raffiné et je l'avais baptisé : « le vieux Monsieur du café » qui me fascinait et m'intriguait.

Le lendemain, lundi, en achevant ma journée de travail, j'accourais pour retrouver mon ami, « le vieux Monsieur ». Ce vieux monsieur dont j'ignorais l'identité, le nom, le prénom et qui parvenait à captiver si intensément mon attention. Je crois que je me sentais flattée. Il avait réussi à me rendre fière de moi, pour la simple raison, qu'un homme si respectable, d'une telle envergure, qui semblait avoir tant de vécu, s'intéressait à moi pour me livrer des secrets. J'imagine qu'il gravitait aussi une part de curiosité qui m'attirait tel un aimant aspiré et appelé par un champ magnétique.

Alors quand je suis arrivée nous avons commencé par échanger quelques mots sans grand intérêt et puis un silence pesant a envahi notre antre. Je présumais qu'il voulait m'annoncer une information. Je me souviens que j'entendais chaque battement de la pendule et qu'elle indiquait 18 heures 53 précisément, puis 18heures54, 55 ces minutes semblaient durer des siècles, le balancier de l'horloge se faisait de plus en plus oppressant, ce bruit interminable s'apparentait à des coups percutions, se dérangeant à cadence régulière. Les secondes s'apparentaient à un pouls qui s'emballe avec une vélocité subtile et accablante. Et là, à cet instant, il a empoigné mon bras et j'ai sursauté, il a alors commencé à balbutier quelques mots inintelligibles, puis d'une voix hésitante, il a dit :

« -Allez, je vais oser, j'ai envie de t'inviter à dîner…Tu es celle que j'ai choisie pour raconter ma vie, j'ai tant à avouer, à confesser. Et tu es celle que j'ai attendue très longtemps, tu incarnes les oreilles qui m'écouteront, tu représentes la conscience que je cherche, tu es mon miracle… »Quand, il a pris mon bras, j'ai senti une impression très particulière, comme des ondes, des vibrations qui produisaient un effet spectaculaire et inexplicable. Or, ensuite je me suis sentie instantanément en paix, imperturbable, libérée, légère. J'ai ajouté :

« -pourquoi me choisir moi ?

-Avance avec moi et tu comprendras, je suis sûr que tu ressens déjà cette évidence qu'il ne peut s'agir de nulle autre que toi et bien toi. C'est un prélude vers l'avenir, vers la vie. Accepte d'ouvrir tes bras à la vie, ouvre ton cœur vers ce préambule annonciateur, accepte cette promesse fabuleuse, ce prologue verdoyant. Rejoints le navire heureux de l'excellence de l'existence. Tu finiras par tout saisir progressivement, sois patiente et tout viendra petit à petit, tout deviendra comme une révélation absolument inexorable et véridique. Suis le fil lumineux du destin sous-jacent. » Il a alors attrapé ma main afin de me rassurer et m'a souri avec un air assuré. « -Tu ressens ce lien si puissant qui nous unit … » Je suivais alors une gradation ascendante d'émotion, un crescendo d'étonnement et même de stupéfaction.

J'étais en décalage avec la réalité, car l'émotion était si forte, si intense que ne réalisais pas la teneur et l'ampleur de ce qui était en train d'arriver pour moi. Toutefois, j'étais un peu perturbée, que voulait-il ? Je savais pertinemment que si j'écoutais cet homme, c'était ma vie toute entière qui serait bouleversée, j'en éprouvais une foi ardente et une intuition profonde.

Le doute m'envahit soudain puis je me suis dit « ta vie n'est pas si formidable que cela, tu n'as pas vraiment d'attaches, rien ne te retient vraiment, cette vie est même plutôt banale, tu n'as même pas d'enfant alors pourquoi ne pas essayer ? Tu ne fais rien de répréhensible en écoutant cet homme, tu ne trahis pas ton mari, il s'agit d'une relation amicale et totalement platonique avec un vieil homme qui attend la mort, pourquoi ne pas avoir le droit de lui apporter un peu de réconfort ? » La tentation était grande …Il ne manquait plus rien pour franchir la limite, d'autant que ce soir-là mon mari était en déplacement professionnel à Toulouse, bien loin de moi… Ainsi, il avait gagné, j'avais obtempéré, j'avais accepté de devenir sa confidente de quelques heures, sa confidente d'un soir, d'un crépuscule, d'une nuit ou peut-être de beaucoup plus de temps, Dieu seul le savait, moi, je ne maîtrisais plus rien…J'étais devenue sa proie et son élue…

Mystère des mystères. Ardent bonheur naissant, introspection souveraine. Plénitude infinie au milieu du néant, de la sinistre vacuité. Instant doux et plaisant sous la chaleur jubilatoire d'un soleil exubérant. Saveur subtile au gout de miel d'une existence en devenir. Enigme, profondeur prodigieuse, quintessence de la vie. Questionnement inhérent à l'être qui se cherche. Magie du mystère emportant la curiosité et amplifiant l'intelligence. Force, tempérance, persévérance transcendant l'être innocent en proie à un vent nouveau. Vie, tumulte, destin providentiel qui grandit et glorifie l'amour de Dieu. Fleuve du silence, mer du souvenir. Avance et laisse-toi guider par le parfum impérieux de l'amour. Cœur palpitant, lèvres pourpres, corps tremblotant, enfiévré par la sublime douceur de la quête.de la sagesse : essence de l'humanité. Caprice, aléa, contingence, chance, providence, destinée heureuse après un torrentiel louvoiement menant aux buts ultimes de l'humain : l'amour, la spiritualité et la foi. Merveilles humaines menant aux sept mers et au feu de l'exaltation. Elévation prodigieuse et inexorable, âme humaine avide de découverte. Plénitude intense, lumière libre, suprême et éminente, lumière souveraine et éternelle, éclat scintillant depuis l'azur et rayonnant sur les cieux, sur les mers, sur les continents, inspirant le cœur des hommes et réchauffant, illuminant la sphère terrestre malgré les sombres orages et les tempêtes.

Souffle précieux d'un vent subtil, prodigieux vent de soie, vent chaud, souffle doux du maître des temps. Auréole suprême, aurore boréale gravitant et chantant à l'âme de l'humanité.

CHAPITRE QUATRE : **Rivage onirique**

Il m'amena chez lui, l'intérieur était assez chaleureux et luxueux. Je me trouvais dans une pièce parsemée d'ouvrages des plus grands écrivains de l'histoire de la littérature. Etaient dispersés çà et là La Bible, Le Nombre, Le Deutéronome mélangé à Aristote, Platon, puis suivaient de très nombreuses œuvres de philosophie politique et Machiavel accompagnait Huis Clos de Sartres ou la Cantatrice Chauve de Ionesco. Kant et Spinoza se tournaient vers Racine et Victor Hugo. Enfin et tant d'autres semblaient m'appeler, cette profusion m'émerveillait, j'avais l'impression de faire le plus beau des voyages littéraires. Je pénétrais à l'intérieur d'un lieu magique où s'accumulaient tant de connaissances qui ont traversé le temps, les époques, c'était comme faire un voyage dans le temps et entrevoir la richesse, la grandeur du patrimoine universel.

En me voyant admirer cette vitrine du savoir humain, il a prononcé ces mots : « - Contemple ce prodige des hommes, ce savoir, cette connaissance, cet héritage qui est parvenu jusqu'à nous et qui s'est imposé à nos yeux, à nos sens, à notre entendement par sa singulière et sublime virtuosité.

Féérique symphonie de la conscience séduisant l'intellect et guidant, impulsant l'éclat du progrès. Tu vois cette œuvre fantastique que tant ont souhaité salir, mais qui par sa force et sa puissance est parvenue à se hisser, à s'élever, à résister à la soif de destruction et à la haine des hommes fanatiques qui ne veulent que brimer l'esprit de créativité pour affirmer un pouvoir qu'ils se sont octroyé.

Or, ils ont volé ce pouvoir qui ne leur appartient pas, qui appartient à l'ensemble de l'humanité. Ils agissent illégitimement comme des chiens fous et des imposteurs qui s'érigent en dictateur du savoir, en homme ayant le monopole d'une connaissance qu'ils ne détiennent pas ou alors qu'ils ne sont pas dignes de découvrir tant leurs intentions sont mauvaises et destructrices. En effet, empêcher la diffusion du savoir, c'est voler à l'humanité un présent, un don précieux, c'est dérober l'espoir et plonger cette dernière dans une désillusion et un désenchantement collectif et destructeur. C'est ôter à l'humanité son souffle, sa vitalité, son âme, sa fantaisie, sa magie. Cela reviendrait à l'ignorer, à la pousser dans le chaos, et la condamner à la soumission et à la minorité perpétuelle, immanente, immuable.
C'est l'empêcher d'ouvrir son esprit, de s'épanouir et de goûter à la connaissance dans toute sa saveur, sa splendeur, d'être subjuguée par toute sa substance, sa quintessence.

L'amélioration, le progrès humain ne peut surgir que de la connaissance du passé pour prolonger, développer, perfectionner le déjà trouvé, les inventions, les innovations. Idéalement, on pourrait imaginer que nous apprenons tous, des erreurs déjà commises. Depuis le prélude, le commencement des commencements, la source du savoir suit un mouvement continuel vers l'amplification. » J'imaginais alors la persévérance de tant d'esprit pour sortir l'humanité de l'obscurantisme et l'amener vers une modernité qu'ils pensaient forcément pure et meilleure. Tant d'espoir, d'amour, d'énergie au service d'une cause parfois si réprouvée.

La quête du bonheur, du progrès, de la rationalité et de la tolérance n'est-ce pas le plus beau des idéaux ? Martyr de la vie, martyr de l'esprit des hommes louvoyant, tanguant et s'élevant indiciblement vers la clarté. Visions embrumées, enfiévrées, douleur féconde et fracassante, foudroiement de la conscience, de l'essence souveraine par une force foisonnante, prospère et quintessentielle de l'esprit humain.

Tant d'ardeur, de vaillance et de ferveur pour faire jaillir du fond du gouffre de l'ignorance le progrès humain, le savoir. Ce travail, cette quête, ce labeur ne doit jamais rester sans lendemain et doit rayonner jusqu'aux confins du monde.

Ces œuvres magistrales me laissaient apercevoir les racines de l'histoire du monde, de notre culture, de notre histoire collective, sacrée et qui doit rester inaltérable, insubmersible et indestructible. Il dit alors :

« -sans l'histoire l'homme n'est plus rien, il perd ses repères, son passé et devient amnésique. Or, sans passé l'homme est perdu, il erre et finit par se détruire, car il ne lui reste plus de valeur, plus de traditions, plus de mémoire à respecter et à aimer. N'oublie jamais le devoir de mémoire des hommes. Sans mémoire universelle et sans gardiens pour la sauvegarder, c'est détruire le progrès et l'âme universelle du monde. N'oublie jamais cette idée et transmets là. Moi, je veux te faire un don en te transmettant mon savoir, un savoir qui élèvera ton être. Cette offrande peut façonner ton âme, te permettre de t'enivrer dans une nourriture spirituelle. Je souhaite te plonger dans un monde fascinant afin de libérer ton esprit, d'ouvrir ta réflexion, ton esprit critique, de développer, embellir, anoblir, fructifier ton essence humaine, créée, offerte par le Seigneur. Laisse-toi exalter, enchanter, éblouir, en goûtant à toute la saveur, la substance, la quintessence d'un savoir cumulé, acquis durant toute une vie. Je restai alors interdite et submergée par l'émotion de paroles si belles.»

Cette abondance livresque me donnait le vertige, le vertige de la soif de connaissance. Puis, je réfléchis et je m'interrogeai, était-il autodidacte ou avait-il fait des études prestigieuses ?

Il semblait si modeste, si accessible et en même temps inspirait tant de respect par cette grande sagacité d'un homme sage qui a beaucoup appris et beaucoup vécu. Tout en, lui, paraissait imposant, conséquent.

Il me proposa alors pour commencer de boire un verre et j'acceptai. Mais ce qui me frappa, c'était que je me sentais comme immergée dans un espace onirique, dans un mirage. Les sons, les couleurs, sa voix, tout était un peu confus, tout était amplifié. Mes sens étaient comme décuplés. Tout résonnait pareil à un écho. Une odeur suave et chaleureuse de muguet, de vanille et de jasmin chatouillait ma narine.

En plus, je fus impressionnée et surprise quand je vis un vase rempli de mes fleurs préférées : des lys roses accompagnés d'orchidées et de roses blanches. Tout était présent, comment avait-il su ? Qui était-il ? J'étais subjuguée par cette précision méticuleuse et si attendrissante. Je restais interdite devant tant d'attention émanant du hasard, de la coïncidence ou d'une intention, d'une résolution, d'une opiniâtreté préméditée ou du dessein d'un virtuose.

Ces teintes blanc crème, blanc neige, rose-tendre, cette palette de coloris suaves, pastel, enchanteurs me ravissait semblable à un individu qui découvre la magie de la nature, de l'art divin.

Ces senteurs douces, délicieuses, sucrées glorifiaient mes sens. Ensuite, une odeur pétillante d'agrumes et de lavande arriva jusqu'à mon odorat. J'avais toutefois une certitude, c'était que je me sentais bien, je savais que je me trouvais en accord avec moi-même. Il s'agissait d'un état d'apaisement, de plénitude, d'ataraxie. C'était comme avoir atteint le point culminant du bien-être en tant que vivant et être propulsée à la frontière avec un autre monde fantastique, magique et merveilleux. J'étais comme projetée dans un univers étrangement fascinant, singulièrement exaltant et mystérieux.

Tout devenait beau, féérique quand j'étais en sa présence et je me sentais totalement rassurée. Il était comme un magicien du bonheur. Ces exhalaisons qui déferlaient vers moi me mettaient dans un état de totale béatitude, cette volupté exacerbée, ces fragrances, ces senteurs envoutantes m'appelaient afin de me ravir, de me griser. Mes sens étaient sublimés, exacerbés et tout se trouvait magnifié, embelli et même exalté. Il m'avait fait l'offrande des fruits de la nature généreuse, délicate et apaisante célébrant le rêve humain, la vie telle une contemplation sublime.

Je vivais une ivresse intense semblable à une félicité. Ce parfum délicieux, capiteux devenait enivrant, étourdissant quand je fermais les yeux, tout était purifié. Cela s'apparentait à un voyage sensoriel, je sortais du spleen pour atteindre l'idéal baudelairien.

Tout tourbillonnait dans ma conscience, ces sensations se bousculaient dans ma tête, dans mon corps, dans ma chair. Vague subtile, frissons chauds, promesse de l'aurore. Puis, les braises d'un feu de cheminée me rappelaient la chaleur d'un foyer rassurant ensuite, un vent léger me toucha comme si je respirais la brise marine. J'étais captivée par ce mélange de couleurs chatoyantes, cette symphonie de nuances diaprées et ce bouquet d'amour. Ces odeurs capricieuses ondoyaient, se balançaient, dansaient pour atteindre mes narines. Elles formaient des vallonnements, elles flottaient en s'élevant et en s'abaissant tour à tour pour ensuite devenir miennes. J'étais enivrée par cette vaporeuse vague savoureuse.

Mais je pris conscience de l'évanescence de cette douceur privilégiée qui ne pouvait pas être sauvegardée et que je ne pouvais pas accaparer ni capturer jalousement tel un trophée. Je réalisais que cette prodigieuse et magistrale félicité euphorisante était vacillante, chancelante et ne pouvais pas indéfiniment me délecter, me régaler. Cette providentielle suavité voluptueuse demeurait fugace, fugitive, furtive. Or, je goutais au chef-d'œuvre divin, aux fruits prodigieux du tout puissant. J'avais cette chance même si l'instant, devait, inéluctablement rester bref.

Puis, soudain, il mit un peu de musique, une musique sublime semblable à un concert grandiose qui résonne encore dans mes oreilles.

J'avais le droit à du Mozart ponctué de Jean Sébastien Bach et d'autres, dont j'ignorais le nom. Il dit que la musique inspirée est un moyen d'accéder, de gagner la clarté, la lumière et la paix de l'esprit. Une alchimie de sons et de couleurs voguait autour de moi et gravitait un univers mélodieux, ensuite, il se mit à son tour au piano et jouait des notes de velours, des notes d'une douceur comparable à de la soie. J'avais la sensation de flotter, de caresser la virtuosité, de naviguer dans les rivages de la beauté qui séduit au plus profond l'esprit.

J'aimais vraiment ce que j'étais en train de vivre, mais pourrais-je, en sortir indemne ? Cette légèreté, cette subtilité et cette évanescence des notes me faisaient tressaillir. Puis, soudain, il me dit: « Je veux que tu apprécies ce délice, cette douceur si pure, écoute, laisse-toi aller, libère ton corps, ton esprit, laisse-toi noyer, envahir, submerger, pour renaître. Respire, ferme les yeux, oublie notre monde, ne résiste pas, laisse-toi guider par la musique, élève-toi vers cette féérie sensorielle. Sens-tu la musique qui te caresse, qui entre dans ton corps, ouvre ton cœur, laisse la musique te purifier, t'atteindre au cœur et observe cet océan de merveille, baigne-toi dans cette grâce.

Sens tu comme ton cœur vibre, et permets aux émotions de venir en toi pour te libérer de la matérialité, du terrestre et ouvre ton cœur à la spiritualité.

Plonge-toi, enivre-toi dans ce breuvage sacré, dans cet élixir du bonheur. Libère ton imagination, libère tes sens pour leur permettre de se décupler, concentre-toi. » Puis, après cet instant magique, il me ramena à notre monde, à la réalité quand il me proposa un thé que j'acceptai. Quant à lui, il prit un Cognac qu'il ne cessait de secouer tel un rituel, de tournoyer à son gré avant de le boire. J'étais assise sur un canapé Chesterfield et lui sur un fauteuil face à moi. Quand je m'abreuvai de son délicieux thé, je fus frappée par une sensation originale, j'avais l'impression que je m'étais désaltérée, réchauffée, mais bien plus encore je sentis que je n'avais plus faim, que j'avais dîné, la sensation de faim que j'éprouvais s'était complètement dissipée.

J'étais repue comme après un repas, et en même temps extrêmement légère. Tout devenait de plus en plus irrationnel, voire surnaturel. Je ressentais comme une sorte de nourriture providentielle qui m'avait rassasiée. J'étais comme immergée dans un paradis des sens. La vie semblait venir vers moi, m'appeler. Je nageais en pleine extase onirique, plus rien ne pouvait me blesser. Etait-ce chimère, rêve, réalité ? Ce qui était incontestable, c'était que j'avais enfin trouvé ma voie, cela s'était révélé à moi avec naturel et totale simplicité.
L'existence n'était plus un labyrinthe confus et interminable constitué de tribulations,

mais une droite parfaite et pure qui m'acheminait vers une destination inconnue, mais exaltante et attirante. Il m'avait plongée dans un univers qui me faisait penser que, ne pas aimer la vie, était semblable à un blasphème, un sacrilège. Je réalisais qu'il me conduisait vers l'extase, une extase sensorielle que l'homme rêve d'atteindre, une extase qui relève de l'idéal humain dont on désirerait effleurer du bout des doigts, ne serait-ce qu'une infimité de minutes, de secondes, même un temps très bref.

Soudain, il prit la parole pour me dire : « - Je vais te raconter ma vie, te révéler qui je suis vraiment, ce que j'ai vécu, mes erreurs, mes écueils et mes succès. Je voudrais que tu écoutes avec attention et que tu apprennes de mon expérience, de cette vie détruite par l'aveuglement et l'illusion.

-Mais pourquoi moi ?

-Quand tu es face à un homme, est-ce que tu lui demandes, pourquoi m'aimes-tu ? Ou devant une amie, pourquoi, m'apprécies-tu ? On n'aurait pas même de réponses à t'offrir, laisse le cours des évènements aller et cesse de chercher un pourquoi à l'arbitraire, au destin, à la providence. Laisse-toi aller, laisse-toi guider. La sympathie, l'amour, l'amitié véritable ne se calculent pas, dans le cas contraire tout est faux, sali par l'intérêt, par les influences extérieures, par la volonté d'obtenir une proie, d'atteindre pouvoir et succès de manière préméditée grâce à autrui.

Tout simplement, tu me plais, tu me rappelles ma jeunesse, cette unique femme que j'ai aimée, qui me faisait vibrer. N'aie aucune crainte, pour moi, jeunesse est passée et je ne cherche nullement à la revivre, déjà te regarder, te parler me fait revivre. Et puis tu comprendras d'ici un infime moment la portée de tout cet entretien. » Il a alors posé son index sur ma lèvre comme pour me signifier que je devais cesser de poser des questions et pour m'exhorter de rester silencieuse tel un enfant indiscipliné.

Il commença alors à me dérouler la pellicule du film de sa vie, il le faisait avec tant de sincérité que je finissais par m'identifier à lui. Son récit était si profond qu'à certains instants, je tentais de retenir mes larmes. Cet inconnu, qui ne divulguait pas son identité, me bouleversait. Il était issu d'un milieu aisé, son père était un industriel du textile et sa mère, une ancienne journaliste normalienne. Lui, a vécu une enfance sans histoire, ni très heureuse, ni malheureuse à son goût. C'est-à-dire qu'il n'a jamais manqué de rien, qu'il a eu tout ce qu'il désirait d'un point de vue matériel, mais qu'il aurait souhaité moins de cadeaux, moins d'abondances et plus d'amour, de chaleur. La présence d'une mère rassurante qui raconte des histoires le soir lui a manqué. Les sorties d'hommes, la pêche, la chasse, l'équitation au côté de son père restaient très peu fréquentes.

Il aurait souhaité une plus grande complicité avec ce père absent.

La seule préoccupation qui comptait plus que tout, à ses yeux, qui habitait ses pensées, qui le hantait, l'obsédait, était de gagner son estime, sa reconnaissance. Peut-être lui accorderait-il plus d'attention, plus de crédibilité, plus de considération ? Il se disait qu'en étant irréprochable, peut-être qu'un jour, il lui dirait qu'il l'aimait et qu'il était fier de lui.

Mais, malheureusement, jamais ces mots magiques et nécessaires n'ont été prononcés. Et, il nourrissait le regret de ne pas avoir été présent le jour de son décès, dans l'espoir de pouvoir lui dire qu'il l'aimait ou l'entendre de sa part. Mais, rien n'était jamais suffisant aux yeux de ce père si exigeant, pour accorder une once de respect. Il avait toujours l'idée de ne pas être à la hauteur de ce grand homme.

Il vivait dans son ombre, qui lui rappelait sans cesse sa faiblesse et son incapacité à jouer dans la cour des grands, à affronter le milieu redoutable des affaires. Parfois ce père qu'il adulait, qu'il vénérait par-dessus tout, lui donnait l'impression de n'éprouver pour lui que du mépris et du dédain. Or, peu après sa mort, il avait appris avec stupeur que cet homme qu'il avait considéré comme son père, n'était qu'un étranger. Son père biologique se serait donné la mort, quand il avait six mois. Il se serait supprimé à cause du déshonneur d'un revers de fortune et de dettes insurmontables.
Alors cet étranger, ce faux père, cet imposteur arrogant et suffisant,

se serait marié avec sa mère pour, à son tour, sauver sa propre fortune grâce à l'héritage maternel, sa mère étant issue d'une famille très riche et de surcroît, enfant unique. Le contrat consistait en ce qu'il épousât sa mère et adoptât l'enfant, lui, quand il avait six mois, pour sauver l'honneur et la réputation de cette grande famille bourgeoise. Ainsi, en plus de perdre son prétendu père, ce père adoptif, il a réalisé que sa famille n'était qu'une comédie, un mensonge. Sa mère ne pensait qu'à sa réputation, il sut aussi que son père adoptif collectionnait les maîtresses et que ses parents ne s'étaient jamais aimés. Il s'était agi uniquement d'une union de façade, d'apparence, d'un mariage d'intérêt et donc de raison. Tout son environnement n'était que comédie, mensonge, faribole, simulacre, toute son enfance reposait sur un mirage. Ce fut pour lui, le choc, le bouleversement qui lui fit perdre son innocence prématurément.

Et il comprit finalement qu'il n'était qu'un objet voire un gadget pour faire bonne impression mais qu'en coulisse, la réalité était d'une grande laideur. C'était alors son monde, son univers, son repaire qui s'était écroulé, il ignorait où trouver la vérité et non l'apparence.
Il avait vu rayonner le culte de l'apparence, du mensonge, des faux-semblants, des illusions, de la fausse réalité et de l'artifice. La crainte du scandale était une obsession dans cette famille d'apparat, nait d'une horrible feinte.

La ruse pour cacher une vérité dérangeante était la spécialité de sa mère. Mais malgré cela, il avait aimé cet homme si distant, si froid, il le considérait comme son héros. Il voulait honorer sa mémoire et espérait au fond de son cœur, que peut-être il l'avait aimé en cachette. Il se sentait doublement trahi et injustement châtié, car il ne pourrait plus le rendre fier de lui et jamais ils n'avaient pu avoir leur instant d'entretien à cœurs ouverts entre hommes.

Il est certain toutefois, que le temps possédait un pouvoir, une vertu, il adoucissait les blessures. Même si l'homme ne peut pas oublier les traumatismes, il peut tout au moins apprendre à les appréhender, les apprivoiser, les domestiquer afin de parvenir à vivre en leur compagnie. On peut même parvenir à ne plus les craindre et les transformer en une force intérieure, aidant à affronter la vie avec panache et vaillance. Il n'avait que quinze ans à la mort de son père.

Ce souvenir reste immuable et fluide, mais la distance et le recul qu'impose le temps qui s'écoule, permet de relativiser et peut même transformer la haine, la colère, les remords, en, tout simplement, de l'indifférence, mais dans son cas ses sentiments s'étaient embellis.

En ayant brisé ce silence, ce poids d'un passé trouble, cette empreinte des secrets de famille, il s'était senti libéré.

Il exprimait même en lui, l'ombre, le sceau, la marque de l'affection et même de l'amour pour ce père adoptif disparu, mais qui avait été son exemple et qui l'avait protégé néanmoins. L'objectif qu'il voulait ardemment accomplir après sa mort était de le rendre fier de lui-même à titre posthume, honorer sa mémoire même outre-tombe.

Quant à sa mère, elle était une intellectuelle qui ne songeait qu'à briller, qu'à percer et trouver enfin renommée et reconnaissance. Mais en vain, jamais, elle eut été jugée à sa juste valeur. Ainsi, toute sa vie, a t'elle été en quête d'un idéal qu'elle n'a jamais pu atteindre, c'est pourquoi, elle était amère et frustrée. Elle considérait qu'elle avait échoué professionnellement et en amour. Quand, elle voyait son enfant, elle le considérait comme la concrétisation, l'aboutissement, le fruit de l'échec, du déshonneur. Elle ne parvenait plus à se regarder dans le miroir, tant elle se détestait. Elle a tout perdu par sa faute et celle des autres. Elle avait sombré dans la solitude et le désespoir. Quand elle était plus jeune, plus forte, plus virulente, elle était superficielle, inconstante et versatile. Elle était misanthrope, elle méprisait le genre humain et n'aimait qu'elle-même. Elle était très belle et excellait dans l'art d'obtenir ce qu'elle souhaitait, de parvenir à ses fins grâce à son charme, à son puissant charisme.

Nul n'osait lui refuser quoique ce soit quand elle fixait de ses yeux expressifs et perçants. Elle avait même un pouvoir suggestif et savait soumettre les autres. C'était une manipulatrice et maîtresse femme. De plus, son ambition dévorante, son envie immanente l'avait consumée. Elle voulait les autres à ses pieds, son narcissisme de jeunesse et son égocentrisme la rendaient détestable. Il ignorait si quelqu'un, un jour, l'avait aimée, elle, et non pas, son argent. Elle était morte seule et abandonnée, désavouée, réprouvée par tous.

Quant à lui, dans cet océan de confusion, de tristesse, il n'était qu'un enfant, un adolescent qui recherchait un peu d'amour, un peu d'attention. Mais en vain, il n'intéressait personne. Ses parents l'avaient placé dans une pension suisse hors de prix, mais sinistre et froide, où les autres élèves étaient impitoyables à son égard. Peut-être voyaient-ils, percevaient-ils sa faiblesse, ses carences destructrices. Il était un enfant agressif et faible. Il n'avait nulle confiance en lui, était timide, introverti, solitaire et incapable de se lier avec quiconque. C'était comme un cercle vicieux qui, sans cesse se reproduisait de mère en fils. Et cela lui faisait peur, il ne voulait pas ressembler à cette mère indigne. Son comportement asocial lui valut d'être le souffre-douleur, celui qu'on réprime, qu'on brime en permanence.

Quand il rentrait chez ses parents, il était humilié et puni pour ses mauvaises notes permanentes, mais lui ne comprenait pas pourquoi on l'avait banni de la maison. Il se sentait responsable et indigne d'être aimé à cause de sa « nullité immanente ». Il se disait c'est normal que je n'intéresse personne, qu'on ne m'aime pas, je suis un individu médiocre.

Toutefois, il était en permanence couvert de présents de toutes sortes quand il revenait et que ses parents étaient en train de se pavaner en voyage. « Finalement, ils tiennent peut-être à moi, un petit peu, ou peut-être veulent-ils se déculpabiliser de ne pas savoir m'aimer comme des parents doivent aimer leur enfant ? » se disait-il. Mais le plus triste, c'est qu'il utilisait ses cadeaux pour acheter sa protection à la pension et ne pas être battu comme dans un univers carcéral.

Il subissait un sentiment perpétuel de claustration, il se sentait angoissé et oppressé. Comment se sortir de cette détresse? Plus j'écoutais son récit, plus je comprenais son comportement énigmatique, la souffrance, la douleur, l'avait transformé en être humain, au-delà du commun des mortels. Il avait grandi, il s'était construit sans ami, sans amour, sans chaleur et sans affection. Or, tout cela est comme la sève d'un arbre, l'oxygène d'un enfant. Comment parvenir à vivre sans ces ingrédients fondamentaux de l'humanité et de l'innocence de l'enfance? Jamais, il avait été encouragé par qui que ce soit...Jamais, il avait reçu un baiser de sa mère, jamais un encouragement, jamais une marque d'affection, jamais une caresse ni même une accolade.

Or, il affirmait qu'un enfant sans l'amour d'une mère est un enfant égaré dans la nuit, dans l'obscurité, dans les ténèbres cherchant sa route dans l'existence puisqu'il n'a pas reçu les jalons, les repères nécessaires à la construction de l'adulte.

Il est comme perdu, égaré dans un abime noir, dans un précipice infini sans repère, sans lumière. Il se sent perdu dans une existence où il se perçoit comme étranger. Il reste un observateur timoré d'une existence qu'il n'est jamais parvenu à apprivoiser.

Il est tel un voyageur qui ne défait jamais ses valises. Il est tel un aveugle qui cherche en vain la flamme de la chandelle Il subit sa vie et ne prend pas position, reste passif. Il est tel un être transi, pénétré d'un froid glacial et tentant en vain de réchauffer son corps.

Or, à seize ans, il a fait une rencontre qui l'a sauvé, qui lui avait donné une bouffée d'oxygène. Il avait besoin d'être sauvé de cet abîme, de cet environnement sans humanité et sans chaleur. Une nouvelle pensionnaire était arrivée, mais elle fuyait tout le monde de peur qu'on ne découvre son secret. Elle était juive et nous étions en 1940, elle se nommait Hannah, mais ses parents avaient changé son nom, sa nouvelle identité la préservait. Les autres se moquaient d'elle, lui, toutefois, n'était plus seul et pour la première fois, il avait envie de protéger et d'aimer quelqu'un et elle le lui rendait bien. On les appelait le couple de demeurés, mais cela ne les dérangeait guère, ils étaient complices. Ils avaient leurs codes et aimaient être seuls mais ensemble, isolés mais ensemble dans cet univers de glace. Ils n'avaient plus besoin de personne dès l'instant où ils étaient tous les deux.

Il a dit qu'ils ont échangé leurs premiers baisers qu'à leurs 18 ans. Lui était très maladroit, très peu expérimenté et très timide. Et elle, jeune fille de bonne famille n'osait pas, car elle ne trouvait pas cela convenable qu'une jeune fille fît le premier pas.

Mais ils étaient sans cesse ensemble, comme unis, ils ne craignaient rien et se surveillaient, veillaient l'un sur l'autre. Une fois le Baccalauréat réussi, elle était toujours en vie grâce au ciel. Quant à lui, il s'est inscrit en droit à La Sorbonne mais elle, s'est abstenue de peur d'être découverte. Elle avait choisi une autre voie, elle était révoltée et s'était lancée dans la résistance sous l'occupation allemande. Elle voulait se venger de tant de barbarie, de haine inexplicable contre les siens, contre ses parents qui avaient été déportés. Mais à son tour, lui, l'avait sauvé, de peur de la perdre et qu'elle fût arrêtée. Il l'avait emmenée à la campagne, à l'abri de tous et ils vivaient ensemble. Ils se sentaient libres de s'aimer et de parvenir à un peu de sérénité et de bonheur. Ils s'étaient trouvés et espéraient que rien ne les séparerait jamais, mais selon lui, ils étaient jeunes et naïfs. Ils pensaient dans l'enthousiasme et l'arrogance de la jeunesse que le monde était à leurs pieds, mais en vain. Ils ne seraient pas épargnés par la désillusion.

Or, il a découvert l'amour, les caresses, la chaleur qu'avec Hannah. Auparavant, il ignorait ce que l'on pouvait ressentir après un baiser, après une étreinte, sa mère avait été si froide, si distante avec lui.

Il s'était senti toujours si seul, si vide, il avait l'impression que son existence n'avait aucune valeur.

Pour lui, personne ne tenait à lui, il se sentait seul, seul, sans attache, sans rien qui ne le raccrochait à la vie. À certains instants ce vide l'accablait tant, lui pesait tant au fond du cœur qu'il en arrivait à avoir envie de mourir pour ne plus souffrir. C'était son secret qu'il n'avait jamais révélé à personne avant moi.

Il ressentait ce sentiment d'angoisse, d'oppression, de claustration continuellement. C'était omniprésent et il en arrivait à ne plus supporter d'exister, le poids devenait trop lourd à porter. Il avait juste envie de fuir, de partir, de se reposer, de mourir pour ne plus pleurer dans son cœur et en cachette. Un jour, alors qu'il rentrait du pensionnat et qu'il était évidemment comme toujours seul dans cette grande propriété avec juste comme êtres humains, les domestiques qui le vouvoyaient, le craignaient et le nommaient Monsieur, il a aperçu un tube de médicaments anxiolytiques. Il l'a alors observé toute la nuit en se demandant s'il passerait à l'acte. La tentation l'envahissait, le gouvernait jusqu'à prendre le contrôle de sa conscience.

Il a pleuré toute la nuit, il a tremblé, il a saisi le tube et l'a reposé ensuite. Puis pris d'une frénésie, d'une fièvre inexpliquée, il s'est mis au piano et a joué inlassablement toute la nuit, jusqu'à l'aube et y a mis toute sa tristesse, toute sa rage et une fois apaisé, il a renoncé à mettre un terme à la splendide aventure que représente la vie. Il a enfin fait le choix de la vie, du risque et il a choisi le courage.

Il a opté pour devenir un homme, pour affronter la vie et supporter ses ennemis, ses adversaires. Il était prêt à combattre et même à défier ses rivaux potentiels qui lui faisaient tant de mal, qui le brimaient lâchement peut-être à cause de l'immense fortune de ses parents. L'envie, la jalousie, la dérision le poursuivaient intrinsèquement.

Son état d'esprit avait cessé d'être nébuleux, tout était devenu clair, pur, était-il en une nuit devenu un homme capable de surmonter les responsabilités qui l'attendaient ? Il avait choisi d'accepter la souffrance inhérente à tout humain, il avait préféré l'espoir, la foi en un des jours meilleurs. L'art l'avait sauvé. Cette nuit-là, il avait eu une révélation, l'art, c'est ce qui permet d'élever l'homme, de l'emmener au-delà de ses sphères sensorielles, du palpable et lui faire effleurer l'extra-sensoriel, pour atteindre le supra sensoriel, l'extase artistique. Et lorsque l'artiste crée, se livre et fait un don totalement désintéressé de son être, de sa pudeur, il se rapproche de Dieu, car il remplit sa mission terrestre, il rend hommage à la genèse divine. Il cherche à parfaire, à fructifier le don du Tout-Puissant qui nous a offert avec amour l'intelligence et nous insuffle la créativité. Rendre opulent, embellir, électriser, exalter l'homme en hissant, en glorifiant, en adressant le panégyrique, la quintessence de notre monde, de la nature, des astres, des étoiles, de la vie, de la beauté, reste le dessein de l'artiste.

Créer, c'est rendre hommage à Dieu, lui offrir une sorte de louange de son œuvre, c'est la compléter, la parfaire. C'est se servir de notre potentiel accordé par celui qui est à l'origine de notre intelligence, de notre intuition, de notre créativité prenant place dans l'idée même du génie divin créant l'homme à son image. L'art, la beauté libératrice, délivrant l'homme et le grandissant, l'avait sauvé de lui-même, de sa pulsion d'autodestruction. Il avait jailli en lui cette fameuse nuit, le plus fabuleux des sentiments, l'espoir et le désir d'appréhender la vie malgré ses méandres, ses détours sinueux, pour enfin goûter à la saveur, la substance même de la vie, et se mouvoir dans sa plus sublime quintessence.

Le destin, la providence l'a ensuite récompensé au-delà de toute espérance, car sept jours plus tard, Hannah est entrée dans son existence pour adoucir, apaiser son environnement si triste, si mélancolique. La musique avait été pour lui un don de Dieu, qui l'avait éloigné des sphères terrestres, un instant de vie, pour lui faire envisager les cieux par le truchement de cette fée enchanteresse, de cette maitresse du mystère artistique.

Il avait joué, composé au gré de son instinct, de ses émotions, d'une force supérieure. Il avait joué, joué, joué encore et encore, inlassablement. Il avait libéré toute son énergie créatrice de l'instant, toute son intensité lyrique appelant l'imagination, la fantaisie et la fougue artistique.
Il se sentait emporté en pleine liturgie des sens qui portait un masque profane.

S'agissait-il d'un flot, d'un déploiement de conscience prenant sa source intarissable dans son inconscient ou s'agissait-il tout simplement d'un miracle échappant à l'entendement humain. ? Il avait rencontré la lumière divine. La flamme du virtuose était née en lui, jaillissait, se propageait dans sa chair, dans son essence, elle coulait dans son sang et s'échappait de son être pour exulter. Il avait ouvert son cœur au souffle pur de l'existence, au souffle exaltant de l'art. Il avait goûté aux envolées transcendantales, artistiques, spirituelles, symphoniques. Fougues artistiques impétueuses, insatiables, véhémentes. Enivrement sensoriel. Mélodies enjouées, transcendantes émanant d'un moment unique, exaltant, mémorable, prenant genèse dans un emballement artistique façonnant et enfantant l'extase. Il avait savouré l'extase sensorielle, l'extase originelle, l'extase artistique convergeant avec une extase mystique, conférant la félicité de l'instant, la béatitude de l'âme, le ravissement de la conscience. Eveil apothéotique des sens et de l'esprit, accès à la beauté pure.

Les accords mineurs et majeurs s'entrecroisaient, s'entrelaçaient, vibraient et dansaient dans l'espace-temps, dans l'espace-temps universel et s'échappait vers les cieux. La musique était devenue sa mère nourricière, sa muse de la vie, son inspiratrice, passerelle vers la créativité.

Il venait de composer la symphonie, la sérénade de la vie. Sa création enivrante, enfiévrée, le propulsait vers le reflet de la splendeur de l'univers. Elle avait été une coïncidence, une conjoncture heureuse, opportune, inopinée, providentielle, une miraculeuse médiation, une inspiration pour entrevoir et découvrir la félicité et l'ascension spirituelle et en l'occurrence, l'extase absolue, sensorielle et artistique. Il se sentait bercé par un éclair à la dimension onirique, dépassant tout entendement et qui l'enflammait jusqu'à transpercer son essence dans toute sa splendeur ontologique.

Peut-être miraculeusement avait-il trouvé sa voie, et avait-il atteint la sérénité tant convoitée chez l'homme. Il avait croisé la mort et cette rencontre lui avait appris à ne plus la craindre et bien au contraire, à l'apprivoiser, la domestiquer et à vivre dans son spectre, tout en vivant intensément. Il se sentait si fort, si puissant et ne craignait plus rien ni personne, à part de décevoir Dieu.

Il désirait s'accomplir, donner un sens à son existence et au crépuscule de celle-ci, pouvoir transmettre afin de sceller l'apothéose de toute une vie. Il n'était qu'un être imparfait, fragile, fait de chair et de sang, mais sa puissance spirituelle devait jaillir aux confins de son être. Son âme devait le guider.

Il avait été bercé, inspiré par cette mélodie voluptueuse et envoûtante qu'il avait lui-même composée au gré et au caprice de l'instant. Du chaos, de la souffrance, du tumulte, de la confusion étaient nés des accords, des sons, des vibrations qui s'enchaînaient pour lui faire l'offrande d'un chef-d'œuvre à l'harmonie paroxysmique, à la beauté accomplie. Cette musique charmeuse, enchanteresse, charismatique l'avait emmené malgré lui vers des côtes, des rivages lointains d'où il ne pourrait plus revenir.

Il avait embrassé la béatitude et plus jamais il ne la quitterait. Il avait décidé de chercher à la conserver, à la protéger telle une compagne qui lui donnerait la force de poursuivre sa vie, son chemin, son destin. Il avait pleuré comme un petit garçon, car l'émotion l'avait inondé, submergé avant d'émerger. Son inspiration avait transsudé et s'était métamorphosée en une vapeur brumeuse, pluri chromique et en une fumée aux exhalaisons enivrantes et aux effluves ravageuses, qu'il imaginait et ressentait tournoyer autour de lui. Il s'était libéré, affranchi, avait ôté les chaînes de la matérialité et avait aussi libéré son don enfoui, encré en lui.

Ce voyage nocturne avait été sa révélation et le voyage de sa vie qui l'avait grandi et renforcé.

Il disait que l'art symbolisait toute la noblesse de l'homme et laissait entrevoir toutes ses possibilités, son potentiel et sa soif d'élévation. C'est pourquoi, il réalisa à l'aurore que la seule solution pour révéler son don, le mettre en lumière résidait dans le travail qui développe les dons, les capacités humaines. Il avait oublié cette tentation maléfique et destructrice qu'est la paresse. Il voulait se réaliser afin de trouver son salut et aider l'humanité à trouver le sien, car il n'est qu'un chaînon du maillon universel et humain et si lui parvenait à émerger, il aiderait autrui à en faire de même et autrui aiderait son prochain à son tour, et il était convaincu que l'humanité pouvait fonctionner ainsi. Selon lui, il s'agissait d'un échange de dons désintéressés ou intéressés mais qui générait l'amour universel et empêchait le désenchantement.

Chacun, tout en l'ignorant s'offrait à l'autre, l'inspirait, lui apprenait la grande école de la vie et lui insufflait le désir de vivre et de s'élever. Même un être qui apparaît comme nuisible, destructeur permet d'apprendre à autrui à qui on aurait fait du mal. Il lui livre l'expérience tant convoitée et des armes pour apprendre à riposter et à se défendre.
Nous dépendons tous les uns des autres et devenons insignifiants seuls. Seuls, nous ne sommes que futilité ou même vanité.
En effet, autrui reste le seul à faire barrage à notre égo,

à notre orgueil et à canaliser nos passions et à nous conduire vers la mesure et la pondération. Nous sommes tous liés les uns aux autres, nous sommes tous enchevêtrés et faisons partie des plans suprêmes de l'architecte divin. Nous sommes tous inscrits dans un mouvement continuel poussé par un être, un esprit supérieur.

Et l'homme ne peut percevoir qu'une infime signification d'une logique dépassant l'entendement et l'intellect humain. Mais le plus important réside dans la confiance que l'homme accorde et la foi qu'il concède au grand et tout puissant chef d'orchestre divin. Il assimilait l'homme à un être complexe et d'une richesse, d'une puissance insoupçonnée et le comparait à un pion qui avance dans l'échiquier universel et qui, malgré les difficultés, les parcours sinueux, semés d'embûches, avance, progresse et fait, par conséquent, avancer autrui dans ce mouvement perpétuel, inéluctable et immanent, impulsé par le Tout Puissant.

Nous nous intégrons dans un tout dont nous constituons tous un élément important, irremplaçable de la chaîne céleste et ce tout est constitué de la somme de chacun de nous, qui devons œuvrer pour parfaire, embellir ce tout qui pourrait alors être propulsé vers les étoiles, vers la spiritualité : nourriture essentielle pour l'accomplissement de l'être humain.

Puis, il expliqua que le silence et la profondeur de la nuit avaient créé cet impromptu musical, mais aussi que le silence pouvait être précieux et fortement créatif. Le silence est paradoxalement un langage riche, fécond, prospère, foisonnant. Alors, il se mit à exprimer tout son lyrisme et dit avec une totale spontanéité et improvisation.

« ô toi, nuit foisonnante et florissante Silence merveilleux, splendide et grandiose qui laisse place à la créativité et au génie, silence aux vertus purifiantes et cathartiques , aux vertus inspiratrices et apaisantes, nul ne doit mépriser ce silence d'où naît, jaillit, rayonne, la lumière la plus scintillante et culmine la beauté paroxysmique. » La traversée du désert ou sa traversée du désert avait été pour lui un cadeau qui lui avait permis de rencontrer la béatitude et la sérénité. Ne jamais avoir peur dans la mesure où, du pire, de la douleur, de la solitude naissent la grandeur et l'élévation des hommes. Ne jamais sombrer dans la frustration et l'amertume, car du néant, des méandres, des détours tortueux, du nébuleux, éclot la délivrance, fleurit le bonheur quand il est précédé de la foi.

De fait, ce qui hisse l'homme au sommet de l'humain, est l'espoir, la foi, car sans eux, l'homme est déjà mort à l'intérieur. Il se flétrit, se consume et sombre, se noie dans des abîmes abyssaux dont il est difficile d'émerger.

Le désespoir est ce qui génère la haine, c'est ce qui aveugle l'homme nourri par ce scélérat masqué et qui pousse au désenchantement perpétuel, à l'illusion sans chemin alors qu'il suffit d'ouvrir son cœur, de respirer pour apercevoir les merveilles de ce monde. L'espoir est la nourriture des grands qui s'accrochent à un idéal, à une passion, à une cause, à une idée que certains nient, réprouvent, abjurent. Mais l'espoir reste une force qui aide à ne pas renoncer au plus lointain, au plus inaccessible des rêves. Les rêves ne précèdent-ils pas toujours, la plus incongrue et incroyable des réalités, des œuvres, des chefs- d'œuvre, des créations ?

L'espoir représente la puissance humaine et même transhumaine. L'espoir fait couler des fontaines de bonheur, fait sonner les trompettes de l'allégresse. L'espoir est si proche de la spiritualité qu'il jalonne, qu'il trace un univers où ne peut se déployer que la grandeur et la beauté, maitresse des arts et genèse d'un monde meilleur. Le bonheur individuel se transmet, se communique et permet un avenir ponctué d'optimisme. Ce progrès fait naitre un monde où tout fanatisme et haine serait aspirée, s'effacerait, serait vaincue. Il reconnaissait que ses propos pouvaient apparaître illuminés et même idéalistes.

Mais il soutenait l'idée que, des plus grands idéaux,

des plus grandes utopies, des plus grandes chimères, des plus grands rêves ont jailli avec la persévérance, la lumière. Il affirmait que des idéaux génèrent la vie et que l'espoir, la passion demeurent la force de l'homme. Pour lui, un homme qui ne rêve pas est un être qui a décliné son humanité et met en germe un monde froid et déshumanisé. C'est pour cela que l'architecture, l'environnement dans lequel nous vivons doit avant tout être centré, être au service du bien-être. Il en va de la responsabilité des artistes de générer l'épanouissement afin d'éviter de faire naître toute tentation subversive, toute transgression à la plus élémentaire et originaire des morales. Les lieux doivent être vivants, avoir une âme, transmettre la vie. Il faut concevoir, élaborer des habitations, des lieux de vie empreints d'amour, de culture, d'histoire. Ces lieux doivent exprimer des sentiments, la possibilité d'en laisser une trace, une mémoire de soi, contrairement à certains lieux que l'on ne cherche qu'à fuir à cause de leur laideur, de leur absence d'humanité.

Une maison symbolise le foyer, la famille, des grandes histoires d'amour ou des secrets de familles, mais surtout pas la tristesse, le vide ou l'oppression. Embellir par l'architecture, c'est rendre hommage à l'humanité, c'est lui inspirer un univers transcendant la matérialité et fortifiant l'âme, un lieu, à sa seule vue doit pouvoir faire frissonner, transmettre de l'émotion, de l'énergie.

Une architecture sans âme, sans attrait est désenchantant et suggère le déclin et la stagnation artistique et donc de l'humain.

La monotonie ruine l'âme, viser seulement le profit et l'efficacité comporte un risque, non sans gravité pour les êtres humains. Cela signifie un univers sinistre, oppressant oubliant toute amplitude créative et originale. La résultante immédiate réside dans la standardisation et l'uniformisation dénuée de toute originalité ou tonalité chimérique. Il faut laisser la place à une architecture esthétique, belle séduisant l'esprit, et les sens, emportant par des correspondances, des profusions sensorielles vers des contrées, des grèves lointaines.

Cette esthétique doit être influencée par la subjectivité artistique suggérant foisonnement de rêves et une aspiration vers l'élévation. L'architecture contemporaine vit l'ère de la consommation de masse, inhérente à l'amélioration du niveau de vie, symbolisant un rêve d'ascension sociale et corolaire de la modernisation de la société qui souhaite consommer à outrance, même des constructions de faible niveau esthétique.

Or, la véhémence originale et précieuse cède la place à un désir de posséder comme son voisin, par impatience, par envie, par jalousie infructueuse.

Toutefois, pensait-il que l'être humain était doté de ressources inépuisables et que même enfermé dans l'univers le plus sordide, il peut se libérer, s'échapper à la force de son cœur et de ses rêves. L'homme même dans les heures les plus sombres a reçu ce don divin de voyager, vagabonder par la puissance de son imaginaire. Par son refuge chimérique, par ses rêveries, ses divagations, il possède l'art de fuir grâce à ses pensées flamboyantes empreintes de désirs d'évasion, de besoins impérieux d'étincelles, d'émotions.

L'homme n'est pas et ne sera jamais qu'un corps fait de chairs et de sang, il a une âme, un esprit qui lui confère toute sa grandeur et sa force vitale. Il doit nourrir aussi bien son corps, ses sens que son esprit. Il doit veiller à ne jamais oublier d'abreuver son esprit toujours avide du nectar de la spiritualité et de l'élévation spirituelle. Qui néglige son esprit se réveille un jour d'un profond sommeil pour se sentir au comble de la frustration et se condamne à l'incapacité d'atteindre la quiétude et la plénitude de son être. Pour en revenir à l'architecture, l'homme doté par essence d'une âme, d'une conscience peut transcender sa condition et humaniser même une architecture inhumaine

Il exprima ensuite d'autres grandes idées. Il croyait à une union d'êtres humains qui pouvaient permettre un paradis même dans les sphères terrestres.

Mais en tous les cas, il était certain que le bonheur, la quiétude, la plénitude pouvaient se gagner seul, par le truchement d'une quête, d'une découverte personnelle, afin de transmettre, d'impulser, de propager une progression collective. Il pensait que le travail pouvait sublimer les dons, la somme des capacités faisait partie d'un tout, d'une chaîne, et tous pouvaient s'assembler, se compléter pour élever, anoblir l'humanité et parfaire la création divine. Il pensait que nous faisions partie d'un tout nommé destin collectif. Le travail permettrait l'espoir, l'embellissement du devenir humain, animal, végétal, universel. Un monde meilleur et nouveau pourrait émerger alors.

Il narra alors la suite de sa jeunesse. Il avait alors tout répercuté sur Hannah, il était passé d'un monde sombre, froid sinistre à un monde embelli, joyeux avec elle.

Ce dont il avait surtout besoin et ce qu'il préférait par-dessus tout, c'est quand il posait sa tête sur sa poitrine, qu'il entendait les battements de son cœur, qu'il sentait la chaleur de son corps de femme. Il se sentait rassuré, heureux, apaisé comme un nouveau-né posé sur sa mère. Il avait goûté à un bonheur dont on ne peut plus supporter de vivre sans lui, dont on ne revient pas, dont ne peut plus se détacher.
C'était devenu une drogue pour laquelle il était devenu totalement dépendant; et qu'il voulait conserver jalousement et égoïstement pour lui tout seul.

Elle l'avait libéré de sa prison et lui avait permis de prendre son envol sentimental, de s'accomplir et de devenir un homme.

Il avait trouvé son chemin grâce à elle, elle était sa muse, elle lui avait insufflé les forces, le courage dont il avait besoin pour forger son avenir.

Tout simplement, ils s'aimaient, elle était son âme sœur, celle dont il avait besoin pour progresser et se réaliser. Elle était celle qu'il écoutait, la voix qui le conseillait. Elle le connaissait mieux que quiconque et pouvait anticiper ses attitudes, ses réactions. Elle excellait dans l'art de prendre soin de lui, de lui prodiguer tout ce qui pouvait le combler lui, dans toute sa singularité, son unicité. A eux deux, ils formaient une unité si parfaite qu'ils se croyaient invulnérables, inattaquables. Ils représentaient l'image du couple idyllique, qui se complète et qui, séparé est condamné à l'errance, au désenchantement, à la souffrance et à la claustration pouvant s'apparenter à une sorte de damnation, de supplice sempiternel.

Amants de la nuit, amant du souvenir, du profond sommeil des profondeurs nocturnes et des profondeurs de la vie. Capitaine du navire de l'aventure intense. Amant de toujours, pour l'éternité, indéfectible lien. Amant de la virtuosité, du sublime, amant du souffle de la vie, amant de l'énergie souveraine et incontrôlable de l'amour, énergie imprévisible, impérieuse, indéfinissable, irrésistible et inattendue de la passion. Chant dans la nuit brumeuse. Bonheur intense et inexprimable, inqualifiable. Bonheur offert par une force unique, transcendante, une force inédite, venue d'ailleurs, des profondeurs de la nuit, du cœur des hommes, de l'essence de l'âme humaine insufflée par Dieu, une force providentielle. Bonheur sacré, à protéger, à faire fleurir, à conserver jalousement et à laisser s'épanouir pour en extraire les vertus uniques et secrètes

CHAPITRE CINQ : Voyage sensoriel

Quant à elle, il l'avait sauvée d'elle-même, de ces ardeurs justicières, vengeresses et de sa fougue dangereuse. Leur rencontre avait tout changé, il avait réussi à canaliser son désir de vengeance contre les nazis, tout avait été sublimé en amour entre ces deux amants. La vie, la jeunesse, l'espoir leur tendaient les bras généreusement. Elle aussi, avait beaucoup changé, malgré la souffrance d'avoir perdu les siens en déportation, elle avait appris à veiller sur un autre qu'elle-même. Elle aimait la vie, souhaitait une revanche sur la haine universelle, sur l'infortune d'être née en des jours impies, sombres et cruels.

Elle voulait vaincre la fatalité et transcender toutes formes d'adversité, elle voulait triompher sur la tristesse, la douleur.

Elle ne voulait surtout pas s'enfermer dans son traumatisme, c'était une grande battante qui pouvait prodiguer des leçons de courage et d'humanité.

Elle avait été actrice impuissante, victime de la barbarie humaine, des hommes rabaissés à la gouvernance de leurs pires instincts, à l'empire des instincts les plus abjects et vils, les plus corrompus, les plus destructeurs et les plus menaçants.

Ils s'étaient brûlés, consumés dans le mal dans toute son obscurité, ils avaient sali la splendeur, la pureté et la noblesse du genre humain et laissé une trace indélébile qui ne devrait jamais être oubliée. La mémoire universelle, devrait, selon elle, ne jamais occulter une telle ignominie, infamie ou même un tel opprobre pour l'homme à l'égard de toute sa philosophie et sa spiritualité.

Mais, ce bonheur l'apaisait, la soulageait même si elle n'avait rien oublié, rien occulté et tous ses souvenirs restaient vivaces dans son esprit. Rien ne pouvait rasséréner son impétuosité face à cette injuste douleur collective. Or, elle lui disait le soir dans ses bras, qu'avec lui, elle avait trouvé la paix de l'âme, l'équilibre. Elle ne désirait plus qu'une vie stable, simple, mais surtout à ses côtés. Le genre de promesses concédées dans l'enthousiasme et la beauté de l'instant que l'on voudrait de toutes ses forces prendre dans ses mains pour le capturer à tout jamais.

Elle voulait fonder une famille, avoir un enfant pour matérialiser leur amour et conserver une partie de cet homme et la faire fleurir, la chérir, la parfaire pour que leur vie eût un sens. Elle voulait par-dessus tout, marquer leur passage sur la terre et lui en offrir une preuve, une trace indéfectible.

Elle souhaitait aussi, lui offrir son amour jusqu'aux confins, jusqu'à l'extrémité de son être et quand arriverait le crépuscule de leur vie, elle désirait pouvoir transmettre ses acquis,

ses connaissances, ses expériences, afin de pouvoir sceller son apothéose, l'apothéose de son existence toute entière. Elle rêvait d'insuffler à son enfant une soif de vivre, d'apprendre, de découvrir. Hannah, malgré les difficultés, la souffrance, trouvait la force de l'optimisme, de l'espoir donc de la vie.

Elle souhaitait ardemment léguer à son futur enfant, cette espérance d'avenir paisible, rose, un havre de paix, sans fanatisme et sans haine. Elle aimerait également transmettre à son enfant un trésor inestimable, c'était la foi, l'amour de Dieu, car elle estimait que cela lui fournirait une morale, un code d'honneur, une clef pour s'accomplir. Elle voulait qu'il eût conscience de l'existence d'un être, d'une puissance supérieure sur laquelle il pourrait se reposer toute sa vie, qui lui offrirait un repère et surtout qui lui transmettrait le respect et l'amour mutuel. Elle était très philosophe, car elle disait toujours que l'on partageait le même Dieu et que la différence résidait seulement sur la manière de l'aimer, de le vénérer.

Elle avait toujours pensé que les guerres de religion se fondaient sur de faux prétextes, des prétextes fallacieux de haine, de cupidité hypocrite reposant sur le prétexte prosélyte.

L'extrémisme selon elle, sous la forme d'une prétendue noble cause, cachait uniquement soif de pouvoir, de conquête et aliénation, asservissement d'autrui.

Il dissimulait tout simplement une ambition folle, démesurée et effrayante. Elle pensait aussi que toute figure de totalitarisme s'apparentait à une religion fanatique du mal, de la perversion et de la haine qui aveuglait les adeptes et les damnait.

Elle considérait que l'espoir, le progrès et le salut humain ne pouvaient reposer, se fonder que sur une morale universelle, immuable, immanente et inaltérable. C'est pourquoi, elle pensait que Dieu, avec, entre autres, Les Dix Commandements appelés Le Décalogue, fournirait à son enfant ces lois originelles, naturelles, universelles et intangibles. Car qui pourrait remettre en question le principe de ne point tuer, de ne point voler ?... Elle estimait aussi que la foi, l'amour de Dieu seraient sa force pour franchir et assumer tous les obstacles et épreuves de la vie.

La foi l'orienterait, guiderait ses actes pour permettre l'accomplissement de son destin, de sa mission. De plus, elle désirait qu'il prît pleine conscience, connaissance de cet être tout puissant au dessus de lui et de tout, qui le rendrait humble, bon et le préserverait d'un comportement égoïste, égocentrique, narcissique et mégalomane.

Il devrait prendre conscience, réaliser, qu'il n'était qu'un être humain parmi d'autres et qu'il devait apprendre la notion du partage, de la générosité.

Toutefois, elle aimait sa religion, sa culture et voulait aussi la transmettre afin qu'elle ne fût jamais effacée, jamais oubliée. Ce qui comptait pour elle, c'était la tradition, l'histoire de son peuple et donc la connaissance d'un passé jamais révolu, afin d'élaborer et de forger l'avenir.

L'avenir qui se construit sur la connaissance du passé, ne l'oublie pas, en extrait le savoir, les expériences et les prolonge, les développe et les enseigne. Etait-elle une idéaliste, une visionnaire, une femme sage, il l'ignorait, mais il était certain que sa pensée méritait une forte attention. Leur enfant devait connaitre l'existence d'un esprit tout puissant, d'un être invisible afin d'ouvrir la voie vers une perception du monde, de son environnement plus spirituel. Elle affirmait toujours que Dieu, contrairement au savoir et au devenir humain soumis à la contingence, au hasard, au déterminisme, à l'arbitraire, à la fuite irrémédiable du temps, aux passions, à l'inconstance, que Dieu quant à lui, demeure et demeurerait à tout jamais la seule vérité unique, universelle et atemporelle.

Dieu représentait pour elle, l'éternité, le concept de la perfection et de la beauté pure et universelle. Sa puissance intellectuelle, l'entendement divin était d'une force impénétrable, inatteignable pour l'humain et perceptible de manière seulement infime à l'humain.

Nous ne possédions seulement qu'une infime partie d'intelligence que le génie divin nous avait offerte. Pour elle, croire en Dieu ouvrait la voie vers un univers, vers un monde transcendant, dépassant tout empirisme primaire, originaire, humain, enfantin.

Croire en Dieu, c'était transgresser l'immaturité inhérente chez l'humain, les apparences, les simulacres de vérité, les faux-semblants, les illusions et aller au-delà du monde sensible, de la matérialité. Cela permet de modifier à tout jamais la perception du monde, la transcende, afin de renier tout égocentrisme et élève l'être au-delà des sphères terrestres qui demeurent ensemencées par les plus ingrats des vices qui détruisent l'humain, le rabaissent et l'empêchent de se réaliser. L'être apprend à voir au-delà de lui-même, des apparences.

Il comprend qu'il existe une force, qui lui est supérieure, une force invisible, un esprit supérieur concepteur de toute œuvre, de toute chose. Ainsi l'homme s'élève t'il et se trouve grandi, il ouvre son cœur à la spiritualité, à la foi, à la confiance et à l'amour de Dieu. Qui, par cet enchainement conceptuel, offre à l'homme une singulière force générée par le don divin de la foi et la pleine conscience de l'existence de Dieu. Croire en Dieu lègue à l'homme sérénité et épanouissement, paix intérieure.

De fait, nous devions selon elle, rendre hommage à la religion, à la culture,
à la foi, à l'histoire, à la tradition en l'utilisant avec sagesse. Elle désirait bercer son enfant le soir venu avec la mélodie douce et voluptueuse de sa mémoire où étaient enfouis au plus profond, des sentiments, des sensations qui battaient la mesure dans sa conscience et qui l'appelaient. Lorsqu'elle fermait les yeux, elle adorait se souvenir avec nostalgie de son enfance avant le cauchemar nazi, de sa vie merveilleuse d'antan. Un soir, dans la pénombre, avant d'embrasser le sommeil, un parfum enivrant sublimait, magnifiait ses sens. Ce parfum, cette senteur l'a attirée au plus profond de son âme. Cette odeur de muguet ! Elle fermait les yeux, respirait avec passion et soudain les souvenirs fugaces, les réminiscences, les empreintes du passé tourbillonnaient dans sa tête.

Tout se bousculait dans sa tête et l'émotion la transperça jusqu'à lui couper le souffle, son cœur fut saisi. C'était l'odeur de son enfance, des vacances estivales en famille, son père, sa mère, ses sœurs qui l'ont quittée ! Le soleil, la chaleur, les glaces à la fraise, les rires, la confiture de « Maman » qui dégoulinait sur ses lèvres gourmandes d'enfant. L'amour de ses parents, la chaleur du foyer rassurant où l'on se sent protégé. Son père qui l'emmenait en bateau respirer la brise marine. Les vagues, le sable chaud, les soirées devant le piano, les soirées crêpes, tout cela lui manquait tant, que ses yeux se remplissaient de larmes malgré elle.

Les vagues, le sable chaud et à la maison, cette odeur envoutante et pure qui chatouillait ses narines d'enfant. Ces sensations, ce bonheur. Après tant de jours difficiles où elle avait survécu à la menace de l'enfer le plus horrible, elle ressentait une soif, une frénésie. Elle ressentait en elle brûler un feu, le feu de la vie, de la jeunesse, de la passion et de l'insouciance. Elle disait qu'elle n'avait pas tant vécu ou si peu et qu'elle avait tant à apprendre, à découvrir et elle pensait qu'il était son vecteur, sa passerelle vers une existence idéale.

Il représentait une main tendue vers l'avenir, vers la vie, vers le plus beau des possibles, vers cette espérance. Chaque jour à ses côtés, chaque aube, chaque crépuscule se mutait, se transformait, se métamorphosait pour revêtir l'habit d'une promesse lumineuse qui rayonnait au plus profond de son âme.

L'imagination était fondamentale selon lui, car elle élargissait les champs, les horizons et a contribué aux grandes découvertes. Dieu nourrit, nous insuffle l'imagination, l'inspiration. C'est un breuvage au caractère insolite et mystique qui a le pouvoir de créer, d'inventer, d'innover tels des mythes comme celui de Cassandre, de Calypso…

L'imagination, l'inspiration, traverse le mur du sommeil, apparaît à son gré. Elle foudroie l'âme, l'esprit, la conscience tout en demeurant douce pareille à une rivière fraîche, suave, voluptueuse et transparente.

Elle s'écoule telle une sève dans notre corps et exulte lorsqu'elle s'échappe de notre chair, de notre essence pour s'affirmer, se manifester audacieusement et s'extérioriser ardemment. Elle métamorphose, embellit, transfigure, elle est la mère nourricière de l'art.

L'art quant à lui, permet d'exprimer, de célébrer, de libérer, d'affirmer un déploiement d'idées qui s'entrelacent, s'entrecroisent, fusionnent et s'enchevêtrent ou s'entrechoquent. Il permet de braver les vents contraires pour créer une réalité inédite, transporte les sens et exalte l'esprit. L'art permet de s'exiler, de rêver, de s'échapper. Il exalte les sens, fait partager une perception nouvelle de la réalité. Il permet de se réaliser, d'affirmer son essence, sa vie. Je pense, je vis, j'existe donc je crée et j'affirme mon humanité. L'art foudroie et séduit le cœur de l'humanité.

Nous devons préserver ce patrimoine artistique, le faire germer, le faire fleurir. Cette richesse existe pour demain, car elle témoigne des progrès et de la noblesse humaine. L'art oriente, guide les hommes et surtout fait rêver. Le rêve est proche de la spiritualité, car il ouvre des horizons, la voie vers l'invisible, le beau, le sacré et rend hommage à Dieu, essence même de la perfection. Il parfait sa création, entretient son chef-d'œuvre et l'art par son pouvoir exaltant propulse vers des rivages exaltants et conduit résolument vers l'extase : trésor convoité intemporellement par l'humanité.

« Tu sais, j'ai frôlé la mort, j'ai effleuré l'ultime instant, je l'ai caressé, je l'ai même rencontré, il m'a laissé finalement, mais pour peu de temps. J'ai flirté avec la mort mais la vie m'a embrassé provisoirement, éphémèrement. Un jour, juste quelques semaines après ma pulsion suicidaire évanouie, j'ai été victime d'une très forte fièvre inexpliquée. Elle était puissante et impossible à faire chuter, la médecine était sans ressources et restait désemparée. Je me souviens de la réaction de ma mère en colère contre moi, inhumaine, égoïste et qui me reprochait de lui donner encore des soucis. Elle ne témoigna encore aucune forme d'amour, de chaleur, d'affection, d'humanité.

Ce qui comptait pour elle, était qu'on la plaignît, elle désira ardemment attirer l'attention sur elle. L'indifférence gouvernait son comportement et le plus ignoble fut que devant moi, elle préparait mes obsèques.

Elle désirait une cérémonie pompeuse pour le prestige familial et elle avait contacté le notaire, car elle ne pensait qu'aux enjeux d'héritage, de succession. Elle n'eut pas versé une seule larme, ne laissait échapper, transparaître aucune douleur, aucun chagrin. Le plus important pour elle, était de préparer, d'anticiper la suite. Les intérêts financiers, l'argent, après le décès de mon père adoptif était devenu son obsession. Il s'agissait de lui assurer un certain confort, du prestige et du pouvoir.

Si, je venais à mourir, peut-être garderait-elle le pouvoir dans la société... En effet, mon père avait prévu que je lui succéderais après mes études. Je souffrais et je devais subir à mon chevet, cette mère froide, versatile, inconstante, superficielle, perfide et cupide. J'étais persuadé que la fin arrivait, je me sentais décliner, je sentais mes forces m'abandonner.

Je ne parvenais plus à me nourrir, j'avais mal au cœur, ma tête tournait, les vertiges m'accablaient. J'avais froid, j'étais transi, glacé mais j'étais serein. Je n'éprouvais aucune peur, puisque j'avais rencontré, j'avais senti la présence de Dieu vers moi. Rien ne m'impressionna au contraire, j'ignore si c'était une hallucination ou une réelle apparition, mais j'ai vu mon père adoptif dans la chambre et il m'a souri et m'a dit je t'aime mon fils et tu sais, j'ai toujours été fier de toi, ne l'oublie jamais... Ces quelques mots m'ont comblé de bonheur. Finalement, je lui avais redonné le statut de père, il avait été réhabilité. Même s'il n'était pas mon père de sang, il restait tout de même mon père, celui qui m'a protégé et éduqué.

Puis alors que je sentais la mort m'entourer, franchir mon corps, atteindre ma chair, j'ai perdu connaissance. Mais paradoxalement, je voyais la chambre, j'ai alors senti une odeur apaisante et j'étais seul, mais je ne me sentais plus seul. Je sentais une force, une chaleur si pure, si belle et si rassurante...

Je me suis senti guidé et soudain une voix venant des étoiles, des cieux m'a appelé et m'a ramené à la vie, elle m'a sorti de mon profond sommeil.

Elle m'a glissé au creux de l'oreille ces mots si beaux, si réconfortants et ce secret que je ne peux pas encore te révéler et a ajouté de ne jamais avoir peur. J'ai perçu ensuite un halo de lumière me pénétrer, me réanimer et me diriger à travers cet éther où j'avais goûté à un nectar enivrant, prodigieux qui ouvre vers l'exaltation et l'extase absolue. J'ai alors ressenti des gouttelettes douces, fraîches et agréables d'eau qui traversaient mon corps fragile, après m'avoir purifié, apaisé, elles m'inspiraient de l'amour C'était comme si j'avais été plongé dans un bain d'amour, de béatitude. J'avais été comblé car j'avais goûté à un breuvage, le breuvage de l'amour, ce breuvage qui ne m'avait jamais désaltéré auparavant. J'étais en paix, j'étais heureux, j'étais transporté, j'avais accédé à ce sentiment sublime et j'étais rassasié, repu, assouvi. J'ai senti un souffle tout puissant qui a réchauffé mon corps et qui m'a rendu si fort puis, j'ai senti une main invisible qui m'accompagnait dans mon expérience si intense.

Alors, je me suis réveillé ensuite et ma fièvre était totalement tombée. Le Seigneur m'avait offert un miracle : le miracle de la vie. J'ai entendu la voix de Dieu, la voix des anges, ce son était si noble, si beau, si limpide et ineffable.

Ces ondes représentaient la beauté paroxysmique, l'amour dans toute sa grandeur, sa splendeur, sa gloire. Il s'agissait d'une harmonie, d'une magnificence, d'une majesté, d'une perfection dans toute sa quintessence. A mon réveil, j'ai entendu un tintement de cloches résonner dans ma tête. J'ai aperçu depuis ma fenêtre un rayon lumineux éblouissant d'une singulière beauté, il illuminait mon antre et c'était comme s'il exerçait sur l'environnement une attraction unique et sacrée.

Ce rayon a emprunté ensuite le contour, la structure, l'image, l'apparence d'un reflet à la transparence du cristal puis à la brillance d'un feu argenté à l'opulence, l'amplitude totalement exceptionnelle et inoubliable. J'avais eu le merveilleux privilège d'apercevoir une myriade de poussières, de poudres lumineuses et scintillantes telles des diamants sous la voûte céleste et traversant l'horizon stellaire. Les Hespérides semblaient en fête, avais-je goûté à une sorte d'ambroisie, à un fruit de l'arbre de vie ?

Ma perception du monde était à ce moment-là modifiée, depuis mon expérience d'agonisant revenu à la vie, j'étais transporté, bouleversé.

Le souvenir d'une sensation ne me quittait plus, c'est lorsqu'une main puissante et invisible s'est posée sur ma poitrine et a comme aspiré mon mal, ma souffrance et m'a libéré tout en m'inondant d'un amour incommensurable.

Cette main m'avait touché, moi, que tu vois ici sous tes yeux et avait fortifié mon corps et mon esprit, car depuis ce jour béni, je n'ai plus jamais eu la moindre maladie durant ma jeunesse. J'ai pu ainsi affronter la vie et les affaires tel un combattant de l'espoir. La providence divine m'avait honoré et protégé.

Un constat m'avait interloqué, c'est qu'il y eut un fort décalage entre mon expérience, mes sensations qui, à mon avis, auraient duré environ cinquante minutes et le temps réel écoulé, qui avait duré dix minutes. Cela conforte le fait que Dieu seul détient la maîtrise du temps, des minutes, des secondes, des heures. Nous, êtres humains, nous ne maîtrisons rien en réalité. C'est comme quand nous dormons et que nous rêvons, nous ne maîtrisons nullement l'écoulement du temps. Il coexiste le temps subjectif et le temps objectif qui nous échappe Nous croyons vainement comprendre et pouvoir illusoirement, interpréter un monde inconnu qui relève d'un au-delà qui nous échappe et qui appartient tout simplement à l'interdit pour nous : hommes encore vivants.

En outre, il existe d'heureux et chanceux privilégiés, qui n'ont, tout bonnement seulement, qu'à peine effleuré un monde qui les attirait irrémédiablement, mais qui ne leur appartenait pas encore, car eux prenaient place dans le monde des vivants, dans ce monde limité,

mais à la beauté innombrable, innommable qui se nomme la sphère terrestre que l'on doit honorer, faire fructifier, parfaire en hommage à notre vénéré créateur.

Tu vois, depuis ce jour, mon regard est tourné en direction du ciel, vers un ailleurs inconnu et insoupçonné. Je ne cesse de contempler, de m'appesantir sur cette ineffable, indéfinissable, indicible beauté spirituelle, immatérielle, sainte, pure, divine au caractère sacré et consacrant une révérence éminente de la part des hommes. J'entendais sonner, retentir au tréfonds de mon être la corne de l'allégresse, de l'amour, de la pénitence et de la miséricorde divine pour annoncer l'avènement d'une ère nouvelle.

De plus, une autre fortune mystique s'attardait sur moi et m'envahissait, j'observais que chaque soir, depuis cet instant, un geai au ramage féérique me faisait grâce d'une mélodie enchanteresse et restait posté à ma fenêtre comme s'il veillait sur moi et ma mère tentait sans cesse de le faire fuir. Mais il s'accrochait et restait là comme pour remplir la mission qui lui incombait, puis fixait ma mère d'un regard vif et pénétrant pour lui faire comprendre, qu'elle ne pouvait rien contre son pouvoir, le pouvoir de la nature, le pouvoir de Dieu.

Le rôle qui devait lui être dévolu était de m'observer, peut-être de me rappeler que le Seigneur me protégeait, était là, nuit et jour.

Son plumage était d'un bleu brillant et argenté et il avait au total sept taches blanches réparties avec une harmonie parfaite. Cette nuit-là, j'avais été également réveillé par un éphémère qui tournoyait autour de moi avec une intrigante frénésie, une agitation étonnante comme s'il m'offrait le spectacle d'une jolie et originale sarabande. Mais, tu sais le geai, depuis ces années ne me quitte pas et me suis partout, je le vois même dans les quatre coins du monde.

Tu verras, il passera tout à l'heure nous jouer sa sérénade, sa douce mélodie au son magique. J'avais aussi compris une information importante, c'est que la nature, la faune, la flore était le chef-d'œuvre du Tout-puissant qu'il contrôlait dans un mouvement continuel dont lui seul, détenait le pouvoir et le secret. J'avais eu la chance immense de pénétrer dans un azur dont les profondeurs m'emplissaient au soin de rigoles laissant s'écouler la sève de l'arbre de vie. J'ai été emporté dans ce magistral éther où tout fleurit au son d'une ode, d'une sonate dédiée à la vie, à la pureté, à la beauté.

Je n'ai jamais pu oublier et je n'oublierais jamais. Ce souffle qui m'avait réveillé du monde des morts, qui m'avait redonné vie, était un chant d'amour, de beauté, de tolérance, de paix que l'humanité devrait écouter.

Elle devrait se laisser bercer, en écoutant la voix de Dieu, être d'amour, de miséricorde et de bonté.

Elle n'a qu'à écouter le chant, la voix sacrée qui parle à tous ses enfants qu'il nourrit, qu'il inonde de son amour.

Apprends à seulement tendre l'oreille et à percevoir les sons, les signes qui te sont envoyés. N'oublie jamais que tu n'es pas seule. J'ai traversé le mur du son et le mur du silence, de la paix qui est beaucoup plus mélodieuse quand tu sais entendre, écouter. Entends le vent, regarde les constellations, enivre-toi des splendeurs de l'univers que Dieu nous a concédé. Lui seul est à l'origine de toutes les beautés et de tous les mystères de la vie et du temps, il est le présent, le passé et sur lui repose l'avenir. Si tu comprends et assimiles cela, tu commences alors ton ascension spirituelle. Dieu nous guide vers la fontaine de jouvence pour atteindre aisément, sereinement, le crépuscule, de la sagesse, de la connaissance et trouver la clef de la survie. Il nous a laissé libre, nous détenons le libre arbitre et pouvons accomplir autant de bienfaits que de méfaits. Laisse-toi guider vers la montagne magique de tes rêves, danse la sarabande de la vie. Je m'érige en chantre de l'espoir, avec un impérieux besoin de transmettre cette aventure intense.

Ecoute la voix universelle, la voix du monde. L'Eternel a légué un monde où peut jaillir du fond des êtres, la perfection, l'harmonie, la splendeur à l'instar et sous l'empire de la diversité florissante et pouvant depuis les confins du temps, des continents faire naître et cultiver la splendeur sacrée et que le monde doit révérer. À mon éveil, j'ai vu briller le candélabre illuminé sous l'emprise et sous l'égide des splendeurs divines telle la prodigieuse genèse des sept mers. J'ai entendu le son doux d'une harpe en folie, en furie, emballée par les délices mystiques des profondeurs sacrées. Cette intensité, cette puissance immanente avaient appelé un requiem pour la vie.

Mon cœur exultait sous cette magistrale mélodie dédiée à la merveilleuse beauté divine. Des ondes revêtant l'apparence de volutes, de spirales avaient emporté toutes mes douleurs. Une révélation suprême s'était imposée à moi, Dieu était le maître de l'univers, le chef d'orchestre, l'ordonnateur de tout, le maître de cérémonie en ce monde, et dans l'au-delà. Je me sentais aspiré vers l'infini, l'incommensurable. Mon cœur était tourné vers les étoiles, vers les constellations divines, mon regard était rivé vers le ciel qui m'appelait, me parlait. Il me murmurait, me fredonnait à l'oreille un air vivifiant, vivace et prodigieux.

Il me susurrait inlassablement cette mélodie de la vie et me guidait à travers ce monde où Dieu seul reste et restera le maître des lieux. J'avais franchi la muraille du sommeil pour revenir en ce monde et remplir la mission qui m'incombait.

Je veux divulguer, dévoiler pour toi, le mystère d'une vie ponctuée, inondée d'un merveilleux bonheur. N'oublie pas que tu détiens au fond de toi-même la clef. Rentre dans l'imaginaire que tu peux toi-même forger. L'imagination est foisonnante et créatrice quand tu te laisses bercer.

Nous détenons tous dans nos mains la réponse à l'énigme du bonheur. Je me sentais exalté et j'ai toujours gardé cela enfoui en moi, je n'étais plus un égaré, bien au contraire, je me sentais orienté, guidé. Mais je sais à présent pourquoi je suis revenu du monde des cieux. Je suis revenu pour toi, et pour te rencontrer. La voix des étoiles m'a réveillé pour toi, Dieu m'a ranimé pour toi, il m'a éloigné des sphères invisibles et interdites aux vivants pour toi, pour que je te rencontre enfin.

Dieu m'a récompensé de son miracle afin que je parvienne vers toi. J'ai été guidé vers toi, la voix des cieux, la parole de Dieu m'a conduit, m'a appelé vers toi et l'union des anges m'a dicté, m'a soufflé à l'âme, m'a murmuré à l'esprit, le chemin, le sentier, choisi par Dieu. La voix de la vie a entonné un chant pour moi et la corne de l'allégresse a sonné pour m'insuffler la bravoure nécessaire et m'éclairer.

Je vais te révéler un message destiné à l'humanité que tu devras déposer, enseigner sans aucune distinction de culture ni de religion. Ce message est un message d'amour à portée universelle.

Il va au-delà de toute considération politique, cultuelle et culturelle. Ce message transcende toute matérialité économique, toute diversité humaine et géographique. Il s'agit d'un message métaphysique et philosophique qui entoure tant l'individu que l'universel. Il va offrir une identité culturelle universelle. Il s'adresse à tous et éloigne toute distinction de richesse. Puis, il se mit à me parler d'Hanna comme pour changer de sujet, car il ne semblait pas prêt à me révéler ni à me dévoiler l'étendue et le contenu du message. Il me la décrivit avec tant de poésie et d'amour.

Il évoqua sa chevelure parfumée qu'il caressait le soir au coin du feu, son port de reine, la chute de ses reins, sa splendide beauté, ses cheveux blond cendré et ses yeux verts comme l'émeraude scintillant dans le ravissement et l'exubérance des rayons solaires. Il me parla alors de sa silhouette longiligne, de ses doigts longs, minces et effilés. À chaque fois que leurs doigts se rencontraient, s'effleuraient, s'unissaient, s'entrecroisaient cela faisait naître dans sa chair des frissons, des frémissements et montaient en lui, des fureurs charnelles, amoureuses et des gestes passionnés, insatiables.

Il éprouvait ce besoin infini, inaltérable, de la toucher, de la caresser, de l'embrasser. Il la désirait inextinguiblement, inextricablement.
Il avait besoin pour vivre, de sentir leurs deux corps s'unir, s'entrelacer, s'aimer.
Leur sang, leur chair, leur corps, leur âme devaient s'enchaîner, se lier et se rassembler pour l'éternité. Il la considérait comme sienne, comme une âme sœur, et Dieu, dans sa bonté avait permis leur rencontre. Quand nous étions réunis, nous dansions une valse, un concerto dédié aux amants éternels, atemporels.

Son odeur, son parfum étaient inscrits à tout jamais dans sa mémoire, cette empreinte olfactive corporelle unique me donnait envie d'entreprendre, de vivre, de me battre. Elle seule, avait le pouvoir de m'enchanter, elle seule, avait le droit de me caresser, de me toucher, de m'effleurer avec ses doigts délicieux et délicats. Sa sensualité, ses baisers me faisaient tressaillir. Des ardeurs puissantes se réveillaient en moi. Elle rayonnait par sa beauté esthétique, mais rien ne pouvait exceller sa beauté intérieure, la beauté de son âme.

Son âme était belle et pure, elle était si jeune, si innocente, si fraîche, elle représentait pour lui l'espoir, la foi en un lendemain. Elle symbolisait la bonté, elle incarnait la générosité. Nous étions un couple de survivants des dangers extrêmes, ce vécu nous unissait indéniablement et irrémédiablement. Comme le dit de nombreuses religions révélées, nous avons tous un destin, une âme avec qu'il est prévu d'unir sa destinée. Et qui n'a pas encore réussi à rencontrer cette promise ou s'en éloigne, se sent tourmenté, incapable de trouver la paix.

Il était persuadé qu'Hannah était cet avenir, cette âme promise. Hannah était son étoile, sa constellation, sa promise au sens spirituel du terme. Il l'aimait d'un amour immensément plus puissant, plus intense que la simple attirance physique. Son amour avait une dimension mystique, il était aimanté, aspiré vers elle malgré lui. Tout le ramenait à elle et à Dieu qui l'avait sauvé de la mort puis ramené à la vie. Hannah représentait tout pour lui, elle était son alter ego, il se sentait emporté en sa compagnie.

Ce qui le surprenait, était qu'elle lui ressemblait moralement, ils semblaient partager tout. Ils étaient en osmose, ils étaient semblables, elle était son double. Elle pouvait lire dans ses pensées, ils étaient limpides comme du cristal l'un envers l'autre. Avec elle, il se comportait avec authenticité, il lui disait toujours la vérité sur tout, se confiait en toute liberté, sans honte, sans pudeur, ni retenue. Leur complicité était unique et puissante, avec elle, la notion de « jardin secret » s'était dissipée, évanouie, évaporée dans la nue. Ils étaient le couple, les amants de l'amour absolu, unique et authentique. Ils étaient les amants de la plénitude, du bonheur, les amants de l'absolu et de la vérité.

Il l'aimait à la folie, avec passion et à la fois avec sagesse et sérénité. Il était vrai avec elle, il n'avait jamais besoin de prouver quoique cela soit, ni de jouer un rôle. Avec elle seule, il était lui-même, avec ses forces et ses faiblesses.

L'idée même du mensonge se tarissait dans ses bras. Elle constituait pour lui, un renouveau, une renaissance, le commencement réel de la vie. Il était très attentionné à son égard, voulait la protéger de tout, la combler de bonheur. Il pensait constamment à elle, il était fou d'amour, avait besoin d'être toujours près d'elle, comme pour dissiper cette peur inconsciente de la perdre. Ils s'entendaient parfaitement et s'aimaient plus amplement, de manière croissante, chaque jour, chaque heure, chaque minute, chaque seconde.

Idylle, passion, existence idéale qualifiait le quotidien. La routine, la lassitude, la monotonie, le prosaïsme n'existait pas, tout avait une saveur prodigieuse. La vie était douce, délicieuse, belle, magnifique, merveilleuse. Le mot « quotidien » incarnait la vie, la joie, le bonheur que nul n'avait le droit de salir, de souiller. L'ennui restait un inconnu dans la nuit qui ne pénétrait jamais dans leur antre chaleureuse. L'amour toutefois les accompagnait en tout lieu, en toute circonstance telle un allier, une protectrice loyale et fidèle.

Il la respectait, l'honorait, la chérissait. Il éprouvait une passion, un amour dont la flamme ne pourrait se consumer avec le temps qui les épargnerait et qui les protègerait des agressions extérieures. Il ne supportait pas l'idée qu'un jour ce paradis terrestre, utopique pourrait disparaître.

Leur attirance, l'un pour l'autre était extrêmement profonde, si fougueuse, si ardente. Ils partageaient tout, peines joies, tristesses sans aucune contrepartie.

Elle l'aidait à progresser, lui donnait du courage, ils étaient l'un pour l'autre, le premier amant, le premier amour. Elle lui apportait la paix, l'harmonie dans sa vie, dans son esprit. Elle était la réponse à tous ses rêves, à toutes ses attentes.

Elle représentait le bonheur, le « tout » qu'un être cherche inlassablement, avec acharnement, toute une existence durant. Elle lui inspirait l'euphorie, le bonheur, la gaité, l'envie de vivre, l'excitation et la curiosité d'une jeunesse retrouvée. Je savais que Dieu nous avait unis par la vigueur de mes sentiments et grâce à cette impression de quiétude et d'avoir arrêté le temps, en sa compagnie. J'oubliais que le temps s'écoulait quand nous nous trouvions ensemble. Avec elle, il n'existait plus d'enjeux, plus de pression. Tout ce qui comptait était de profiter de chaque seconde que la vie nous offrait et d'oublier les dangers qui nous guettaient. J'étais tout simplement heureux comme jamais. Sa présence le galvanisait, elle dégageait la vie et respirait l'espoir.

Ils ressentaient comme un absolu, une symbiose parfaite quand leurs deux âmes s'unissaient, s'entremêlaient, convergeaient. Ils vivaient en osmose, avaient atteint l'harmonie parfaite par leur dualisme physique et spirituel.

Leur complicité était complète. Dès qu'ils se touchaient, elle éveillait en lui, un déploiement sensuel, charnel et amoureux. Quand leurs deux êtres confluaient, ils parlaient la langue de la légende d'Eros. Chaque parcelle de leurs corps, se rencontrait, se conjuguait, s'entremêlait, s'entrelaçait. La chaleur de leur souffle chaud, les enivrait jusqu'à la lisière leur être, de leur essence, au cœur de leur conscience. « Nos âmes sœurs unies par Dieu, s'appelaient, se réclamaient constamment, inexorablement. Notre entente impétueuse, fougueuse, véhémente était à la fois physique et spirituelle. Nous n'avions pas besoin de nous parler pour nous comprendre, le regard restait notre langue, notre code secret. Nous vivions, existions, exultions au souffle de la passion et de l'exaltation, qui nous nourrissaient, nous abreuvaient. Les transports sensuels, charnels nous gouvernaient.

Nous explorions ce mystère qu'est l'amour. Quand j'apercevais Hannah, mon âme exaltait Dieu pour le remercier à tout moment et mon esprit exultait quand j'observais celle que Dieu avait choisie pour moi. » Elle incarnait selon lui, la bonté, la générosité. Il était devenu malgré lui, assez possessif à son égard. Quand ils étaient réunis, ils se suffisaient à eux-mêmes, ils n'appréciaient nulle intrusion dans leur cocon. Elle représentait le fleuron des êtres à ses yeux. Ils se dévoilaient tous deux dans toutes leurs vérité, leur authenticité, leur pureté.

Leur bonté, leur douceur, l'un envers l'autre, étaient infinies, sans limites. Il disait se souvenir, ressentir l'émotion de leurs longues siestes dans l'herbe fraîche. Il aimait leur moment d'ardeurs sauvages et aventureuses. Il inhalait son parfum et embrassait ses lèvres douces telles du satin et attirantes comme du velours que l'on ne peut pas s'empêcher de caresser. Elle symbolisait selon lui, la vertu sans nulle idéalisation. Il lui disait chaque soir, « Je souhaite que tu n'aies jamais peur ni froid, je suis là pour toi et serais toujours là pour toi. »

Il affirmait pouvoir lire dans son cœur et avoir lui seul, accès à son vrai visage. Il appréhendait une déferlante fiévreuse et haletante qui l'entraînait dans un désir passionné. Cette fièvre, ce souffle chaud enivrant et passionné, ce souffle enflammé, ce frisson enfiévré. La pureté de son souffle chaud et vivifiant se déployait sur son corps d'Eve. Il ne respirait que grâce à son souffle d'amour qui l'animait. Il dit qu'il se souviendrait toujours jusqu'au dernier frémissement, jusqu'au dernier soubresaut de son existence, du corps d'Hannah, de sa chair, de son parfum, de son empreinte, de son essence et de son esprit

Le matin de leur première nuit d'amour où elle était devenue femme, où elle avait perdu son enfance, son innocence, il prononça ces paroles mémorables « écoute les battements de mon cœur dans ma poitrine, mon cœur bat grâce à Dieu et pour toi.

Je souhaite qu'il ne batte que pour te rendre heureuse, ce sont les premiers mots prononcés après instant de communion crépusculaire impétueuse et intense. La vie avait, à cet instant magique, perdu son goût âpre, amer pour devenir sucrée, suave, douce et pétulante. Il se souvint même du songe qu'il fit pendant ces infimes heures de sommeil. Il avait la sensation d'un rêve éveillé où il vit une explosion fantastique et magique de couleurs chaudes. Nous étions devenus les amants de la vie, les amants du souvenir, les amants de l'avenir. Nos deux êtres se réunissaient tel un appel de l'âme, tel un appel de la vie.

Graines de vies, fleurs en éclosion, fruits délicieux, suaves et subtils. Immuabilité de la vie au feu de la joie, auréole, aura désireuse et avide de vie et de bonheur. Jours heureux au goût de sucre, et de miel. Crépuscule, instant nocturne onirique, sommeil des amants, et éveil à la vie, joie profonde et intense. Rêve dans un rêve, nuage laiteux, splendeur divine, création suprême, emportement au sein d'une nuit orageuse, passionnée, fougueuse. Nuit d'ivresse, nuit chaude, torride, enthousiasme d'une nuit de fête. Don tout droit venu de Dieu, du monde des cieux, loi du silence révérant l'ineffable beauté.

Eloge de la vie, apologie de l'existence, arabesque désinvoltes sous le feu de la jeunesse. Etouffement de l'amer chagrin, silence de la honte, rivière de l'oubli froid, dense et lancinant métamorphosée en une mer bleu-azur, luisante et s'harmonisant avec la nue, le firmament. Bouleversement transfigurant la vie, mer lumineuse, reflétant un passé lointain, révolu et proche, faisant jaillir un présent heureux, sublimé, magnifié où l'avenir prendra sa source, sa genèse, son origine, ses racines qui vont croître, ses graines vont germer et faire fleurir un devenir prodigieux. Rivière du feu de la vie et de l'espérance féconde. Impénétrable destin dessiné au souffle de la foi. Nous étions jetés dans l'ardent et enchanté précipice de la vie.

Il aperçut dans sa rêverie, un florilège de nuances exubérantes, chatoyantes, diaprées …

Mais soudain mon cœur se mit à battre violemment quand il me parla de son grain de beauté sur sa cuisse droite et de sa tache de naissance sur la hanche gauche. J'eus alors peur, car toute sa description dans les moindres caractéristiques me concernait, car tous les détails abordés étaient communs à mon corps. J'avais moi aussi ce grain de beauté situé au même endroit et cette tache de naissance. Que cela signifiait-il ? Puis il reprit, tu es la destinataire d'un message universel. Ce message devra toucher le cœur de l'humanité, son âme.

Elle puisera en lui, son espoir, son salut qui la sauvera d'une damnation ou d'une souffrance éternelle.

Il touchera la conscience collective, il accèdera à une fonction cathartique.

Il prendra racine dans le cœur des hommes et deviendra leur fondation, leur fondement pour survivre. Il transpercera le tréfonds, le paroxysme, le supra sensoriel de l'humain. Je sens à l'instant où je parle la puissance de l'Eternel qui nous enveloppe, nous entoure.

Il environne, nous encercle de son incommensurable bonté, de sa beauté infinie. Je sanctifie le dessein du tout puissant et je le révère ; tout est magnifié. J'entendais la voix du silence, la voix de la paix, la voix suprême qui me guidait, me protégeait même dans le silence de la nuit la plus obscure et la plus oppressante. Entends ce chant, assourdissant la violence, la haine et qui purgeait le monde tel un magicien tutélaire. Cette puissance tutélaire, cet amour universel, ce chant d'allégresse prend sa place depuis les confins les plus reculés de notre monde, de notre terre promise, de notre souffle de vie.

Goute, explore cette magnificence luxuriante et bienfaitrice. Voyage au cœur de toi-même, au cœur de la vie et tu trouveras la paix et la rédemption la plus belle. Sens les ondes souterraines et les volutes terrestres qui te transportent et t'amène vers un ailleurs inconnu, insoupçonné, caché, mais dissimulant la sève de la vie et du bonheur.

Ferme les yeux et laisse-toi bercer, oublie cette sordide surmatérialité pour te consacrer au divin, à ce prodigieux monde spirituel, refermant d'innombrables rêves universels,
d'infinis trésors. Goute à la sève de l'arbre de vie, de la découverte d'une connaissance immuable, immanente par sa puissance, sa beauté et sa source.

Cette source d'où jaillissent le miel et sa prolifération prodigieuse et effrénée telle une corne d'abondance en action et en éternelle régénérescence. Cherche la profondeur, la beauté, dépasse tes limites et ne t'arrête pas à la frontière des sens. Va au-delà, cherche, scrute l'invisible, l'inconnu, mais le parfait. Observe, cherche, va vers toi-même et en toi-même. Franchis les déserts, les mirages de l'esprit, apprends à dépasser et à vaincre les pièges de l'inconscient. Franchis les soubresauts de l'abîme, les soubassements de l'esprit. Peins ton avenir, ta vie au pinceau de la foi et de l'espoir. N'oublie pas ton identité et scrute ton devenir en sondant les auspices qui viennent à toi.

Laisse-toi glisser dans les abîmes de ton cœur tels des voiles obscures, chamarrés, moires, mais translucides. Traverse les steppes de neige pareilles à une nappe glaciale, mais que la seule volonté rend franchissable. Ne te laisse jamais impressionner par la difficulté intrinsèque à l'humain, l'homme est fragile et faillible et a besoin inexorablement de volonté, de véhémence, de fougue, de passion pour avancer.

Ouvre les portes de ton esprit et libère ton imagination,
fais jaillir ta liberté artistique, ta créativité dans tous les actes du quotidien même les plus prosaïques et tu découvriras un art de vivre et une nuée intense de perles fraîches et transparentes de bonheur. La poésie, la littérature, la musique l'espérance et la foi sont les mères nourricières et spirituelles des rêves universels. Approche le lyrique, l'onirique et le mystique.

Il dit tout à coup des paroles qui me firent frissonner au plus profond de mon âme, « Concentre-toi, ferme les yeux, fais abstraction de ton univers, oublie tes préoccupations pragmatiques ou matérielles et là tu entendras murmurer la voix des cieux, tu sentiras l'être suprême graviter autour de toi, t'entourer de son amour, te protéger, t'aimer comme un père protège, réchauffe, contemple d'un œil attentif et nourrit son enfant, et cette progéniture universelle engendrée de poussière et exprimant tout un génie humain, émanant de la créativité divine. C'est pourquoi, le rôle de tout être, demeure de cultiver et de faire fleurir, d'amener la germination, la floraison du fruit de cette beauté, émergeant, grâce à l'infinie générosité divine.

La magnificence divine opère en tous lieux et parvient à contrôler, à canaliser, à sublimer et à transcender l'espace-temps que lui seul maîtrise et maîtrisera pour l'éternité. La puissance divine peut éclairer la pénombre et inonder de sa lumière.

A l'aube de l'humanité, l'astre du jour a été donné telle une offrande à ses enfants qu'il a éclairés à travers la nuit étoilée. Observe l'étincelle céleste, allume le candélabre sacré et cultive ta foi, car en cela réside la seule réponse à tes tourments, à tes craintes, à tes incertitudes.

Dieu est là pour toi et pour toute l'humanité, il fait jaillir la vie et l'avenir. En lui seul se fondent l'espoir et la force de l'humanité qu'il fortifie, qu'il rend plus abondante année après année. Il ouvre pour elle les réservoirs du ciel et nourrit, guide, purifie, réchauffe, abreuve. Il suffit d'écouter au fond de son cœur, de se laisser guider par les signes, les indices qui foisonnent sous nos yeux et que l'on ne parvient pas toujours à percevoir. Ecoute, imprègne-toi du feu de joie qui déferle autour de toi. Ce feu d'amour, de bonté, de miséricorde. La puissance divine pose les jalons de la vie et de toutes choses, de toutes œuvres. Il porte en lui le devenir et le destin de l'humanité. Il connaît et maîtrise la destinée universelle, lui seul récompense et partage les fruits de l'amour divin, gratifie et pèse avec justesse le mérite et le répartit au sein du cosmos. Il est un créateur cosmologique, il fait rayonner la matière telle une poussière tapie dans l'air et insuffle la vie, fait fleurir et concrétise son génie, inspire la cosmogonie.

L'éternel, guide les pas de ceux qui croient en lui, il les immerge dans un océan de quiétude, de sérénité et de béatitude.

Il œuvre, orchestre les évènements majeurs, il dirige les actes et les pensées. L'humanité est protégée dans une boucle temporelle insufflée, nourrie, alimentée par Dieu qui la fait vivre puissamment tel un précieux, unique et tout puissant fluide conducteur.

Il permet les prodiges, fait scintiller les cieux de sa grandeur, il rend la poussière incandescente afin d'éclairer les égarés. Il érige des sanctuaires de nature luxuriante pour le ravissement de nos sens. Il sauvegarde de son amour les quatre points cardinaux la sphère terrestre. L'intangible devient tangible par sa volonté irrésistible et impérieuse.

Il répond au repentir, à la pénitence par la clémence et sa générosité absolue. Il ordonne l'exaltation et l'extase de la grandeur des fruits de sa création : l'homme, et souhaite que tous se respectent, se révèrent entre eux comme la prunelle de leurs yeux. Les haines fratricides représentent la dénégation totale de son chef-d'œuvre, de sa volonté et de son message. Méfie-toi toujours des pièges et des illusions des sens, ne te perds pas dans le labyrinthe de ton esprit, écoute le son pur du joueur de flûte qui te guide vers Dieu, vers la voix de la sagesse. Sacralise la nature qui est tel le reflet du miroir de la puissance divine.

La réponse à ta quête d'absolu, est la recherche et la rencontre possible de Dieu. Ne t'érige pas en chantre élégiaque, mais lyrique, laudatif à l'égard de ta perception du monde à l'instar des guides spirituels séculaires œuvrant pour la foi et l'espoir. Incarne l'espoir et l'amour mutuel pareil aux astres qui orientent les voyageurs dans la nuit étoilée. La vie est si fragile, il est si simple de détruire, de se laisser sombrer au détour d'un obstacle, mais n'oublie jamais que nul n'est seul. Ecoute la voix de l'avenir, la voix de Dieu comme l'écoulement de l'eau de pluie, comme la force des cascades, des chutes, des cataractes, comme les perles des rosées matinales, ces gouttelettes pareilles à du nectar d'eau de vie, comme l'humidité fraîche crépusculaire. Il est omniprésent, omnipotent même dans la brume, dans le brouillard, dans les ténèbres.

Il est le protagoniste, le décideur, le juge sacré et le protecteur des êtres humains même s'ils foisonnent tels les grains de sable sur les plages, sur les rivages lointains des sept mers et des sept continents. Les mers, les torrents, les fleuves, la pluie, la neige représentent seulement une infime partie des bienfaits consentis afin d'assurer notre bonheur dans un monde où une fois découvert, après avoir scruté, examiné, cherché, décrypté on peut apercevoir à perte de vue pléthore de richesses et de charmes.

Contemplation sereine du souffle de l'eau, d'un son clair et limpide de l'écoulement d'une source, d'une rivière tranquille, silence apaisant, rivière du fluide à l'écoulement silencieux. Harmonie souveraine, alignement stellaire, constellation franche et affirmée. Il a bu l'eau, le fluide de la découverte exaltante tel un souffle de jouvence, le nectar de la pureté spirituelle, le breuvage menant à l'art de la méditation. Le son vibratoire du chant des colombes le berçait Il écoutait la mélodie fleurie au son des couleurs, des splendeurs évanescentes mais en perpétuelle régénérescence.

Feu torride et flamboyant de la vie. Univers mystique, imagination ouvrant la porte aux nymphes, aux sirènes bienfaitrices telles des fées, ouvrant la porte aux rêves, aux fantasmes, aux chimères et à l'amour. Candeur versatile humaine, bruissement dantesque métamorphosé en une symphonie sylphide, somptueuse, féérique, glorieuse, sibyllique, sardanapalesque. Homme chérissant l'existence, adorant Dieu, maître de tout. Soleil dardant ses rayons, illuminant et réchauffant la chair humaine. Effluve luxuriante et volubile, berceau de fleurs vierges et sauvages, vibrations aériennes, ondes vaporeuses et brumeuses telle une danse des amants de la nuit, des amants du silence de l'eau laissant jaillir un regard intense de complicité souveraine.

CHAPITRE SIX : **Méditation**

J'écoutais tout ce qu'il me disait, toutes ses tribulations, toutes ses pérégrinations spirituelles me laissaient pantoise. Je me sentais comme transfigurée dans un décor bucolique, les senteurs, les exhalaisons, les effluves, les émanations m'emportaient vers un être pareil à un archange. Je fus soudain éblouie par un halo d'une lumière douce, agréable, des étincelles rayonnaient et se déployaient autour de moi, la sensation d'un amour pur se répandait autour de moi et m'encerclait comme pour me protéger. A cet instant-là, je ne craignais plus rien, je me sentais sereine et libre. Aucune peur ne m'envahissait plus, j'étais en paix et en harmonie dans ce monde insolite, cet univers particulièrement singulier.

J'étais comme pétrifiée, mais une violente exaltation s'emparait de moi. Son histoire m'envahissait tel un écho à l'intérieur de mon âme. J'avais l'impression qu'il symbolisait un reflet dans le miroir de l'humanité. Etais-je dans les limbes, dans l'éther, au paradis ? Il semblait, avec une sincère confession, vouloir expier et conjurer les souillures au nom de la pénitence, de la rédemption, de la repentance. Qui était-il pour me confier toutes ses tribulations ? Il prenait un ton particulièrement élégiaque lorsqu'il abordait le thème de son amour passé. Il se comportait comme s'il souhaitait absoudre, expier l'indicible, l'indéniable. Il avait aimé cette femme éperdument, elle lui avait offert la magnificence, la luxuriante et foisonnante espérance.

A ses côtés, il se sentait un colosse infaillible et invulnérable. Un seul effluve de son parfum enivrant, faisait exulter son corps, son enveloppe charnelle. Des vibrations inexorables et impérieuses l'envahissaient et le faisaient frémir, frétiller. Il ressentait une soif avide et inépuisable. Sa sensualité, les courbures de son corps dénudé, lui avaient donné accès à cette beauté intérieure, à son âme. Elle s'était donnée à lui résolument, langoureusement.
Une boîte d'amour s'était ouverte et répandue dans l'atmosphère, se dispersait dans les airs pour rejaillir vers eux telles des volutes qui libéraient des larmes de joie.

Elle avait allumé en lui, un feu sacré, un feu intérieur qui ne s'était jamais éteint. L'amour était dans son esprit, la rédemption des êtres. L'amour est une rédemption, une promesse nouvelle faisant naitre des fleurs fraîches, innocentes et candides. Ils laissaient échapper des larmes de joie, de béatitude, d'une émotion pure et splendide. De doux et violents frissons les traversaient. C'était des frissons de vie, d'intensité, d'extase, de bonheur. Ils étaient des privilégiés qui tremblaient dans l'antre du bonheur, des vertiges les emportaient vers un lointain supplice de tendresse.

Ils étaient habités, avaient dépassé la sphère terrestre et se sentaient emportés vers le rêve, la douceur. Ils avaient exploré le temple de la vie, un sanctuaire de la jeunesse spirituelle éternelle, ils avaient visité les arcanes transfigurant la puissance de l'âme humaine. Ils étaient unis et avaient transcendé la matérialité, la simple sensualité pour accéder à la beauté de l'esprit, la liberté, la béatitude amoureuse et sensorielle. Ils étaient des voyageurs de la nuit qui s'étaient abreuvés d'un philtre d'amour non évanescent, non éphémère, mais immuable, intangible, atemporel et permanent. Un essaim onirique, une passion les appelait au sommet de leurs consciences d'enfants de Dieu qui vivaient intensément ces instants captés, anoblis, couronnés, d'une splendeur inoubliable.

Ils révéraient, sanctifiaient cet instant qui les avait transportés par sa majesté et ils comprirent alors qu'ils avaient effleuré le secret séculaire, immémorial de l'essence de la vie, où germe la seconde féconde et miraculeuse qui fait fleurir la vie jusqu'aux confins du monde, de l'éternité et de l'univers.

Tous deux faisaient corps avec la vie et avec la volonté divine. Elle lui faisait traverser les sept mers telles un Exodus insufflant l'errance, le cheminement et l'aboutissement de la pensée pure. Après les trépidations, le chaos, naissaient l'harmonie, la parfaite adéquation, l'osmose qui délivre la plénitude. « Nos cœurs, nos souffles se cadençaient au rythme de la passion. Nous échappions à la vacuité de l'existence, nous étions des privilégiés. Dieu nous avait rassemblés, je découvrais son regard heureux et je déverrouillais ses inhibitions, je libérais en elle toute sa beauté intérieure, son âme se dévoilait pour moi. Ses yeux reflétaient la profondeur de son âme pareil à un miroir que lui seul percevait, décryptait et traduisait. Dieu nous avait mené l'un vers l'autre », sa main pure, authentique ne cessait de le frôler et c'était pour lui la main bienfaitrice d'une fée, le miracle de la bonté, de la bienveillance. Chacun servait l'autre généreusement et se donnait sans calcul, sans mesure, sans retenue, mais avec la démesure de la passion interlope aux yeux de l'humain froid, inaccompli et intolérant.

Ils étaient gouvernés et transportés par une sensualité extatique qui les élevait au-delà de la matérialité humaine pour la réalisation et la noblesse des êtres humains pleins d'humilité, de candeur et de grandeur. Ils avaient découvert leurs vrais visages après l'amour, leurs regards étaient alors lavés, vidés d'impuretés et au paroxysme de l'épanouissement, fleurissait en eux la vie, Dieu les avait élus pour connaître cet instant fugitif, furtif, mais réel, authentique. La vie coulait dans leurs veines, ils avaient aspiré la sève de la vie, bu le nectar suprême dont ils ne pourraient plus se passer pour l'éternité.

Qui a effleuré la sainte vérité ne peut plus vivre dans l'illusion, la stérilité quotidienne, mais requiert beauté, spiritualité et vérité. Le sentiment d'amour délivre, libère de l'asservissement. Il permet l'expiation, la repentance, la pénitence, l'absolution et la mansuétude. Dieu à l'origine de ce présent, octroie la lumière, la clarté de l'esprit. Il préserve et empêche de sombrer dans l'abîme, dans les eaux troubles de l'esprit, dans la confusion. Il fortifie l'âme et l'esprit et ouvre la voie à ce qui transfigure la puissance de l'âme humaine universelle, il élève l'inconscient collectif, offre un repère, un refuge. Il aide à capter, interpréter les messages, les symboles, les indices en filagrammes qui nous sont sans cesse suggérés. »

À cet instant précis, je me sentis comme aspirée vers le ciel, l'au-delà, vers ce verger paradisiaque,

j'étais émue, mon cœur s'emballait, mon corps se détendait, se décrispait et se sentait exempté de toute douleur. Quand il reprit sur l'amour, des larmes d'émotions vives s'emparèrent de moi comme si j'étais concernée par ces révélations, bien plus que je ne le croyais.

Puis, soudain, il la décrivit avec un lyrisme déconcertant, interloquant. « Elle avait les paupières couleur azur et les pupilles de ses yeux telle de l'émeraude qui resplendissait et scintillait avec versatilité, au gré de l'humeur des rayons du soleil ». Elle avait selon lui, une sensibilité exacerbée, ponctuée d'une intuition fertile et d'une imagination féconde. Elle était dotée d'un don de perception acérée que l'on pouvait apparenter à de la clairvoyance. Elle était extrêmement spirituelle et était capable de pressentir l'inimaginable, l'imprévisible. Elle avait la capacité déconcertante de pouvoir prévoir les orages, les tempêtes de l'histoire, c'est pourquoi, elle se sentait parfois oppressée, angoissée.

Sa chevelure dorée ravivait et ravissait la splendeur de son corps. Ses cheveux pareils à des fils d'or conféraient une curieuse attraction. Lorsque le vent les faisait voler, elle semblait laisser dévoiler un soudain mystère qui singularisait son âme et communiquait une subtilité saisissante.

Elle l'électrisait, le magnétisait, le galvanisait, elle était sa muse, sa source d'inspiration.

La chaleur de la nuit épanouissait son corps à l'intérieur des draps de soie qui la rafraîchissait et la lune reflétait et illuminait son corps parfait de statue qu'un artiste aurait sculpté avec amour, génie et créativité. Elle avait la sensualité et la beauté spirituelle que seuls l'amour et le génie divin pouvaient lui avoir octroyée.

C'était une enchanteresse, reine des mystères et qui le fascinait ou allait même jusqu'à l'ensorceler. Elle dégageait une aura particulièrement puissante et semblait être entouré d'un cercle magique qui la rendait particulière, singulière, mystérieuse et captivante. Elle demeurait insaisissable et seulement lui, parvenait à deviner, à cerner son être, son esprit. Cette singulière beauté frayait un postulat temporel. La beauté est t'elle éphémère ou ne peut-elle pas transcender le temps, les années ? La vieillesse est-elle forcément flétrissure, décrépitude ? Les années n'embellissent-elles pas l'âme, ne peuvent pas la glorifier, la magnifier ? L'humain n'est-il pas dans l'erreur, lorsqu'il se lamente du temps qui passe, de la fuite irrémédiable, inexorable du temps ? Le temps fortifie l'être et reste un privilège de pouvoir le sentir défiler ?

La frustration face au temps est un non-sens, une aporie, une absurdité ? N'est-ce pas un sophisme, un faux semblant fallacieux, une illusion de l'esprit de se rebeller contre un privilège, un présent du ciel ?

Elle relève de la couardise de l'homme qui ne supporte pas son image, sa vérité, sa nature profonde. Si l'homme cesse de s'enorgueillir et accepte sa finitude, ses limites, ses faiblesses, il apprendra à bien vivre et trouvera sa voie. Dieu seul, est parfait et offre quelques dons et talents à chacun, mais différents afin que tous se complètent et s'entraident pour accomplir le grand destin universel et collectif qui unit et scinde l'humanité.

Parvenir à parfaire l'œuvre divine, le fruit de la création spirituellement, moralement et matériellement est le but ultime qui pacifiera la planète toute entière.

Nous avons tous une soif insatiable de vérité, d'une vérité qui se trouve en nous, tout près de nous. Elle nous encercle, nous traverse, mais nous sommes aveugles, aveuglés par nos ambitions, nos appétits, notre égocentrisme. Cette vérité est que nous possédons tout, mais que nous ne le voyons pas ou que nous gaspillons notre potentiel dans l'illusion de la vanité. L'homme se complet dans l'inanité, la futilité et oublie de vivre, la suffisance de l'homme peut le conduire à l'errance et une vie structurée de faux-semblants.

L'amour, l'art, la spiritualité sont une partie de la vérité que tous cherchent parfois inlassablement et en vain. Les mauvaises pistes, les tentations, les influences maléfiques et destructrices guettent comme des prédateurs en quête d'une proie fragile et éloigne l'être de son destin, de sa mission et la raison de sa présence sur terre. Ainsi, les hommes étant tous irrémédiablement enchevêtrés pour la finalité collective, cet état de fait retarde, affaiblit la mouvance universelle, le cheminement providentiel, inexorable et attendu pour l'univers. Ecoute la musique qui te guide et qui transcende le temps, l'abîme, le précipice, le néant, l'infini pour glorifier la miséricorde divine. Le temps n'est qu'un fluide abstrait que Dieu maîtrise par sa toute-puissance et une partie nous est accordée, nous devons la protéger et l'utiliser à bon escient, la valoriser, la magnifier, la faire fleurir afin que nous puissions accomplir notre destinée et mener l'homme vers le progrès, l'anoblissement spirituel.

Le monde requiert un équilibre et se balance sans cesse vers deux pôles, le progrès ou la décadence. Chaque individu détient à son échelle la capacité de le faire basculer vers le progrès qui fera osciller le monde vers l'amour, la prospérité morale et peut-être matérielle. Nous possédons tous en nous des germes qu'il suffit de planter afin qu'elles fleurissent et s'épanouissent, resplendissent au son de la joie et de la confiance. À nous de répandre les rêves au sein de notre maison terrestre. À nous de faire en sorte que ces idéaux ne restent pas lettre morte, silence assourdi, à nous de les ériger en raison universelle.

À toi de transfigurer le monde, de le sanctifier avec tes seules mains, ta seule voix, ta seule force. La volonté, la véhémence, la foi et l'espoir restent les uniques clefs qui pourront te mener vers la concrétisation et la consécration de ce but ultime et magistral. Voici encore une partie du message que je vais te transmettre. L'humanité a besoin d'espoir et de repères pour croire en l'avenir et doit écouter et se laisser porter par les indices célestes. Le seul problème est d'apprendre à les repérer, à les interpréter et à les respecter.

La providence peut contrer la fatalité, la vie peut contrer la mort, l'espoir peut contrer la décrépitude morale et la lumière peut contrer les ténèbres. L'illusion opiniâtre peut s'essouffler, se dissiper, s'étioler et ouvrir la voie au rêve paradisiaque et à la vérité pure et inopinée. La vie n'est qu'un perpétuel mouvement qui guide inexorablement vers un destin unique en laissant directement glisser, aspirer vers une ligne droite ou en empruntant des courbes, des lignes sinusoïdales, des oscillations, des volutes qui éloignent ou dérivent du dessein vital. La vie, l'existence est un incessant affrontement de forces et d'énergies tant négatives que positives, tant corruptrices que bienfaitrices qui s'opposent, se font la guerre. Parfois aucune ne s'impose ou les unes prennent le pas, gouvernent sur les autres.

Certains l'apparentent à des pulsions de l'inconscient qui seraient plus ou moins refoulées, canalisées, sublimées ou censurées.

Ainsi, l'homme demeure une proie fragile et menacée par lui-même avant de subir le regard et l'influence d'autrui qui juge. Autrui peut être à la fois une force qui enseigne, qui embellit, élève, mais peut pervertir et mener à la ruine. Vivre sans l'autre est impossible, mais il y règne forcément des rapports de force dominant/dominé. Il faut sans cesse s'imposer dans l'arène humaine intolérante, belliqueuse ou la compétition, les rivalités, les alliances d'intérêt sont de mise. La loi du plus fort, du plus puissant dirige cette société consommatrice et avide. Seule une main puissante peut guider cette jungle planétaire, affamée par des désirs de pouvoir et de jouissance.

Le conformisme se mêle à l'envie, à la concupiscence sous le regard accusateur, réprobateur d'autrui, qui, en se permettant de juger, de fustiger, s'érige en tyran. Autrui peut guider, aimer, consoler et donc transmettre la connaissance, donc diriger vers la bonne route, mais en aucun cas, ne détient la légitimité pour réprouver quiconque. Dieu a accordé à l'homme le libre arbitre et par conséquent, l'homme doit conserver sa totale liberté morale et sa pensée ne doit pas être salie ou orientée par une oppression quelconque. L'homme doit être autonome afin de trouver lui-même sa propre doctrine, son amour de l'autre.

La pensée autoritaire n'a fait qu'aliéner son entendement et lui a fait perdre son esprit critique, sa liberté qui est source d'accomplissement humain et a fortiori le plonge, l'immerge en plein désenchantement. L'imagination ne doit pas subir la claustration, le cloisonnement, mais au contraire l'homme doit libérer tout son potentiel, pouvoir s'exalter à sa guise. Dieu lui a donné cette force, même dans les instants les plus sombres de l'histoire, l'homme survivait en rêvant, en se réfugiant dans l'univers illimité, infini et fascinant de l'imaginaire. Il amène saveur, substance et quintessence même à l'enfer.

Il est comme une manne céleste qui te permet d'imaginer un paradis dans un univers stérile et désolé. Goute à l'imagination, ferme les yeux, imagine une brise marine, une plage, le sable fin, un ciel azur, une mer turquoise et tiède qui masse ton corps, les vagues calmes et lancinantes qui te fouettent en cadence, la vie, la beauté des instants merveilleux et frais, un parfum acidulé qui chatouille tes narines… Des senteurs capiteuses te pénètrent. Sens cette brise légère et intense t'envahir. Ouvre ton esprit au merveilleux et à la beauté que toi-même tu peux élaborer.

Plonge-toi, enivre-toi dans un bain d'amour et de beauté qui est à ta portée, que Dieu a accordé à tous et qui te grandira mais une fois que tu auras pénétré ce monde magique, ce sanctuaire, tu ne pourras plus le quitter,
tout te semblera pâle et sans cesse tu chercheras à la saisir. Développe ta réflexion, libère ton imagination, affranchis-toi, libère-toi des jougs, des asservissements de la conscience, ouvre les frontières de ton esprit et tu seras inondée par les lumières de l'art, par la quintessence de la vie, par l'exaltation et la béatitude. Saisis dans cette oraison, les ivresses légères, les joyeux désirs, cette soif insatiable de vérité et d'absolu dont la réponse et la solution se trouvent dans la foi divine.

Tu n'ignores pas que depuis La Genèse avec Adam et EVE, l'homme est attiré intrinsèquement par la vérité, par la connaissance, par l'absolu même si pour y parvenir, il peut y perdre son âme. Il s'agit d'une quête inhérente chez l'homme qui cherche à explorer, à s'aventurer vers des dimensions qu'il ne maîtrise nullement. La liberté, le libre arbitre demeure des biens qui sont parfois difficiles à assumer et l'homme peut malgré lui, succomber et faire des choix qui l'entraînent vers une chute inextricable. Il n'en demeure pas moins que le rêve est un présent sacré qui libère l'homme le plus englué dans la lassitude.

C'est la force du plus faible, de l'opprimé, du paralytique, du condamné ou même de l'aveugle, du sourd. Personne ne peut pénétrer les rêves les plus extatiques, les rêves les plus glorieux à part Dieu qui a le pouvoir de les rendre réalité.

Le rêve, les chimères, les fantasmes transcendent la réalité pour transfigurer la beauté au-delà du prosaïque, pour sacraliser la réalité propre à chacun. C'est une manne divine qui console et génère l'espoir. Un homme qui a cessé de rêver est un être, qui ne sait plus vivre. Si un jour l'humanité cessait de rêver, cela annoncerait le début de la fin ; l'énergie du monde, l'harmonie universelle est insufflée par le rêve. Les génies, les inventeurs rêvent avant de créer et sont nourris par la fantaisie, la créativité sœur de l'imagination.

N'oublie jamais cela, toi-même tes parents, ont rêvé même un bref moment, se sont aimés quand ils t'ont créée, un instant fugitif et éphémère, ils se sont trouvés en communion avec la nature, avec les éléments, avec Dieu pour offrir à l'espace-temps une œuvre unique qui s'inscrit et se scinde dans la vie, ils ont scellé là, leur dessein en ce monde et ont transmis alors quelque chose qui ne leur appartient que fugacement, et dont ils ignorent la portée. Dieu seul la connaît pour chacun de nous. Ils ne peuvent que faire grandir le fruit de leur union furtivement, avec évanescence, car lui-même un jour doit trouver son chemin seul et accomplir sa destinée pour se réaliser en tant qu'homme. Les affres du destin guettent chacun de nous, mais la foi, la persévérance permet un jour d'inaugurer sa voie sacrée.

Ne te laisse pas distancer, dissiper par la profondeur de tes pensées, au contraire laisse-les jaillir pour te guider vers une quête de toi-même. N'aie jamais peur, car tu ne seras jamais seul. Ecoute la voix du ciel qui te dirigera même dans la nuit obscure, il t'éclaire de ses étoiles, de ses constellations et laisse scintiller pour toi dans le firmament, astres et étincelles. Il fait flamboyer pour tous sa lumière infinie et toute puissante, allume des feux, des buissons ardents.

Il récompense, fait couler des fontaines de lait, des cascades de miel, fertilise les terres arides, rend féconde la femme stérile. Accepte que ton destin ne soit que le prélude, d'un enchevêtrement de destins, tous unis les uns aux autres et minutieusement scindés et interdépendants pour adjoindre une harmonie universelle.

Forger un univers onirique, enclin au fantasme n'est nullement duperie ou flagornerie, bien au contraire puissance et générosité pour celui qui décide de le partager, de le communiquer et de le transmettre. N'est-ce pas tout simplement et humblement, ce que s'efforcent d'accomplir le véritable et l'authentique artiste.

Il n'est qu'amour et générosité et sauve l'humanité du désenchantement qui lui serait fatal. L'artiste est celui qui a le pouvoir de montrer l'autre côté du miroir, il fait refléter les rêves refoulés de l'humanité, lui permet de retrouver la pureté de l'enfance perdue.

Il est le créateur d'un opuscule, d'une musique, d'une peinture enchantée, féérique et magique. Il œuvre tel un joueur de flûte accompagnée d'une lyre, il fait jaillir la couleur, le son et l'encre de la vie, du souvenir et du devenir. Il invente ; il invite, il sollicite la démiurgie artistique insufflée par Dieu, il crée, il abstrait et élabore, forge.

Il ose transmettre ce que la pudeur ou les inhibitions, l'éducation freinent. Il a le pouvoir d'appeler la frénésie, les dix-neuf automnes, les dix-neuf hivers, les dix-neuf printemps qui font l'été, la découverte, la plénitude. Il a le pouvoir de faire jaillir un feu, le feu de la vie, de l'espoir, de la jeunesse, de la passion, du rêve et de l'insouciance euphorique, évanescente et exacerbée. Lorsqu'arrivera le crépuscule de sa vie, l'impérieux réside dans ce qu'il parviendra à transmettre d'imprescriptible, d'universel, d'impérissable. Il marquera alors son passage d'une aura et d'une œuvre qui s'inscrira dans le patrimoine universel et qui restera inaliénable, incessible. De plus, il aura une singulière et unique offrande, les hommes ne l'oublieront pas, ce qui prolongera, voire immortalisera son séjour sur la terre, avec les hommes. Cela scellera son apothéose, il se sera réalisé, et aura ligué, soudé, fondu, fusionné telles des constellations d'étoiles dans les nues, dans le cosmos, dans l'infini astral pour léguer un héritage d'intensité œcuménique. Toutefois, ne crois pas que la foi, l'abstraction et l'imagination ne riment pas avec raison et rationalité.

Dieu a octroyé à l'homme la raison afin qu'il puisse faire des choix délibérés comme croire en lui ou se refuser à toute foi, à dénier, à renier toutes croyances qui ne se prouvent pas, qui ne se voient pas, qui ne se touchent pas, qui ne s'entendent pas. Ils ne se fondent que sur un empirisme originaire. Ainsi, certains se réfugient dans le libertinage, l'hédonisme, l'épicurisme pour fuir leur peur de la fin, de la mort, de la maladie. Ils tentent de tromper, de noyer leurs angoisses existentielles, leur crainte du vide, du néant.

Ils désirent en vain oublier leur perception de la vie, qui la rend absurde. Ils feignent un bonheur illusoire puisque tout va cesser comme s'ils n'avaient jamais vécu. Quel profond désespoir, quel paradoxe insupportable. Ils ne sont qu'une poussière d'atomes qui se dispersera dans l'atmosphère, qui se répandra dans les airs. Ils ne sont rien, mais ils sont nés poussière et redeviendront poussière, mais selon la seule volonté de leur créateur.

Or, leur âme continue de vivre, de se propager, de se diffuser, rien n'est vain. C'est pourquoi, bien au contraire, la raison s'exprime pour celui qui croit à l'invisible, mais non par le palpable, puisqu'il doit faire un effort et solliciter son entendement en matière de foi et requérir sa capacité mentale d'abstraction, de conceptualisation d'une réalité intelligible semblable à des noumènes.

La raison jaillit, exulte pour celui qui souhaite être en communion avec Dieu, qui élabore le schème de l'invisible telle une raison discursive et qui apprend à sentir la lumière pure et invisible au cœur de la nuit, à écouter le silence audible et foison, profusion d'indices insaisissables, mais perceptibles et concevables telle une raison intuitive. Je pense donc je crois ; je crois donc je réfléchis, je pense puis je ressens.

La raison sert au plus désespéré qui sait pourquoi, il croit et qui guérit ses blessures. La raison s'oppose à toute forme d'obscurantisme, de superstition qui plonge le croyant dans l'erreur et le préjugé, qui l'éloigne de la vérité. Au contraire, la raison est au service de la foi, elle l'accompagne par sa capacité à la renforcer, à la corroborer. La raison demeure un instrument, un serviteur de la foi également car elle élimine l'extrémisme, l'aveuglement, le fanatisme. La raison, vecteur de la liberté, du libre arbitre purge, purifie la foi, qui, ainsi devient lumineuse, limpide et pure telle du cristal. La véritable foi reste une foi accompagnée de raison et qui accepte, incorpore le progrès et la modernité. A contrario, il s'agirait d'une foi dénaturée, orientée, contrôlée. La foi n'asservit nullement, mais au contraire est l'arme des puissants, la force des génies, l'énergie des grands hommes.

Elle demeure un guide qui oriente les choix, aide à ne pas transgresser les interdits, à ne pas se pervertir, se corrompre dans des territoires ennemis de la foi. La foi représente l'amour de Dieu, corrélat de la tolérance et érigeant comme postulat originaire, l'amour universel.

Refuser la modernité et le progrès, est un non-sens, car Dieu est lui-même initiateur des chefs-d'œuvre, des plus grandes découvertes scientifiques pour le bien de l'humanité. Il insuffle l'intelligence, la créativité, le génie, met sur la voie, jette des indices et inspire inexorablement, inextricablement. Il est omniprésent, omniscient, immanent, immuable. Il représente une vérité unique, éternelle, universelle et atemporelle. Jamais nul ne pourra la faire taire, l'étouffer, dans des millénaires, elle jaillira toujours plus vive, plus lumineuse et plus forte.

Cette vérité intangible, inviolable, impalpable, sacrée vaincra toujours et triomphera sur les dogmes ou doctrines mensongères asservissantes, avilissantes et ennemies de la foi pure et authentique. Cette vérité l'emportera toujours sur l'embrigadement avide, sur l'endoctrinement aliénant l'esprit et l'intelligence, salissant l'âme et détruisant la liberté humaine, affaiblissant l'homme irrémédiablement.

Adhère à la seule vérité unique, parfaite et pure qui fait frémir, tressaillir d'émotion le plus rustre, le plus taciturne.

N'oublie pas et propage jusqu'au fin fond des cieux infinis, du néant, des thébaïdes, des abîmes, des abysses, du vide, des cascades, des prairies, du cosmos, l'éternelle vérité telle une musique qui se répand sur toute la planète Terre et traverse toutes les immensités.

Pense aux promesses de vie meilleures que recherchent inlassablement et fébrilement les hommes dans chacun de leurs choix, mais ils ne savent pas que la récompense se trouve à leurs pieds, il leur suffit d'observer. Il leur suffit d'apprendre à s'aimer eux-mêmes et à déguster ce qu'ils possèdent et non de s'évader dans l'envie qui les berne, les aveugle et les borne. Ils ont déjà la vie, quoi de plus précieux, ils ont le sang de la vie, de l'espoir qui coule dans leurs veines. Ils ont la force, un temps qui leur est imparti et même le sablier des années ne cesse jamais jusqu'au jour où une nuit tombe, douce et étoilée afin d'éclairer le voyage des âmes, nuit mélodieuse et chaude afin d'honorer les justes, de réchauffer les indigents, d'apaiser les tourmentés.

Il tient à chacun de savoir saisir la chance, le bonheur providentiel et non de le rejeter par crainte de perdre la possibilité du toujours mieux, plus luxueux, plus prestigieux et finalement la résultante perverse de cette quête illusoire est la solitude et la perte irrémédiable de sa chance.

Il faut repérer le moment opportun, la seconde où l'on sent son cœur vibrer,

son corps frémir, sa chair frissonner, sa gorge se nouer et ce pincement au cœur qui ne trompe jamais. Chacun détient depuis sa conception, un destin écrit, un amour unique, plus précieux, plus intense, plus puissant donc le laisser s'évaporer par goût de l'aventure est une erreur qui peut parfois être fatale.

Laisse-toi porter par ce vent de liberté qui te mènera malgré toi vers une route inattendue et que tu adoreras inaugurer. Même si tu crois connaître ton avenir, n'oublie pas que si tu laisses se poursuivre et souffler dans ta vie les vents de la providence, tu récolteras le paroxysme du bonheur, la paix, la plénitude et tu seras encerclé par un halo de lumière. Tu découvriras, expérimenteras un havre de paix. Pense à cette promesse, la vie n'est que perpétuelle promesse, lumineux serment d'espoir. Respire, exhale, inspire à plein poumon sans le rejeter, le parfum suave, énergisant, fortifiant et stimulant de la foi, fais le choix de l'amour, de la patience, de l'attente de l'accomplissement, de l'aboutissement du long voyage, aux pérégrinations instructives.

Les passions, les sentiments, les désirs, les ambitions constituent l'humain, il faut sans cesse se laisser submerger, se laisser aller pour se réaliser, faire naître son identité, son moi intime et ne surtout pas refouler, brider ses aspirations.

Il faut faire jaillir, sublimer ses rêves. L'absolu, l'ascension spirituelle, cette offrande se trouvent en nous. La foi, la spiritualité sont source, jalonnement intra extatique, inter cellulaire. Elle fait tourbillonner, graviter bien-être, ataraxie dans la conscience, purge de tous les tourments terrestres, elle élève l'être vers des sphères inédites, inexplorées et le grandit au point d'accorder une religiosité dans les actes de tous les instants, magnifier l'existence, la transfigurer, la sanctifier et surtout la respecter et la révérer.

Ce qui éloigne des vices tels l'ivresse, la toxicomanie, la luxure primaire. A fortiori, elle permet d'améliorer les rapports interhumains, car si chacun trouve sa voie, c'est la société universelle qui apprendra à bien vivre, à faire des choix pacifiques. L'avenir du monde réside dans la sagesse et la foi, mais une foi pacifique et non erronée ni fanatique. La foi pure, la spiritualité requiert retenue, amour de l'autre et de soi, mais elle n'est que douceur, tolérance. Ce désir frénétique d'absolu est assouvi dans une foi purement personnelle où chacun parvient à découvrir le contenu en filagramme en cueillant seul, la récolte du fruit magique du verger, en goutant seul à cette quintessence, en se rassérénant seul, en se rassasiant seul, en se désaltérant isolément avec ce nectar secret, unique, digne tel le trésor ancestral concocté longuement par un alchimiste. Savoure, profite de la moisson sublime et subtile du cœur de l'existence.

Laisse l'éclair, le frisson bienveillant traverser ton corps fragile, ne lutte pas, cède-lui afin qu'il te transperce et te renforce. Il orientera ton devenir ; la féérie, l'enchantement, le merveilleux peut accompagner ton quotidien et l'illuminer, l'embellir. Il s'agit d'une démarche purement individuelle et d'une relation purement personnelle, intime avec l'Esprit Suprême, l'Intelligence Parfaite et Infinie, avec celui qui représente la miséricorde, la bonté, la générosité, la symbolisation de l'amour unique, intarissable et tout puissant qui gravitent sur la terre pour le bien de l'humanité.

Il suffit de savoir être patient et d'apprendre à écouter, décrypter les indices, pressentir, percevoir les symboles qui nous sont offerts et qui devraient nous guider. Le jour où l'humanité comprendra qu'elle n'est pas abandonnée à son triste sort, mais qu'à contrario, elle suit les fluctuations des plans universels du tout-puissant et que, pour que son devenir soit beau, heureux, elle doit suivre, écouter, tenter de parfaire et de protéger les fruits de la Genèse, le présent du tout puissant pour les hommes.

Elle doit se laisser insuffler et transmettre une ligne de conduite, une morale protectrice qui la sauvera du déclin, de la perdition. Le fil conducteur doit être alimenté par le respect et l'amour de l'autre. Je scrute, j'attends et je souhaite toujours la profondeur de l'être dans le jeu de la vie et j'espère que les limites pourront être repoussées,

que les barrières se lèveront pour permettre qu'émerge la grandeur de l'homme, que surgisse une sagesse nouvelle, que l'on ouvre la porte de l'antre ancestral et isolé de la sagacité sacrée sans laquelle rien n'est possible. Les hommes doivent se laisser oindre, traverser par ce vent léger, intense, sublime et tout puissant.

Plus je l'écoutais, plus ses mots sonnaient comme une révélation, une illumination, ses paroles emplissaient mon corps et me faisaient frissonner d'émotion, tressaillir de félicité, d'extase. Soudain, il a pris ma main et j'ai ressenti la naissance d'un lien très fort, rassurant comme s'il m'avait toujours été proche, comme si quelque chose d'unique, de pur et d'innocent nous unissait. L'avais-je connu auparavant ? Dans ma tendre enfance ? J'avais une sensation de déjà vécu, comme une violente et heureuse réminiscence. Etait-ce que notre rencontre était écrite, programmée et que mon sentiment provient du fait que le destin œuvre et s'accomplisse à présent ou que je l'ai vu en songe ?

Peut-être a-t-il toujours été proche de moi et qu'il se serait dévoilé maintenant, car l'heure est arrivée de venir jusqu'à moi ? Peut-être l'avais-je connu naguère sans que je ne m'en souvinsse réellement ?

Un élément était indéniable en revanche, c'était qu'il refusait de révéler son identité, j'ai renouvelé ma tentative et il a chuchoté dans mon oreille, « quelle importance qui je suis, ce qui compte c'est de m'entendre »

Ces murmures m'ont convaincue, puis il a posé délicatement son indexe sur mes lèvres pour me dire de me taire et d'écouter religieusement ces informations privilégiées, ce message si authentique, ces connaissances délivrées avec tant d'amour…

Silence médusé de la découverte, silence interloqué, silence de la réflexion, de la méditation, silence de la prodigieuse aventure. Recueillement apaisant, souffle du destin. Aube des temps, infini mystère inaltérable. Souffle pur de la vie ondulant vaporeusement. Elégie souveraine, lumière illuminant l'obscurité abyssale, tournant du temps, labyrinthe des pensées humaines. Lumineux fleuve de la mémoire, cohortes exaltées. Survivance du passé, survenance de l'avenir, présages heureux. Sanctuaire de feu, sanctuaire éclairé. Horloge divine, horloge de feu, horloge du souvenir, horloge du devenir.

Infini chant de la nuit, infini clairon de la nuit épique et lyrique. Lueur de l'infinie beauté. Découverte exaltée, stupéfiante, pétrifiante, inéluctable et providentielle. Magie de l'accomplissement, surprise électrisant l'être jusqu'au plus profond de son âme. Emmène-moi dans la rivière de tes yeux, emporte-moi dans la rivière de ton âme, dans le volcan de ton cœur. Marcheur de la nuit, pèlerin du jour. Dans le silence de la nuit, témoin universel de la vie. Soleil radieux annonçant une solidarité nouvelle, un amour nouveau, soleil heureux. Mystère des mystères. Roi des cieux illuminant le monde.

...L'art foudroie, illumine et séduit l'âme, l'esprit, la conscience et le cœur de la vie telle une promenade sans retour...

...L'art éveille les hommes et illumine dans la nuit telle un miracle jaillissant dans le précipice de l'obscurité...

Horizon pur, lumière stellaire, scintillement doré et étincellement intense captant l'esprit. Mystère de la vie, obscurité vierge, crépuscule sauvage. Résurgence enchantée, errance rêveuse, souvenance enflammée. Valse de la vie dans la chaleur nocturne et ténébreuse libérant le désir de percer le mystère sublime de l'existence qui tournoie telle la danse enjouée et féérique de la conscience.

...Je pense, je vis, j'existe, je crée donc j'affirme mon humanité...

CHAPITRE SEPT : Féconde réflexion

Puis, il reprit son souffle et poursuivit avec l'énergie de celui dont le temps est compté et éphémère, le récit passionnant de sa vie. Il eut alors un instant, une pensée émue pour Hannah qui fut son étoile. Il entendit résonner ses mots « Depuis que je te connais, je me sens sécurisée, je n'ai plus peur de rien, si ce n'est de te perdre ou de te décevoir. Je crois que nous aimerons toujours. J'ai enfin trouvé un but, un sens à mon existence, je t'aime tant et je n'ai envie de n'aimer aucun autre que toi. » Lui, l'aimait profondément, mais était jeune et c'était la première fois qu'il aimait réellement, or, il craignait de s'égarer un jour, et doutait de lui-même.

Il appréhendait qu'un jour, il ne parvînt plus à la combler, à la faire vibrer. Peut-on aimer plus ? Est-ce cela le vrai amour ? Il l'aimait, la désirait, mais surtout était très attaché à elle. Un soir près d'elle, il eut ses pensées qu'il regretterait toute sa vie durant. Il se souvient de ses fariboles totalement égoïstes et coupables. « Peut-être est-ce trop tôt pour aimer, pour s'enchaîner dans un amour unique, peut-être que je gâche ma possibilité de vivre d'autres passions... »

Il n'a jamais oublié, parce qu'à cette seconde, il pense qu'il a commencé à tout faire basculer. Son unique passion, son bonheur, il l'avait trouvé, mais il l'ignorait et le réalisa que le jour où il perdit ce tourbillon heureux, ce vertige magique. Hannah annihilait toute douleur, elle aspirait toutes ses souffrances. Il se remémore ses baisers de feu, cet appel à la vie, à l'amour, les feux de joie vertigineux et si exaltants. Il entend encore son cœur battre à l'unisson, ce compte à rebours de leur histoire, semblable à l'horloge de la vie qui palpite vers le voyage final. Il entendait carillonner le son du temps dans sa conscience pour lui signifier que tout ne demeure pas forcément acquis pour toujours et que ce tout, peut n'avoir qu'un temps et devenir éphémère lorsque l'on ne sait pas protéger son bonheur, son trésor et l'honorer. Mais il l'apparentait à l'écoulement de leur amour qui finalement s'inscrirait dans l'espace-temps, dans leur conscience, dans leur cœur, dans leur essence, dans leur âme, dans leur mémoire et qui transcenderait et vaincrait la fuite infinie du temps. Il espérait qu'ils seraient unis par l'empreinte indélébile du passé, que chaque geste, chaque acte se graverait en eux, s'emparerait inéluctablement de leur être.

Les souvenirs offrent comme des vibrations, une mémoire, une conscience universelle qui dépasse le concept du temps. Les mythes, les légendes témoignent de cela, aussi vagues soient-elles,

aussi floues ou édulcorées soient-elles, elles parviennent à franchir l'impact des années et à perdurer à tout jamais dans le cœur des hommes. Sommes-nous la résultante d'une mémoire atemporelle, circulaire qui nous atteint et nous inspire ou même qui forgerait notre identité ? Tous les actes passés de nos ancêtres, laisseraient-ils sur nous des marques ? Nos choix définissent-ils le destin de nos progénitures même dans plusieurs millénaires ? Séculairement, depuis toujours, plusieurs millénaires après, postérieurement, n'héritons-nous pas des traces de l'histoire, du passé ?

N'embrassons-nous pas les serments passés ? Dans nos veines coule le sang d'un patrimoine génétique riche de symboles, de responsabilités et qui lègue inconsciemment une mémoire cellulaire empreint d'histoire, riche de racines communes. Peut-être transmet-il plus, qu'il n'y paraît ? Malédictions, péchés, blessures, séquelles, lésion, amnisties, grâce contenues dans un legs et bénédictions, clémence ou châtiments, réhabilitation accordées aux hommes... La Bible ne transmet-elle pas l'idée que rejaillissent sur la descendance, tant les erreurs que les mérites ? Ainsi, ne sommes-nous pas responsables à la fois pour nous-mêmes et pour les générations futures ? A nous de ne pas les souiller de nos impuretés, mais de les purifier de notre sagesse, de les faire flamboyer, rayonner d'un halo de lumière d'espoir.

Ensuite, il exprima qu'il se souvint et il ressentit quand leurs cœurs battaient uniformément, harmonieusement, à l'unisson, à une cadence symbolisant leur dualisme, leur symbiose prodigieuse et qui se balançaient, unis, à l'image de l'horloge du temps. Il semblait croire qu'il partageait encore ses pensées, qu'ils pouvaient communiquer telle une télépathie. Il disait ressentir lorsqu'elle souffrait, lorsqu'elle le réclamait, lorsqu'elle l'appelait tant leur lien, leur amour était puissant. Il dit aussi que si la flamme de sa vie s'éteint et que le sablier du temps indique que c'est l'heure pour elle, qu'il le ressentira dans sa poitrine, dans sa gorge et jusque dans sa chair. Il verra ensuite son étoile s'inscrire dans les cieux et scintiller, étinceler dans le firmament.

Il se souvient du premier frisson de plaisir qu'il ressentit, de cette ivresse joyeuse la première fois qu'il posa ses mains sur son corps parfait. Il se souvient de son ivresse, de son frisson nocturne. Il voulait faire revivre ses instants dans son cœur, dans son esprit avant que lui-même ne trépassât. Il se rappelle son corps engourdi, paralysé, par l'emprise de ce désir tout puissant et impérieux.
Les siestes, étendus dans l'herbe fraîche, les nuits d'amour où leurs deux silhouettes, leurs deux empreintes, leurs deux substances, leurs deux quintessences,

s'entrelaçaient et s'entrecroisaient dans le firmament du destin et de la vie jusqu'aux tréfonds de l'humain, à la dimension ultime et paroxysmique de l'âme. Leurs essences et leurs cœurs se conjuguaient, confluaient et se réunissaient tel un appel à l'amour et à fortiori à la vie.

Tous deux avaient exploré des rivages lointains, avaient visité des contrées singulières par leur beauté et d'où l'on ne peut jamais revenir inchangé. Ils avaient été électrisés par le ravissement qu'ils avaient expérimenté et avaient contemplé de leurs yeux d'amants heureux, un monde anobli par sa richesse, par le foisonnement de ses sensations, par sa majesté et sa puissance.

Il s'érigeait, se déclarait l'ambassadeur de sa propre liberté, musicien interprétant une mélodie chargée d'extase artistique et de sensualité savoureuse. C'est pourquoi, les doutes, les hésitations qu'il a rencontrées le submergent de tristesse et de culpabilité. Au printemps de sa vie, il ne savait que si peu de choses, son expérience était fragile et vacillante, il ignorait tout et croyait tout savoir tel un adolescent cherchant à s'affirmer et en quête d'assurance, de reconnaissance et d'identité ; mais il réalisait avec l'expérience et l'apprentissage des années qu'il n'était rien si ce n'est qu'un homme novice, arrogant et ingrat par sa jeunesse.

Et il était trop jeune, trop naïf pour comprendre que Dieu lui avait fait le don du bonheur absolu et lui n'a pas su reconnaître cette offrande accordée à un homme. Lui, avec l'audace de la fraicheur ingénue et vaniteuse en était encore à s'interroger égoïstement et narcissiquement quant à l'identification du bonheur. Il osait se demander s'il était heureux ? Si c'était cela être heureux avec l'effronterie d'un homme qui ne craint pas les années et qui cultive l'orgueil et l'insolence exubérante, l'impudence outrageuse et irréfléchie de l'homme à peine sorti de l'enfance et qui croyait pouvoir illusoirement posséder et maîtriser le monde.

Mais son attachement, son lien fusionnel tel une alliance tacite le retenait et le ramenait toujours à elle comme une sirène dont le chant envoutant appelle l'amour et la venue du naufragé égaré par devant les flots sombres, obscurs et menaçants. Elle représentait son foyer chaleureux, rassurant qui attire, qui séduit tout homme préférant bien souvent la stabilité à une vie inconstante, aventureuse, aléatoire, hasardeuse. L'homme aime avoir une idée de son lendemain, de son avenir et la femme aimée représente, voire incarne, cette absence de flou, de néant et au contraire apporte de la consistance, des jours suaves, exquis, succulents et doux qui ne laissent, ni ne concèdent aucune place à l'amertume avide.

La femme prévient le désœuvrement et produit de la substance savoureuse, délectable, une essence exquise, plaisante, un parfum subtil, pétillant, acidulé, mais sucré. Elle répand des effluves délicats, délicieux, odoriférants, aromatiques et sonne le glas de la lassitude et de l'ennui comme Adam a eu Eve pour soulager sa solitude. Elle habille l'homme faible, le réchauffe et l'entoure de son amour, de ses caresses tendres à la fois maternelles et à la fois de femme amante au caractère sensuel, elle l'encercle et le pénètre de son pouvoir de fée enjouée, espiègle, allègre et réjouie.

Elle redonne force dans l'adversité des jours impies. Elle génère en lui l'envie de vivre, la fougue, l'impétuosité, les élans, les ardeurs de l'homme voulant exulter dans l'existence. Elle lui insuffle la frénésie, l'emportement, l'exaltation de l'artiste, la véhémence de l'artisan, la vaillance du guerrier de la vie.

Ils s'appartenaient l'un à l'autre comme deux âmes sœurs unies par les caprices et l'empire du destin.

Il se souvient des premiers jours, de ses caresses fébriles, enfiévrées, convulsives qui témoignaient d'une part de ses hésitations, de sa crainte de la décevoir et d'autre part de l'ostentation inconsciente, pure, sincère et immodérée et de la profondeur de sa passion pour elle. Ils n'étaient encore que deux enfants découvrant avec impatience, fougue, enthousiasme bouillant et appétit vorace, ardent, audacieux, les trésors de l'existence. Ils apprenaient l'art et la virtuosité de la vie qui ne s'apprend pas, mais qui se découvre progressivement.

Cinq années s'échappèrent furtivement, s'écoulèrent sournoisement comme si elles leur avaient été volées à leur insu, sans qu'ils ne pussent le réaliser. Ils avaient mûri et avaient dégusté chaque seconde privilégiée. Il obtint après quantité de persévérance, d'acharnement, de courage, une licence en droit et une maîtrise d'économie afin de se préparer à reprendre la succession de ce prétendu père qui lui avait été inconnu et étranger. Il avait dû prendre sur lui pour accomplir ce parcours universitaire qui ne lui correspondait pas forcément.

Il avait, avant tout une âme d'artiste, de rêveur et non de gestionnaire rigoureux et implacable ou d'homme d'affaires froid et sans scrupules. Mais, il ressentait le poids du devoir, du passé, la conscience du legs de cet homme étranger qui néanmoins lui avait accordé sa confiance. Il l'avait honoré du don de l'entreprise de sa vie, il l'avait recueilli, nourri, protégé, alors il se devait de poursuivre son œuvre bien que pesante et requérant force et travail acharné. Il reprit alors la compagnie familiale de cet homme, spécialisée tout particulièrement dans le métal comme l'acier.

Il se plongea dans le travail, s'attela vaillamment à la tâche et parvint au-delà de toute espérance à développer à outrance l'entreprise. Il lutta sans relâche afin de se sentir digne de lui.

Il multiplia par cinq le chiffre d'affaire, était-ce miracle, bénédiction ou malédiction ? Il délaissa progressivement, malgré sa volonté Hannah, sa bien-aimée, il ne réussit pas à tout gérer. Il était tiraillé entre les responsabilités, la pression, la compétition et finit par être drogué par ce pervers besoin stérile, cupide, d'appât du gain. Il était devenu l'éminent homme d'affaires admiré et respecté de tous. Il était soudainement passé du statut de l'homme inexpérimenté et insignifiant au génie que tous enviaient. Il devait apprendre à assimiler et à gérer un succès rapide auquel il n'avait pas été préparé. Or, le triomphe devient vite une drogue perverse et corruptrice. Lui-même avait peur de ce vertige, de ce tourbillon exigeant et qui ne lui laissait aucun repos. Il était au sommet de la réussite professionnelle. Il avait gagné l'estime et la reconnaissance de son entourage, mais quelque chose de précieux lui manquait. Cet homme qui lui avait légué cet héritage qu'il avait su faire s'accroître, fructifier à la force de son intelligence et de son travail, n'était plus là. Lui, dont il avait besoin d'avoir la reconnaissance n'était plus de ce monde pour constater sa prodigieuse performance, ses exploits. Sa réussite lui laissait un gout âpre, amer dans sa bouche.

Il réalisait que jamais il n'aurait sa revanche, son heure de gloire à ses yeux. Cela le tourmentait et il repensait sans cesse au mépris, au dédain, à l'humiliation qui avait bercée son enfance. Il se remémorait cette enfance sordide, était hanté par le fantôme de cet homme, l'empreinte de son passé qui rejaillissait et le torturait. Il ne parvenait pas à faire le deuil de cet homme qui avait incarné dans son psychique, l'image d'un père, aussi taciturne, introverti, apathique avait-il été.

Cet homme n'aura jamais pu être fier de l'entreprise qu'il avait créée, il aurait tant voulu pouvoir lui rendre un hommage qui ne soit pas posthume. Peut-être l'avait-il aimé et l'aimait-il outre-tombe ? Ses sentiments étaient confus et même contradictoires. La rage, la colère se mélangeaient à de la rancune adoucie par de l'affection et de la nostalgie inattendue et inexplicable. Etait-ce le sortilège tout droit sorti du tombeau ? Il n'en demeure pas moins qu'il n'aura jamais la chance de pouvoir lui prouver sa valeur d'homme d'affaires, de lui montrer sa réussite professionnelle. C'était difficile à assimiler et il n'aurait jamais fait son deuil véritablement. Il avait décidé d'oublier cet affront du destin et pour tromper, pour déjouer, pour duper, sa douloureuse frustration, il avait choisi une sorte d'exutoire malhonnête. Il avait décidé de demander à Hannah de l'épouser.

Il se bernait lui-même quand il crut que l'on pouvait jouer avec la frustration, la rage, ces sentiments fortement tenaces, presque indélébiles. On ne peut que domestiquer, appréhender, apprendre à maîtriser ses douleurs, mais on ne peut jamais les oublier ou les nier lâchement ou leur échapper. On peut toutefois, s'affirmer plus fort qu'elles et les dominer, mais avant, il est nécessaire de les identifier et de les exprimer, même à soi-même. Et alors la voie de la sagesse et de l'apaisement est ouverte.

En revanche, sans aucune démarche de thérapie individuelle, de retour sur soi, de remise en question, d'apaisement, il avait épousé Hannah avec une totale naïveté puérile. Ce qui le mènerait irrémédiablement au désastre fatal. En effet, le déclin, la descente aux enfers a débuté le jour même du mariage. Il avait ce jour précis l'impression de percevoir une sorte de couronnement, d'avènement du total, de l'intégral de ses désirs, de ses souhaits sur Terre, alors que chercher d'autre, si ce n'est que la folie, les basses illusions, les sensations encore plus intenses pour fuir l'ennui inhérent à sa situation ? Il cherchait à se noyer dans un mirage de joies factices, fictives où fleurissent indéniablement les pièges se tenant aux aguets.

Il avait commencé à plonger dans une eau boueuse, composée de mensonges, de faux semblants, de simulacres de réalité, d'artifices.

Le mariage avait été magique et solennel, mais il s'était marié pour de mauvaises raisons et se trompait. Lorsqu'il a prêté serment, il a été sincère, il a senti une émotion suprême l'immerger, jaillir de son âme, l'envahir, transpercer sa chair. Il a savouré cet instant qui n'appartenait qu'à eux deux et que nul ne pourrait jamais leur dérober. Cet après-midi estival était marqué à tout jamais dans leur mémoire et il avait frémi d'émoi lorsqu'ils avaient revêtu les alliances de l'amour circulaire et infini, qui n'a pas de fin, mais qui tourne toujours dans un mouvement continuel et que nul ne peut arrêter lorsqu'il est pur et qu'il est décidé et avalisé par Dieu. Il se représentait sa splendide robe blanche telle la pureté de son âme et de ses sentiments à son égard. Cette journée avait scellé l'aurore de leur passion et le zénith de sa splendeur aurifère et fastueuse. Toute cette émotion féérique s'était imprimée à tout jamais dans son esprit, s'était gravée dans sa conscience, s'était inscrite dans son cœur.

Ce jour avait été providentiel, il avait marqué une harmonie parfaite, indéfectible et c'était comme si, pendant un fugitif instant, il avait eu le privilège de caresser la perfection, l'idéal, le point culminant de l'émouvant, le summum de la solennité qui fait frissonner, qui fait trembler, qui noue la gorge mais qui est si puissante qu'elle ne peut s'effacer d'une mémoire sélective, éclectique et faillible.

Elle échappe triomphante, victorieuse aux lois du temps, aux lois de l'oubli, pour esquisser effrontément un cahier des souvenirs atemporels et un calendrier de la vie tournoyant, rappelant à l'infini, les évènements mémorables. Dans l'immortelle et divine nature, il avait tressailli lorsqu'il avait ressenti et s'était figuré une convergence stellaire, une confluence planétaire, une concordance astrale rendant hommage et louant l'amour le plus pur, le plus innocent dans cette oraison de la vie, dans cet opuscule céleste. Il pensait à ce moment précis avoir semé et cueilli, récolté la récompense suprême d'une des quêtes sacrées de l'existence humaine, de l'essence humaine inhérente à son accomplissement, intrinsèque à son devenir.

Une aube était née pour faire jaillir l'apothéotique instant, pour essaimer dans son être, un rêve éveillé dans l'éclosion de sa quintessence insoupçonnée telles les fleurs de la vie, la flamme mystérieuse et sacrée de l'existence, tel l'éclatement d'un bonheur incontrôlé. Il comprit alors que ce rêve éveillé n'était pas un mirage mais une réalité fugitive, éphémère, évanescente qui ne durerait que le temps d'une journée aux confins de la vie, aux confins de l'espérance lumineuse.
Cette journée se clorait, s'achèverait, se conclurait, par un crépuscule qui modifierait cette rivière du rêve, cette rivière de l'espérance, cet absolu qu'il ne pourrait malgré lui retenir,

capturer dans sa course effrénée lequel s'était laissé dévoiler pour se dissimuler ensuite dans la nue. Il savait qu'il devait profiter, apprécier, savourer chaque seconde si belle et qu'elles disparaitraient, que ce jour pareil à un conte de fée aurait une fin dont il ignorait le contenu, la teneur puisqu'il ne possédait ni la maîtrise du temps ni celle de l'avenir. Il souriait mais ne pouvait s'empêcher de se sentir anxieux. Va souffle souverain de la vie, au dessus des nues, des champs d'âmes pour explorer l'immensité du destin, pour savourer le sublime fruit, pour expérimenter la joie, la liberté, l'affranchissement éphémère des contraintes tel un oiseau prenant son envol et arborant l'idéal. Sens l'air du temps te fouetter pour te rappeler que tu es vivant et que tu as le privilège de cette jouissance, de ce ravissement intense.

En résumant succinctement, il possédait tout aux yeux du commun des mortels. Il avait caressé et embrassé l'aube de la vie, « s'était approprié sa fugitive et éphémère beauté ». Il se balançait au crépuscule stellaire le soir, au son silencieux des étoiles, il était, de temps à autre empreint d'une folie douce, d'une ivresse légère et joyeuse. Il cherchait en vain à saisir, à cueillir cet absolu précieux et unique. Mais la lune endiablée l'appelait, cherchait à le corrompre, il était une proie fragile et facile à appâter... Il avait une femme qui l'aimait, de l'argent, une situation florissante et du pouvoir.

Il avait les atouts de l'homme que les femmes convoitent et cherchent à séduire. L'argent et le pouvoir rendent séduisant et attirant, l'homme même le plus rustre, le plus insipide ou le plus taciturne.

Il possédait tout en apparence, selon le jugement expéditif, partiel et superficiel d'autrui. Mais qui a réellement connaissance des pensées intimes de l'autre, du cœur des hommes si ce n'est pas seulement Dieu ? La société voue un culte à l'apparence, à l'illusion et au préjugé, qui les éloignent de la vérité et de leur vérité. Ils préfèrent par paresse croire la rumeur, s'engluer dans la facilité sans savoir si leurs hypothèses sont fondées. Ils préfèrent le mensonge à une vérité fade et non distrayante. Le spectaculaire, ce qui brille a plus de succès que le réel si proche de nous et donc inintéressant et ennuyeux.

L'homme choisit souvent l'illusion plutôt que l'authentique par paresse, par faiblesse ou par lâcheté. La société se délecte des scandales, des complots, des cabales, aime ces jeux pervers, ces intrigues vicieuses, licencieuses et cruelles. Elle apprécie la lie, le rebus, elle prise les manœuvres, la provocation, la vue de comportements extrêmes qui éloignent l'ennui, enfin ne dit-on pas que l'oisiveté, la paresse est mère de tous les vices. Vérifier si une rumeur est réelle, n'est pas fallacieuse, édulcorée, est trop compliquée, trop fatiguant. Cette fausse réalité est tellement plus drôle, plus excitante, plus distrayante ou intéressante. Imaginer, inventer, grossir un fait, l'occulter ou médire est la plaisante distraction des gens vils, indignes et méprisables.

C'est un moyen de vivre par procuration pour ceux dont la vie est vide et inconsistante, c'est aussi un moyen de se venger de ses frustrations, de ses amertumes, de ses échecs. S'en prendre à autrui est tellement plus simple que d'affronter soi-même un bilan sinistre et désolant de soi-même. C'est une certaine forme de presse, de littérature délétère et qui cultive sans vergogne la délation, qui a toujours connu un engouement certain. Le prétendu prodige peut parfois sortir du pervers avec un jugement éhonté d'une société ne sachant plus discerner le faux du vrai, le réprobateur, l'abject, l'ignoble de l'éthique, de la vertu, du déontologique.

La loyauté, la fidélité, la constance se font bien rares, excepté dans la jeunesse n'ayant pas été salie, ou encore épargnée par la mouvance déloyale d'une société arriviste et corrompue à bien des égards.

Elle agit bien souvent en ennemie destructrice de ce qu'elle jalouse ou rejette l'inédit, le non-conformiste, le marginal. Le terme société est antinomique, opposé au terme tolérance, ils sont même tous deux aux antipodes. Cette entité qu'est la société n'accepte pas ce qui ne rentre pas dans son moule, le méprise ou le ridiculise, le raille sans scrupules.

L'invention du politiquement correct ne suffit pas toujours à combler cette fêlure dans les mœurs, cette carence dans le respect de la morale. L'uniformisation désœuvrée, destructrice et désenchantée est encore de mise malgré pléthores de tentatives vaines de progrès, de prétendu modernisme moral.

Enfin, les gens pensaient qu'il avait tout, mais ce mot « tout » reste une notion bien abstraite et subjective, uniquement, l'individu peut juger seul et de son propre chef s'il possède tout et a tout réussi et par conséquent, lui seul, peut parvenir à définir ce tout, à ériger sa propre définition du total, de la réussite, du triomphe de l'existence.

Or, dire que l'on a tout réussi, dépend des gouts de tout un chacun, de ses aspirations, de ses objectifs que seul l'individu et Dieu connaissent.

Le problème réside dans le fait que l'individu, entité individuelle, parfois ne se connaisse pas suffisamment bien, pour parvenir à identifier s'il détient tout, concept difficilement définissable.

Or, la société : entité collective n'est sûrement pas apte à identifier, à nommer, à caractériser, à désigner ce « tout », n'appartenant seulement qu'à l'individu qui, à fortiori, peine lui-même à le déterminer. Nonobstant, une société ou un pouvoir politique qui tenterait de règlementer ce « tout », de légiférer à son propos à l'instar de n'importe quel domaine comme l'industrie ou l'économie notamment, qui se mêlerait, s'ingèrerait dans la définition d'aspiration individuelle, philosophique ou métaphysique que représentent l'ataraxie morale, le ravissement, la plénitude, la satisfaction, l'idéal, le bonheur, engendrerait, conduirait à une société en perdition, en dissipation, en perte de repère, en déclin. Elle s'avèrerait étouffante, aliénante, opprimante, assujettissante.

Nul ne peut aliéner le droit d'un être à définir seul ses aspirations, ses désirs, ses souhaits. Aucun joug ne doit contraindre ni dérober l'individualité, l'originalité ou l'unicité de l'âme humaine ; le pluralisme et la diversité des goûts, des couleurs, des pensées, des rêves, des idéaux constituent la richesse et la force de l'humanité.

Cette humanité qui, sans cesse s'attire, s'oppose et sans relâche se complète par le truchement d'une vitalité, d'une singulière vigueur voire d'une véhémence de la vérité et de l'authenticité vivifiante de l'âme humaine.

Cette définition du « tout » appartient à l'être intime et reste purement individuelle. Nul ne peut standardiser, uniformiser l'épanouissement d'un être, aucune autorité humaine ne peut contrôler les sentiments ; l'âme humaine, sa substance-même échappe à tout contrôle, à toute domination, qui serait vaine puisque tôt ou tard l'homme s'affirme, s'affranchit, se délivre, s'émancipe par les chemins de la liberté semés par Dieu, dont Dieu l'a pourvu par l'octroi du libre arbitre.

Nul homme ne peut parvenir à façonner l'âme humaine, création divine. La réponse à la définition de ce « tout », de cet absolu demeure la résultante et la consécration d'une longue quête éperdue et laborieuse.

C'est pourquoi, l'homme est inlassablement à la recherche de l'inconnu qui assouvirait cette curiosité profonde et intrinsèque. Il se cherche infatigablement dans l'expression d'un désir d'aventure dans la mesure où il souhaite inconsciemment soulager son angoisse existentielle, sa crainte de la fin, sa finitude irréversible, sa fuite du temps, cet écoulement infernal pour lui, mais immuable.

C'est pourquoi, il recherche les passions, et surtout veut réaliser une œuvre, un ouvrage honorable pour immortaliser, marquer son passage et le rendre utile afin d'apaiser sa conscience. Il désire finalement transcender la mort.

L'homme a besoin de sentir à la fin de sa vie qu'il s'est accompli en tant qu'homme, dans une optique tant individuelle que collective. Il entretient une perpétuelle poursuite effrénée et avide de perfection humaine, une soif d'absolu indéfinissable, théorique, mais si difficile à concrétiser. Puis, il oublie bien souvent que la perfection, l'absolu, la béatitude demeurent des concepts relevant de Dieu : seul être tout puissant et parfait.

Enfin, beaucoup enviaient aveuglément, sans réfléchir sa réussite, son succès inattendu. On convoitait l'illusion de bonheur qu'il laissait transparaître, on jalousait sa ravissante Hannah. Il incarnait le modèle, l'exemple de la réussite. Il représentait tout ce que tous voulaient être et devenir. Beaucoup s'ils le pouvaient lui auraient bien volé sa vie si « parfaite ». Mais, lui se sentait comme aspiré par cette image de l'homme à qui tout réussit, par l'image du brillant chef d'entreprise et du mari comblé. Tous l'idéalisaient, idéalisaient son existence et voulaient lui ressembler. Néanmoins, lui, se sentait de plus en plus perdu, de plus en plus malheureux et de plus en plus vide. Il se sentait fréquemment oppressé, angoissé, anxieux.

Il éprouvait une sensation de claustration partout où il allait qui ne le quittait pas, il avait peur, peur de lui-même, il se sentait paniqué, pétrifié, effrayé à l'idée qu'Hannah lui soit enlevé, il demeurait épouvanté par l'angoisse de tout perdre et inquiet, terrifié à la pensée d'être dépossédé d'un « tout » qui ne le rassérénait plus, qui ne le comblait plus ou qui a pu le combler qu'éphémèrement, fugacement, fugitivement. À chaque fois qu'il observait son reflet dans le miroir, l'homme qu'il apercevait ne le satisfaisait plus. Il ne savait que faire pour remédier à son mal silencieux et lancinant que tous ignoraient. En compagnie, il riait, il jouait le rôle de l'homme heureux au-devant de la scène, mais quand le rideau retombait, en coulisse le vide, la mélancolie l'étouffaient.

Il avait l'impression d'avoir tout expérimenté, il était blasé au point de croire qu'il n'avait plus rien à vivre et qu'il était condamné à l'ennui jusqu'à la fin de ses jours. Le succès trop puissant et trop rapide est un vertige effrayant et que seule la sagesse, la maturité et la spiritualité peuvent canaliser et gérer. Il avait la certitude que la vraie vie se trouvait ailleurs, dans un ailleurs inconnu. Il savait que ce lieu utopique mais concevable, idéal et magique l'appelait et qu'il devait persévérer et le chercher avec hardiesse. Mais il ne savait que chercher, où et comment chercher.

Il trouvait sa vie monotone et trop parfaite. L'homme est un être perpétuellement insatisfait, qui reste incapable d'apprécier ce qu'il possède, ses bienfaits. Il lui faut toujours plus, toujours différent, toujours plus intense. C'est pourquoi, seule la foi, qui offre des repères, la quiétude, l'épanouissement, l'élévation spirituelle, reste et demeure le seul et l'unique moyen d'atteindre l'harmonie. Elle est force, elle aide à affronter les épreuves et le succès, elle transmet la stabilité de l'être et rassasie l'âme. Elle reste le seul rempart contre l'égarement et contre la perdition. Il avait l'impression de ne pas vivre et recherchait inlassablement tout en l'ignorant,

Dieu dans sa vie. Il souhaitait inconsciemment la présence plus intense de Dieu qui perdurait cependant, éminemment et inexorablement dans son cœur, qui se révélait et brillait dans son âme. Dieu seul, pourrait le rasséréner tel un sentiment, une nécessité que l'humain éternise atemporellement en tant qu'aspiration, besoin inhérent à ce dernier. L'homme s'accomplit par la foi et la spiritualité.

Surtout lui, qui avait été sauvé miraculeusement, lui qui avait effleuré du bout des doigts cet absolu, lui qui était détenteur au fond de sa mémoire d'un message pour l'humanité tout entière.

Comment se contenter, ensuite de cette futilité, de cette matérialité, de ce luxe ostentatoire, mais si stérile.

Il remerciait, gratifiait, louait Dieu pour cette abondance, cette profusion, cette densité mais cela ne pourrait lui suffire... Il révérait néanmoins, une richesse pudique, digne, un foisonnement sobre et non une opulence outrageante, une luxuriance outrancière, une exubérance insultante, insolente, une pléthore provocatrice, un apparat ostensible, manifeste et indécent qui ne ravit personne et ne fait qu'enivrer l'être et plonger autrui dans le vertige, l'illusion et ne prodigue que jalousie et convoitise. En revanche, il n'oubliait jamais de sanctifier et d'honorer cette offrande, ce présent divin.

La matérialité ne pouvait ni le combler ni l'apaiser. Il ne parvenait pas à oublier toutefois, qu'il avait été ramené du monde des cieux, que sa vision du monde,
de la vie, avait été modifiée et que ni Hannah, ni son entourage ne pouvait comprendre cela. Tous ignoraient son expérience, il ne pouvait pas la partager car nul ne pourrait comprendre et tous refuseraient de le croire. Ils le prendraient pour un fou, un égaré de la réalité, de la raison, de la vie, ainsi, se sentait-il un étranger dans l'immensité de l'existence. Lui, voyait son oiseau providentiel, entendait la musique, percevait la voix silencieuse des cieux.

Ses sens étaient acérés, il ressentait sans cesse des vibrations, avait l'esprit, la conscience dirigée vers les étoiles, le cœur et l'âme aspirée vers les cieux, vers un au-delà que lui seul percevait, vers un au-delà qui lui était proche, familier et non-inconnu. Lorsqu'il est revenu, il a toujours ressenti intuitivement qu'il avait une mission importante pour les hommes. Mais, il ignorait à cet instant, à cet âge, ce qui l'attendait car le contenu avait été effacé de sa mémoire pour qu'il pût apprendre, vivre. Il devait se former, s'épanouir, avant d'accomplir sa mission afin d'être prêt, et pour cela, il lui fallait vivre sa destinée dans la quiétude. Ainsi, le contenu du message avait provisoirement été effacé de sa mémoire, de sa conscience bien que son inconscient, son intuition lui rappelât que des mots essentiels, fondamentaux lui avaient été révélés et qu'ils étaient enfouis, gravés dans son être.

Il pressentait qu'ils reparaitraient ultérieurement, qu'ils se raviveraient un jour béni, tout en ignorant précisément, quand. Mais peu à peu, ce message céleste rejaillissait au fond de son cœur, il reprenait vie, surgissait et plus il s'était rapproché de Dieu, plus il revenait impérieusement en lui, se redéfinissait inexorablement dans sa mémoire, renaissait avec véhémence, grandissait fougueusement, se redessinait jusqu'à devenir totalement clair, quelques jours avant de me rencontrer. Ce précieux message était enfin devenu limpide, intelligible et évident. Il a tenté toute sa vie durant, de le ranimer, de le faire revivre.

Il était en lui et pour moi, et était pour les hommes, un présent pour l'humanité.

Il réalisait alors qu'il vivait dans l'illusion du bonheur et que lui manquait l'essence même de son être et de l'existence d'un homme accompli, la spiritualité. Le principe premier de la vie des hommes est le dualisme entre le corps et l'esprit, ces deux instances sont interdépendantes et ne peuvent exister l'une sans l'autre. Ainsi, tout être, doit nourrir, abreuver, désaltérer à la fois son corps, mais aussi ne pas oublier son esprit. Cela est le principe originaire de l'harmonie humaine, la clé de tout art de vivre. C'est pourquoi, la sagesse orientale lie les deux dans de nombreux arts martiaux, ou disciplines tel le yoga.

Qui oublie son esprit, son âme ne peut trouver véritablement sa voie, son épanouissement. L'un appelle continuellement l'autre, c'est ce qui, de fait, explique, cette quête de connaissance intrinsèque de la condition humaine, cette curiosité, cette soif de vérité ramenant aux prémices de la vie, au prélude du devenir, au seuil de l'humanité, à l'aurore des temps, à l'aube de l'histoire, toujours à la Genèse avec la tentation de cueillir le fruit de la connaissance du bien et du mal contenu dans l'arbre de vie. La connaissance métaphysique, le savoir ontologique notamment, apaise, rassasie et épanouit l'esprit tel l'axiome, le postulat originel de la condition humaine.

Les éléments, l'eau, le feu, le vent, l'air, la terre, la nature nourrissent autant notre corps que notre esprit en nous offrant des sensations, la joie de les contempler, afin qu'ils nous immergent. Les astres agissent tant sur notre corps que sur notre esprit. Celui que refuserait de nourrir son esprit, déclinerait, renierait, renoncerait ou même abjurerait une partie de son humanité. Ce serait aussi laisser libre court à la décadence, au déclin et conduire fatalement à l'apostasie des idéaux humains. Qui ne répond pas à l'appel de l'esprit reste inaccompli, la sur-matérialité séduisant avidement les sens, mais ne rassasiant nullement l'âme, laisse l'homme affamé, et tourmenté spirituellement.

Ce manque endigue l'homme dans une vie vide et sans attrait. L'homme de tout temps, atemporellement a eu besoin d'équilibre et d'harmonie entre le corps et l'esprit. Privilégier l'avoir sur l'être, le culte de l'image, de l'apparence est un non-sens, une aporie conceptuelle qui inéluctablement mène à la désillusion, à la transgression morale, au désenchantement. L'équilibre de ce dualisme est le principe originaire qui régit jusqu'aux confins de l'humanité.

Ne pas le respecter mène à un hédonisme primaire, à l'égarement et même à la corruption.

Le respect de ce dualisme conduit à l'enclenchement de l'engrenage de la dynamique originelle, au respect d'un des principes immuables de la condition humaine.

Il s'agit d'un générateur s'autorégulant et nourrissant, régénérant l'âme. Cet assouvissement permet d'atteindre la profondeur et les schèmes de l'esprit humain. L'homme exulte lorsqu'il réussit à réunir ces deux fluides, ces deux instances, ces deux systèmes interdépendants et inter-conducteurs comme s'il parvient au point culminant dans la construction d'un système pyramidal qui prospère et qui est généré par le paroxysme de la ferveur.

C'est pourquoi un amour exclusivement physique, fondé uniquement sur la sensualité, l'esthétique d'un corps, d'une silhouette ne pourra jamais s'inscrire dans la durée.

Il ne répond pas à ce principe inhérent, originel, essentiel, fondamental et primaire du dualisme humain et ne répond qu'à un désir avide qui ne satisfait seulement qu'éphémèrement les sens, mais n'offre aucun ravissement à l'esprit. Cet amour ne sera pas évanescent, ni furtif, que s'il est également spirituel, les deux allant de pair, étant interdépendants et nécessaires l'un à l'autre pour faire naître l'osmose, la symbiose et l'harmonie parfaite. Par conséquent, la beauté extérieure, l'esthétique corporelle, l'attrait n'est qu'une première étape de l'amour car elle séduit, interpelle, mais elle a pour intérêt de mener vers la beauté intérieure, l'âme et donc la somme des deux, permet le précieux et si rare amour absolu.

Le paradoxe réside dans le fait que la pureté de l'âme, la beauté intérieure rejaillissent sur la beauté extérieure, sur l'épanouissement physique, sur le charme et l'intensité du regard, sur l'harmonie suggestive. Quant à la laideur intérieure, elle transparaît sur l'être et diminue l'attrait, le pouvoir de séduction, ou s'il aboutit, il se transforme très vite en échec et en rejet, fait fuir même l'homme le plus passionné au début de l'idylle.

Or, la beauté intérieure même avec un physique peu avantageux permet le charme et l'ascension vers le vertige amoureux et la passion s'inscrivant dans le temps, s'inscrivant dans ce mouvement continuel, perpétuel et insaisissable.

Cela mène à cette alchimie, poussant les deux amants à se donner jusqu'aux tréfonds de leur âme, à se livrer dans toute leur authenticité, vérité, sincérité.

Cette magie les enivre, fait émerger, libère toute la générosité, l'altruisme possible afin d'accomplir et de délier, délivrer toute leur humanité. Ils sentent alors jaillir la vie telle une source intarissable. Ils se mettent alors à aimer la vie, à la savourer et enfin, à comprendre ce que cela signifie que vivre, à quel point c'est un don, un présent, une chance, une bénédiction.

Ils deviennent alors soumis, dépendants, ils ploient face au pouvoir puissant et à l'impact de l'amour qui s'impose impérieusement à eux et ne peuvent plus vivre sans cet amour qui les ensorcèle,

les fait sortir de leur corps, les fait vibrer, transpirer, frémir et exulter d'un bonheur, d'une joie, les élevant vers l'extase sublime de la vie. Ils déploient avec force, ferveur, galvanisme leurs sentiments intimes, ils délivrent, désinhibent tous leurs sens qui sont en émoi et exaltés. Ils font accoucher leur âme à la vie, même quand le ciel s'assombrit par l'orage, leur amour génère un arc en ciel et des étincelles pleines de promesses que le souffle du vent répand dans les airs.

Tout contact tactile les mène vers des tremblements d'émotion, des saisissements d'émoi, des emportements, des transports convulsifs d'amour,
de sensualité, en proie à un zèle aveugle, audacieux et inconsidéré.

L'exultation enjoignant l'extase les emporte au-delà d'eux-mêmes et induit une idéalisation, une sublimation voire une transfiguration de l'existence et du devenir, dans une vision inopinée d'une espérance effrontée par le truchement d'une confiance nouvelle, suprême, supérieure, accordée alors concomitamment, à la vie. La vie renferme alors une saveur mystique, inspiratoire tel le trouble d'un souffle ambrosiaque en harmonie avec une musique enjouée et captivante d'une muse rappelant les légendes mythologiques.
L'existence ne fléchit jamais et se renforce, se fortifie, se glorifie, se magnifie sous l'impulsion, sous l'influence et sous l'égide de la lueur souveraine de Dieu rendant foisonnante et fructifiant la vie qu'il sanctifie.

Ainsi, un manque de spiritualité conduit à passer à côté de la vie, à entrouvrir la porte sans jamais véritablement entrer, effleurer du bout des doigts sans jamais toucher complètement ni caresser. Lui, avait tout en apparence, mais n'avait finalement rien selon ses dires. Il avait l'impression de ne pas vivre, de passer à côté de la vie, bien que comblé matériellement.

Il ne parvenait pas à se laisser porter par les ondes, les vibrations de son cœur qui lui étaient impulsées par un au-delà céleste. Il avait besoin de sentir en lui un ailleurs, même fugitif et lointain.

Il ressentait ses aspirations grandir, croître et prospérer. Il éprouvait un besoin impérieux qui le dominait, une nécessité nouvelle de faire une introspection, de se prêter à une sorte de méditation transcendantale.

Il voulait accéder, traverser et dépasser par la maitrise méditative, son corps et son esprit pour s'élever au-delà de son essence, de son être, au-delà de lui-même. Il rêvait de toucher, d'effleurer à nouveau, la vérité pure, l'unique vérité universelle, atemporelle et émanant de Dieu.

Il voulait retrouver cette énergie, ce fluide sacré qui l'avait ramené à la vie, il voulait parvenir à transcender les frontières de la conscience humaine, briser ce mur préservant l'ineffable afin d'y pénétrer.

Il voulait libérer cette énergie inconsciente, ce réservoir pulsionnel accumulé, le canaliser, le sublimer et le décupler afin de le mettre au service d'une noble cause. Il désirait explorer un univers inédit au gré de son énergie vitale. Il voulait entrevoir le monde interdit, le secret de la vie, le sublime, le transcendant, la perfection suprême n'appartenant qu'à Dieu, sauvegardée par Dieu, il rêvait d'approcher les anges : intermédiaires entre Dieu et les hommes et missionnaires sacrés.

Il souhaitait faire émerger du fond de son essence, faire jaillir du fond de son être cette énergie vitale, vigoureuse et vivifiante, la faire voyager du fond de sa conscience,
la faire transgresser le profane afin de lui permette de transfigurer celui-ci pour visiter le sacré. Il aspirait à ce retour sur lui-même dans l'unique dessein de retrouver son identité propre, de libérer son énergie psychique, de réveiller la force présente et prenant source dans son corps. Il voulait fermer la porte à ce désert de sable, aride, stérile dans lequel il s'endormait plus à chaque aube ou même il rêvait de le vaincre, de l'affronter courageusement sans l'esquiver, il désirait le pulvériser. Même s'il avait tout, il avait l'impression de ne rien exploiter, de jouer sans cesse un rôle social, familial, de ne guider sa vie que par la notion de devoir. Il n'était nullement lui-même, avait perdu toute authenticité.

Il avait bradé, sacrifié, enfermé, emprisonné et jeté la clef de son moi intime, de son être, de ses prétentions et de ses souhaits de jeunesse. Cette réussite matérielle ne lui suffisait plus et l'avait éloigné de son identité propre. Certes, ses sens, ses instincts, ses envies, ses pulsions étaient assouvies primitivement, mais il lui fallait transcender son corps pour pouvoir s'accomplir spirituellement. Seule la splendeur de la grande littérature, le pouvoir d'exaltation de l'opéra, le son quasi mystique des grands virtuoses, la profondeur et la grandeur des tragédies grandiloquentes parvenaient à l'apaiser un faible instant.

Il voulait écarter partiellement ses désirs bassement terrestres pour s'élever, pour transcender son être, son égo, ouvrir son cœur, son âme à la spiritualité, au monde, à autrui, à l'amour, au partage, au progrès humain, à la vie. Il pensait que c'était l'unique moyen d'atteindre le point culminant de son humanité et de trouver le contenu de cette mission qu'il avait oubliée afin d'amener l'humanité vers un pole, une oscillation positive qui pourrait parfaire l'œuvre divine. Mais, il gardait à l'esprit qu'il n'était qu'un homme qui ne doit jamais oublier son corps et au contraire se doit de l'entretenir, de le rassasier, de le fortifier, de le protéger afin de prolonger ses jours sur Terre.

De plus, il se devait, de satisfaire la matrice dualiste de l'humain, la régénérer, l'alimenter et veiller au respect de ce dualisme prépondérant; le corps et l'esprit, coexistant, se complétant pour offrir le plaisir originel, une volupté harmonieuse et généreuse, l'ataraxie, le bien-être, la paix et l'absolue réalisation de l'être. L'homme peut alors baigner dans la plénitude et est ébloui, illuminé, immergé dans la splendeur d'une félicité infinie, genèse et paradigme de la béatitude.

L'un ne peut pas vivre sans l'autre et on peut constater une trilogie pyramidale dans la mesure où le corps et l'esprit satisfaits enclenchent un engrenage en mouvement qui produit l'énergie qui fortifie l'âme qui se trouve, elle-même au sommet de cette pyramide et qui demeure l'instance suprême et supérieure de tout humain.

Frénésie sublime, caprice subtil, chaleur déferlante et puissante. Terre vierge, et sauvage, terre des hommes, terre d'accueil, terre inhérente à l'utopie euphorique. Contrée fraîche de l'humanité, rivage heureux. Connexion sublime et mystérieuse entre les êtres. Cœurs sensibles, éclatements d'âmes sœurs et bouquet de pensées partagées et complices, foison de rêveries. Terres arides et avides d'eau de la vie, de l'amour et de paix, hymne à la vie, éloge de l'existence, apologie de l'amour, rêves collectifs, espérances universelles. Vague onirique, splendide métamorphosant la perception d'une réalité nouvelle. Espoirs nouveaux et féconds, fraîcheur nouvelle, sentiments nobles, renaissance, renouveau inéluctable, inopiné et providentiel impulsant un devenir immanent. Portes de l'avenir en proie au progrès et à l'apaisement.

CHAPITRE HUIT : Lumineuse découverte

Plus, je l'écoutais, plus mes pensées, mon imagination prenaient vie, commençaient à se mouvoir et vaguaient çà et là, erraient, voguaient au gré de ses propos, de ses souvenirs agrémentés par ses puissantes réflexions. J'aimais rester silencieuse et juste l'entendre, juste l'écouter attentivement, religieusement sans laisser échapper ni un mot, ni une affirmation, ni un souvenir ; j'étais totalement captivée par lui. Nos paroles suivaient les soubresauts arbitraires de son entendement, le mouvement aléatoire, hasardeux de ses humeurs, la contingence de son affect. Il m'expliqua que tout était une question d'équilibre entre l'eau et le feu présent dans notre essence. Tous deux coexistent l'un brûle, c'est la jeunesse frénétique, la passion, l'ambition et l'un se fraye toujours un chemin au milieu de cette fournaise et apaise, refroidit.

L'eau symbolise la douceur, la tempérance, la pondération, la modération, donc la sagesse. Celui, qui détient assez d'eau, se laisse envahir par les ondes, les flots, la pluie rafraîchissante, adoucissante du ciel qui sans cesse, passe çà et là.

Elle éteint le feu de la jeunesse, c'est pourquoi, on l'apparente à la fuite du temps, mais au contraire, elle est source de vie et de purification des passions exacerbées et irraisonnées. Elle exerce un impact cathartique au sein de l'âme, du feu intérieur qui s'autoalimente avec les émotions et qui s'autorégule, se jugule grâce à l'eau. L'homme sage est celui qui maitrise, dompte, son feu intérieur, parvient à réprimer, étouffer, enrayer, endiguer, ses excès, ses envies interdites, ses pôles négatifs, ses balancements néfastes, ses mauvais penchants, grâce à son eau intérieure. L'eau préserve de l'autodestruction notamment telle que la haine, la jalousie génère dans l'âme d'un être, l'eau symbolise la sagesse propulsant vers la vie intérieure, la méditation, la spiritualité donc la paix intérieure, la sérénité.

La clef de l'énigme repose sur l'accord parfait, l'harmonie, l'alchimie parfaite entre ces deux substances. Tout est question du juste équilibre entre les besoins du corps et de l'esprit, trouver la ligne médiane qui renferme cette plénitude paroxysmique. Ainsi, cet homme ne peut que bien vivre et trouver sa voie, son destin, car souvent ce sont les passions irraisonnées, avides qui nous éloignent du chemin, de l'amour véritable. L'homme erre tant qu'il ne le trouve pas, il évolue au sein d'un mystère, d'un puissant fond où il s'engouffre tant qu'il ne se rapproche pas de son itinéraire, de son déterminisme individuel, du trajet, de la progression qui lui est destinée.

Dieu lui a tracé un chemin, un sentier, une route, une voie stellaire, un sillon lumineux dans l'immensité du monde, Dieu lui a esquissé puis dessiné une constellation dans la myriade universelle. L'homme doit écouter son âme qui perçoit cette destinée et les signes prodigués qui s'écoulent telle une eau fraîche, transparente de pureté, limpide, cristalline.

Il déclara ensuite qu'il avait libéré son pouvoir, sa capacité de lire dans les cœurs au fur et à mesure qu'il avait appris à son corps à rasséréner ses ardeurs tout en conservant des élans, des aspirations, d'où le principe de l'interdépendance de l'eau et du feu dans le corps permettant une autorégulation, tel le principe psychanalytique du ça, du surmoi, du moi et du refoulement. Le surmoi censure, l'insupportable moralement et le rejette dans l'inconscient et l'empêche d'apparaître dans le conscient. La sublimation psychanalytique obéit aussi à cette logique qui transforme des pulsions inacceptables moralement, en des désirs nobles orientés vers l'art, élevés vers le religieux.

Tout dépend d'un mécanisme de défense et d'autorégulation ou d'autocensure. Les virus sont détruits par les anticorps fabriqués par un système immunitaire indépendant et autonome. La température corporelle, la fièvre ne peut-elle pas s'autoréguler, le sang, fluide vital, n'est-il pas à la fois eau et feu ?

Ainsi, tout se ramène à cet engrenage qui tourne seul et avec autonomie, pour toute entité vivante et d'essence divine. Mais, seul un équilibre entre le corps et l'esprit, la passion et la modération peut insuffler à l'homme, des pensées pures, foisonnantes et fécondes.

Puis, soudain il me fixa droit dans les yeux et me dit « Tu sais ce qui alimente, nourrit l'humanité, c'est l'amour, qu'elle recherche sans cesse, qui cause toutes ses errances, toutes ses implorations. C'est ce qui génère la vie et permet au cœur de l'humanité de battre, un cœur universel qui palpite pour Dieu, continue à espérer et croire avec ferveur en lui. L'amour est le fil conducteur de toutes les quêtes et les égarements immémoriaux. Celui qui a laissé partir l'amour, qui l'a perdu, ou qui ne l'entend plus, s'est échappé du chemin et erre. L'amour dessine, témoigne, grave, signe la noblesse humaine et éclaire, illumine dans l'obscurité, ensoleille les froides ténèbres.

L'amour est la substance quintessentielle qui engrange la joie, laquelle regorgeant d'une énergie vigoureuse, puissante, enclenche l'engrenage originel de la vie, la dynamique éminemment humaine. Or, le manque d'amour, l'absence d'amour ou l'aveuglement face à l'amour que l'être ne parvient pas à percevoir est la cause de pléthores de dérives interhumaines.

Cependant, l'humanité a oublié ou a perdu son cœur d'enfant pur et innocent et n'entend plus ce sempiternel cri, hurlement silencieux d'amour divin qui déferle intrinsèquement et se répand dans les airs, dans la nue, dans les cieux, sur les sept mers, sur les sept continents. Ils ont oublié ces vibrations, ces ondes d'amour qui encerclent, tournoient, pénètrent et prospèrent en tous lieux, ils ne se laissent plus inonder par cet omniprésent élan altruiste, don lumineux, chaleureux et ineffable de perfection.

Il m'expliqua qu'à l'échelle humaine, tout se ramène à un unique point de départ, l'amour d'une mère, qui permet l'amour de soi et l'amour offert, consacré à une femme puis livré, voué à un enfant. L'amour maternel demeure le point d'ancrage d'un être dans l'existence, la genèse et la résultante de l'être dans le monde. Il renferme son passé, ses souvenirs, son identité, ses repères et à fortiori sa carte d'identité psychologique et donc son passeport pour l'avenir.

Bien qu'Hannah soit parvenue à l'apaiser et à le combler à un moment de son existence, cela n'a pas suffi. Cela n'a pas pu le satisfaire durablement, elle n'est malheureusement pas parvenue à le rasséréner, à contenter, à soulager sa lancinante et douloureuse frustration. `

Son passé, sa souffrance, ses doutes ont rejailli, sont remontés à la surface de l'eau boueuse de son quotidien, de son univers pollué par des ennemis menaçants et se tenant aux aguets d'une quelconque défaillance afin de le vaincre, de le faire fléchir.

Cela n'a pas suffi à combler l'absence d'amour d'une mère qui ne lui a jamais pris la main pour le consoler, qui ne l'a jamais serré dans ses bras, ne l'a jamais embrassé du baiser indulgent et aimant d'une mère. Hannah n'a pu l'apaiser qu'éphémèrement, mais n'a jamais pu panser ses blessures si vives, si douloureuses, si vivaces. Il était torturé, tourmenté et ne parvenait pas à accepter le deuil de cet échec. Sa souffrance refusait de ployer, de faiblir, de défaillir. Il était détruit par cette carence affective remontant à son enfance.

Il recherchait cette forme d'amour telle une musique qui prospère, un souffle qui se fortifie et grandit jusqu'à l'envahir et l'assaillir. Il était hanté, persécuté par cette fièvre qui tourbillonnait tel un ouragan, qui gravitait, virevoltait autour de lui et ne concédait aucun exutoire ou ni rémission ni trêve. Il appelait cet amour maternel qui lui manquait et voulait tout autant revivre, ressentir cette autre forme d'amour céleste qu'il n'a pu qu'effleurer quelque instant infime. Il aurait donné tant pour accéder à ce bonheur, à cette paix suprême. Il voulait se sentir vivant, sentir les vagues fouetter son corps, le revigorer, le vivifier.

Il était persuadé que les maux, les égarements de l'humanité proviennent du fait qu'elle ait perdu ce sens acéré pour percevoir les signes divins, l'omniprésence divine. Ainsi, elle se perd, erre telle une âme égarée et cherche sans cesse, mais vainement, car elle ne sait où chercher, vers quel sentier se diriger. Certains, au lieu de se rapprocher du choix de l'amour, utilisant leur libre arbitre, leur liberté préfèrent la facilité et se tournent vers la haine et le fanatisme. Ils oublient que la haine est la sœur ennemie, opposée et antinomique de l'amour, mais tout de même une sœur proche. Ils se tournent vers cette voie maléfique et nuisible, car ils ont oublié l'omniprésence et l'amour du « Très Haut ».

Le seul problème est qu'une partie de l'humanité est dans l'erreur, l'ineptie lorsqu'elle se sert avec impudence, impertinence éhontée et irrespectueuse du nom de Dieu pour justifier fanatisme et haine de l'autre qu'elle est censée aimer, respecter et protéger comme elle-même. Elle sombre dans l'abîme de la violence et de l'arrogance belliqueuse. Au lieu de défendre la liberté, de lutter pour la paix sur terre, la quiétude universelle, certains s'engouffrent dans un fanatisme qu'ils ne parviennent à stopper, ni à maitriser tellement ils sont aveuglés et asservis par une haine qu'ils ne contrôlent plus. Ils choisissent la destruction arbitraire, la terreur d'innocents pour désaltérer cette soif avide de morts.

Mais ils ont omis que Dieu dans l'essence même de son concept est amour et paix. La lutte qui est légitime est la guerre contre l'oppression, pour la liberté, pour la paix et contre le fanatisme haineux et maléfique. La lutte alors est juste, défendre son territoire, sa sécurité, son avenir et l'espoir restent une lutte et une victoire noble, ainsi, en l'occurrence une cause universelle qui répondraient à l'impératif catégorique kantien qui dit « d'agir selon que la maxime de son action puisse être érigée en loi universelle », « d'agir selon que la maxime de sa volonté puisse toujours valoir en même temps comme principe de législation universelle » c'est-à-dire qui puisse être admise dans l'espace et dans le temps, atemporellement et avec omniprésence. La cause est ainsi considérée comme exemplaire et légitime.

Associer Dieu à la haine, au fanatisme, est un non-sens alors que son corrélat originaire est amour, respect de son prochain, générosité et miséricorde. Le concept de Dieu doit fonder la base d'un postulat universel, unique et atemporel qui génère la paix interhumaine, transhumaine fortifiant la vie, la transfigurant et la sanctifiant. Ce concept admis universellement scellerait l'apothéose, l'apogée durable de l'humanité, et transmettrait un espoir fécond, fertile et foisonnant qui jaillirait jusqu'aux confins de l'univers infini et éternel, que Dieu éternel a créé à la genèse des ères, à l'origine des âges.

« Rappelle-toi Les Dix Commandements que Dieu a dictés pour l'amour de l'humanité et dont il a fait don pour la sauvegarde de la vie, de l'avenir du monde. Ces préceptes contiennent des règles universelles et originelles qui ont inspiré tous les droits interhumains et qui ont fondé, soufflé, dicté le contenu même du droit naturel. Ils renferment la base même de la coexistence pacifique des hommes, de la sociabilité. Ils empêchent que les hommes s'entretuent, s'entredéchirent, ils ont offert une morale, une éthique de base, de référence, un repère déontologique, un refuge, un code au cœur de la conscience et l'homme ne cesse inconsciemment de s'y reporter. Ils constituent une sorte de salut tant individuel que collectif et qui s'y réfère, prévient l'autodestruction universelle et individuelle.

De fait, commettre des préjudices prémédités, semer le mal, le trouble, la discorde autour de soi, revient à s'autodétruire car détruire autrui, c'est se détruire soi-même, se nuire à soi-même. Cela signifie faire obstacle à l'harmonie sociale, offenser et rompre l'équilibre interhumain. La souffrance que l'on cause rejaillît fatalement sur soi, sur sa conscience, sur son être et anéantit finalement. La haine attire vers l'axe du mal, c'est une vague qui empêche l'épanouissement, l'éclosion de l'être, l'ouverture et l'élévation de l'esprit. Elle insuffle un poison, elle inocule un venin à l'humain, elle injecte un fiel dans l'âme.

Ainsi, la haine, la jalousie sont certes, des sentiments humains, mais primaires, primitifs que l'homme apprend à dépasser, à contourner, lorsqu'il atteint un seuil de sagesse suffisant. La haine plonge l'âme dans un précipice pervers, dans le tourment, dans une anxiété empreinte de doutes et de fébrilité, dans une inquiétude métaphysique, dans un trouble en proie à l'égarement tels des corollaires de l'angoisse existentielle. La haine est l'ennemie de la sérénité, elle représente l'antinomie de la paix, elle précipite dans l'abîme de l'errance, dans le vertige de la souffrance.

La haine est tel le mur de l'avilissement, du déshonneur et de la déchéance humaine à ne pas franchir. La haine jette dans un feu destructeur nourri d'opprobre qui consume l'être, le conduit dans l'enfer du néant et l'asservit. La haine une fois qu'elle parvient à s'emparer d'un être, condamne sa conscience à l'esclavage, son esprit à l'asservissement. Elle devient une obsession, un leitmotiv, une idée fixe qui ne peut disparaître. Elle torture licencieusement, elle envahit le corps, l'essence, s'infiltre dans la chair machiavéliquement, elle corrompt, elle pervertit, elle susurre pernicieusement à l'oreille le mal et ne quitte plus l'être. Elle est une pulsion néfaste et dangereuse, un sentiment nocif et malveillant, elle représente une force maléfique et malfaisante. Elle peut conduire à la folie, à la transgression morale ou plus grave à la destruction.

Elle enchaîne l'esprit qui ne parvient pas à s'en libérer, il est pris au sein d'un piège infernal, d'un cercle vicieux.

La haine fait perdre la raison, elle dirige l'esprit vers la perdition, l'égarement, elle reste synonyme d'impulsivité, de démesure menaçante et brouille, trouble les pensées, rend les idées nébuleuses et enfiévrées par le fiel de l'extrême qui n'accepte jamais de compromis ni de tolérance, ni d'absolution. La haine est le poison destructeur et maléfique de l'humanité et à fortiori, son plus violent et dangereux ennemi pouvant la propulser vers sa perte. Elle signifie un déchainement de passions incontrôlées... Ainsi, l'ennemie de l'humanité, n'est t'elle pas elle-même, son reflet insolent et cupide dans la rivière de la pureté, sur la rive de l'innocence ? La liberté, le libre arbitre que Dieu a octroyé à l'humain, comporte ce danger de l'autodestruction, du déchainement, de la barbarie mais Dieu a doté l'homme pour son salut, de la raison qui peut lui permettre de progresser et de contrôler cette menace inscrite et gravée en lui.

Or, dépasser la haine, briser ce feu de glace pervers, c'est accomplir pleinement son humanité, c'est avancer vers la voie de la sagesse et du progrès inspiré par l'intelligence humaine. Désavouer, renier, réprouver, censurer un sentiment de haine, signifie devenir puissant, vigoureux, réfléchi et tempéré puisque c'est s'élever vers la spiritualité.

Cela signifie se dominer et être libre, se libérer du joug dépravant et indigne de la haine. C'est devenir éclairé et mesuré pour soi et pour autrui, c'est inspirer la sagesse et la paix, c'est montrer l'exemple de la grandeur humaine et spirituelle. Parvenir à transgresser la haine, c'est élever l'humain et le transfigurer. La sagesse demeure l'aliment fécond, prépondérant, essentiel, prééminent et décisif d'un progrès moral requérant un effort de longue haleine, véhément, hardi, audacieux et courageux Rejeter la haine représente l'accès aux vertus cardinales de la perfection morale des anciens qui sont la sagesse, la tempérance, la prudence et la justice. En effet, qui est sage et mesuré, est réfléchi et donc prudent dans ses jugements et donc juste. Au-delà de ces axiomes majeurs et limpides requérant considération et attention, la raison, la conscience et le cœur doivent en l'occurrence, constituer une trilogie œuvrant dans un même et unique dessein, au service d'une sagesse aux vertus supérieures et pérennes. La raison, la conscience et le cœur doivent s'unir pour faire tinter la musique de la vérité et de la justice en notre monde et élever l'humanité vers les sentiers de sa grandeur et de sa noblesse.

La haine quant à elle, sous-tend des préjudices à long ou court terme, des préjudices collatéraux, des préjudices moraux inhérents à l'être se glissant sournoisement dans les injures des temps immémoriaux et empoisonnant durablement le devenir,

qui seul, peut être lavé par une justice transcendante, une justice clairvoyante qui œuvre telle la justice de l'éternité face au supplice de la vie. Dieu est éternité, il est tel le feu pur, infini du temps éternel, il est l'esprit parfait, l'esprit infini et tout puissant dépassant le temps, transcendant le concept intrinsèquement humain de finitude, il est l'esprit du temps, il est l'avenir, le présent, le passé, il est la maitrise du temps, de son flux, de son écoulement. Ainsi, la justice de l'éternité est une justice suprême, supérieure que nul ne peut contredire ou critiquer puisqu'elle émane de la sagesse souveraine de Dieu et qu'elle reste exemplaire, impénétrable tel un droit naturel, originaire et foisonnant, jaillissant du rayonnement divin inscrit dans Le Décalogue. Ensuite, l'humanité organise librement ses lois depuis cette grille de lecture du vertueux et de normes à valeur universelle, transcendante, atemporelle puisqu'elles demeurent indiscutables, irrécusables, incontestables par leur puissance conceptuelle humaniste et protectrice de la dignité et du respect mutuel.

En revanche, seul le pardon panse les blessures, atténue l'amertume de la rancœur et soulage les douleurs, ainsi, le pardon adoucit l'avenir même s'il ne peut effacer la souffrance et la souillure du passé Or, la haine suborne, asservit le cœur, altère, détruit l'âme, souille l'esprit, corrompt la force vitale,
pervertit l'énergie corporelle telle une fontaine de sable stérile, aride, avide, inassouvie et flétrie d'insatisfaction et de frustration. La haine ôte l'éclat, la beauté, la fraîcheur, elle avilit et fait perdre la jeunesse de l'âme, de l'esprit en obligeant ce dernier à sacrifier sa pureté. Nous faisons tous, partie intégrante d'un tout, celui-ci générant un enchainement de causes, d'effets, de conséquences ; nous sommes ancrés, fixés, implantés et associés dans une destinée collective, universelle. Nous sommes les légataires et les dépositaires d'une force vitale engendrée par une mouvance humaine telle les actions conjointes, communes, insufflant l'espoir, la foi. Ainsi nous interagissons les uns envers les autres, nous nous influençons réciproquement, nous propageons des exemples, nous répandons des lignes de conduite, nous semons, nous diffusons des grilles de lecture de nos actes. Nous avons tous une responsabilité universelle, nul homme en bonne santé n'est irresponsable et ne bénéficie d'une exonération de responsabilité universelle.

Nous demeurons les éléments intrinsèques d'un système universel, d'une structure collective comportant des êtres interdépendants. Nous ne naissons pas totalement en l'état de ce que nous sommes moralement, spirituellement, philosophiquement mais nous devenons ce que nous sommes en apprenant par la relation avec autrui, par l'intermédiaire de l'autre.

L'acquis s'entremêle toujours à l'inné, nous portons en nous des caractéristiques à la naissance mais nous complétons, apprenons et devenons par le biais de l'expérience, de l'apprentissage donc d'autrui et en l'occurrence des anciens, dont nous emmagasinons, nous amassons, nous engrangeons, nous capitalisons le savoir pour ensuite l'utiliser, l'appliquer, le faire vivre et le finaliser, l'harmoniser, le perfectionner, le parfaire, l'améliorer, le prolonger, le parachever.

Nous thésaurisons les connaissances acquises dans le dessein de les faire fructifier et d'accumuler un trésor universel entrelacé de promesses polies par l'espoir et par le progrès dans le cœur des êtres lesquels demeurent la résultante de la somme d'un inné et d'un acquis humain.

A fortiori, le savoir composant et cultivant l'acquis générationnel et séculaire, anoblit l'humain et rend hommage, sublime, consacre et célèbre l'inné humain. Néanmoins, le savoir doit servir l'humanité, la protéger, la faire évoluer, prospérer, progresser afin d'apothéoser le devenir humain en proie au piège de la corruption, du détournement de la morale et du devoir, menacé par la tentation de la faute et donc du vice face à l'ivresse d'un pouvoir puissant qu'offre les connaissances et les découvertes.

Chacun s'insère dans une harmonie universelle, c'est pourquoi affaiblir ou détruire un être s'est endommager, porter préjudice à ce tout originaire qu'est l'humanité. La protection de la collectivité, par le respect de l'individu connaît alors, l'unanimité et l'accomplissement conceptuels.

Le Décalogue, ces tables sacrées, cette législation souveraine et suprême est conservée dans l'Arche d'Alliance qui la protège, la sauvegarde par le pouvoir que le Souverain Suprême lui a octroyé afin qu'elle traverse les flots du temps et que l'humanité obéisse et se souvienne à jamais, de génération en génération et qu'elle transcende le temps et soit immuable, immortelle à l'image de la foi des hommes en Dieu. L'impact de ces tables de la loi sur le droit originaire et protecteur a franchi la mémoire et la conscience collective, elle fait partie de la culture humaine, elle s'y insère irréversiblement et avec véhémence.

Tout comme Dieu demeura, demeurera et restera toujours dans le cœur des hommes qu'il protège, oriente, guide et mène dans la bonne direction lorsqu'ils parviennent à écouter sa parole toute puissante au fond de leur âme et dans leur cœur, ces tables perdureront par le ancrage définitif.

Il s'agit d'un acte de foi gravé dans la pierre, s'inscrivant dans l'éternité que nul ne doit oublier ou laisser échapper.

Dieu insuffle la force suprême à qui croit en lui et marche dans sa direction. Les hommes à genou aspirent à la foi et recherchent inlassablement Dieu dans leurs faibles cœurs, d'où tant de questionnements sur leurs passés, sur leurs avenirs, ce besoin de prières et de bénédictions. Ce questionnement symbolise la quête du trésor de leurs racines immémoriales, de leurs passés communs, de leur destinée commune.

Dieu est l'unique révélation qu'ils cherchent tout en l'ignorant ou en le sachant inconsciemment. Il est leur repère dans la nuit, leur citadelle dans la bataille, leur force dans la maladie et dans l'adversité. Il est la lumière dans les ténèbres, il est la promesse du pèlerin, il est la vie et l'espoir dans l'abîme, il est la réponse ultime à la prière du croyant. Il est celui qui insuffle l'intelligence à une nuée d'ignorants, il réchauffe par son amour infini l'indigent, l'effrayé, il abreuve, nourrit l'affamé, il apaise et apporte félicité à l'agonisant, à celui qui viendra le rejoindre auprès de son trône céleste. » Ces paroles me faisaient frissonner d'émotion.

Il me fit comprendre qu'à présent dans son cœur, il n'y avait aucune crainte, les aléas de la vie devenaient de prodigieuses aventures orchestrées par le Tout Puissant qui protège et rend bénéfique même ce qui apparaît comme un échec, qui apaise la souffrance infligée par une épreuve de la vie. Tout devient bénéfique sous la gouvernance de Dieu.

Puis, je compris que l'homme se hisse, se forge une identité, mais est aussi la résultante du mérite et de ce que Dieu décide et offre à chacun à condition qu'il sache le trouver. La richesse, une capacité déterminée, un don est présent en chacun de nous à condition de le chercher, de le scruter et de le trouver grâce à l'effort et au mérite. Le charisme, la beauté, l'intelligence, un don artistique, la capacité de faire rêver sont des dons dispersés, disséminés entre les êtres... Dieu essaime au sein de l'humanité foisons d'aptitudes lesquelles permettent de consacrer, dédier, célébrer et corroborer la grandeur et la noblesse humaine : d'essence divine.

Puis nous nous remîmes à évoquer son existence. Le flot de ses souvenirs rejaillissait telle une vague qui s'échoue près des rivages et qui véhiculait, propageait le vin de la vie, le vin de la mémoire enflammée. Il souhaitait libérer un instinct guerrier, quasi animal, le menant vers la contrition.

Il désirait cette introspection authentique, tel un être montrant dans toute sa nudité la vérité de son âme, sans nul artifice et implorant prostré, la mansuétude face à un comportement plein de tergiversations, d'atermoiements au moment fatidique de son existence.

Il ressemblait à un pèlerin voulant proroger son existence afin d'avoir le temps de pouvoir communiquer son message empli d'amour,
pour peut-être utopiquement insuffler à la face du monde un peu de sagesse par le truchement de cette confession. Il rêvait telle une prière sincère et solennelle, de propulser l'humanité dans une ère d'apaisement exempte de ses lourds tourments. Il rêvait de contribuer à transformer le monde, à l'élever, à le purifier de ses instincts belliqueux et matériels et il rêvait de le faire dériver vers une tendance, vers une fin spirituelle, plus humaine, plus altruiste. Il évoquait l'un des Dix commandements le plus enfreint par les hommes qui consistait à appeler le nom de Dieu en vain lorsque les hommes osaient justifier leurs bavures, leurs bévues, leurs barbaries, leurs crimes en son nom. Il disait craindre pour eux.

Il désirait ardemment que les hommes canalisassent leur agressivité, leur amertume et transformassent ces sentiments en sentiments supérieurs, nobles générant la paix et l'entente mutuelle. Etait-il un idéaliste exalté, un visionnaire, un homme sage doté de clairvoyance ?

J'ignorais que penser, était-ce folie? S'agissait-il d'idéaux, de chimères, d'élucubrations, de divagations à l'ambition immodérée? Je ne savais que penser mais mon intuition soumettait ma volonté et me donnait envie de croire que ses rêves pouvaient devenir réalité, que ses pensées pouvaient s'inscrire dans l'avenir puis l'inspirer, voire l'influencer.

Il avait l'impression de ne pas vivre, sa vie était aux yeux de tous parfaite, mais elle était devenue si monotone. Il lui semblait qu'il avait déjà tout vécu ici-bas.

Que lui restait-il alors à attendre ? Il lui fallait renaître, scruter au fond de lui pour rallumer son feu intérieur. Il voulait retrouver la fougue, l'impétuosité du printemps de sa vie. Il désirait retrouver la spontanéité, la folie douce, l'ivresse légère de la jeunesse. Il aspirait à une tornade, à se balancer au son silencieux des étoiles du ciel, il voulait entendre leur chant, leurs douces incantations. Il voulait danser au son lancinant de la nuit, écouter les murmures du vent qui l'enivrerait doucement, mais sûrement telle une étoile filante transperçant le firmament et l'illuminant de son intensité.

Il voulait se laisser bercer par la beauté crépusculaire, il désirait se laisser glisser, s'abandonner et être emporté par les ondes célestes, les susurrations candides et voluptueuses des anges. Il souhaitait prendre place dans le théâtre lumineux de l'existence et du destin.

Il ne voulait pas expirer sans avoir été traversé par le blizzard si froid, si glacial, si violent, mais si vivant. Il voulait ressentir la vie, couler à flot dans sa chair, il se sentait empli d'un magnétisme soudain qui l'appelait et qui était en parfaite adéquation avec son état d'âme.

Il ne supportait plus l'hypocrisie de son entourage obséquieux qui recherchait ses faveurs. Ils le flattaient pour ce qu'il possédait, ils l'approchaient pour ce qu'il représentait. Il incarnait la réussite sociale dans toute sa splendeur, il était envié pour l'aura, la prestance qu'il dégageait. Mais qui le connaissait véritablement de son entourage à part Hannah ? Qui savait à quoi il aspirait ? Ce qu'il aimait vraiment ? On lui offrait fréquemment une assistance, son concours dans le but stratégique d'obtenir de sa part un intérêt, une alliance. Il avait beau chercher une once de sincérité, il rencontrait l'hypocrisie, il nageait en pleine infamie, ignominie, abjection, tout était souillé par le mensonge, la corruption, la perversion scandaleuse. Il n'existait plus, avait perdu son identité, sa personnalité et se sentait un étranger pour lui-même et pour les autres.

Son être, son monde lui échappait. Il jouait perpétuellement un rôle, le rôle de l'homme parfait. « Où se cachait sa vie qui se dérobait, où avaient disparu ses rêves ? Pourquoi ses rêves s'étaient soudain soustraits à son emprise ? Comment retrouver sa fraîche nature dans un monde si artificiel, si dénaturé, si amer, si acide ? Comment ne pas s'égarer, ne pas perdre son identité, sa place et ne pas désirer fuir dans ce monde saumâtre et misanthrope ?» Ce qui lui donnait de l'espoir, était qu'il trouvait encore la ressource pour se poser ce genre de questions, pour résister à cette société avide d'intérêt, cupide, avide d'ambition.

Il se disait que la société était composée de pantins, de marionnettes gouvernées par leurs désirs, et par des normes imposées par la mode, le fil du temps et par le besoin de se fondre, de ressembler au groupe inspirant la pensée bonne, la juste pensée de l'air du temps, la morale et l'exemple à suivre. Le seul problème était que nombreuses valeurs étaient écartées, renversées ou dénaturées et donnaient l'illusion d'incarner la prétendue vraie morale.

Or, celui qui osait se rebeller depuis le lit de sa conscience, s'il conservait ses doléances au fond de son cœur était condamné à la morosité, à la mélancolie et devenait inéluctablement morne. Puis, celui qui se permettait d'affirmer courageusement son refus au grand jour était marginalisé pour son manque de conformisme et se voyait opposer de nombreux obstacles.

L'avant-gardisme novateur, libre, original et progressiste n'est pas de mise, n'a pas cours chez des êtres aveuglés par le désir de se fondre et de fusionner avec le moule du commun dénué de tout risque, dépourvu de tout courage, privé de désir de liberté et englué dans la couardise. Ainsi, pour ceux-là mêmes, rejeter l'uniformisation signifie refuser la société et s'isoler. C'est pourquoi, l'innovation désirant œuvrer pour le progrès requiert parfois de la constance, de la volonté, de l'audace, de la hardiesse et du courage. La société, ce terme si abstrait et à la fois si éloquent peut se montrer chaleureux, accueillant telle une mère nourricière, mais elle peut être impitoyable, dénuée de magnanimité en cas d'originalité trop marquée, et dépossédée, démunie de véto à la soumission.

L'homme sans nom, alors perdu dans cet univers si rude et corrompu, se disait que si ses actes ne causaient aucun préjudice à autrui, alors ils resteraient dignes, mais s'ils blessaient autrui, ils pourraient être répréhensibles. Or, ils ne savaient plus où se situer et craignaient de s'affirmer maladroitement et malencontreusement. Mais il se sentait sans cesse oppressé et avait l'impression d'étouffer. Il était sous l'emprise de ses angoisses, de ses sensations de claustration. Il s'était égaré dans un abîme sombre et opaque.

Il lui fallait s'en libérer pour ne pas mourir. Il aspirait à ce vent de liberté,
cette nécessité d'absolu qui guette un jour tout homme. Avait-il le droit de demander tant à la vie ? N'était-ce pas folie ? N'était-ce pas se soustraire à son devoir en ce monde ? Etait-ce courage ou lâcheté ? Etaient-ce reniement, renoncement, traîtrise, abjuration ? Mais il abhorrait cette accumulation de fariboles, de flagorneries, ces critiques acerbes, sournoises. Il ressentait ce doux zéphyr qui le faisait frémir et qui réclamait au fond de son être une vérité inédite, qu'il voulait découvrir.

Il tenta alors avec son charisme de m'expliquer ce que signifiait la vérité, mais sa propre vérité. La vérité humaine, c'est celle que tu te forges à la force de ton entendement entrelacé à ton imagination qui t'insuffle la vigueur féconde, le dynamisme créateur. Ferme les yeux, imagine une boule de feu qui jaillit dans l'azur céleste,

scintillant, transcendant l'horizon crépusculaire, et se dirigeant linéairement vers un cratère lunaire. Ressens le souffle divin qui emplit tes pensées. Ce souffle t'offre la créativité. Là, débute le chemin vers la vérité des hommes.

Ce que je cherche à te démontrer, c'est que la vérité des hommes est un mélange subtil entre des spéculations, des hypothèses, mais elle ne reste que partielle, ou devient ce que l'on cherche à en élaborer. Et la seule puissance qui la détienne en totalité, est et restera à jamais Dieu. La vérité pure, cet absolu est un idéal divin et inhumain.

La vérité pure est atemporelle, éternelle, parfaite, si belle qu'elle pétrifie l'esprit tant elle le plonge dans une extase soudaine et dont on ne peut se remettre. Qui cherche la vérité, l'absolu, la béatitude, cherche Dieu telle une âme aspirée vers une perfection qu'elle ne pourra jamais atteindre, cependant, par privilège, mérite, effort, elle pourra l'effleurer, la ressentir, l'entrapercevoir et s'en exalter, frissonner, en tressaillir, en frémir, en pleurer d'émotion.

Et cette vérité est unique, toute puissante, nul ne peut la dérober, la copier, se l'approprier, car elle n'émane pas du fief, de la sphère, du ressort ni de la compétence de l'humain, et n'appartient pas à l'homme, mais à Dieu. Seuls des êtres sages en connaissent une infime partie et sont alors perçus comme des hommes exceptionnels et éclairés et sont alors respectés et aimés, car leur savoir et leur amour de Dieu rejaillissent généreusement sur l'humanité. Ils font resplendir, rayonner le message divin à travers les âges tels des prophètes.

Ils insufflent l'espoir et la sagesse à l'humanité égarée qui cherche inlassablement le souffle de Dieu, le souffle du créateur du monde, le souffle sacré. Cette vérité magistrale, impérieuse, est aussi universelle, omniprésente et transcende le concept même, d'espace et de temps. Cette vérité valable à la genèse, au printemps des âges, sera valable demain comme dans des millénaires.

C'est pourquoi, l'homme ne doit jamais oublier, doit nourrir, faire vivre la foi et la faire voyager à travers les âges, la transmettre tel un héritage unique et précieux de génération en génération, à chaque nouvelle vie, à toute époque inexorablement, solennellement tel le devoir de l'avenir.

C'est un trésor qui est la clef du devenir humain, son espoir, sa survie et son salut. Si cette foi t'est transmise telle une offrande, un présent, préserve-la, car elle sera ta force et la force de tes enfants et de ta descendance. Ne l'oublie jamais, elle est le jalon de la vie sur terre, lorsque tu perçois l'ampleur de ces mots, tu ne peux que trembler d'émotion, tu ne peux que verser des larmes d'amour et de plénitude. Elle est comme une musique qui nourrit ton cœur, ton âme et ton esprit. Elle est la révélation de ta vie qui te marquera jusqu'à ton dernier souffle et qui le rendra serein et beau.

En revanche, méfie-toi des vérités partielles, des fausses vérités, des dogmes, des préjugés, des faux-semblants qui mènent à l'ineptie, à l'erreur, à l'illusion. Or, la seule vérité indomptable, qui résiste aux agressions du temps, à l'ambition des hommes, aux mensonges des démagogues, des métromanes, des manipulateurs, des illusionnistes, des mégalomanes est la vérité divine, unique et toute puissante.
Cette vérité éternelle est comme un souffle qui inonde le monde, l'illumine,
le réchauffe d'une splendeur infinie, incommensurable et prodigieuse.

N'omets pas le souffle de ce vent, une fois qu'on le perçoit, qu'on le ressent, qu'on entend au fond de son cœur la voix céleste, on est subjugué puis on est pris d'une ferveur indéfectible devant ce qui devient l'indubitable, l'indéniable, l'inaltérable. Méfie-toi des prétendues vérités sensibles, de ces discours grandiloquents, de ces propos grandement, hautement édifiants et de leurs pièges. Les vérités empiriques, fondées sur les sens mènent à l'erreur, à l'illusion et même à l'idolâtrie.

Cette vérité unique, on ne peut ni la voir, ni la toucher, mais juste la pressentir à la force de son cœur, de son amour, de sa spiritualité, de sa dévotion. On ne prouve pas l'ineffable, le parfait, on ne fait qu'y adhérer et le révérer au plus profond. Il s'agit de la vérité du cœur, de l'âme, d'une vérité transcendantale au pouvoir fascinant, magnétisant. Qui s'est véritablement inondé de la splendeur divine, ne renonce plus jamais à sa foi, à sa fidélité, et se souvient de l'alliance originaire, circulaire que l'humanité ne pourra rompre avec son créateur.

Même la science n'a jamais pu malgré sa volonté et sa démarche rigoureuse défier cette vérité intrinsèque et universelle. Elle n'a jamais pu percer le mystère de la première cellule vivante, cette vérité éternelle qu'elle voudrait pouvoir manier, contrôler, lui échappe.

Outre ce fait, science et foi coexistent, mais ne se contredisent nullement. Ne peuvent-elles pas au contraire s'allier ?

La foi, la vérité, n'a pas peur de la science bien au contraire. Les historiens n'ont-ils pas prouvé des mouvements sismiques remontant à la sortie d'Égypte et la montée de la mer Rouge. Les archéologues, n'ont-ils pas prouvé les temps bibliques ? Mais cette vérité ne peut pas être rabaissée à de vagues spéculations, à des simulacres de réponses, ou on y adhère corps et âme, avec respect, révérence, vénération et certitude ou non.

Avant de s'y baigner, le doute, la réflexion, la remise en question sont bénéfiques. Au contraire, l'homme exerce sa liberté, son libre arbitre, point de départ de la foi. Ensuite, arrive l'adhésion progressive, la mystérieuse ascension spirituelle et la libération de l'esprit, de l'âme qui subjuguent au plus profond, font palpiter le cœur d'une émotion incommensurable. Dieu est la vérité qui transperce le ciel et entoure l'espace à l'infini, tel un ondoiement fécond et omnipotent. Dieu est la vérité dénuée de toute pensée mercantile, intéressée, c'est une vérité omnipotente, supérieure à toute chose. C'est le commencement, le développement et l'avenir de toute chose, de toute vie. Cette vérité sauve de la déliquescence, de la dissipation morale.

J'ai embrassé la foi à la force du vent par un printemps crépusculaire, où j'avais froid, où je me croyais au seuil de ma mort,
mais cette onde apaisante m'a étreint et m'a sauvé, m'a fait renaître.
Je me sentais comme enchanté dans un voile de vapeur chaude où plus rien ni personne ne pouvait me désarçonner, me fustiger, me pétrifier. Je sentais que c'était dans la foi que je parviendrais à vaincre le mal qui me torturait, me rongeait et que je pourrais triompher sur mes démons. Je m'interrogeais et je me dis que le cœur du témoignage de l'excellence divine gravitait sur nous lors de la fusion d'un homme et d'une femme qui génère une vie nouvelle, où ils s'unissent pour transmettre une partie de leur feu intérieur, de leur substance, de leur essence, de leur quintessence, de leur être, de leur chair. Cette vérité humaine provient en amont d'une parcelle de la transmission de l'unique vérité divine.

Il n'en demeure pas moins que l'homme ne peut qu'entrevoir le reflet dans le miroir de sa conscience, protégée par un mur inaltérable, indestructible, cette vérité intouchable qui constitue un idéal qui n'appartient pas à l'homme tant elle relève du domaine infranchissable du divin. Il existe des vérités interdites à l'homme, des connaissances, des savoirs que l'homme même le plus ambitieux, ne peut pas sonder, caresser ou s'approprier.

Il ne maîtrise pas notamment le temps, le contenu de l'avenir, l'homme s'enorgueillit de ses connaissances infimes,

que le passé, ses efforts, sa curiosité, son acharnement, ont bien voulu lui octroyer, lui concéder par générosité.

Ce savoir le rend vaniteux, pétri d'assurance déplacée, inappropriée, exagérée et indécente. Mais, il oublie si souvent qu'il ne connaît si peu et qu'il ne maitrise si peu, il est comme un vagabond dans la nuit éclairée par une douce lanterne. Il erre à la recherche de ce savoir pouvant assouvir une curiosité intellectuelle insatiable, son désir avide d'absolu, qu'il tente parfois d'apaiser dans le libertinage. Son angoisse existentielle, sa peur de la mort, ses incertitudes, ses frustrations le hantent...

En revanche, l'homme ne peut avoir accès à des vérités interdites, qui relèvent du sacré. Ces vérités n'appartiennent qu'à Dieu, l'homme ne peut et ne doit pas chercher à percer ces mystères qu'il ne pourra jamais ni posséder ni maitriser. Ces vérités n'appartiennent pas au monde des vivants. Si par mégarde l'homme s'aventure sur ce terrain, il se fraye un chemin vers la folie, car il ne peut supporter un secret trop lourd à porter, qui l'éloignerait du monde des vivants et tout simplement des hommes, de sa conscience et il deviendrait l'ombre de lui-même. Certaines vérités demeurent si puissantes, si fortes, si ardentes, si intenses que l'on ne peut en prendre connaissance qu'après la vie.

Le mystère, l'inconnu, ne font-ils pas le charme de la vie, ne nourrissent-ils pas l'appétit de vivre ?

N'offrent-ils pas le chant crépusculaire de l'humanité, ses incantations artistiques, magiques, mystiques, son sanctuaire, sa religiosité ? N'alimentent-ils pas la ferveur des prières divines, élévatrices de l'âme ? L'homme n'a-t-il pas toujours rêvé, ambitionné silencieusement et secrètement de s'abreuver du calice rempli du vin de la vérité universelle où se conjuguent serment d'allégeance, de fidélité, de ferveur et d'amour à l'égard de Dieu qu'il révère, vénère et adore ? Dieu qu'il n'a de cesse de glorifier par des prières pures, limpides, aimantes ?

Mais l'homme ne peut perdre de vue, que s'il s'immerge dans des vérités qu'il dérobe sournoisement et qui ne lui sont pas destinées, il se condamne à l'errance, à la solitude. Il ne revient jamais, il devient un étranger dans la nuit froide en proie à foison de délires. Il perd contact avec son monde profane et se perd dans la désolation, le languissement de son paradis si exaltant, qui plonge dans une osmose extatique, dans le paroxysme de la beauté. La vie lui apparaît alors comme un supplice, comme une duperie. Il devient ingrat et oublie la beauté des vérités terrestres dont l'homme doit se contenter à défaut de pouvoir percer le mystère, faute d'être capable de l'assumer quand bien même il aurait eu accès à une parcelle de vérité pure.

Il n'en demeure pas moins que le fil conducteur de toutes ces quêtes est Dieu, l'homme le cherche désespérément partout. Il veut ouvrir les yeux à chaque aube, à chaque aurore céleste en ressentant la présence divine sur son cœur. Chaque éclipse lunaire, chaque aurore boréale, chaque scintillement céleste émanant des constellations lui remémorent, la présence d'un ailleurs, d'un au-delà, du mystère divin, de l'énigme transcendantale. Une douce langueur qui essaime langoureusement, allégrement, envahit l'homme qui l'immerge et le prédispose, l'aspire, le force à être enclin à toujours regarder vers le ciel afin de se souvenir de ses origines, de ses racines. Il puise ainsi toute sa force de vivre, son énergie vitale, son espoir et sa créativité, cherchant inlassablement une communication avec Dieu, une harmonie, une plénitude dans la foi.

Ce besoin d'absolu reste le remède à l'atonie, au lancinement pénétrant résultant des difficultés, à un continuel comportement languissant, morne. Il ressource, rallume le feu intérieur, insuffle une vigueur inédite. L'amour, la passion est un sentier dessiné par Dieu, la voie royale vers le ravissement céleste. Qui s'éloigne de ce sentier, prend un détour hasardeux, aléatoire, s'éloigne de Dieu et erre dans l'abîme du temps. L'épouse, le mari, l'amour ramènent toujours au port et empêchent de se perdre dans la nuit, dans les ténèbres.

Ravissement charnel, rivière sensorielle, flot extatique, souffle du vent. Appel de la vie, instant exalté et féérique, caprice subtil du vent au gout du feu ardent. Délicate saveur à la loyauté et à la constance sans faille. Folie douce, fièvre heureuse, ivresse fraîche et légère. Tonnerre, foudre, éclair, rafale doucereuse, enivrante, chamarrée et vertigineuse. Exaltation joyeuse, apothéose de la vie, apogée de l'instant délicieux. Etourdissement nocturne, orage charnel, sensualité activée, exil inoubliable. Elévation de l'être, chaleur, force, énergie, apaisement.

Tendresse, baisers ardents, amour sensuel au gout de vie. Frénésie, amour irrépressible. Amour intense, amour puissant et inexorable dicté, insufflé par le destin. Félicité, délice, béatitude, passion impossible à surseoir. Elans romantiques, fresque lyrique, fraîche prairie, déferlement sensuel, déploiement amoureux, émoi exalté. Suave mystère de l'amour, mystère des amants, énigme de la passion affolée, questionnement étonné, stupéfait de l'attirance irrépressible, irrésistible, impérieuse des amants. Spectateurs des nuits chaudes et orageuses de la vie. Acteurs dans la nuit étoilée, fraîche, ardente et lumineuse. Frissons, tremblements festifs, découverte d'un bonheur exalté. Renaissance, saison de l'amour, maturation, épanouissement. Tendresse infinie, découverte de l'amour, découverte de la vie. Fièvre d'alcôve, symphonie d'un bonheur nouveau, mélodie enfiévrée enivrant la vie.

En somme, l'amour se concrétise par ce double, cette âme sœur qui préserve des vicissitudes, de l'ennui, de l'égarement et qui a été offerte par Dieu pour une vie douce, sucrée, pleine de miel. La tentation, le goût pour l'aventure lorsque sa vie est un havre de paix éloigne, disperse, dissipe son destin et donc contraint à dériver vers l'inaccomplissement et le tourment. Il s'agit à fortiori, d'un sentier escarpé plein d'inepties, d'erreurs, de mirages et donc de maléfices qui ondoient et qui guettent les âmes jeunes et fraîches et qui présagent des augures exempts d'empreintes heureuses, d'impacts aurifères, d'auréoles cristallines. Ils plongent ces âmes égarées dans un profond sommeil, dans le supplice de l'échec, dans l'enlisement indolent et sournois, dans l'engourdissement où le poison paralyse les ardeurs. Ils noient dans des sensations indolores, mais vivaces afin de tromper et de mieux aveugler ou détourner pour empêtrer dans le piège qui endigue, qui obscurcit la pensée devenant nébuleuse, puis qui endoctrine et asservit irrémédiablement. Ils immergent dans un torrent froid, obscur, opaque et pervers.

Nonobstant, le seul dénominateur commun, le facteur commun unique qui se déploie, s'articule face à tout, est Dieu que ce soit conscient en nous ou non. Il a le pouvoir sur toute chose et détient à lui seul la vérité pure si convoitée, mais interdite à l'humanité, prohibée par la loi de Dieu car qui chercherait illicitement à se l'approprier se brûlerait les ailes et sombrerait dans les profondeurs abyssales. Les âmes se joignent, s'unissent un jour ou l'autre pour une même communion consacrée à Dieu, telle est la résultante d'un accomplissement spirituel. Et une partie de ma mission, est de porter le message du souffle de la foi, afin que l'humanité écoute la voix de Dieu dans son cœur à travers le monde, jusqu'aux confins de l'univers, jusqu'aux frontières de l'infini, du néant, du firmament. Elle réchauffe d'un manteau de roses pourpres, même les plus inaccoutumés, et anime d'un sourire désarmant de béatitude même les plus sceptiques.

Celui qui ouvre la porte de la foi, est en proie à un état de sérénité irréversible, l'intolérance devient un sacrilège pour lui, la haine revêt, s'affuble de l'étoffe du blasphème qui l'insupporte et le fait souffrir dans son cœur. Celui qui a entraperçu le seuil de la vérité divine ne revient jamais semblable, telle l'allégorie de la caverne dans La République de Platon, où des hommes enchaînés dans une grotte depuis leur naissance, vivaient dans l'obscurité.
Ils ne distinguaient que des ombres qui reflétaient et se déployaient au seuil de la caverne. Ils pensaient que la réalité s'apparentait à cela, à ces ombres de la réalité, à ces ombres d'une réalité par conséquent, édulcorée, erronée, trouble,

égarée, dénaturée et empreinte de chimères, de fantasmes et en proie aux mensonges. Un réel tronqué, altéré, contrefait, faussé voire falsifié par les sens s'imposait à eux. Ils ne se nourrissaient que de simulacres, n'abreuvaient leur esprit uniquement de faux semblants, de préjugés, d'illusions. Un jour, un homme a été libéré et a pu sortir de la grotte, il a été ébloui par le soleil, a accompli une ascension spirituelle pleine d'efforts vers la vérité puis a été transporté, exalté par sa magnificence.

Je me souviens avec précision, des paroles prononcées par le vieil homme, il dit à cet instant lorsqu'il commença à me relater ce mythe « Je peux imaginer ce que l'homme de la caverne a ressenti. Il a certainement découvert un ailleurs, il a dû apercevoir un monde beau et vrai, illuminé par Dieu, où rayonne la présence de Dieu. »
Le vieil homme sans nom, imaginait et semblait transposer dans cette allégorie ce qu'il avait vécu lorsqu'il avait été projeté au seuil de l'autre monde, lorsqu'il avait voyagé au seuil de la mort, à la frontière de la vie, à la lisière de l'existence et à la limite de l'autre rive.
Il ajouta ensuite que sûrement, le soleil, la lumière, la nature, les astres, les éléments ont émerveillé l'homme de la caverne. Il expliqua que lui aussi, avait entrouvert l'antre de la vérité, il s'était frayé un passage pour franchir le couloir du réel, le corridor de la réalité pure.

Il avait, de ce fait, ressenti une exaltation exacerbée, ensuite une béatitude s'était emparée de son corps, de son âme, de sa chair, son cœur palpita d'émotion, il pensa qu'il fut à cet instant précis, embrassé par la grâce.

Il eut bu l'élixir de vie, il eut saisi le roseau de l'espérance, il eut goûté à un déchaînement sensoriel. Son cœur vibrait par une foi nouvelle, intense et puissante, son esprit était ravi, électrisé, grisé et sa conscience était emplie d'un bonheur profond. Un feu s'était éveillé, avait grandi et brûlait en lui, le feu de la vie, le feu de la foi, le feu de celui qui avait eu le privilège d'avoir été effleuré par le baiser de la vérité. Il avait ressenti au plus profond de lui, la présence divine, qui lui avait redonné force, vigueur pour continuer son chemin, pour accomplir sa destinée et affronter la vie.

Puis, il revint sur ce mythe et me narra la suite avec passion comme s'il avait partagé une expérience analogue à l'homme de la caverne, il ressentait une vive émotion. Je ne pensais pas qu'il s'agît d'empathie mais j'imaginais qu'il connaissait ces sensations, attendu qu'il avait été baigné dans un univers similaire. Il me conta qu'on redescendit l'homme de la caverne afin de l'enchaîner de nouveau dans cette grotte malgré son ascension et sa libération spirituelle. De même, le vieil homme anonyme, est revenu de son voyage et a survécu à sa maladie soudaine puis a tenté de vivre dans ce quotidien infesté de faux amis et infecté par l'hypocrisie humaine. L'homme enchaîné de la caverne, quant à lui, n'a pas supporté et a enduré de nombreuses souffrances, les autres hommes enchaînés ne le croyaient pas, il se sentait seul, isolé et incompris. Du reste, ce monde de la vérité lui manquait au point d'atteindre un état de mélancolie, de solitudes et de folie. Le vieil homme sans identité expliqua qu'en ce qui le concernait, lui aussi trouvait, son existence fade, insipide, insoutenable de monotonie, de lassitude. Son corps, sa conscience languissaient cette vérité divine, il appelait au plus profond de son cœur et de son âme cet absolu, cette vérité pure, unique, extraordinaire et merveilleuse.

Or, son cri restait vain eu égard à sa condition humaine ; c'était un homme et il faisait parti de la sphère terrestre, humaine et du monde des vivants.

Il n'oubliait pas non plus qu'il avait été touché par la providence. Il avait goûté au ravissement et au doux parfum de la foi, il avait effleuré la vérité des vérités, la vérité pure, unique, universelle et atemporelle, la vérité de Dieu. Elle demeure la vérité éternelle, une vérité qui n'appartient qu'à Dieu, dont Dieu seul, est souverain, et celle-ci reste impénétrable, incommensurable, infinie et sublime. Seule la providence permet d'entrevoir furtivement une infime parcelle de cette unique vérité, de cet absolu.

Ainsi, il comprit que la vérité terrestre, humaine est un mélange de vérités savamment distillées et composées allègrement de préjugés, de mensonges, d'illusions, de simulacres de vérité, de faux semblants et nonobstant, accompagnés malgré tout, de raison, de rationalité et de réel. Seule la foi, la raison, la spiritualité purifie, raffine, purge la vérité terrestre de ses impuretés. L'impureté est composée majoritairement de cupidité, de vanité, de soif de pouvoir, de haine au pouvoir fort aveuglant, fanatisant et asservissant.

Il dit ensuite « N'oublie pas que la spiritualité est la résultante de l'union de la raison à la foi. Sache aussi que celui qui accède au rêve, ne revient jamais, une part de lui reste dans une dimension onirique où le commun des mortels ne peut s'aventurer, car elle lui est invisible, étrangère.

Cet homme est alors condamné à un exil sinueux et se sent alors totalement désorienté, égaré, désemparé. Il se sent consumé par cette réalité fade, insipide qu'est son quotidien. Il trouve le réel stérile, désenchanté et se sent aimanté, magnétisé, par un univers féérique, exaltant. Il n'aspire, de ce fait, qu'à la voie sacrée, féconde menant à Dieu.

Il cherche frénétiquement le feu sacré de la vie qui relève de la spiritualité. Il est par conséquent, prêt à aimer à perdre haleine, il va vivre intensément en direction du ciel, en appelant nostalgiquement cet absolu. Ainsi, la vérité est un idéal que l'homme ne peut percevoir que partiellement, l'homme étant imparfait, car il n'est qu'homme et que la perfection n'appartient qu'à Dieu. L'homme doit toutefois se méfier des fausses vérités comme la superstition qui n'offre que crainte et asservissement et éloigne de Dieu.

Va chétive, à l'œil de feu, au regard de chasseresse, déploie tes ailes, ton feu et ton cri depuis les précipices et les forêts. Fragilité dissimulée, masquée par l'arrogance du verbe. Vulnérabilité, peur, incertitude au milieu des froids ténèbres mais l'aurore renaît et réchauffe le cœur d'une humanité revivifiée par l'iode marine, par l'air pur océanique. Homme avance sans crainte, la vie t'appelle et t'ouvre généreusement ses bras maternels. Douce et libre rêverie au gout voluptueux et suave, à la saveur sucrée. Jardin des souvenirs chauds flottant dans la nue souveraine. Souffle de Dieu protégeant l'humanité, Vent de la douce liberté, rivière silencieuse et sans sommeil. Humanité exprimant la vie, ivresse légère et subtile, frémissement heureux, frétillement joyeux, déferlement sentimental, déchainement sensoriel, chants exaltés...

CHAPITRE NEUF : Introspection

Puis, il se remit à relater son passé avec passion et nostalgie.

Epuisé par cette vie où se succédaient fariboles, flagorneries, il sentait les braises incandescentes de son désarroi s'allumer, s'éveiller et se consumer tel un brasier s'alimentant sous le spectre de ses déceptions, de ses désillusions florissantes, foisonnantes. Les gens ne songeaient en l'abordant qu'à ce qu'il pourrait leur offrir, leur apporter professionnellement. Peut-être pourrait-il les aider à progresser, peut-être pourrait-il leur accorder une promotion ? Ou aussi prendre place dans son cercle d'amis apporterait de l'influence, de la reconnaissance, donnerait l'illusion d'ascension sociale dans la mesure où lui parler, se tenir à ses côtés impressionnait, offrait du prestige.

Sa réussite fut si fulgurante, si soudaine et si notable qu'il avait été reçu par le ministre de l'économie pour avoir acquis l'un des dix plus gros chiffres d'affaire de l'année. Ensuite, il avait obtenu la notoriété et avait été consacré lorsqu'il fut décoré de la légion d'honneur. Les gens le considéraient comme une référence, ils se sentaient rassurés d'être une des relations de ce puissant chef d'entreprise.

En revanche, une question l'obsédait et martelait sa conscience, qui était réellement son ami ? Si un jour, il plongeait, qui resterait à ses côtés ? Qui l'aiderait et l'empêcherait de se noyer, qui lui porterait secours, assistance et aurait suffisamment de loyauté pour le sauver ? Il sentait qu'une réponse fatale, malheureuse, mais évidente et inéluctable, s'abattait sur lui. Il avait peur, il se sentait seul, si seul, seul au monde. Ses gens faisaient un bruit assourdissant, mais ne prodiguaient aucune chaleur, étaient dénuées d'humanité. Le gain, l'appât du gain étaient leur raison de vivre.

Il se sentait vide et soumis à cette solitude destructrice, usante. Tout était si superficiel, son existence toute entière était superficielle. Il en arrivait à une conclusion foudroyante, il n'était rien, ni personne et il réalisait qu'il n'avait personne mis à part une épouse qui devenait progressivement une étrangère. Sa mère aveuglée par l'apparence ne l'avait jamais aimé. Hannah, sa femme, l'aimait, mais leur histoire commençait à décliner, à s'étioler, à s'essouffler à cause de cette vie opulente, d'apparat, d'ostentation, d'apparence et polluée par les hypocrites maléfiques qui la tentaient et la détournaient de lui, la dissipaient et l'éloignaient de lui. Ils semblaient éprouver une jouissance sadique à tenter de couper leurs liens, leur union.

Ils lui inculquaient vainement l'infidélité, cherchaient à l'initier scrupuleusement aux prétendues vertus de l'adultère, du libertinage, des plaisirs hédonistes. Hannah, cependant continuait à l'aimer et il restait son époux bien aimé, son amour, malgré toutes les menaces, toutes les agressions dont leur couple était victime.

Les mauvaises influences, les traitres se tenaient aux aguets, ils semblaient s'être lancés un défi : briser un couple, briser un lien, briser l'union de deux êtres devant Dieu, briser l'incarnation du bonheur. Leurs motivations étaient surtout centrées autour d'une jalousie gratuite devant ce qui est beau et pur, faute de ne pas pouvoir un jour l'obtenir. Si eux, ces êtres méprisables, avides et égoïstes ne l'avaient pas saisie, conquise, ou savaient qu'ils ne l'acquerraient jamais, les autres n'y avaient pas droit. Ils refusaient de réaliser que le vrai bonheur leur avait, un jour échappé. Ils ne voulaient pas voir chez l'autre, ce qu'ils n'auraient plus, cette vision leur était insupportable. Ils exécraient la réussite d'autrui qui leur rappelait leur faiblesse, leur incapacité, leur échec. Ils apercevaient dans le miroir le reflet de leurs idéaux qu'ils ne sont pas parvenus à atteindre ni à caresser et pas même à effleurer.

Ils n'admettaient pas cette altérité et la rejetaient pour ne plus se sentir inférieurs, voire l'abhorraient pour ne plus avoir à affronter l'image de ce qui les tentait et qui les frustrait.

Là où ils n'ont pas réussi, les autres ne doivent pas et n'ont pas le droit de réussir, ou pire encore, si eux ont réussi, leur narcissisme, leur égocentrisme, leur vanité, leur vice les poussent à vouloir l'exclusivité et à balayer les autres, les écraser sur leur passage.

L'homme sans nom, finissait par douter, s'interroger sur leur devenir, étaient-ils encore heureux, étaient-ils comblés ensemble ? S'apportaient-ils encore le bonheur, l'un à l'autre ? Ce qu'il vivait à ce moment, était-ce cela le bonheur ? S'il venait à disparaître, à qui manquerait-il réellement, qui le pleurerait ? Il se sentait vraiment extrêmement vide.

Il trouvait une satisfaction intense dans le cinéma, dans cette gouvernance de l'image empreinte de césarisme, dirigeant à son gré l'imagination et l'emmenant vers ses propres sentiers tel un défilé d'images effrontées, enthousiastes, impétueuses et fougueuses. Il se laissait conduire, guider, diriger par leur rythme effréné, vivant, bouillonnant, prompt et véloce mais leur pouvoir était éphémère sur lui. A contrario, les mots, les phrases qu'il entendait ou qu'il avait l'occasion de lire dans des ouvrages le captivaient. Il pensait que les mots avaient le pouvoir de résonner dans la conscience et que de ce fait, ils captaient et touchaient plus encore l'imaginaire. Ils vibraient telle la symphonie de l'esprit empreinte de sensations, de sentiments et de frénésie.

Ils tintaient tel le chant des sirènes qui le ramenaient au port, tel le murmure des anges qui le revivifiaient et ravissaient l'essence de l'existence. Aussi, les mots savaient précisément, aiguiser l'esprit critique selon lui.

Enfin, il vivait par le truchement du cinéma, des aventures par procuration qui le propulsaient vers des mondes inédits le sortant de sa torpeur, de son ennui, de son alanguissement. Il vivait enfin, il respirait, ses bras se levaient vers le ciel entraînés dans la musique de la vie qui le faisait frissonner, exulter, l'exaltait, il sentait son sang, couler dans ses veines et le faire renaitre. Un souffle nouveau le traversait, il était essoufflé d'émotion. Il entendait résonner, tinter, sonner au creux de ses tympans le chant de la vie, le mot « vie » laissait jaillir une substance, une quintessence, une saveur, un goût inédit et plus vif, plus intense. Ce mot prenait toute son ampleur, toute sa dimension solennelle et offrait un signifié uni à un signifiant avec une forte prestance, une texture conceptuelle pleine et entière, voire renforcée.

Il se sentait vivant, il se sentait tressaillir au cœur de la tourmente ou au paroxysme d'un bonheur inopiné et fictif, son cœur palpitait au rythme du suspense, sa gorge se nouait d'angoisse ou ses poils se hérissaient par les frissons, ses yeux pouvaient aussi discrètement et honteusement se remplir de larmes.

Il se sentait libre dirigé par les émois de son esprit, par une moisson luxuriante composée de foisons de mots, de sons, de mélodies, d'images qui s'harmonisaient, gesticulaient et s'entremêlaient pour prendre vie dans un univers fictif, factice, illusionniste mais prodigieux de créativité et s'affirmant comme un véritable art par sa flamboyante richesse anoblissant le regard attentif et hâtif.

Le cinéma savait accomplir une sorte de magie, il propageait dans l'air, des effluves enivrants, énigmatiques et sublimes, des senteurs délicates fraîches, tendres ou parfois capiteuses, bien que celles-ci demeurassent éphémères, évanescentes, feintes et illusoires. Elles émanaient purement et simplement du dense imaginaire humain et du pouvoir de persuasion, de suggestion et de séduction d'une pléthore d'images enrichies d'un son, d'une musique, de voix, offrant une profusion de sensations et une abondance de sentiments pouvant susciter le pathos, pouvant éveiller l'affect, pouvant solliciter et assouvir l'émotion, caractéristique centrale de l'humain, lui conférant toute sa noblesse, sa grandeur et son panache. Le cinéma tout comme la littérature ou le théâtre sait faire naître toute la palette, les nuances, les subtilités, les saveurs des sentiments humains, ainsi donnent-ils vie à la mystérieuse, énigmatique et miraculeuse magie émanant de l'affectivité humaine.

La puissance et la force de l'art repose sur ce pilier, cette pierre anguleuse qu'est la sensibilité humaine telle une voie royale appelant à la réflexion et à la beauté.

De fait, Stendhal ne disait-il pas « qu'une œuvre d'art est un beau mensonge » ? Le cinéma peut par conséquent, s'imposer comme saisissant d'authenticité et de vérité humaine aux tréfonds d'une réalité virtuelle, artificielle, contrefaite mais qui reste parente de la nôtre. Or, cette magie a pu s'avérer subversive, pernicieuse et perverse naguère lorsqu'elle était détournée pour embrigader, endoctriner et propager la haine. Mais elle peut être féérique toutefois et peut au contraire avoir une fonction cathartique et permettre de faire naitre un engagement ou une prise de conscience pour de nobles causes.

Le cinéma, selon lui, savait capter l'esprit voire séduire au point d'hypnotiser par le flux d'images, de sensations vagabondant vers les rivages soyeux de la pensée humaine et vers les volutes de l'inconscient. Dès lors, les images, les sons, les couleurs, les mélodies, l'énergie créatrice, la magie artistique se diffusait telle une fée et laissait exhaler le cœur de l'humanité, l'empreinte de sa créativité et s'inscrivait au cœur de la vie. Les mots et l'écrit quant à eux, gravaient l'âme de l'humanité, laissaient jaillir un trésor, un patrimoine, l'histoire, les racines, la genèse…

Ils témoignaient d'un passé universel flamboyant et guidant au plus profond de la mémoire humaine, une société en quête de rêves, de repères telles des constellations illuminatrices dans la nuit froide, glacée et obscure. Ils déployaient dans leur sillage un monde en proie aux sensations et à la réflexion. Les mots ont le pouvoir de s'éterniser, de fomenter, de forger, d'élaborer et de pérenniser l'instant de leurs propagations en direction de l'avenir, de s'inscrire dans l'écoulement temporel, d'émerger hors du flux inouï du temps, de perdurer aux confins de la nuit telle la floraison du temps œuvrant pour la prospérité et la fécondité d'un futur clairvoyant et heureux. Les mots demeurent le cœur palpitant de vie du texte saint et l'avenir du monde par leurs pouvoirs universels.

Par conséquent, le vieil homme n'entendait guère carillonner le cristal du temps qui ne sonnait plus que pour lui signifier que le temps de son esprit, le temps de ses rêves, le temps des chimères, ne peut faire cesser le cours du temps linéaire, ne peut supplanter le flot du temps objectif, universel et humain, le cours de la vie. Dès lors, le temps de ses rivages intérieurs lui enjoignait de suspendre ce temps fictif, d'interrompre ce vol, ce déploiement de liberté frénétique, ce flux imaginaire lui servant de refuge afin de poursuivre son aventure ultérieurement et de rejoindre le temps de la réalité,

le temps des vivants, le temps transparent dénué d'ornement ou d'artifice, le temps sobre mais réel, le temps du matin des hommes.

En revanche, il avait la sensation d'exister, redevenait vif, animé, ardent, fringant grâce à ces instants éphémères, mais palpitants, intenses comme il les aimait. Il voyageait à travers son esprit, se distrayait, analysait les comportements humains, se comparait aux personnages. Mais ce qui le frappait était que lorsqu'il parvenait à s'identifier à des personnages, ils étaient tous malheureux, tristes et désœuvrés. Qui était-il vraiment si ce n'est un homme sans but, sans issues, sans amis, perdu et errant ? Pourquoi, ne parvenait-il pas à s'identifier à un homme heureux, pétillant, plein de vie ?

Il voulait lui aussi, vivre des aventures, devenir un autre, se sentir ivre de bonheur, grisé, vivre pleinement, intensément et ne pas avoir l'impression d'attendre avec indifférence la mort, de laisser le temps fuir avec impuissance, condescendance, complicité et résignation. Il rêvait de pouvoir s'identifier à des personnages, certes fictifs, mais impétueux, fougueux, vivifiants, stimulants, heureux et non pas mornes, acrimonieux, acariâtres et désespérés. Il désirait changer, à nouveau avoir le privilège, la chance de ressentir des émotions vives, des sentiments torrides, passionnés. Il réclamait que coule encore dans ses veines le feu ardent de la vie, la tempête stimulante, suscitant l'émulation, le torrent au pouvoir de jouvence. Il acclamait ces transports frénétiques de joie, ces élans ardents d'espoir, de soif de découverte.

Il hurlait à l'intérieur, il appelait de toute sa volonté, son souffle de vie. Il rêvait de retrouver cette audace de l'adolescence, il priait solennellement pour que la vie pût rejaillir en lui. Il avait travaillé courageusement, avec volonté et conscience pour se hisser parmi les plus grands, mais ce succès ne lui avait procuré que désolation, jalousie et profonde solitude. L'honneur, la reconnaissance étaient souillés par l'empreinte, par la marque de ses ennemis. Ils étaient parvenus à salir la beauté, l'espoir, le courage. Les nobles valeurs étaient détournées, désarçonnées, exsangues et dépourvues, dénuées, dépossédées de substance. Il avait travaillé avec l'obsession du résultat, du triomphe, dans le dessein d'honorer toutes les exigences requises dans ce monde implacable, impitoyable des affaires, de la finance, de l'industrie. Mais n'y avait-il pas sacrifié au cours de cette route rocailleuse, marécageuse et glissante son mariage, sa vie, ses aspirations ?

Il avait persévéré inlassablement, sans aucune plainte, sans lamentations toutes ces heures, tous ces jours, tous ces mois, toutes ces années durant, dans l'espoir et dans le but ultime d'y trouver ce bonheur absolu, mais n'avait-il pas fait erreur ?

Le bonheur, l'absolu, l'état de grâce n'émanent-ils pas uniquement de Dieu et de sa volonté omnipotente ? Il se demandait où étaient partis ses souhaits véhéments, idéalistes et pleins d'espoir, pleins de vie ? Où était passée sa volonté indéfectible ? Pourquoi ses rêves s'étaient-ils désintégrés, évanouis dans l'obscurité, évaporés dans le néant ? Il ressentait la présence de courbes, d'inflexions, de déviations dans la route de son destin, dans sa ligne de vie telle la nuit emplissant son cœur.

Sa volonté l'abandonnait, ployait, fléchissait, défaillait malgré lui, sa fougue, sa véhémence de jeunesse subissait une profonde décroissance, une certaine déperdition telle la triste rivière ne parvenant plus à crypter la mélancolie et la désillusion qu'elle propage par le rythme monotone de l'écoulement de l'eau buttant sur des cailloux offrant une sonorité heurtée. Où avait fui cette insatiable et frénétique curiosité intellectuelle, cette envie d'aventure ? Pourquoi n'était-il plus en proie à cette continuelle quête de découverte ? Il souhaitait de tout cœur s'ouvrir de nouveau à la vie et avoir la force de réaliser ses rêves. Il désirait ardemment retrouver la motivation d'autrefois, la détermination de naguère, la résistance des jours passés, la vigueur d'antan pour réaliser ses projets d'avenir. Il espérait trouver encore la soif de vivre.

Il voulait se donner corps et âme à une cause, à un objectif noble, mais où le trouver ? Il voulait ressentir des émotions, des sensations fortes, mais nullement virtuelles, il les voulait réelles, authentiques. Il souhaitait les toucher, les caresser, les atteindre, les saisir de ses mains d'homme. Il sentait toutefois que cet idéal était près de lui, le guettait, l'attendait. Il regarda alors à cet instant vers le ciel et compris, ressentit au plus profond de sa chair qu'un grand destin l'attendait. Mais il ne se souvenait toujours pas du secret céleste qui lui avait été révélé lors de son agonie. Il savait qu'il devait accomplir une mission importante, nonobstant pour les hommes…

Son cercle de relations était constitué d'hypocrites attendant impatiemment, sournoisement et silencieusement de le voir faillir, faiblir, fléchir, échouer et finalement céder. Il tremblait à l'idée de leur offrir ce qu'ils désiraient et il ne voulait surtout pas perdre la face, ni abandonner. C'est pourquoi, le mot ami était étranger à son vocabulaire. Ils n'étaient que des « gens », des auxiliaires, des adjuvants, des opposants dans sa quête, dans son intrigue, dans son destin, dans l'enchainement des évènements, des péripéties, des évènements perturbateurs, déclencheurs. Son existence s'apparentait à un jeu dramaturgique, à une comédie, peut-être était-elle l'imbrication, l'assemblage de jalons fondant un schéma narratif ou le nœud d'une action menant vers le dénouement inévitable, mais imprévisible. Les acteurs formaient un schéma actanciel composé d'une dominance d'opposants et dont les adjuvants se comptaient sur les doigts de la main dans l'échiquier du temps, dans l'échiquier de l'existence.

Ils étaient tous des pions sur un damier avec lesquels il pouvait jouer avec perversion et stratégie. Il pouvait les appâter, les tenter, les corrompre avec si peu. L'odeur de l'argent les attirait toujours comme des chiens fous. L'intérêt, l'influence était la seule langue qu'ils comprenaient, l'air qu'il respirait. Ils peuplaient et polluaient son environnement. Mais aucun n'éprouvait d'amitié sincère à son égard, ils étaient tous incapables de loyauté, de ce fait, ils ne ressentaient que jalousie et indifférence. Il m'expliqua que c'était cela la jungle humaine, où règne la seule loi du plus fort, la gouvernance des rapports de force, dominant, dominé, tyran, oppresseur, opprimé, décisionnaire, subordonné. Ils le fréquentaient tous par intérêt, se servaient de son nom, de sa renommée, de son aura. Alors, il se disait qu'il n'en tenait qu'à lui de jouer et de retourner cette situation à son avantage.

Le soir, au coin du feu dans leur maison luxueuse de banlieue sélecte, il s'interrogeait assis près de la cheminée, observant les braises se consumant doucement, mais sûrement, il entendait le crépitement du bois, un verre de cognac à la main et fumant son cigare favori, humant, agitant, secouant, tournoyant avec assiduité cette substance liquide qui le réchauffait fébrilement. Il réfléchissait encore et encore au rythme des braises s'enflammant comme son cœur passionné, s'embrasant comme son âme fougueuse en sommeil jusqu'alors, mais en éveil à présent. Il se demandait si ce regroupement de traîtres autour de lui, provenait de son être ? Il se disait que peut-être, était-il victime de la fatalité, du mauvais sort, d'une malédiction ? Peut-être s'agissait-il de la rançon que le succès, la réussite, la gloire pût exiger immanquablement, pût prescrire autoritairement, ordonner inexorablement telle une réaction en chaîne, telle un système résultant de l'adéquate causalité ?

Il comprit qu'il s'agissait de l'offrande de la gloire et du cercle vicieux de la puissance humaine. Puis, il réalisa que depuis le commencement du commencement, depuis la genèse de l'histoire de l'humanité, la trahison fait partie de l'homme, de sa nature. Qui a toujours tenu parole, qui n'a jamais trompé, menti, qui a toujours respecté sa promesse ? Si peu, une infimité, une poignée minime, insignifiante, dérisoire et ridicule à l'échelle du temps et du monde. Combien d'adultères, d'amants, de maîtresses ?

Combien de trahison en amour ou au nom d'une prétendue attirance irrépressible,
au nom d'une tentation inouïe, insolite ? Combien en amitié ont renié ingratement par jalousie ou pour assouvir ses ambitions? Adam et Eve encore purs et innocents n'ont-ils pas eux-mêmes désobéis à Dieu, Judas n'a-t-il pas trahi Jésus, ou Dalila Samson ?

Qui est l'homme, si ce n'est qu'un être frêle, fragile, défaillant, imparfait, apeuré et complexe capable de noblesse virtuose mais aussi capable de vilénie, de bassesse, de sordide, d'abject. L'homme est un inconnu pour lui-même et un étranger dans son propre présent car il demeure imprévisible et ne peut connaître ce dont il est capable qu'en vivant une situation déterminée. Un lâche peut s'avérer généreux, courageux et s'ériger en héros dans les instants périlleux alors que l'homme reconnu et respecté peut manifester égoïsme et misanthropie face au danger.

L'histoire de notre monde est, elle-même ponctuée, jalonnée, traversée par la trahison. La loyauté requiert un effort, une réflexion alors que la trahison n'est que lâcheté, vils calculs malsains, facilité, instinct cupide… Friponneries, intrigues, complots, cabales, duperies, machinations, conspirations, conjurations, corruptions mirent, miroitent et insufflent une nourriture impure et nauséabonde aux relations interhumaines intrinsèquement, dans notre monde.

L'homme peut réprimer cela mais reste immanquablement menacé par cette sorte d'inclination. La trahison fait partie intégrante de l'humanité, Dieu seul est loyauté et vérité alors qu'au coin d'un regard humain, tôt ou tard le voile sombre de la trahison peut assombrir son éclat. C'est comme une étincelle, une brillance qui transparait dans le regard une seconde fugace et qui ensuite obscurcit et laisse son empreinte dans l'âme, dans l'essence humaine telle une auréole indélébile parfois, ou pour le moins tenace, puissante qui souille éphémèrement ou durablement ou définitivement, permanemment et marquent, gravent et salissent tel le pécher humain. L'hypocrisie, le mensonge, la trahison sont des vipères qui répandent leur venin, des ombres qui obscurcissent l'éclat de notre lumière. L'acte de l'homme émane pourtant de son libre arbitre, de sa liberté…

Mais il réfléchissait et comprenait que c'était le jeu de l'arène humaine, le jeu des stratégies, des alliances intéressées tel le code omniprésent, la règle souveraine, le précepte assujettissant qui prédomine dans son univers tel un ring, la loi impitoyable du champ de bataille du monde des affaires et que dès qu'un homme rentre en scène, est ovationné pour sa réussite qu'il s'agit du lourd tribut à payer en échange.

La réussite, le triomphe réclame un prix à payer, tout requiert avidement un prix à payer dans ce monde matériel et profane. Le plus rude sacrifice est son intégrité, la plus douloureuse offrande est sa loyauté, son âme. Comment rester pure, droit, honnête dans ce monde englué par ce nerf de la guerre, cet entremêlement dépravé et perverti qui recrute à très grande échelle et qui aime tout le monde.

L'homme à lui seul, crée le mal, le nourrit et se détruit en le côtoyant, en flirtant avec lui, mais paradoxalement, c'est ce mal qu'il crée à lui seul, qui devient ensuite ingratement son pire ennemi qui le consume, le détruit, le détourne de son destin, de sa route vers Dieu et de Dieu lui-même. Ainsi, l'homme qui se laisse séduire par ce tourbillon destructeur, par cette machine perverse qu'il a fabriquée lui-même, se perd, s'égare, se piège, s'enferme, s'il se condamne à l'errance insoutenable. En revanche, lui, ignorait où se situer, comment ne pas se laisser piéger, emporter par ce monstre prosélyte, sombre, inquiétant et menaçant cherchant inlassablement, immodérément plus d'adeptes, plus d'innocents à endoctriner et toujours plus avidement, férocement, voracement. La gloire l'avait enivré, endormi, anesthésié. Il se sentait piégé dans la propre toile qu'il avait tissée, dans sa propre prison, dans sa propre cage vernie du brillant de l'hypocrisie nourrie de l'énergie vicieuse et négative des mots prononcés pour la diffamation, la calomnie, la médisance.

Pourquoi était-il incapable de se faire de vrais amis sincères qui l'apprécieraient pour son caractère, sa personnalité ? Il se disait que c'était ainsi dans ce champ de bataille humain, universel et machiavélique où il était condamné à errer. Le prix de son succès était la solitude, les trahisons, l'hypocrisie. Il se disait alors qu'il s'était probablement trompé de bataille, il s'était battu pour une réussite aux effets si pervers. Mais il avait eu besoin de se prouver à lui-même qu'il pouvait et qu'il pourrait accomplir une œuvre, un chef d'œuvre en ce monde, peut-être avait-il mal orienté sa lutte, mal choisi sa proie, son trophée ? Ainsi était-il victime de son propre succès, de sa propre gloire. Il se sentait seul, incompris, isolé mais ne voulait pas se laisser dominer, emporter, aspirer, vampiriser, empoisonner par de l'amertume.

Pourquoi, ne ressentait-il jamais aucune sincérité chez les autres, excepté dans le regard d'Hannah, dans ses yeux brillants d'amour et de vérité, d'authenticité ? Quand il avait cru ressentir une once de sincérité chez autrui, la déception le rattrapait, car l'hypocrisie et l'ingratitude gagnaient et l'emportaient. Peut-être était-il trop exigent, peut-être en réclamait-il trop à l'existence, au genre humain ? La solitude était son destin, sa malédiction, sa pénitence sur Terre. C'était un idéaliste qui recherchait la richesse, la bonté l'authenticité chez les êtres.

Or, l'un des problèmes majeurs du comportement humain est que très rarement nous ôtons notre masque et montrons notre vrai visage. Nous jouons tous perpétuellement un rôle, dans chaque situation, à chaque instant nous adaptons notre comportement opportunément. Le rôle du chef d'entreprise autoritaire, charismatique, doit laisser la place au mari tendre, attentionné, puis au fils respectueux. Il se demandait dans laquelle des trois situations, il était naturel, authentique et non pas bridé, inhibé ?

Il se mit alors à réfléchir quant à l'impact sur la personnalité, des conventions, des devoirs, des obligations, des codes de bienséance, du savoir-vivre. Il se sentait alors noyé au milieu de toutes ses contraintes, obstacles, entraves à l'épanouissement, à l'expression de son « moi intérieur », de son « moi intime ». Mais alors dans quelle fonction est-il vraiment lui-même et affirmait-il toute son identité, sa singularité, son unicité ? Où peut-il se reconnaître, comment se repérer ? Il pensa alors que malgré toutes les difficultés, c'était avec Hannah, qu'il pouvait être naturel, qu'il avait été libre. C'était à ses côtés qu'il avait mûri, qu'il avait amorcé son accomplissement. Il lui rendait de ce fait, hommage pour cela, la louait, la saluait, célébrait sa bonté et lui offrait toutes ses lettres de noblesse... Il n'oubliait pas que c'était grâce à elle, qu'il était devenu un homme et qu'elle l'avait inondé d'un amour pur.

Mais une pensée angoissante le pénétra et l'effraya. L'air livide, il réalisa que tout être doit se forger une armure, se protéger. Il comprit que l'être humain ne peut pas dévoiler son âme, et ne peut pas laisser transparaitre son vrai visage à autrui. Il peut le laisser un infime instant apparaître sans masque, sans armure, sans bouclier mais il doit veiller à la sincérité de son spectateur, de son interlocuteur. Montrer son âme, son essence, la vérité de son cœur, laisser jaillir publiquement ses aspirations, ses pensées les plus secrètes et les plus intimes est dangereux. L'esprit d'un être ne peut être totalement extirpé et exposé, révélé. Arborer, afficher, exhiber son être sans ne jamais rien taire signifie se rendre vulnérable et se menacer. Se connaître soi-même demeure fondamental pour anticiper les coups, les déceptions mais permettre à autrui d'accéder à sa propre vérité, l'autoriser à découvrir ses propres forces, ses propres faiblesses, ses défaillances signifie lui offrir une emprise, un contrôle et un pouvoir sur soi.

Conserver le mur du secret permet de se protéger de l'influence pernicieuse et asservissante d'autrui. Dieu seul connaît l'esprit, l'essence et l'âme d'un être. La pensée humaine et intime d'un être, demeure silencieuse pour l'homme mais devient limpide et intelligible pour Dieu.

La pensée, la méditation, le rêve restent le miroir de l'être, impénétrable pour l'homme mais saisissable pour Dieu. Dieu a donné cette force émanant du silence intérieur de la conscience, à l'homme, pour le protéger d'autrui et pour lui apporter une échappatoire à la douleur, une alternative à la souffrance. Les pensées, les rêveries sont uniques et n'appartiennent qu'à soi-même, nul ne peut y accéder ni les voler. Or, un écrivain, un artiste en se dévoilant fait une offrande aux hommes qu'ils doivent, de ce fait, respecter et honorer et ne jamais salir. De même, la capacité de penser, de rêver est l'arme de l'homme dans les instants les plus graves.

Un homme emprisonné reste libre par sa pensée, ses rêves. Un être malade, agonisant peut communiquer par la pensée avec Dieu qui entend l'onde inaudible, l'insaisissable bruissement, l'imperceptible vibration, le murmure, le plus silencieux frémissement, la frêle susurration du cœur, de l'esprit, de la conscience. Il écoute les sourdes ondulations et perçoit les sons, les vibratos fugitifs, précaires par leurs extrêmes faiblesses. L'humanité d'un être, sa dignité reposent sur sa capacité de penser, de rêver, de méditer, de prier. Nul ne peut éteindre le feu de la vie, le feu de l'humanité d'un homme qui pense même en silence mais pour lui-même et pour Dieu qui entend et qui peut rendre audible l'inaudible dans le dessein que les peuples, les hommes entendent et prennent conscience de l'inhumain, de l'indigne, du vil, du pernicieux... Ainsi, l'ennemi de la liberté se verrait alors fustigé et recevrait le châtiment suprême de la honte... Descartes n'a-t-il pas dit plusieurs siècles auparavant dans son cogito, « je pense donc je suis » ?...

Alors inconsciemment, face à son désarroi, il avait envie de riposter contre ses ennemis qui ont souillé, sali sa vie. Il s'agissait de marionnettes facilement prévisibles, avides, dirigées par l'ambition... Il voulait trouver comment jouer avec eux. Les tenter, les séduire, les laisser venir et les piéger par des manœuvres conduisant à des contrats dolosifs, mais impossibles à poursuivre, ni à attaquer, car ils restaient dans la légalité et n'étaient pas frauduleux. Ce petit jeu pervers exigeait stratégie et ruse. Et toute la maestria, l'habileté et la virtuosité extraordinaire reposait sur le fait de feindre l'irresponsabilité, l'imprévisibilité, l'innocence afin de pouvoir rester compagnons de jeu. En effet, il n'y a pas de jeu plus futile, plus baliverné, plus inintéressant, plus ennuyeux qu'un jeu sans adversaire, c'est pourquoi, on s'en invente parfois, des virtuels lors d'une partie chimérique, irréelle, fictive, illusoire pour combler la vacuité de l'existence.

L'intérêt repose sur l'échange, le goût du risque, le défi lancé à son compétiteur.

Le jeu requiert de l'intelligence, du brio et apprend à lutter, à se dépasser, à aller plus loin, à repousser ses limites, d'où un enrichissement certain. Le jeu enseigne la maîtrise face au risque et à la pression, puis, l'ingéniosité et surtout la stratégie. Cependant, il ne savait pas comment améliorer ou fuir cette vie insipide, sans piment, ce quotidien si monotone et si stérile.

Il en déduisait, qu'il était peut-être trop idéaliste, l'amitié comme lui pouvait la concevoir, semblait inaccessible. Il aurait tant aimé que des gens tiennent à lui, l'aiment. Cette exigence résultait d'un passé sans amour, sans affection, sans chaleur. C'est pourquoi, il répercutait cette carence sur Hannah, il attendait beaucoup d'elle, probablement trop. Il attendait l'exclusivité en tout point et une attention constante. Elle n'avait jamais droit au repos, devait toujours rester disponible pour lui. Les intrusions extérieures le rendaient jaloux et accentuaient son comportement possessif et étouffant.

Il voulait occuper toutes ses pensées, être son unique préoccupation. Il désirait la combler et être au centre de sa vie, le seul but, le seul objectif. Il souhaitait la baigner d'amour, de soin et de bonheur. Il ne supportait pas qu'elle pût avoir d'autres centres d'intérêt que lui, qui voulait rester son héros qu'elle admirerait immodérément et passionnément. Ils s'appartenaient l'un à l'autre et rien n'avait d'importance.

Nul n'avait l'autorisation de venir menacer ce lien indéfectible, pure, fidèle et comportant une totale dévotion. Ils s'aimaient et le monde entier devait respecter cela.

Néanmoins, il gardait l'espoir de trouver un jour cette amitié, soudain, je me dis que c'était peut-être cela qu'il recherchait en moi, cette anonyme rencontrée au détour d'un salon de thé. J'étais peut-être cette lumière tant espérée ? Or, quand je fis le bilan, l'examen rapide et la rétrospection de cet entretien si émouvant, de cette confession véhémente et passionnée, je me dis que c'était trop réducteur, que ce jugement était trop superficiel, trop léger, trop hâtif voire ingrat. Je ne pouvais pas en mon âme et conscience rabaisser cette relation pure, complice, privilégiée et même sacrée. Je prenais d'ailleurs peur, car il était si merveilleux, si généreux que je ne pourrais plus vivre sans son soutien, sans son épaule sur laquelle me poser en cas de déceptions. Mais les derniers instants de son existence s'écoulaient avec moi, en ma compagnie, selon ce qu'il laissait supposer...

J'eus versé à ce moment des larmes discrètes qu'il vit malgré mon intention de les dissimuler. Il vint alors les essuyer avec sa main gauche et me dit comme s'il avait à nouveau lu dans mon cœur, « ne pleure pas, la mort n'est rien, je continuerai à t'observer, je veillerai sur toi et je serai près de toi ». Je rougis et je ne compris toujours pas pourquoi ce comportement si attentionné et où il voulait en venir… Je voulus lui demander à cet instant qui était-il, son nom, mais il esquiva encore la question avec un regard dissuasif et alors le sujet de la conversation dévia de sa cible comme à chaque fois.

Il avait recherché toute sa vie durant, la présence d'une femme ou d'un homme comme ami véritable. Ils lui seraient dévoués, désintéressés et lui, partagerait avec eux ses soucis, ses enthousiasmes ou ses tristesses et ils le conseilleraient sincèrement, fidèlement en tous domaines, en toutes circonstances. Or, il n'était jamais parvenu à réaliser ce rêve, jamais un être comparable n'est entré dans sa vie. Il disait que les rencontres fructueuses, enrichissantes relèvent de la chance, du hasard, de la providence, de Dieu. Certains sont plus chanceux en la matière que d'autres.

Nonobstant, existe-t-il une aporie, un paradoxe à cela. Un être qui jouerait le rôle de l'ami idéal, deviendrait très rapidement une conscience qui l'écouterait, un initiateur qui influencerait son disciple, le contraindrait par l'ascendant, le pouvoir qu'il finirait par exercer sur lui. Il perdrait sa liberté de pensée, serait soumis, assujetti à autrui qui finirait par penser à sa place et son pouvoir revêtirait la forme d'une domination, d'un joug et d'une dépendance. Cet ami, finirait par le connaître trop, le supplanterait, l'évincerait, le déposséderait et aspirerait sa personnalité, son libre arbitre. Il n'existerait plus, perdrait son identité, son unicité, sa singularité. Il serait menacé puisque, tout être a besoin de préserver son jardin secret, ses pensées les plus intimes, les plus honteuses. Nul ne peut aliéner autrui, lui voler sa richesse imprescriptible, indisponible, incessible, inviolable : sa pensée, sa conscience. Dieu seul, a accès aux pensées secrètes, cela appartient à la relation toute-puissante et inégalable entre Dieu et l'humanité.

En outre, il peut être envisagé un autre aspect des relations interhumaines, prétendues inter amicales. Un être qui serait complice, serait un individu qui lui ressemblerait, mais jusqu'à quel point pour être capable de le comprendre? Il deviendrait son alter ego, son double et s'instaurerait une relation de dépendance voire de soumission.

Il existerait de fait, à travers son regard approbateur, il ne serait plus capable de s'auto juger et attendrait dans le reflet du miroir le regard critique de cet être si important. Il perdrait son indépendance, aurait incessamment besoin de sa bénédiction. Et dans le cas d'une ressemblance trop marquée, ils finiraient par se haïr, car personne n'aime avoir un double qui très vite rentrerait en compétition et serait son rival dans la vie et surtout en amour, il deviendrait un imposteur, un inquisiteur, un usurpateur. Deux hommes qui se ressemblent trop sont indéniablement attirés par les mêmes personnes. Il peut s'agir d'une femme, des affaires, ils deviendraient alors ennemis. Ils sont programmés pour avoir les mêmes goûts, les mêmes aspirations, les mêmes désirs. L'un tenterait de vampiriser, d'absorber, de phagocyter l'autre. Il s'ensuivrait que le rival deviendrait une menace qui lui donnerait l'impression de lui voler sa vie.

L'être humain aime se singulariser, se démarquer pour qu'on le remarque et qu'on lui accorde la reconnaissance. Néanmoins, la ressemblance qui donne l'impression de se fondre dans la masse est fort rassurante dans la mesure où on appartient à un groupe, à une communauté, que l'on a des racines communes, des origines communes, une histoire commune. Cette forme de ressemblance plaît, rassure, oriente, elle fournit des repères, la possibilité de s'identifier à une culture,

à un milieu socioculturel. Ce qui compte, avant tout est de pouvoir se repérer dans une strate culturelle et de se sentir appartenir à une société afin de trouver refuge et de fuir toute marginalisation. L'union, le consensus interhumain requiert des points centraux de convergence et des valeurs communes. Mais ne peut-on pas évoquer des citoyens du monde, des citoyens de l'univers œuvrant dans l'infiniment grand, dans l'incommensurable et ayant une valeur commune, universelle et atemporelle : la connaissance du bien et du mal et le désir d'acquérir et de maintenir une sagesse immanente et immuable?

En revanche, si cet ami se révèle être une femme, cela ouvre la voie à de malencontreuses ambigüités. La relation deviendrait rapidement complexe, compliquée. Cette femme, amie, serait la complice, la confidente qui écoute sans juger, sans moqueries et qui comprend, pense similairement. Or, notre égocentrisme, notre narcissisme nous conduit à apprécier particulièrement, qui nous ressemblerait. Et retrouver dans l'autre du sexe opposé une partie de soi-même, dans cet alter ego qui nous est dévolu, conduit à une attirance prévisible et évidente, au piège de l'ambigüité. Ainsi, cette prétendue amitié se transforme vite, en besoin de l'autre, en attirance pour l'autre, puis en obsession pour cet autre qui trouble, qui met en émoi, et donc, tout cela se conclut par un amour naissant pour cet autre.

Ainsi, ce genre d'amitié absolue n'est en fait que de l'amour, qui se traduit par l'attirance impérieuse, inextinguible, inextricable de deux âmes sœurs. Cette amitié idéale reste rare et précieuse et conduit irrémédiablement à l'amour charnel, spirituel. On se sent rassuré, aimé, reconnu, apprécié, moteur, énergie nourrissant l'amour.

Nous sommes tous des orgueilleux, des vaniteux, des égocentriques en puissance. Nous avons besoin de pouvoir partager nos goûts, de faire découvrir à l'autre de la nouveauté, nos points communs, nos affinités. Ainsi, ce qui est jouissif est de sentir la complémentarité, la similarité, la réciprocité.

Ainsi, cette amitié par sa force peut contredire un mariage, la confusion s'emparerait des esprits, puisque cette amitié deviendrait une drogue, un besoin vital et se transformerait en une nécessité, une inclination, une prédisposition, un penchant qui menacerait une union. La clef d'une amitié sincère et non ambiguë se trouve dans des liens d'amitié si forts qu'ils s'apparenteraient à des liens familiaux. Identifier un ami à un frère, une sœur, signe alors une amitié, sincère, pure, dénuée d'intérêt ou d'ambigüité. Ces liens existent, mais ils demeurent privilégiés, bien rares et émanent de la volonté toute puissante de Dieu. Les fortes différences d'âge, les différences culturelles par leurs différences enrichissantes et fécondes scellent aussi des amitiés authentiques.

Mais le plus important se fonde sur la fraternité, l'entente mutuelle qui génère la paix et l'espoir tels des oiseaux qui s'envolent dans les cieux pour propager la bonne parole qui suscite l'apaisement, l'émulation, la communion des âmes pour un but ultime et grandiose : l'harmonie sur Terre prenant la place du chaos, se substituant à lui. La corne d'allégresse retentira, tintera à travers les mers, les continents pour déployer et faire résonner le son doux d'une paix universelle répondant à la volonté divine.

Les oiseaux du pardon, de la clémence, de la contrition, de la mansuétude chanteront l'amour des peuples, la tolérance et le respect. Les terres arides refleuriront, le vent soufflera pour laver le sol ensanglanté, la pluie purifiera ces siècles de souillures, le soleil fera germer le blé, le lait coulera à flot et l'azur resplendira. La musique jaillira des cœurs et le temps de l'entraide, de la solidarité réelle sonnera. Les hommes deviendront les émules des grands sages et apprendront à coexister malgré les différences culturelles.

Pour que cette ère neuve et féconde surgisse, il faut que les hommes s'y attèlent individuellement et donnent l'exemple afin qu'une inclination, une dilection solide, invincible, ferme, et non virtuelle, se crée et grandisse, se densifie, s'allonge, se renforce jusqu'à devenir, indéfectible, indestructible, puissante et gigantesque dans le dessein d'y inclure tous les hommes qui se donneraient la main et s'uniraient.

Or, les différences culturelles font la richesse de ce monde. C'est comme les différentes sortes de couleurs que le peintre utilise. Si nous n'avions pas ces nuances pastel, chaudes, froides, le monde serait si triste, si froid, si monochrome et si monotone. La richesse, la créativité émanent de nos cœurs, de notre générosité et de la diversité qui forge, élabore l'originalité, la beauté, l'esthétique formelle. Si tous les hommes se ressemblent, œuvrent similairement comme des moutons, la splendeur du monde tombera en décrépitude. La pluralité, la diversité est germe, source de progrès, de découverte et d'enrichissement. Les différences intrinsèquement complémentaires sont genèses de richesses, de créativité et d'ouverture sur le monde, sur l'immensité de l'univers, sur cet infiniment grand à notre échelle, sur cette incommensurable beauté, sur cet espace temps insaisissable. Les connaissances issues des sept continents se rencontrent, fusionnent dans l'intention véhémente, exubérante, emportée d'essaimer pétulamment, impétueusement à travers le monde, ce savoir qui deviendrait résolument, immanquablement et éperdument universel. Il s'imposerait, s'offrirait au monde inévitablement.

Ces échanges d'enseignements, ces unions de connaissances véhiculent déjà
à travers le monde via internet, or il faut garder à l'esprit que ce procédé détient aussi des effets pervers, nuisibles. En effet, on peut y propager des discours avisés et dotés de sagesse tout comme s'en servir pour endoctriner et pervertir. Il permet de fureter en quête de documentation...

En outre, l'éducation, la culture, l'enseignement, l'art, la culture, la littérature restent les vecteurs de la spiritualité. Ils assurent une introspection, un retour sur soi, un questionnement. Ils enivrent, plongent dans un univers fascinant, dans un imaginaire foisonnant, prospère et fécond. Ils ouvrent l'esprit, la réflexion, les libèrent, brisent les murs enfermant l'homme dans un monde clos. Ils éblouissent, enchantent, délectent d'une saveur, d'une substance quintessentielle. Tous les hommes peuvent en extraire cette moelle ambrosiaque, illuminative, illuminatrice, extatique.

Tous peuvent se nourrir de ce met délicat, déguster ce succulent miel sempiternel, atemporel et universel. Tous peuvent se laisser emporter, séduire par son doux, délicat, pouvoir fertile, imaginatif, inspirant. Tous les hommes peuvent l'ériger en égérie, en muse, en mentor afin de grandir et de s'épanouir au sein de ce savoir émérite. Ainsi, l'homme accroîtrait son penchant, son inclination pour regarder vers l'horizon
et contemplerait à perte de vue la splendeur de la voûte céleste, le scintillement constellé et nocturne du firmament stellaire. Ainsi, soit-il.

Il priait pour l'humanité alors qu'il se trouvait au seuil de la mort. « Que cessent les contrevallations, les forteresses, les murailles pour ouvrir une brèche longeant, effleurant puis envahissant le monde d'une harmonie inédite et singulière. J'aimerais tant que tu parviennes à propager ce message pour moi à titre posthume, que l'humanité ne l'oublie pas, s'en imprègne, s'en inspire et qu'il demeure et perdure dans les esprits. Toutes les réalités, chaque chef-d'œuvre a d'abord été un grand rêve avant de revêtir l'habit de la réalité humaine. Promets-moi que tu tenteras de toutes tes forces de divulguer, de répandre pour les hommes mon message, ne le tais pas, ne le cèle jamais, ne l'omet pas, ne le dissimule pas à la face du monde.» J'étais, malgré mes sentiments dubitatifs et ma réserve, fortement émue par cette voix pleine d'amour et de sagesse.

Soudain, il reprit sur le thème de l'amour avec une concentration grandiloque, pénétrante et communicative. Apparemment, il fut en proie au doute, à la relativisation sur sa rencontre et ses sentiments à l'égard d'Hannah. Pourquoi avait-il été si épris d'Hannah? Etait-ce juste une question d'opportunité, de même longueur d'onde ? Il expliqua que malgré la liberté d'aimer à notre guise qui l'on souhaitât, nous sommes tous programmés pour désirer le reflet de nous-mêmes, notre alter ego. L'ouverture d'esprit, l'émancipation des femmes, ne nous empêche pas d'orienter nos choix vers une homogamie incontestable. Est-ce une question d'intérêt, de confort moral, de narcissisme, de paresse, de soumission sociale ?

Il ajouta que l'on aime tous, les femmes de notre milieu, qui partagent des points communs avec nous. Tout est simple, le charme, l'attachement s'opèrent instantanément. C'est pourquoi, dit-on souvent, j'ai l'impression de t'avoir toujours connu, de te connaître déjà. Or, ce n'est qu'illusion, nous sommes tous, bien différents les uns des autres. Peu de temps après la découverte, l'attrait se dissipe et on découvre les défauts, les différences inattendues. Le charme est donc rompu. Mais malgré cette grande liberté d'aimer qui l'on veut, on se complaît, se plaît dans la reconnaissance de soi, à travers ce conjoint choisi. Peut-être s'agit-il d'une soumission due à la paresse, à la torpeur, à la passivité, à la velléité inhérente à l'homme ? Il se rassure alors dans la constance de ses goûts qui lui offrent des repères dans lesquels il peut se référer. C'est probablement aussi la crainte de l'inconnu, la peur de bousculer les idées reçues, les mentalités. On exècre les mésalliances.

Nous aimerions tous servir notre conscience, l'apaiser, car c'est elle qui nous fait souffrir constamment, qui nous interpelle, qui brandit le glaive de la justice et se consume dans le mal, la lâcheté alors qu'elle exulte dans l'amour, la générosité, l'altruisme et la charité. Ainsi, le devoir, l'honneur en appellent à des choix orientés, déterminés, assujettis à de grandes valeurs morales séculaires. Nous tentons de toutes nos forces d'être exemplaires et nous pensons que l'une des solutions est de ne pas contredire les traditions, les conventions.

Il faut rester dans son milieu d'origine et ne surtout pas bouleverser les règles établies, l'ordre inculqué. Ceux qui les contredisent sont des originaux et des courageux. Nul n'apprécie les transgressions sociologiques. Mais cela ressemble-t-il à de l'amour à l'état pur ? L'amour signifierait retrouver une partie de soi en l'autre, voir son reflet dans son regard, car on se sent épanoui et on se sent vivre à travers l'autre. Cet autre qui comprend et qui corrobore notre propre jugement. Cet autre permet la reconnaissance de soi et donc l'existence de soi. On se voit exister à travers l'autre et reconnu, donc on ne se sent plus seul ni abandonné. Ce sentiment met en germe l'attachement, l'amour naissant, en train d'éclore.

Puis, il réfléchit et se dit que l'amour qu'il ressentait pour Hannah était plus intense, comportait une dimension mystique. Même sans l'avoir à ses côtés à l'instant où il parlait, le temps, le flot des ans n'avait rien altéré.

Ils étaient comme des amants unis pour l'éternité. Lorsqu'il l'eut rencontrée encore adolescent, il eut été comme propulsé dans un tourbillon vertigineux. L'émotion avait étreint son esprit, sa conscience, ses sens. Il se souvenait d'une calanque escarpée à l'abri des regards insurrectionnels, intrusifs, toujours intacte comme occultée par le temps. Elle symbolisait selon lui, la puissance de leur amour inviolé et épargné par le temps.

Ils y étaient épargnés de toute ingérence, immixtion hostile. Leurs sentiments étaient si violents, extrêmes, intensifs qu'ils fustigeaient tout obstacle et transcendaient la notion de valeur humaine telle que l'homogamie, l'intérêt, le devoir. Leur amour, leur union laissaient germer et fleurir une dimension passionnelle, mais dépassant, outrepassant, surmontant le charnel, ils s'apparentaient au cosmique, à l'astral, à la féérie, à la ferveur à l'égard de l'inexplicable bénédiction providentielle et s'inscrivaient irréversiblement dans l'espace-temps, appartenant à la sanctifiée destinée humaine. O souffle pur, tout puissant, impénétrable du destin, d'un destin qu'aucune force humaine ne peut freiner, modifier, altérer. L'amour pur de la rencontre avec l'absolu relève d'un miracle que nul être, même le plus effronté, le plus arrogant ne peut enjoindre et contraindre de cesser sa marche inéluctable vers la réalisation, l'accomplissement d'un dessein appartenant à l'irrationnel et au mystique.

Leur amour restera inaltérable, intact, pur, hier, aujourd'hui, demain et dans mille ans, qu'ils soient réunis, enlacés ou éloignés... Ils étaient unis, leurs âmes étaient sœurs par la volonté, la bonté, la générosité du Tout Puissant. Connaître au sein de son existence un tel bonheur est un privilège, une offrande, un présent divin. Par la bonté providentielle, ils avaient franchi, pénétré dans les sphères apothéotiques, sublimes de l'humain. Dieu leur avait ouvert les portes de la félicité paroxysmique.

Déferlement passionné intense, nuit d'ivresse intime. Vague orageuse, sensualité effrénée, origine inconnue et providentielle. Source divine, genèse providentielle, souffle limpide, déferlement sacré. Sempiternel souvenir déraisonnable mais inextinguible, inexorable, fugitif et libéralisateur. Doucereux acquiescement de l'être humain avide qui se cherche. Flamme inaltérable de l'espoir humain, noblesse humaine. Plaisir terrestre luxuriant, oraison humaine. Générosité immanente lors du don de soi, de son cœur. Vent passionné, déchainement, dépassement de soi, de son être, de son essence, de son souffle de vie. Extase inoubliable.

Chronologie du temps inversé, contrée fertile, prospère, verdoyante. Cœur de la vie, fleuve subtil dont l'eau rencontre le feu et fusionnent.

Splendeur de l'instant, incendie de passion qui s'éteint et se ravive inlassablement. Tourbillon, ouragan plaisant, voluptueux qui s'apaise, s'étouffe et se calme progressivement au son des vagues, à la fraîcheur des senteurs exaltées. Doux vent léger rafraichissant la chair fiévreuse, déchainement apaisé. Orchestration sensuelle, souffle de feu aux aguets de l'instinct, de l'envie, de l'instant singulier. Pleurs de joie, Amour tel un guetteur de l'instant opportun qui a le pouvoir d'emporter au-delà de soi-même. Vertige du silence et valse de la passion. Renaissance aux confins de soi-même. Voyage, exploration au cœur de soi-même et de sa nature originelle. Essence de l'humanité, dimension onirique, floraison joyeuse, épanouissement heureux, germination féérique, épanouissement charnel, éclat, gerbes de vie.

CHAPITRE DIX : Danse avec la vie

Puis, il reprit avec un air nostalgique et un regard à la fois si pénétrant et si triste. Il ignorait s'il avait fait de mauvais choix, mais il savait qu'il devait au moins aller au bout de sa mission et me transmettre son secret tel un serment qu'il s'était prêté à lui-même et devant Dieu. Il exprima vivement son devoir d'y parvenir et interpréta que toute sa vie durant il n'avait pu trouver le repos, la sérénité tant qu'il n'avait pas transmis son message. C'était sa raison de vivre, d'exister, la raison pour laquelle, il était revenu parmi les vivants.

Il devait divulguer ce message divin. Ensuite, il pourrait retrouver le repos et serait heureux et paisible en attendant de revoir Hannah. Je ne comprenais pas si Hannah était vivante ou défunte. Alors, je me permis de lui demander où se trouvait Hannah. Il me répondit qu'à présent, elle était telle une rose d'amour éclose par la nourriture céleste. Il était sûr d'avoir tout fait pour elle, pour assurer son bonheur sur Terre et dans les cieux. Il lui a offert sa vie… Je trouvais tout cela nébuleux et mystérieux.

Il disait s'être donné à elle et à Dieu, s'être sacrifié au nom de leur amour, pour le préserver, l'immortaliser. Je trouvais ses propos particulièrement énigmatiques et confus.

Il s'apprêta alors à me confier les raisons de tels propos. J'étais effrayée et intriguée.

Il reprit en revenant sur son état d'esprit à ce moment laborieux et critique de son existence. La confusion l'empêchait de brosser le constat objectif d'une réalité décevante. Il ressentait la perfidie, la fourberie qui gravitait autour de lui. Il se sentait seul, incompris, sans alliés définis. Tous l'avaient déçu, il en arrivait même à douter de l'amour d'Hannah, mais il se rattachait à elle de toutes ses forces, car il considérait qu'elle représentait le seul acquis tangible, l'unique bénédiction irrécusable, sensible et palpable qui lui signifiait que la vie valait la peine d'être vécue. Elle le rattachait à ce monde, le retenait et le préservait de la perdition. Néanmoins, le soir lorsqu'il rentrait chez lui au sein du foyer qu'il avait fondé avec Hannah, il fuyait son épouse, fuyait sa honte, fuyait la réalité sinistre, sordide de ses journées insipides, emplies de stratégies caustiques, corrosives pour arrondir le chiffre d'affaire, la productivité. Son personnel devait pour se faire, être considéré comme des anonymes, des inconnus perçus avec une totale impersonnalité, sans identité précise. Il se devait d'agir par devoir conformément à la loi de l'investissement, de la finance, qui ne laissait guère de place aux sentiments, aux états d'âme, à la compassion mais qui comprenait une langue, celle de la déshumanisation, de la froideur, de l'égoïsme et surtout de la concurrence.

Il ne devait pas pouvoir les identifier, ne jamais faire connaissance avec eux, pour être capable de les poignarder dans le dos, pour pouvoir mieux se séparer d'eux, à la guise de la conjoncture économique, au gré de la compétitivité. Il avait la sensation de perdre son humanité lorsqu'il songeait à eux, qui avaient des familles, des enfants, des rêves, des aspirations. Il s'agissait pourtant d'êtres humains qui travaillaient pour lui, qui dépendaient de lui. Là se situait ironiquement sa réussite, mais lui se détestait, ne se reconnaissait plus. Il avait la sensation d'avoir été corrompu, aspiré vers la spirale de l'appât du gain et de glisser peu à peu vers une pente glissante, vertigineuse et abyssale.

C'est pourquoi, il se réfugiait dans la lecture chaque soir pour fuir la réalité, il restait alors silencieux, n'avait pas à se justifier auprès d'Hannah, ni à réfléchir, ni à expliquer ses actes ou à faire cette introspection qui le faisait souffrir, mais qu'il ne pouvait s'empêcher d'entamer quand il se trouvait seul face à lui-même, face à sa conscience. Sous la douche, en voiture, au lit, à table... Hannah, quant à elle pleurait fréquemment et lui demandait avec tristesse « qu'est-ce qui nous arrive ? Pourquoi, ne me désires-tu plus ? Pourquoi ne me touches-tu plus, ne me caresses-tu plus, ne m'embrasses-tu plus ? Tu ne m'aimes plus, tu n'aimes plus notre vie ? Que t'arrive-t-il ? Que veux-tu ? Y a-t-il une autre femme ? »

Or, lui l'aimait plus que jamais, mais ne parvenait plus à l'exprimer. Il ne savait plus aimer. Les interrogations d'Hannah empreintes de sa douleur résonnaient en lui, le transperçaient et le faisaient souffrir atrocement dans sa chair. L'échos de la déception d'Hannah le poursuivait, le bouleversait. Où avait disparu la fougue des temps passés, sa soif de vivre, son audace de l'insoumission, de l'être jeune, frais, innocent, inconscient qui voulait conquérir le monde grâce à l'énergie de l'espoir et de l'idéalisme. Où s'était évanoui l'amant impétueux, la chaleur de son être, l'intensité de son regard de feu, la passion de ses actes ? L'insatisfait en quête de satisfaction, en proie au rêve était en train de s'éteindre, de fléchir, de s'essouffler, de s'étioler dans les limbes de la vie, dans l'abîme du vide, dans les ténèbres du temps, dans le précipice du néant. Il errait dans un vieux monde au crépuscule grandissant, le menant irréversiblement vers le déclin des joies nocturnes, diurnes tel un étranger, un orphelin de l'existence. Il se sentait en décalage, en arrière plan face à un univers qu'il subissait, qui l'asphyxiait, l'amollissait et le minait, le ruinait sournoisement. Il se sentait immergé dans un monde dépourvu de sens et incapable de communiquer.

Il avait honte de ne pas pouvoir respecter ce serment d'amour, de ne pouvoir l'honorer, de ne plus la combler, la ravir. Il étouffait, il était en proie à un sentiment de claustration, d'oppression constante. Il éprouvait par moment le besoin de soupirer, de respirer comme s'il manquait d'air. Cette pression d'Hannah l'angoissait, il craignait de la perdre, mais ignorait que faire, il se sentait totalement désemparé, impuissant. Tout lui échappait, il ne maîtrisait plus rien, ni sa vie, ni son anxiété, ni son désarroi. Il se sentait comme pris dans un étau, paniqué, tourmenté, fébrile, acculé, contrit.

Il vivait un cauchemar et suffoquait. Il était déconfit, consterné, abattu par la dégradation de leur mariage et ne cessait de se culpabiliser. Seule la lecture le détendait, il s'oubliait grâce à elle, se perdait dans un ailleurs protégé, préservé, sauvegardé des envahisseurs, des ennemis. La lecture, ce monde imaginaire qu'il se forgeait était sa diversion, sa forteresse, son refuge où nul ne pouvait pénétrer sans y être invité. En effet, avec Hannah, souvent au début de leur rencontre, alors qu'ils n'étaient encore que des adolescents, ils passaient des heures à lire ensemble, à partager leurs décors, leurs perceptions, leurs émotions et perdaient ensemble la notion du temps.

Ils avaient perdu cette complicité, cette simplicité ingénue, cette fraîcheur spontanée, ce naturel comprenant des plaisirs dénués de sophistication. Les siestes dans l'herbe fraîche, contemplant le paysage, le ciel, le lac, suffisaient à faire leur bonheur dès l'instant où ils étaient ensemble, envers et contre tous.

Ils avaient perdu cette sobriété, ce naturel sans prétention, sans enluminure, sans ornement. Ils avaient une réputation à tenir, un train de vie à respecter. L'apparence, l'apparat, l'ostentatoire, le luxe débordant de sophistication, d'artifice étaient devenus leurs devises. Mais qu'en avaient-ils gagné, qu'avaient-ils récolté ? Etait-ce cela leur réussite ? Un poison amer les souillait, les infectait. Il éclaboussait avec arrogance et virulence leur bonheur trop beau, trop pur pour ne pas être convoité par des ondes destructrices, maléfiques. Ils avaient perdu cette humilité, cette capacité de se contenter de peu et de considérer que le peu est beaucoup.

Ils s'étaient perdus dans les méandres de l'ambition, de la matérialité outrageante, indécente, impudente. Leur appétit était devenu indigne, licencieux, excessif et provocant. Ils étaient incapables de réfréner ces excès, cette outrance, cette prodigalité, ces abus, ces débordements qui étaient devenus des drogues. Cette soif de luxe flamboyant, outrancier et despotique les contrôlait. Ils ne pourraient plus revenir en arrière, ni se ressaisir. Rien ne les rassérénait, ne les apaisait, leur besoin était avide, vorace, insatiable, ils ne se contentaient plus de rien tels des êtres toujours insatisfaits, aux désirs permanemment et définitivement inassouvis. Il était trop tard pour eux. Le monstre de la déliquescence, de la décrépitude, de la déchéance les guettait comme des proies bien attrayantes et faciles, voire ennuyeuses à saisir et à capturer.

Il était emprisonné par cette vie, soumis, asservi par la pression du regard accusateur d'une société sans pitié, envieuse et il se sentait cerné par une meute d'ennemis attendant patiemment le moindre faux-pas, la moindre défaillance pour la dénaturer et l'ériger en scandale, en l'extrayant, en l'enlevant de son contexte dans l'objectif d'évincer, de supplanter l'homme au chapeau, l'homme sans nom et tout simplement de se divertir, de se distraire. La seconde méthode consiste à aggraver, à amplifier, à accentuer le prétendu faux-pas, une erreur, une méprise, une faute, ou même un simple lapsus ou maladresse pour mieux détruire le vieil homme. La société se délecte de ce jeu pervers, aime imaginer, extrapoler, grossir voire inventer... Enchérir, accroître la moindre faiblesse, la moindre incartade, la moindre incertitude ou manquement restait le jeu sadique et favori des vautours qui réclamaient des scandales qui les rendraient héroïques et intéressants s'ils les propageaient. Cette existence si accablante et si éprouvante, l'avait vampirisé. Il avait perdu son énergie, son esprit critique, sa liberté de penser, il voulait résister et surtout ne pas se fondre dans ce moule social si conformiste et si désenchanté.

Il voulait récupérer sa force vitale et ne voulait plus s'endormir en se sentant mort à l'intérieur, il ne voulait plus se réveiller à l'aurore, morne et vide.

Il espérait à nouveau retrouver la force de penser par lui-même et donc d'exister, d'être, d'étendre sa personnalité pour lui-même et pour le genre humain qui ne peut accepter de se laisser soumettre, dominer, assujettir sans résistance ni recul tel un troupeau de moutons qui aurait occulté toute forme de tolérance. Ce troupeau aurait également omis l'existence de l'originalité, de l'excentricité, de l'audace, de la singularité, de la particularité qui sanctifie et anoblit l'humain. L'élève au rang d'un être d'exception enrichissant l'humanité, lui faisant gravir les marches d'un renouveau que la société jalouse, raille, tourne en dérision, bafoue ou préfère admirer.

Soudain, il se produisit un évènement déclencheur qui le conforta dans ses aspirations. Cet évènement clé lui donna la volonté de tout quitter, car il le toucha au point de l'électriser, de lui faire un électrochoc, de le bouleverser. Il sut à ce moment que tout allait basculer vers le progrès ou le déclin, il l'ignorait. Son choix si grave, si prépondérant, si solennel, si lourd de conséquences serait-il approprié, adéquat, serait-il le bon ? Il avait toutefois une certitude, il devait agir après cet instant éphémère de raison ou de folie qui l'avait transformé. Puis il se mit à relater sans louvoyer. Son regard vif et décidé, ne laissait entrevoir aucune tergiversation, ni hésitation, ni délibération. « Un jour, j'étais invité au vernissage d'une relation : artiste-peintre.

Après une longue traversée du désert sentimentale et professionnelle, cet artiste avait décidé de reprendre sa vie en main, de se battre pour ce qu'il aime. Cet homme avait subi de nombreux écueils voire de nombreux déboires, qui finalement l'avaient renforcés. Il avait tenté de reprendre goût à la vie en se lançant dans ce qu'il appréciait par-dessus tout : créer, peindre la beauté, la vie. Il communiquait sa perception du réel, la transfigurait afin d'éveiller le rêve, de susciter le bonheur.

Cet homme disait que lorsqu'il peignait, il se sentait dirigé par une voix qui émergeait de son âme, une puissance qui le nourrissait d'où il ignorait la provenance, il sentait une force inconsciente qui orientait ses gestes, qui lui montrait l'image, le paysage qu'il devait façonner. Il entendait une musique intérieure telle une muse qui déferlait, une chaleur qui atteignait son cœur. Une force le guidait, l'enivrait, l'envahissait et le rendait incontrôlable et sourd à toute perturbation lorsqu'il tenait son pinceau. Il était comme plongé dans un monde providentiel et mystérieux. L'art coulait dans ses veines, l'appelait et l'élevait vers des sentiers envoûtants et captivants. Il exultait lorsqu'il créait, c'est pourquoi peut-être son don, ne laissait nul indifférent et il parvenait à communiquer aux hommes ses émotions, son art. Le véritable artiste est celui qui parvient à faire adhérer et à émouvoir même le plus profane.

L'art est un don qui se partage. Il ouvre les portes de l'esprit, libère, il reflète une vérité universelle. C'est l'art d'échanger sa vérité, sa perception. L'ouvrage, la création artistique est la mère qui nourrit du sein de son lait maternel les rêves universels, elle fait jaillir des eaux de sa cascade l'émerveillement au sortir des flots bénis par l'inspiration qu'il dégage. Il enrichit de son essence la mémoire collective, il exalte la fantaisie et préserve d'un désenchantement planétaire.

Il embellit le réel, le transfigure, l'affuble de mystère, l'élève en lui offrant une empreinte mystique, le magnifie. Il le grandit, l'anoblit, le sublime, le rend magique, féérique, chatoyant ou tout simplement vrai selon sa subjectivité. C'est dans cet acte qu'il exprime son humanité par sa créativité empreinte de générosité. Il sait susciter les larmes de joie, d'émotion, de tristesse, maître enchanteur, alchimiste des sentiments, des rêves mélodieux, virtuoses. Incantateur de l'âme humaine, insufflateur d'une énergie profonde de l'esprit. Initiateur de la spiritualité, de l'onirisme, du vagabondage imaginatif, enchanteur hypnotique, supra sensoriel, voyageur sans port, sans patrie, traversant le souffle du temps, le flot fécond des ans, magicien au pouvoir envoutant, mage ensorcelant, enivrement émotionnel, libérateur transcendant les ténèbres, les rivières d'abymes immigrant vers la lumière céleste.

Conducteur d'une vie de lumière, d'une cité humaine de beauté, d'une ascension spirituelle. Chef-d'œuvre apothéotique humain scellant son zénith, son faîte, son apogée royal et anoblissant. Emanateur de l'évasion spirituelle, sensorielle qui perce les limites de l'inconscient, séducteur transigeant en faveur de l'espérance universelle, pèlerin lyrique, orateur, prédicateur pour le rêve, le fantasme, l'imaginaire dévalant en terre inconnue, explorateur de l'absolu, de l'infini ou même du néant. Fondateur de thébaïdes, architecte ivre, fabuliste allégorique. Conteur, chantre, louangeur, glorificateur, enchanteur, mage d'un langage à la singulière musicalité, au pouvoir mystique qui apaise les âmes tourmentées et les aide à s'élever.

Poète intrépide, orphique, être singulier sacralisant l'humain, la nature, sanctificateur de l'esprit, encenseur de la créativité, thérapeute au pouvoir cathartique, guérisseur de l'angoisse existentielle. Miracle divin, immortalisant l'hommage à la beauté. Rêveur éveillé, honorant les archanges d'amour dans l'azur étoilé, se laissant caresser par le souffle doux, frais et chaleureux, par un souffle serein, rassurant, par la brise légère, par le zéphyr, par l'aquilon. Hypnotiseur, rivière sacrée sublimant jusqu'aux échos célestes.

Tu es tel un oiseau feu, amour, déployant ses ailes et gravitant dans l'horizon, tu es tel un oiseau roi traversant le ciel, la nue, le firmament, s'envolant au gré du vent tel l'oiseau roi symbole de la puissance divine. Oiseau de feu, ardent aigle royal émanant du souffle des galaxies, des constellations, choisissant de suspendre son vol en se posant sur des cèdres et sur des cyprès, sur des acacias depuis le son musical captivant, depuis le souffle charmant et magique d'un vent originel.

Tu peux t'élever, franchir l'antre de l'horizon, franchir sa ligne pure et mystique dont nul n'en revient inchangé après s'y être aventuré. Tu as le pouvoir de t'envoler dans les cieux, tu représentes, tu symbolises l'imagination artiste du forgeron trans-dimensionnel. Tu fomentes un envoutement profond au creux des profondeurs, tu t'éveilles aux confins de la vie, des abîmes, des océans, des mers et du ciel. Tu conspires des odes aventureuses aux détours des rives lointaines, des rivages joyeux. Tu consacres l'énergie créatrice, l'énergie de l'effort, l'énergie de l'amour au service d'une noble cause, ravir l'humain.

Il disait que grâce à son art, il avait foulé le sol d'une terre promise débordante de richesses, de splendeurs et laissant l'empreinte indélébile du bonheur, de la magnificence. Il considérait qu'il s'était accompli et que s'il devait mourir, quitter ce monde immédiatement, ces derniers instants prendraient le goût du miel du bonheur, la saveur du vin de la félicité et ainsi il voguerait vers la béatitude parce qu'il avait eu le privilège d'avoir exécuté, rempli et parachevé sa mission, de s'être réalisé. Il abandonnait dans ses œuvres le reflet de lui-même, jaillissait en elles, l'empreinte de son âme dans toute sa transparence, son essence, sa signature, son énergie spirituelle.

Lorsqu'il dessinait les êtres, il les figurait, les définissait avec révérence, respect, il les sanctifiait en tant qu'êtres créés à l'image de Dieu. Son idéal d'artiste suggérait un désir d'atteindre, de conquérir l'authenticité, la vérité, cette vérité si abstraite si insaisissable, si impérieuse et si puissante. Cet artiste avait cette capacité prodigieuse, fabuleuse de deviner l'âme humaine, de la pénétrer, de la lire, de la décrypter comme s'il s'agissait d'une langue que lui seul pouvait transcrire.

Il détenait cette singulière aptitude à connaître son prochain, à le dévoiler. Il donnait l'impression de lire dans les consciences et d'influencer, de communiquer silencieusement ses pensées, ses émotions. Il maitrisait l'art de révéler ce que la pudeur humaine dissimule, l'art de divulguer ce qui est tapi, masqué, déguisé, travesti chez l'être par son inconscient ou canalisé, filtré par le ça. Il se profilait, se définissait comme un catalyseur révélant la splendeur de l'être, comme un devin des émotions enfouies. Il m'apparaissait comme un capteur et un transmetteur des énergies psychiques,
genèse d'un savoir dépassant tout profane.

Enfin, son art signifiait son accomplissement, couronnait toute son existence, toute sa quête sa vie durant. Il semblait si heureux, si satisfait quand il peignait qu'il ne pouvait s'empêcher de l'admirer et de l'interloquer. Ses œuvres étaient sa raison de vivre, de se lever courageusement chaque matin, et elles alimentaient son espérance dans ce but ultime. Il connaissait après ses longues pérégrinations, la paix, son œil resplendissait par ses ondes, ses vibrations paisibles. Il ignorait toute sensation de monotonie, de lassitude, il voulait surtout vivre, vivre et encore vivre. Chaque jour éclos, éveillait l'enthousiasme, le désir d'avancer, de découvrir, d'explorer et de créer.

A chaque aube, il renaissait, ses peintures le vivifiaient d'une libération spirituelle et le délivraient de la douleur du passé, des souvenirs amers, d'une tristesse latente, impérissable, d'une nostalgie endémique, rémanente et pérennante. Il parvenait à scruter, à extraire, dans son esprit l'essence pure au-delà du matériel, du sensible, du prosaïque, de la réification environnementale. La vie était devenue pour lui un roman d'initiation inamissible, immanente dont l'attrait, l'intérêt, la richesse semblaient inépuisables, intarissables. Il rayonnait d'exaltation. « Etant invité, j'ai franchi le seuil d'une somptueuse galerie d'art, j'ai pénétré dans ce lieu magique.

J'entendais le son assourdissant d'une foule curieuse, impétueuse et fortement concentrée voire transportée. Ils étaient tous vêtus avec classe, élégance, dignité et distinction. Cela intriguait et renforçait la gravité, la solennité de l'instant singulier, fugitif, fugace, mais tout autant durable voire soutenu, persistant et éminent. C'était comme si j'avais attendu cet instant, toute ma vie, lequel allait marquer une rupture par sa soudaineté, son imminence, son impact crucial et déterminant. Je me suis senti alors projeté, propulsé dans un univers dépassant mes frontières familières.

L'exposition semblait répondre au qualificatif de réussite, les gens dégustaient des coupes de Champagne sous une musique voluptueuse aux accents jazzés. Je me souviens du sol en marbre avec un long tapis rubis réchauffant l'ambiance. Il faisait particulièrement chaud, je transpirais, c'est pourquoi, en sortant je me souviens tout particulièrement de cette fraîcheur nocturne qui contrastait avec l'ambiance confinée de la galerie. Je commençais alors à dire bonsoir à des visages connus. Mais ce qui m'attirait, étaient les toiles, je voulais les découvrir, les examiner, les explorer, les ressentir. Je désirais saisir le spectaculaire, les empreintes créatrices de l'artiste qui a créé avec l'énergie de la foi du peintre qui s'immerge dans un monde onirique qui lui est propre et ensuite en inonde le destinataire,
de ses ondes, de ses vibrations, de sa démiurgie. Il plonge dans un vertige exaltant et communique, transmet son univers artistique et imaginatif.

Un tableau n'est pas figé bien au contraire il est vivant, il dégage une force, une énergie, un fluide immatériel, atemporel, immanent, qui traverse le temps, la temporalité, qui n'a pas de limite temporelle. Sa présence s'inscrit dans la permanence, sa vie devient séculaire, millénaire et atteint toujours l'humain au plus profond de son âme.

Certaines œuvres picturales par leur intensité émotionnelle, leur puissance créatrice, innovante, artistique entrent dans l'histoire et se singularisent, fusionnent, cimentent un patrimoine universel immémorial, traditionnel, atemporel mais qui demeure ambivalent et unanime par son caractère tout à la fois unique, original, visionnaire, futuriste, clairvoyant. J'attendais d'être surpris, séduit, j'attendais la sensation mystique, je guettais le frisson émouvant. J'espérais secrètement connaître ce sentiment extatique et mystérieux. Soudain, mon attention s'est focalisée sur une toile, mon regard s'est figé.

J'ai alors été paralysé, pétrifié, subjugué. Le temps s'est arrêté, a stoppé son cours, a rompu sa linéarité. Cette émotion intense, ineffable, bouleversante s'apparentait à un coup de foudre. Le temps était devenu circulaire et c'était comme si cette vision m'avait attiré dans une boucle temporelle dont on ne sort plus, où l'on s'enferme pour la saisir, la capturer.

Son empreinte, son impact m'avait d'ailleurs touché et me hantait, m'accompagnait encore, ne me quittait plus. Je n'entendais plus la foule, je ne voyais plus personne, mais je voyais cette toile qui semblait m'être destiné, m'avoir patiemment attendue. Elle avait ce pouvoir hypnotique, cette présence, cette omniprésence. Elle était dotée d'une amplitude insolite, d'une force inouïe, d'une magnitude singulière, inextricable. L'effet était saisissant, il engendrait un fabuleux frisson. Ce tableau me parlait, me communiquait ses ondes, s'adressait à moi. Il s'agit d'un paysage onirique, abstrait, inconnu, étranger pour les autres, mais si familier pour moi.

J'avais l'impression de retrouver la plénitude du lieu où Dieu m'avait assisté, protégé et où il m'avait parlé. Ce lieu résonnait, tintait telle une réminiscence empreinte de la lumière divine. Je connaissais ce lieu, je l'avais déjà vu, l'artiste l'avait-il vu lui aussi, lui avait-il été révélé sans qu'il le sût ? L'avait-il aperçu dans ses songes ? Comment était-ce possible ? De fait, il avait baptisé son tableau, Le Paradis Eternel. L'émotion, l'émoi me submergeaient, je retenais mes larmes, mon cœur palpitait avec violence. Que se passait-il ?
L'artiste communiquait-il, était-il connecté tout en l'ignorant avec un monde au-delà, mais entremêlé, lié, uni à sa conscience ? L'archange de la lumière lui avait-il murmuré à l'oreille ?

Cette œuvre m'avait fait frémir, tressaillir indescriptiblement, inextinguiblement, impérieusement et irrésistiblement. Elle constituait en ce qui me concernait un mystère, une énigme ensorcelante, obsessionnelle. Il m'immergeait dans une perception mystique, visionnaire, clairvoyante, spiritualiste, voire illuminative. C'était le mot juste, ce tableau m'avait inspiré ou même illuminé. Avais-je été conquis par ce paradis ou était-ce moi qui allais chercher à le conquérir ? Pouvait-il venir à moi, allait-il pouvoir m'atteindre ? Je me sentais totalement exalté, pris de frénésie, de fébrilité.

Etait-ce folie humaine, était-ce signe, indice subséquent, inscrit dans mon destin, scellé, écrit pour moi par le sceau omnipotent de Dieu? Ce paysage dégageait pour l'œil humain une douceur, une suavité, une mélodie voluptueuse, extatique, langoureuse, qui le faisait exulter et semblait le défier d'explorer un univers plus vertigineux, plus saisissant, plus incommensurable. C'était un paradis, un lieu idéal, une utopie fugitive, insaisissable, évanescente, mais magistrale, qui s'impose impérieusement à notre œil, à notre conscience. Paradoxalement, elle déployait comme une éternité dans ce mirage, imaginaire, mais réel.

Ce trésor émanant de l'inconscient revêt une impression de paix à la fois immatérielle, lointaine, inaccessible, mais aussi si familière, si palpable comme la nostalgie que l'humain peut ressentir au souvenir d'un paradis perdu où il voudrait avoir la chance de retourner un jour béni, glorieux. Il s'agissait d'un lieu qui n'existait pas tangiblement, empiriquement, palpablement. Mais il existait dans le cœur de l'artiste, du croyant, de l'idéaliste, de l'enfant innocent à l'âme pure, du visionnaire emporté, du mystique convaincu. Ce lieu symbolisait, incarnait, matérialisait, l'absolu qui mène à Dieu.

C'était la représentation d'un monde parfait, d'un monde parallèle, si beau, si pure, il personnifiait la béatitude humaine. J'étais attiré par l'univers féérique de cette toile, j'avais envie d'y entrer pour ne plus jamais en sortir, j'aurais rêvé de m'y réfugier. Je rêvais de pénétrer dans cette immensité d'où l'on ne revient jamais, car l'être y trouve la plénitude, le repos de l'âme, la paix de l'esprit, l'extase spirituelle. Ce tableau restreint par sa surface limitée, suggérait, symbolisait par le génie de sa perspective, l'immensité, l'infini, l'illimité, l'élévation, l'ascension spirituelle. Son pouvoir, sa force d'attraction, son amplitude hypnotique me laissait indubitable quant à sa dimension surnaturelle, mystique, à sa révérencielle religiosité.

Les couleurs étaient chatoyantes, enivrantes, chaleureuses. Elles ravissaient les sens, semblaient entourer, cercler l'intérieur de la toile tel un voile de vapeur s'envolant progressivement, s'évaporant, s'évanouissant dans l'horizon vers un ailleurs insoupçonnable. Le paysage somptueux figurait une végétation luxuriante, représentait l'abondance, la richesse, la beauté foisonnante. Le jeu magique des contrastes soulevait un mystère bouillonnant, captivant et bienveillant. La faune, la flore s'entrecroisaient avec harmonie comme si l'hostilité n'existait pas. Je devinais un entrelacement mettant en exergue une alliance subtile de nymphéas et de lotus.

Chaque détail frayait une symbolique énigmatique rappelant la Genèse. Les éléments étaient suggérés, une fontaine d'eau infinie, le feu de ce soleil accueillant, luisait et reflétait dans ce sol lumineux miroitant, on entendait la brise, ce vent doux qui soufflait sur les fleurs comme pour les embrasser, les bercer ou les éventer avec un amour maternel. On apercevait au loin un scintillement lunaire diurne qui diffusait des rayons luminescents qui venaient s'unir pour se confondre avec l'étincellement des constellations stellaires qui flamboyaient dans la nue reluisante et resplendissante.

Le chant des oiseaux retentissait, vibrait telle une musique légère, douce venant des profundis. L'univers animal, végétal célébrait l'humain, communiait avec lui.

Puis tout consacrait, avec harmonie et ferveur Dieu, tout lui rendait un hommage solennel, sincère, authentique et rappelait sa grandeur, sa puissance, son génie. Il semblait qu'il se jouait la cérémonie sanctifiant l'œuvre du créateur de la vie, de l'architecte céleste. On sentait comme des vibrations qui ondoyaient, ondulaient, sinuaient et gravitaient dans cet univers magnifié, épuré, purifié. Le monde semblait encore marqué par le péché originel, la faute originelle qui a gravé le destin de l'humanité. On percevait une résurgence expiatoire séculaire d'un passé humain universel, révolu, mais restant toujours présente dans l'inconscient collectif.

Cette beauté indéfinissable bouleversait mes sens, les dissipait, les troublait. Mon regard restait aimanté sur cet univers qui semblait provenir d'un autre monde. Ma conscience et mon esprit étaient attirés comme s'ils étaient hypnotisés. Cette exposition m'a séduit, m'a conquis au-delà de mes espérances. L'émotion que je ressentais me faisait trembler. La magie, la splendeur de cette œuvre, de ce chef-d'œuvre m'avait emporté, avait suscité un frisson, un choc dans ma chair, un bouleversement dans mon être, elle m'avait délivré de mon sommeil, de ma léthargie, de ma torpeur.

Ce chef-d'œuvre avait annihilé ma prostration, mon apathie, ma lassitude, ma langueur lancinante. Mon harassement, mon adynamie s'essoufflait telle la rupture, le triomphe sur un maléfice.

Il m'avait fait renaitre, m'avait vivifié. Il avait éveillé et commencé à assouvir un besoin spirituel qui grandissait exponentiellement. Cette vision quasi mystique m'avait ouvert de nouveaux horizons, m'avait donné envie de vivre intensément, je ressentais une force, une vigueur nouvelle qui me galvanisait. J'étais revigoré, prêt à affronter vaillamment la vie. J'étais paré, décidé à embrasser la foi en la vie, à croire au rêve, à un but ultime au dessus de soi-même. J'étais résolu à accepter ma mission en ce monde, à en découvrir le contenu et les enjeux et surtout je voulais caresser le voile de l'espérance. J'étais obsédé par cette vision, en effet je n'avais pas vu le temps s'écouler, il avait fui à grande vitesse, je n'avais pas entendu les gens partir.

J'étais transporté, propulsé dans un autre monde, dans une contrée totalement inconnue où le regard d'autrui ne m'asservissait plus. J'étais tel un affranchi, un libéré de cet univers stérile, désenchanté. A la fin de la soirée cet artiste s'est approché et m'a dit : « vous aussi, elle vous submerge, je l'ai créée à la suite d'une vision, d'un flash que j'ai eu spontanément. J'ai ainsi peint des heures durant, inlassablement, sans réfléchir. J'étais comme guidé, dirigé, c'était spontané, mon pinceau glissait comme si j'exécutais un ordre impérieux, supérieur. J'étais guidé, orienté, inspiré, béni par la grâce.

J'ai travaillé un jour et une nuit sans sincèrement réaliser, l'impact, la portée de mon geste,
le retentissement de mon ouvrage, l'incidence de mon œuvre, la conséquence de ma création, la beauté de ce paysage prodigieux, irrationnel et surhumain. Lorsque je l'ai achevée, je me suis écroulé et j'ai dormi d'un sommeil profond pendant dix heures et j'ai rêvé alors, du nom que je lui donnerais. Une fois réveillé, j'ai suis allé l'examiner afin d'apprécier mon ouvrage et là, j'ai été saisi par cette merveille, cette perfection qui me dépassait, qui ne semblait pas provenir de moi. Cette œuvre a alors été le déclic, l'évènement clé, déclencheur de ma vocation.

Moi-même, quand je l'observe je suis troublé, il paraît vivant, magique. Il semble y être codé une révélation en filagramme que seuls certains êtres d'exception peuvent décrypter ou ressentir, pressentir. Il faut détenir un sixième sens, une intuition acérée, être averti, spirituel ou mystique. Voici toute son histoire originelle, sa genèse. Vous avez senti alors, sa magnitude, son souffle, vous avez saisi sa force, vous avez ressenti son pouvoir de séduction, ses ondes qui se diffusent. En fait, le souffle divin m'a appelé et m'a guidé. Je pense que cette toile détient le message de la création universelle. »

Je continuais à observer, mon regard restait aimanté, son emprise, sa puissance avait dardé ma poitrine, mon corps, ma conscience, mon esprit, mon âme. Ainsi, avec une déchirure, un pincement au cœur, je dus me détacher de cet univers que je ne pouvais plus quitter ni oublier. Je partis, mais je me sentais tel un proscrit, un fugitif, un vagabond errant, banni du nirvana, de l'Olympe, de l'empyrée, de l'eldorado, de l'éden, tout simplement du paradis sous toutes ses formes, ses appellations. J'aspirais à retrouver cette béatitude, cette attraction, cette attirance céleste.

Je n'étais plus le même, j'ai marché alors dans les rues de Paris pendant des heures tel un noctambule, un somnambule enfiévré. Les gens, les automobiles, les trottoirs, la chaussée, tout n'était devenu que silhouette abstraite, impersonnelle, uniforme, transparente, incolore, floue, sans attrait ni intérêt. L'environnement avait perdu sa saveur, son caractère, son originalité. J'errai inlassablement tel un vagabond de la nuit en quête de lui-même, à la recherche de réponse. Je ne voulais surtout pas quitter cet état d'euphorie, d'exaltation. J'aimais ce frisson que je désirais retenir, capturer et conserver. Je souhaitais déguster, savourer l'émotion, prolonger la sensation et ne surtout pas oublier ce soir béni, ce crépuscule providentiel et mémorable. J'avais déjà quitté ce monde, j'étais déjà parti pour le voyage menant au rêve.

J'avais franchi et rejoint les frontières de l'imaginaire, j'avais vogué sur la rivière sacrée. Puis j'eus ces mots de l'artiste qui me revinrent à l'esprit et résonnèrent tel un leitmotiv qui m'obsédait.

« *Vous savez lorsque le relativisme, le scepticisme, le rationalisme, le réalisme tous potentiellement féconds et louables se transforment, s'altèrent, se métamorphosent et lorsque cela les conduit à mépriser le sacré chez l'homme, c'est-à-dire le rêve, l'espérance, la foi en Dieu, alors il ne s'agit sûrement pas de réalisme fructueux, de démarches raisonnables, mais d'intolérance nuisible, et menaçant l'avenir de l'humanité. La foi est sa plus grande force, c'est ce qui la rend invulnérable et lui permet de continuer sa route, son destin. Ce tableau sous-entend tout cela et plus encore, ainsi soit-il pour l'amour du royaume de Dieu, et de son trône céleste, éternel, omniprésent et omnipotent. Le réalisme, le rationalisme même le plus clairvoyant, le plus visionnaire, qui souille, dédaigne le rêve, n'est plus du réalisme, mais de l'intolérance aveugle, bornée et donc dangereuse. Embrassons la foi, buvons au vin du souvenir originel, au vin de la vérité universelle et éclatante. Laissons-nous envelopper par l'onction sacrée du destin de l'humanité dessiné par Dieu et ne nous laissons pas convaincre, corrompre, par des simulacres de vérités, des faux semblants impurs, imparfaits, mensongers, fallacieux et hybrides.* »

Je me sentais tel un voyageur incertain, altéré, épuisé mais attiré par la splendeur divine, exalté par une beauté sacrée, illuminé par la vérité de la vie déployée par le soleil sacré de l'existence. Les illusions présentes en moi encore, quelques heures auparavant semblaient s'éteindre, s'évanouir dans la nue, se désintégrer par le souffle du destin, un souffle tout puissant tel un vent, tel un tourbillon enchanté, les emportant inexorablement. Souffle d'un éveil après un sommeil langoureux et profond, déployé par le souffle de ce vent pur et intense. Cette nuit glorieuse avait fait sonner le glas de ma perception erronée de la vie, de ma vision factice, contrefaite, mensongère de l'existence. J'avais été comme purgé, purifié par la tendre lumière émanant du tableau, par cette nuit douce et souveraine. Voyageur sans mystère pour Dieu, se laissant emporter dans la nuit fraîche et sauvage, par un souffle sacré, sous la splendeur et la majesté de la vie, sous l'œil candide du firmament.

Puis, soudain je repris conscience, je retrouvais ma raison, ma lucidité quand je m'aperçus que l'aube débutait et j'admirai alors, cette aurore évanescente et authentique. Je réalisais que tout avait changé, ma perception, l'intensité de ma foi et mes désirs. Ainsi, en pensant à mon quotidien prosaïque et insipide, je ressentis un malaise, ma gorge se noua et je fuis alors cette pensée pour retrouver ce rêve éveillé si exaltant.

Frisson du jour, frisson de la nuit, douce et tendre nuit d'enivrement intensif, frémissement intense. Fleur sauvage qui appréhende la vie, souffle de la vie, vers suprême, art magnifiant la vie, sublimant la monotonie. Constellation pure et créative, voie de la vie. Lumière limpide, pure, cristalline, pluie de diamants. Souffle du destin, souffle de vie au gout ardent, audacieux, effronté. Jour de vie, genèse prophétique, flux stellaire émanant des galaxies s'éveillant après un profond sommeil. Flux, reflux, déchainement, déferlement exacerbé depuis les profondeurs de la nuit. Prospérité heureuse, foison d'or et d'argent. Amour souverain, dormeur vermeil, dépense, déploiement et don d'énergie. Nuit torride, amour, reine majestueuse de la vie et de la nuit pleine de louanges.

Captive aux yeux de liberté, captive du feu de la vie à l'œil perçant. Soleil de cristal, luisant tel un miroir de l'humanité. Caprice, eau genèse souveraine, jeunesse, vie insufflée par Dieu. Vertigineux souvenir, déferlante clarté. Souvenir constituant l'âme d'un être, aspirant et véhiculant son énergie telle une boucle infinie s'autorégulant inlassablement. Orage, tumulte chaud dans la nuit de la vie. Rivages oniriques, félicités quintessentielles.

CHAPITRE ONZE : Le souffle du temps

J'assimilais l'ampleur de cet évènement, j'avais trouvé une réponse à ce qui me torturait depuis si longtemps, j'étais tout au moins sur la voie. J'étais transi, languissant de cet aperçu de bonheur absolu, envahi par l'engouement, plein d'élan, plein d'ardeur, d'enthousiasme tel un artiste qui a fait naitre un chef-d'œuvre inédit et absolu. Mon exaltation était telle, que je me sentais comme dans un état second, comme en catalepsie, tétanisé. Mes membres étaient comme engourdis et si détendus. Je me sentais soulagé, j'avais l'impression de m'être transformé en titan et que la douleur, le mal, ne pouvaient plus m'atteindre ni me corrompre.

C'était comme si la tension accumulée depuis des années s'était échappée, s'était dissipée, évanouie, avait cédé au pouvoir bienveillant, salutaire, salvateur, miraculeux, béni de ce chef-d'œuvre pictural. Je suis arrivé chez moi, j'ai tourné la clef avec délicatesse pour ne pas faire de bruit et ne pas réveiller Hannah. J'ai poussé la porte silencieusement, or elle était là, à m'attendre debout à faire les cents pas.

Elle a alors exprimé d'une voix angoissée et tremblotante des mots, des sons inintelligibles puis a inspiré, expiré afin de reprendre son souffle, a haussé la voix,
les yeux emplis de larmes et a lâché ces paroles mémorables, inoubliables : « Où étais-tu ? Je te croyais mort, que s'est-il passé ? Pas un appel, aucune nouvelle, c'est la première fois que tu m'infliges un tel supplice ! Que t'ai-je fait pour mériter cela ? Tu n'as même pas daigné me rassurer… »

Je suis resté stoïque, interdit, silencieux. Elle s'est approchée de moi, m'a étreint, je l'ai prise dans mes bras et je l'ai serrée très fort, le plus fort que l'on puisse. Elle voulait raviver la flamme, me ramener, me ramener à elle, me faire retrouver ma raison, mais s'était trop tard, j'étais déjà parti sans qu'elle le comprît. Puis elle reprit : « Dis-moi, tu n'étais pas au moins avec une autre femme ? » Elle insistait avec un air accusateur, un regard qui insinue sans preuves.

Tout d'abord, je me suis abstenu de répondre à ses allégations circonspectes et soupçonneuses. Je ne comprenais pas qu'elle ne pût pas me condescendre la moindre explication avant d'imaginer la trahison. Alors j'ai répliqué : « Comment peux-tu oser croire une pareille infamie après tout ce que l'on a partagé ensemble. J'ai honte pour nous, pour notre amour, pour notre mariage. Mais qu'est-ce qui nous arrive ? Pourquoi cette déchéance, cette dissonance après tant d'harmonie, qu'est-ce qui jette le trouble, pourquoi ce climat méfiant, suspicieux ?

Nous nous sommes toujours fait confiance, même l'adversité ne nous a jamais divisé,
les épreuves n'ont jamais pu nous séparer, bien au contraire, elles nous ont toujours unis. Je t'ai toujours aimé plus que tout en ce monde, j'ai prêté serment de t'aimer, de t'honorer pour l'éternité. Tu crois que ces mots, cette alliance n'a pas de valeur à mes yeux ? Tu es l'unique, le seul amour de ma vie. Je n'ai connu ce sentiment, cet épanouissement, ce bonheur qu'avec toi, tu es la seule femme que j'ai aimé, que j'ai touché. Ta valeur est colossale, tu peux être sûre que jamais je romprais cette promesse solennelle d'amour prononcée devant Dieu et les hommes. Dans mon cœur la seule femme qui me fasse vibrer, vivre, c'est toi.

Tu es ma vigueur, mon souffle, ne l'oublie jamais quoiqu'il puisse nous arriver. Tout ce que je déciderai, je le déciderai pour toi. Néanmoins, je souhaiterais ne pas révéler pour l'instant ce que j'ai fait cette nuit, car nul ne peut comprendre et je te demande de respecter cette volonté. Je ne t'ai pas trahie et accorde-moi ta confiance. Je ne veux surtout pas te faire souffrir, je t'aime trop pour cela. Alors, accepte ma requête, je te supplie d'accepter sans poser de questions. N'oublie pas que je t'aime. »

Cette discussion houleuse, cette dispute passionnée cessa et alors elle se jeta à ses pieds en sanglot et lui demanda de lui pardonner. C'était la première fois, depuis toutes ses années qu'ils s'étaient heurtés ainsi. Il fit tout ce qu'il put pour la consoler.

Elle semblait effrayée, désemparée et ne savait que faire. Quant à lui, il alla se faire couler un bain pour se laver. Il entra dans l'immense baignoire qu'ils avaient et qui ressemblait à une piscine par sa superficie. Il sentit alors une sensation de bien-être intense, de délivrance et il se sentait lavé, purifié. Nuit après un automne tourmenté, nuit de la vie, nuit enchantée d'ivresse spirituelle, nuit enfiévrée par l'intense exaltation et matin de l'existence, régénération, renouveau, réviviscence intense, déferlement sensoriel frénétique pour une résurrection de l'être, de son fluide, de ses forces, de sa foi, oraison magique de la vie.

L'eau lui procura une sensation qu'il inaugura, il la sentait glisser sur son corps comme si elle était en adéquation avec son état d'esprit, elle l'enveloppait subtilement et l'apaisait, lui faisait découvrir son pouvoir grisant qui le faisait renaitre. Puis soudain, il ferma les yeux et eut la vision du tableau qui lui revint à l'esprit avec récurrence, ensuite avec une constance itérative. Elle l'accompagnait les yeux ouverts, les yeux fermés avec opiniâtreté, persévérance, acharnement, ténacité.

Elle était comme vivante et se montrait obstinée, entêtée et lâchait une fermeté assidue. « Que me voulait-il, ce tableau ? Qu'attendait-il de moi, ce tableau ? Quelle est la solution à tout cela ? » Enfin, il sortit de la douche, enfila un peignoir pour aller se coucher et dormir quelques heures.

Il se disait qu'il aurait les idées plus claires ensuite. « Hannah s'approcha de moi et me dit qu'elle aussi voulait s'étendre puisqu'elle était fatiguée d'être restée éveillée toute la nuit.

Naturellement, sans l'avoir provoqué, nous avons connu un instant intime d'amour magique, particulièrement émouvant, comme s'il s'agissait du dernier, comme s'il s'agissait d'un magistral adieu. Un adieu qui fait frémir d'émotion, frissonner et trembler. Je retenais mes larmes puisque je ressentais la gravité, la solennité de l'instant inoubliable, de l'instant singulier d'amour. Ses caresses furent grandioses, ses baisers si ardents. Nous avions célébré notre apothéose amoureuse par l'union de la sensualité, de l'amour charnel et l'alignement, l'harmonisation de nos êtres dans toute leur substance. Nous nous étions offert l'un à l'autre sans ne plus songer à rien qu'à la beauté de l'instant. Cette légèreté, cette délicatesse, ce respect exceptionnel et particulier dans nos gestes me mettait en émoi, tout était évident dans la mesure où nous étions des âmes-sœur si complices et si passionnées l'une pour l'autre.

Le parfum des mythologiques et légendaires Eros et Cupidon avait embaumé et enivré les amants de l'instant, les amants de l'absolu, de la grandiose passion et de l'indéfectible lien d'amour. Nous nous étions élevés au sommet de la somptueuse, ineffable et délicieuse montagne de l'humain, nous étions libérés. Je n'ai jamais oublié son regard habité, la beauté et la plénitude qui se lisaient sur son visage après cet instant charnel, passionné et fugitif. »Il repensait à leur fureur matinale paroxysmique, il avait embrassé torridement, avec emportement chaque parcelle de son corps dénudé comme pour se souvenir à jamais de son odeur, de sa chaleur qui le faisait vibrer, tressaillir. Il la respirait, respirait son empreinte olfactive, s'imprégnait de son parfum si pur, si sensuel que lui seul connaissait et pouvait reconnaître partout.

Ce transport véhément, cet élan fougueux, cette ardeur exaltée, cette fureur impétueuse, cette folie audacieuse laissait un souvenir doux, suave, voluptueux. Ces caresses de velours, de soie révélaient le jaillissement d'un amour infini, d'une union, d'une osmose, d'une alliance parfaite de leurs âmes, leur complémentarité inconsciente et providentielle. Il évoquait sa face cachée de nacre illuminée par le miroitement solaire qui la transfigurait, qui la sublimait. Le rouge grenade de ses lèvres au gout d'une singulière fraîcheur chaleureuse matineuse.

Ce déploiement sensoriel était fortifié, ratifié, scellé par la luminosité favorisant l'emportement amoureux. Il lui dévoilait sa force, lui communiquait l'énergie de son désir, lui insufflait sa ferveur concupiscente, ses larmes de joie, sa fièvre avide. Allait-il sonner le glas de son oraison bénie?

Il l'aimait vraiment inéluctablement, inexorablement elle était sienne et il était sien, et nul ne pourrait y changer quelque chose, c'était un fait immuable, immanent, accompli, entériné, résolu. Elle s'était endormie et il contemplait la beauté de son corps allongé près du feu, sa splendeur effrénée infatigable au parfum de lumière chaude et agréable.

Il se figurait une blanche et verte prairie de lys majestueux au souffle d'amour. Il avait connu, embrassé, caressé le bonheur grâce à son immense splendeur. Il avait ouvert la fenêtre et écoutait le son vibrant du vent frais qui la chatouillait voluptueusement. « J'admirais encore et encore comme si c'était la dernière fois, les lignes, les courbures de son corps étendu en harmonie avec le crépitement du feu de bois. Elle dormait du profond sommeil de la vérité, son corps faisait face à la nue saoule, enivrée, enfiévrée. Son corps semblait communiquer avec la nue limpide, fleurie d'un amour impalpable, transcendant, allant au-delà des vérités de papier flétri, jauni par l'usure du temps.

Elle dormait du sommeil de la vie et de l'innocence parmi les cieux imberbes, dégagés, les nuages qui lui étaient dévolus, étaient absents, en ce matin mémorable. Les cieux étaient clairs, d'un profond bleu azuré, lumineux qui lui rendaient hommage et clarifiaient ses pensées. Dune chatoyante, lumineuse de ton baiser ardent, brûlant mais indolore et salvateur.

Ce déchaînement sensuel lui laissait une empreinte indélébile à la saveur idéale, idyllique et exquise.

Ce jour fastueux, propice, bénéfique avait accordé un instant de bonheur si puissant qu'il s'inscrirait dans l'enchaînement, l'enchevêtrement des évènements, déterminant et orientant l'avenir et le devenir. Il s'endormit ensuite à son tour afin de fortifier son corps, son esprit, ses pensées et d'assimiler l'évènement de la galerie. Devait-il le galvauder, le reléguer au rang de souvenir révolu, sans conséquences directes pour le présent ou au contraire l'élever au rang de fait, d'expérience déterminante et cruciale ? Devait-il oublier ou au contraire, devait-il cultiver, faire germer et fleurir cette graine exaltante, créatrice ? Pouvait-il se permettre d'ignorer ce miracle, cette bénédiction, en avait-il le droit ?

La vision de cette toile au pouvoir captivant, envoûtant l'avait éprouvé jusque dans sa chair, avait stimulé son esprit, avait éveillé dans son être, des palais lointains. Une curiosité avide qui ne pourrait se rasséréner, l'envahissait, telle une aspiration exaltante, jouissive. Une inspiration, un déferlement, une exultation spirituelle grandissait, se propageait dans son corps comme si elle appelait sa conscience et s'emparait silencieusement de son âme.

Il ne parvenait pas à s'assoupir, tout défilait dans sa tête, ce paysage, cette perfection, cette beauté infinie,
la voix qui lui avait parlé lorsqu'il frôlait la mort, ce paysage identique, cette sensation indescriptible. Cette toile lui donnait l'impression d'avoir croqué et gouté au fruit de l'arbre de vie. Il était comme sous l'empire, l'emprise, l'influence généreuse et dominatrice de ce miracle. Cette sensation ineffable, toute puissante, euphorisante avait ouvert dans son cœur une brèche, il comprit que de grandes œuvres l'attendaient et qu'il se devait pour lui et pour la ligne que Dieu avait tracée avec amour pour lui, de chercher et de tenter d'accomplir sa mission, sa destinée.

Il comprit que s'il se sentait tel un étranger, un exilé dans ce monde, c'était parce qu'il n'avait pas encore réalisé où se trouvait sa mission. Il se sentirait troublé, perturbé, agité, ne trouverait pas la sérénité, la paix tant qu'il n'accomplirait pas son destin. Même si trouver son chemin prendrait le temps d'une vie, il devait y parvenir. Il avait oublié, dépassé et dissipé toute notion de doute. Il révéla que sa mission ultime et sacrée était sa rencontre avec moi. Il expliqua que même si sa mission avait inclus le temps de toute son existence, chaque évènement, chaque expérience heureuse ou douloureuse l'avait mené irrémédiablement vers moi pour qu'il pût un jour me trouver et me révéler à moi, *tout*.

Il exprima avec fougue l'idée que nous sommes tous liés les uns aux autres, que nous sommes tous inscrits dans un plan supérieur, transcendant, élaboré, orchestré par le pouvoir tout puissant de Dieu. Celui qui s'éloigne d'autrui, de la société, des hommes, qui ne sert aucun dessein décline une partie de son humanité et bouleverse l'harmonie, le schéma, la feuille de route du destin collectif, universel, conceptualisé par le créateur de toute chose qui a laissé le libre arbitre à l'homme. Mais l'homme qui s'écarte, rejette, repousse son destin se condamne à l'errance.

L'homme qui atermoie, proroge, sursoit, tergiverse pour fuir l'inévitable, son devoir se condamne aux regrets et aux larmes. La route dessinée par Dieu est l'évidence ultime, l'accomplissement, le bonheur personnel et par conséquent, ce bonheur rejaillit sur autrui, rayonne et inspire, guide autrui. Il peut s'agir d'une naissance, d'un amour, d'un mariage, d'une vocation... Pour lui, celui qui avait œuvré et qui l'avait orienté vers sa voie était, après Hannah, cet artiste à l'influence, l'attraction, au charme pictural envoûtant.

Il faut seulement garder à l'esprit et apprendre à écouter la voix silencieuse de Dieu qui s'adresse à notre cœur. La souffrance fait alors place à la plénitude, les indices semés telles des étoiles dans le ciel doivent être scrutés, décryptés attentivement. La foi, la patience illuminera et embellira tout chagrin, tout supplice, tout tourment. La souffrance se métamorphosera en consolation puis en joie.
L'échec deviendra succès, sera couronné d'amour.

N'oublie pas, tu appartiens à un monde qui a besoin de toi, qui a besoin de chacun de nous tel l'enchainement, l'assemblage de cellules dans un corps humain. Chaque cellule manquante, chaque cellule malade, chaque cellule qui souffre fait souffrir tout le corps. Chaque atome répond à une fonction, à un déterminisme précis et productif. Tel est le principe de la vie. L'autonomie sauvage, l'indépendance primaire, l'autarcie demeurent une illusion. La liberté, la souveraineté est fondamentale et doit être préservée, respectée. Or, l'isolement infructueux doit ouvrir la porte à la coopération tant sur le plan individuel que collectif ou universel. Nous dépendons tous, les uns des autres, d'où l'importance primordiale de la fraternité, de la paix pour permettre l'harmonie sur terre. L'ermite, le reclus décline son humanité s'il ne sert aucun dessein et bouleverse l'équilibre social.

Il élimine une chance pour le corps social de bénéficier de son talent et pour lui, d'apprendre de la société et de trouver sa voie. Dieu a dispersé, distribué, divisé, partagé les talents, les dons, d'où notre complémentarité inhérente, immanente. C'est pourquoi notre devoir est de nous unir et jaillira toujours un progrès fécond, fertile, fructueux. `

Les liens familiaux, l'amitié sincère sont des dons du ciel car seul, nous ne représentons que si peu. L'union ne devient-elle pas la force qui permet de franchir des montagnes, d'escalader jusqu'à leurs sommets infranchissables, la foi, l'amour ne permettent-ils pas de séjourner et de traverser les déserts reculés, arides et ardents ?

Alors, il s'est éveillé comme s'il avait eu la révélation qui lui avait offert l'impulsion, la force dont il avait besoin pour affronter l'inéluctable et l'évidente vérité : il devait partir en quête de lui-même pour accomplir son destin, un destin au dessus de lui-même qui s'imposait à lui impérieusement. Lorsqu'Hannah s'éveilla un évènement l'y poussa, lui donna l'élan, le souffle dont il avait besoin.

Il était triste car il ignorait s'il la reverrait un jour, là où il partait, mais il se devait d'obéir à cette inclination, à ce choix évident, à cette impulsion générée par sa foi. Il ignorait le contenu de son lendemain, mais ses appréhensions, ses craintes, ses peurs, ses angoisses étaient dissipées, s'évanouissaient sous l'emprise et le pouvoir de la foi et de l'espérance en un autre temps, une autre ère. Il avait la certitude que le plus beau, le meilleur resterait à venir. Il sentait sur son visage le souffle du vent de la vie. Il allait enfin répondre à l'appel du destin, il ignorait s'il allait rencontrer des obstacles, des embûches mais il était en paix. Le monde, la vie l'attendait et peut-être aurait-il la chance de trouver une réponse.

Il ne regretterait jamais cette démarche misant uniquement sur ses convictions et ne se fondant que sur sa foi, car obligatoirement, au bout du chemin, il y aurait la lumière ou tout au moins la certitude d'avoir tenté la victoire, en espérant rencontrer la concrétisation de ses rêves. Il voulait se laisser guider par son étoile et sentait dans son cœur une force nouvelle mais aussi la sensation émouvante du grand voyage, du grand départ pour trouver un absolu immatériel, invisible, impalpable. Mais ce désir d'absolu l'absorbait, l'attirait au-delà du tangible.

Cet absolu l'appelait et l'habitait déjà, sans pouvoir le qualifier, le déterminer, mais il était là en lui, telle une fièvre. Dès l'instant qu'il avait pris la décision de partir vers ce prodigieux, ce magnifique ailleurs inconnu, fastueux et idéal, toute sensation d'ennui avait disparu pour laisser l'action, la stimulation, l'euphorie, l'envahir. Il imaginait déjà un sentier vert miroitant sur la rivière, jaillissant dans le reflet du temps. Il imaginait un exil le menant, le guidant vers un monde où il pourrait deviner, traverser la vérité contenu dans le miroir de la vie et s'en imprégner, la saisir, la réifier pour en capter une infime partie, s'en nourrir et la communiquer, la propager à la face du monde pour le libérer et le grandir au-delà de son entendement.

Il se sentait acculé par sa révélation et n'imaginait pas renoncer à ses aspirations.

Il se posait la question en l'occurrence, face à ce choix, devait-il l'annoncer à Hannah ? Devait-il partir comme un voleur sans la prévenir, en lui refusant le droit de lui dire au revoir ou adieu ? Qu'était-il mieux pour elle ? Allait-elle supporter la soudaineté de son choix, d'un choix qu'elle ne pourrait jamais admettre et comprendre ? Il savait qu'il l'aimait et qu'il l'aimerait pour la vie, il souhaitait choisir le moins douloureux pour elle. Il pensait l'avoir aidée, l'avoir aimée mais un dessein au dessus de lui-même l'attendait. Il devrait alors demander le divorce pour la libérer et qu'elle puisse apprendre à vivre sans lui. Lui pardonnerait-elle un jour, pour une résolution incompréhensive, inadmissible aux yeux du commun des mortels ? Il avait choisi l'aventure dictée par une foi impalpable face à un dilemme qui ferait souffrir indéniablement l'une des parties.

Là, il s'agissait d'Hannah, son unique amour de jeunesse, d'adulte et d'homme. Néanmoins, il ne doutait pas, ne se culpabilisait pas et se disait : ainsi soit-il au royaume de l'Eternel et des hommes » Il savait que s'il n'obéissait pas à sa foi, qu'il se perdrait lui-même et que si lui-même s'égarait de sa route, il perdrait aussi Hannah car il serait incapable de la rendre heureuse. Il ne s'agissait pas d'un choix égoïste mais courageux et requérant force et abnégation. « Quand on aime, il faut partir » se répétait-il.

Il était dans une immense paix comme s'il avait été immergé dans une eau bénite, purifiante de toutes souillures terrestres et matérielles. Il regardait enfin vers le ciel, les étoiles et l'horizon et nul ne pourrait plus entraver cette béatitude, son souhait émanant du tréfonds de son cœur d'accéder à son pèlerinage menant vers Dieu.

Il ressentait cet appel resplendir, jaillir de lui-même, cet appel qui répand la joie, l'allégresse. Cet appel résonnait, retentissait, telle une musique de velours dont le son si mélodieux exalte, transporte et fait palpiter le cœur d'une émotion vive, fait frissonner jusque dans la chair. Il n'éprouvait aucune mauvaise conscience. Il ne craignait ni le vent, ni la pluie, ni les tornades. Rien ni personne ne le ferait renoncer. Il entendait les trompettes qui vibraient pour le réclamer et l'inviter au bal de la vie, elles l'avaient choisi, elle l'avaient élu comme pour choisir un roi au cœur pur, un grand sage qui leur ouvrirait la voie s'acheminant magistralement vers Dieu.

Il ne regrettait rien, une décision contraire l'aurait plongé dans l'amertume et le remord. Il savait que ce voile d'amour invisible et pénétrant l'avait assisté, éclairé et dirigé vers le droit chemin et une émotion inqualifiable le faisait trembler et le troublait par des larmes de joie. Aucun vent contraire ne l'atteindrait, il était acculé, submergé par une euphorie solennelle.

C'était la fin d'une vie, une vie qui s'achevait, une existence qui se rompait pour qu'une nouvelle éclosît, pour une renaissance comportant une promesse infinie. L'esclavage avait cessé, il n'était plus asserví mais se trouvait affranchi, libéré et tout joug, tout assujettissement serait vain.

Il résisterait et serait vigoureux par le souffle de la foi et ne nul ne pourrait plus le salir. Désormais, il ne se sentirait plus jamais seul puisqu'il ressentait, percevait, éprouvait en tout lieu, en tout temps la présence de Dieu dans son cœur pour le guider.

Il devait aller au fin fond de lui-même afin d'accomplir son destin, il voulait que cessât cette sclérose dans son existence afin de s'ériger en exemple, en modèle et en chantre de l'espoir et de la vie. Il se hâtait d'aller récolter la perle du mystère ancestral, séculaire et insaisissable. Après une brève introspection, il constata qu'il n'avait plus rien à chercher dans son quotidien si matériel, si parfait, si idéal, si ostentatoire mais si futile, si inaccompli, si frivole, si vide, si superficiel. Il possédait tout en apparence, selon un jugement humain sommaire. Une épouse, une réussite sociale, une réussite professionnelle. Mais il s'ennuyait, était malheureux. Il ne frémissait plus pour rien, ni personne depuis fort longtemps, alors pourquoi hésiter ? Il avait acquis la réussite, l'argent, l'amour, la reconnaissance.

Mais à quel prix ? Il nageait dans la perfidie, la fourberie, l'hypocrisie et se noyait dans la solitude. Il vivait dans l'attente d'un néant, il restait passif, morne mais se plongeait dans un désir cupide d'appât du gain pour amasser toujours plus, là uniquement résidaient ses résurgences d'élans actifs, conquérants, au nom de la compétitivité. Cela ou sa vie entière ne lui procurait qu'une accumulation aléatoire, fugace et décousue de plaisirs avides, insatisfaisants et si éphémères qu'ils le plongeassent ensuite dans la désolation et la mélancolie. En effet, après y avoir goûté si fugitivement, ce plaisir le fuyait, disparaissait afin de lui laisser un grand vide amer et ingrat. Il laissait place ensuite à l'inassouvissement, à l'alanguissement, à la nostalgie, à la mélancolie, voire à l'immense détresse. Les plaisirs futiles, avides et éphémères anéantissaient finalement son âme puisque l'effet pervers d'un plaisir fugace était ensuite ce besoin de renouveler, puis cette inhérente accoutumance, qui finalement engendrait la langueur, le manque et de ce fait, se couronnait par l'insatisfaction permanente tel le piège d'un désir futile ou du désir par définition.

Il se devait de fuir cette vie superficielle. « Je venais de faire une rencontre avec la beauté, la splendeur qui m'avait transporté, envoûté, ébloui. Elle contrastait profondément avec cette monotonie latente, cette lassitude inhérente, cette frustration intrinsèque et immanente. Je savais qu'il fallait saisir le moment opportun, que j'avais eu l'impulsion miraculeuse qui augure le revirement et la métamorphose nécessaire pour renaitre malgré les vicissitudes éventuelles. »

« Or, ce qui aurait encore pu me retenir était mon épouse, que je ne voulais nullement réveiller. Alors qu'elle était plongée dans le sommeil du bonheur, de l'ignorance et de l'insouciance, je restais à l'admirer telle une statue représentant la perfection féminine. Elle ressemblait à une reine qui inspire le respect et la révérence par sa beauté époustouflante. Elle dormait du sommeil de la sérénité, allais-je détruire cela ? Je craignais que mon choix ne la détruisît et qu'elle ne me pardonnât jamais. Peut-être que si elle me détestait, qu'elle détestait mon choix, cela serait plus simple pour elle, elle souffrirait moins et m'oublierait plus vite. L'idée de la blesser me hantait mais comment agir autrement ? Ce choix menant à la liberté et à la vérité réclamait un tribut, un sacrifice qui offrirait une symphonie exaltante au sein d'un terrain vague, d'une terre en friche encore pure et neuve qu'il fallait préserver des souillures. »

Soudain le téléphone sonna et réveilla Hannah, elle répondit dans l'obscurité, elle tâta le lit pour voir s'il était là et elle pensa qu'il était sorti. Lui, se trouva en face sur le fauteuil, somnolant. Il entendit alors une conversation qu'il ne devait pas intercepter.

« Bonjour, mon amour, il est bien rentré, on se voit demain, je t'aime, tu me manques.»

Ces mots ont été pour lui un électrochoc, un cauchemar, une déception extrêmement surprenante, douloureuse et inattendue. Il comprit instantanément qu'il s'agissait d'un amant qui avait dû la repérer comme une proie vulnérable, solitaire et facile à capturer. Puis, il se dit que finalement, c'était logique voire prévisible dans la mesure où depuis un certain temps ils s'étaient éloignés, avaient perdu leur complicité au point de devenir des étrangers l'un pour l'autre. Il avait beau l'aimer, il ne lui en voulait pas, bien au contraire, il lui trouvait des excuses justifiant sa trahison. Mais, il ne cherchait pas à en savoir davantage, ses propos avaient été suffisamment éloquents. Il désirait fuir cette vérité insoutenable, il cherchait avant tout à occulter cette réalité désastreuse.

Elle se rendormit alors et dans l'enthousiasme de l'instant, elle ne prêta pas attention et ne réalisa pas qu'elle n'était pas seule. A aucun moment, elle regarda derrière elle, près de la fenêtre. Lui, s'esquiva délicatement de la chambre et comprit qu'il n'était pas question d'abandonner son projet de départ. Il décida qu'il ferait comme si de rien n'était lorsqu'elle s'éveillerait pour ne pas la faire souffrir et qu'elle ne se culpabilisât pas. Il voulait savourer leurs derniers instants pour que son départ fût heureux, serein. Il ne cherchait nullement à en apprendre davantage, il voulait respecter le jardin secret d'Hannah, illégitime fût-il. Il souhaitait conserver en mémoire, un moment paisible et pacifique avec son premier amour, celle qui l'avait rendu un homme et qui l'avait sauvé de la tourmente, du tumulte, de la turbulence de son enfance. Il choisirait la clémence, l'indulgence à l'affrontement ou à la vengeance. Il l'aimait tellement qu'il n'était plus en colère et lui avait déjà pardonné.

La haine est un sentiment vain, infructueux et trop destructeur et par conséquent, ce vice ne méritait pas qu'on s'abaissât à son niveau. Son amour pour Hannah anesthésiait, neutralisait tout sentiment de haine. La magie s'était dissipée depuis fort longtemps et il ne parvenait pas à lui tenir rigueur de s'être détournée de lui.

« Qui suis-je pour asservir, pour emprisonner quiconque ? » Son amour le poussait à la libérer de sa cage dorée, qui peut-être la rendait tout aussi malheureuse que lui. Il ne voulait surtout pas anéantir, salir, annihiler ce qui leur restait et surtout ne pas souiller leurs souvenirs, ne rien renier bien au contraire leur rendre hommage, les louer. Leur amour, leurs instants uniques, privilégiés, intenses étaient sacrés à ses yeux et jamais il les désavouerait, ne les abjurerait, ne les parjurerait. Ils étaient sacrés et émanaient d'un don accordé par Dieu, qu'il se devait d'honorer avec reconnaissance et loyauté. Elle lui avait fait découvrir l'amour, le bonheur, la vie, tout.

Ses sentiments étaient paradoxaux face à cette découverte, cela le confortait dans l'idée que sa place se trouvait ailleurs. Il se sentait soulagé pour elle, comme libéré du poids des remords, il se rassurait pour elle. « Elle ne sera pas seule. » Il ne pouvait s'empêcher de penser à elle, à son confort, à son bien-être, il semblait l'aimer plus que lui-même. Elle comptait plus que lui-même. Ses sentiments étaient ambivalents, ils persistaient toujours à osciller entre inquiétude à son égard et désir de la protéger, mais un souhait l'habitait, celui de la libérer, de ne pas la retenir et de se décharger de toute responsabilité. Il espérait qu'après son départ, cet intrus, cet inconnu, veillerait sur elle, la protègerait, s'occuperait d'elle aussi bien que lui, l'aurait fait. Il espérait que cet homme la soutiendrait et l'aimerait.

Il était d'accord pour renoncer à elle par amour car il considérait que nul n'avait le droit d'enfermer, de cloître, de claustrer quiconque. La liberté est la valeur humaine et universelle, primordiale.

Or, avant quelle ne se levât, il eut reçu un appel du médecin qui lui annonça qu'il était atteint d'un cancer incurable et qu'il n'en avait tout au plus, seulement que pour six mois et qu'il n'y avait pas de traitement réel pour sa pathologie à ce jour. Il prit alors la nouvelle avec calme et résignation et se dit que toutes les circonstances, les conditions, les causes possibles étaient réunies pour le pousser à partir et à laisser Hannah. Il lui fallait la libérer pour qu'elle ne souffrît pas et qu'elle ne fût pas malheureuse à cause de lui. Il ne souhaitait surtout pas qu'elle le regardât un jour avec pitié. Il devait partir, s'isoler et accomplir sa quête, son destin au plus vite tant qu'il lui resterait la force vitale.

Quand elle s'éveilla, il se contenta de lui sourire et de ne rien laisser paraître. Il décida de refuser d'aller au bureau, il lui prépara pour le petit déjeuner du pain perdu comme elle l'aimait et des îles flottantes accompagnées de savoureux fruits rouges et de croissants achetés au petit matin. Ils se regardèrent intensément, droit dans les yeux, amoureusement comme au premier jour,
il lui prit la main avec tendresse et ils se souriaient avec complicité, connivence comme si l'harmonie de leur couple ne s'était jamais évanouie. Il pensa alors

« Si je l'aime sincèrement, je dois partir afin que notre amour ne se dégrade pas et perdure toujours. Je veux que notre amour reste pur, intact, inaltéré, inchangé par la destructibilité des années, la menace générée par l'écoulement, le flot continu du temps. Je veux que son souvenir résiste à l'usure, à l'oubli, je veux l'immortaliser et pour cela, je dois partir, je dois sacrifier ce bonheur lorsque je la touche, je dois rompre ce charme, cette bénédiction, cette joie de la caresser, de la respirer, de l'embrasser, de la contempler. Il ne voulait surtout pas tomber dans le piège du désir de vengeance, au contraire il souhaitait que leur amour ne cessât jamais, qu'il ne s'échappât jamais dans l'horizon tel un sentiment qui alors, serait finalement relégué au bas rang d'une vulgaire relation fugace, superficielle et évanescente. Elle représentait bien plus dans son cœur, elle avait représenté et représenterait à jamais « *tout* » pour lui, l'image, l'idée, la personnification, l'incarnation et la perfection de l'amour unique et éternel à l'égard un être de chair et de sang, à l'égard d'une femme. »

Il se sacrifierait au nom de leur amour et de sa quête. Ce qui comptait pour lui était d'immortaliser leur amour par des souvenirs gravés pour toujours dans leur chair, dans leur corps, dans leur conscience et dans leur âme. « Lorsque l'on aime, il faut être prêt à tous les sacrifices par amour ».

Il laisserait derrière lui, tous les ennuis, toutes les difficultés professionnelles, il lèguerait le poids oppresseur de ses innombrables responsabilités. Il savait que son départ générerait une guerre sanglante pour le pouvoir, pour sa position et c'était en quelques sortes sa vengeance contre ces hypocrites obséquieux et pitoyables, avides d'un cadeau empoisonné et d'une puissance, qui finalement, leur serait destructrice voire fatale.

Le pouvoir est un don du ciel, un privilège qu'il faut savoir contrôler, qu'il faut domestiquer et maîtriser, pour ne pas se laisser envoûter et corrompre par ses vibrations corruptrices, par son magnétisme dangereux, par son impact, sa force perverse. Il faut maîtriser l'art de le canaliser pour ne pas se laisser brûler, se faire embraser par son emprise. Il séduit et peut potentiellement détruire à moins d'acquérir la force spirituelle suffisante, la sagesse nécessaire.

Depuis les confins de l'histoire, le pouvoir, les successions, les trônes ont été les causes de spectacles insoutenables de guerres sanglantes, les théâtres de conflits spectaculaires, de manœuvres, de manigances perverses, de complots fomentés qui se sont achevés fatalement. Trop d'ambition, de cupidité, de pouvoir dégénère et finit par détruire tel Napoléon, Jules César et tant d'autres. L'ironie de la situation résidait selon lui, dans le fait qu'ils obtiendraient ce qu'ils ont toujours désiré irrépressiblement, au prix leur propre perte.

Elle lui dit qu'elle le trouvait rêveur mais ne prononça pas un mot de reproche quant à l'incident de la veille. Ils passèrent paisiblement la journée, allèrent se promener à cheval, firent tous deux un pique-nique et du golf. Ils s'étaient assoupis sur l'herbe fraîche, puis rentrèrent tous deux à la maison sereins. Tous deux avaient un secret, lui connaissait le sien mais elle ignorait qu'il savait. Ils avaient eu une journée douce, de tendresse comme un mari et une femme unis et qui s'aiment. Cette journée qui serait la dernière pour eux, avait particulièrement été réussie.

Il lui réclama à la tombée de la nuit, une faveur qu'elle lui accorda avec bonheur en ignorant que ce serait la dernière et qu'il voulait inscrire dans sa mémoire, marteler, graver cet instant. Ils avaient fabriqué le souvenir incessible, inaliénable, d'une danse langoureuse où leurs deux corps alanguis profitaient de la fraîcheur crépusculaire sous un ciel éclairé d'étoiles, sous un ciel constellé, parsemé de lumière, de scintillements, d'étincelles.

Cela était comme si la nuit, la journée, la soirée leur appartenait à eux uniquement, comme si tout leur était dédié pour couronner une histoire d'amour, pour fêter une vie passée et une vie nouvelle, une ère qui allait naître. Cela avait été leur hommage rendu pour le bonheur vécu ensemble, pour le lien inaltérable qui les unirait toujours malgré les vicissitudes, les menaces, les dangers qui les guetteraient et qu'ils devraient affronter.

Le soir, avant qu'elle ne se couchât, il l'embrassa tendrement et lui dit qu'il viendrait plus tard car il avait du travail en retard. Ce fut leur dernier baiser, ce fut un solennel baiser d'adieu. Une fois qu'elle s'endormit, il rassembla quelques affaires dans une valise et choisit de n'emporter aucun souvenir pour ne rien laisser qui l'empêcherait d'avancer, pour ne pas se retourner sur son passé et pour enfin commencer une vie nouvelle. Il lui écrivit alors un mot qu'elle trouverait en s'éveillant comme pour graver une épitaphe à leur amour, comme pour mettre en exergue ses années de bonheur et leur rendre hommage en la quittant dignement et honorablement.

Mon amour,

« J'ai décidé de partir, de te quitter, je le dois pour nous deux, pour éviter de nous plonger dans le précipice de la décadence d'où l'on ne peut jamais remonter. Il faut que tu saches que mon amour pour toi est éternel mais j'ai décidé de te libérer afin que tu recommences une nouvelle vie et que tu sois plus heureuse.

Je te remercie pour ces années de bonheur, ces instants uniques que je ne retrouverai plus jamais. Mais je ne supporterais pas que nous nous entredéchirions et c'est ce qui arrivera si nous continuons ainsi. Je ferai le nécessaire pour que le divorce t'avantage et te mette à l'abri de tout besoin. Si tu as le moindre problème, vas voir mon notaire et il me fera parvenir tes requêtes. N'oublie surtout jamais que je t'aime, que mes pensées t'accompagneront à chaque instant, tu es tout ce que j'ai de plus précieux. Si je fais ce choix, c'est que je sais que c'est mieux pour nous deux. Il ne s'agit pas d'une décision hâtive mais d'un choix mûrement réfléchi. Rappelles-toi mon cœur sera toujours relié au tien, mes pensées seront toujours en liaison avec les tiennes en tout lieu et en toute circonstance. Nos deux cœurs battront toujours à l'unisson, nos âmes resteront liées à jamais.

Je veux que tu sois heureuse pour moi, je veux que tu vives intensément, que tu profites de l'instant présent, que tu jouisses de chaque seconde. La vie est parfois un chemin tortueux mais qui mène progressivement au bonheur, ne désespère pas, ne te décourage jamais, n'abandonne jamais tes rêves. Si je te laisse c'est que je ne suis plus capable de t'offrir ce que tu mérites, or, je veux que tu sois heureuse et moi je ne t'offres plus le bonheur.

Si tu me hais, je comprendrais mais ne laisse pas la haine t'envahir au point de te détruire, la vie est trop courte pour la gaspiller ainsi. Ne me cherche pas, tourne la page. Je suis un souvenir qui appartient au passé même si mon cœur t'appartient. Je t'envoie ce dernier baiser d'amour, ce baiser ardent et passionné d'adieu. »

Puis, il posa la lettre sur le lit à sa place et silencieusement, il s'apprêta à partir. Avant il caressa une dernière fois, délicatement, ses cheveux d'or et de lumière qui s'étendaient, se déroulaient, s'étalaient avec beauté, se déployaient avec force, vigueur et douceur et emplissaient généreusement les draps en leur offrant le spectacle d'une superbe toison. Ils ondulaient, ondoyaient majestueusement sous la splendeur crépusculaire, ravissant un soleil couchant rougeoyant tel une braise qui se consume.

Il ne put s'empêcher d'admirer ce témoignage d'une féminité et d'une sensualité exacerbées, ensuite, il eut un réflexe de l'amoureux qui souhaitait conserver l'attestation, la preuve d'une prodigieuse beauté alors il découpa doucement, silencieusement une minuscule mèche afin de la conserver et de se souvenir de son amour, jusqu'au dernier jour, jusqu'au dernier instant, jusqu'au dernier souffle de vie. Il saisit alors l'ultime opportunité, respira un ultime moment la singulière suavité, l'exhalaison, la fragrance de sa chevelure telle une vapeur aromatique qui envahit impérialement, impérieusement et imprévisiblement d'une sensation olfactive, d'une frissonnante chaleur l'être et le plonge dans un instant de bonheur, de ravissement intense. Il ferma les yeux afin de ressentir intensément la magie de l'instant qui lui procura langoureux plaisir et courage fécond. Puis, enfin il se résolut à quitter leur chambre d'amour, leur trésor de souvenirs qui n'appartiendraient à tout jamais seulement qu'à tous deux et que nul ne pourrait dérober, aliéner.

Il souhaitait par-dessus tout les conserver jalousement et les cultiver, les faire fleurir sous la nue, les protéger afin de rendre hommage, d'honorer leur pure et magnifique romance, idylle, mariage, union de deux êtres qui se sont aimés et s'aimeraient toujours malgré les contrariétés, les vicissitudes du temps et les caprices de la vie.

Il pensait que leur amour traverserait le temps et la vie. Mais il se raisonna, il se dit alors que par respect pour ce glorieux passé amoureux à ses côtés, il devait chercher minutieusement, scrupuleusement à accomplir une grande œuvre. Il savait qu'il ne lui restait seulement que quelques mois et qu'il devait les utiliser intelligemment.

« Il ne devait pas renoncer à son combat, à sa quête, il n'était pas trop tard, peut-être Dieu pourrait lui accorder un sursis. Il concevait son voyage comme une chance offerte par la providence. L'espoir n'a-t-il pas toujours permis l'inenvisageable, l'incroyable, la foi n'a-t-elle pas ouvert la mer, ne peut-elle pas faire rejaillir, resplendir et ouvrir les continents, les océans à la béatitude ? Il lutera et se battra sans se retourner ni s'apitoyer. »

Il a quitté leur maison, la gorge nouée sans se retourner et sans larme ni regret. Une fois le seuil franchi, il se sentit soulagé et enfin libre. Il était pris d'une euphorie qu'il voulait réfréner mais aussi d'un réflexe émouvant et déjà nostalgique, il ne pensait pas que ce serait si difficile, il avait sans cesse le visage d'Hannah qui revenait à son esprit. Il se sentait angoissé, déchiré à l'idée de ne plus la revoir, il avait peur mais devait se raisonner et s'habituer.

Les dernières paroles faisaient échos dans sa tête, le son de sa voix douce et chaude. Elle avait été sa force, sa muse, sa confidente et son épouse légitime.

Nul ne peut effacer, gommer une ère, une étape dans une vie. Leur âmes étaient unies inexorablement, il en était persuadé et il pensait qu'il la reverrait un jour, plus tard, bientôt vers l'autre rive, l'autre pont de la vie, de l'autre côté de la vie. Il prit dans un premier temps, le premier avion pour New York afin qu'une profusion d'expériences se succédât pour lui, le maître de l'illusion du bonheur, le mage de la solitude, le magicien du jeu des rêves de la vie, l'illusionniste du silence. Il se disait que leurs cœurs, leurs âmes étaient scellées même si leurs destinées se divisaient, ils avaient ensemble, visité les étoiles jusque dans la chaleur de la conscience et il ne voulait pas commettre quant à lui, le péché de la fleur d'amour.

Découvrir la civilisation des hommes à travers le temps, revêtir la douce et pénétrante armure de l'existence afin de fuir cette nuée de misanthropes vaniteux, envieux, avides et accablés. Fuir, échapper, se dérober, se soustraire du cœur de la tourmente. Il ressentait une intuition puissante telle une prescience qu'il avait fait le choix de la vie, de la liberté.

O mystères innombrables, ô tourment dévolu au cœur d'une clairière en quête de vie, de rêve, de végétation luxuriante.
Onde du temps nourri par le sablier d'un désert ardent, envahi par le pouvoir d'un homme amorçant son éveil sacré, après le lourd sommeil de la torpeur. Prière vibrante, ondoyante et pénétrante au cœur de la vie, libératrice après l'asservissement de la claustration et de la vacuité dans l'existence.

Couronne d'un laurier verdoyant et étincelant, chaine de l'espérance, silence sacré.

Deuxième partie : Emerveillement spirituel

CHAPITRE DOUZE : Saison de la vie

Il partit sur les routes de l'exil, vers un ailleurs inidentifiable, vers la route de son destin final, vers sa mission dans l'espoir de se souvenir des mots, du secret qui lui avait été révélé. Il s'était ostracisé pour revivre, renaitre et découvrir ce qu'il avait oublié. Il espérait recouvrer l'espièglerie mais ne se permettait aucun pronostique prématuré, aucune supputation pernicieuse. Il avançait à l'aveuglette et s'en remettait au tout-puissant.

J'observais avec une perplexité farouche, avec un étonnement en proie à la curiosité et avec une fascination exacerbée, cet homme sans nom qui me dévoilait, à moi, la jeune femme, simple rédactrice, banale, commune voire ordinaire, toute son intimité. Il se confiait à moi, avec une sincérité déconcertante alors qu'il ne savait que si peu sur moi.

Lui, disait me connaître et lire en moi et j'avoue que je ne comprenais pas et que cela me troublait. Il apparaissait sensé, lucide, raisonnable. Aucun signe de pathologie mentale, de défaillance ou de sénilité ne se manifestaient ou ne semblaient poindre à première vue. Ce qui me sidérait, était qu'il était vivant et que je le touchais en chair et en os et donc qu'il n'était pas mort malgré son cancer.

Avait-il bénéficié d'une guérison miraculeuse ? Les médecins s'étaient-ils trompés dans leurs diagnostics, avait-il trouvé un traitement inespéré ? Lorsque j'abordai alors le sujet, il me dit qu'il m'expliquerait ultérieurement et d'être patiente.

Je ne pouvais m'empêcher de m'interroger au fur et à mesure que je l'écoutais. Pourquoi moi ? Pourquoi m'a-t-il choisie, moi, la jeune trentenaire qui a si peu vécu? En effet, je n'ai pas beaucoup d'expérience, je n'ai pas beaucoup voyagé.

J'ai eu une enfance banale, sans drame, la seule ombre au tableau est que je ne connais pas mon père. Je n'en ai jamais vu une photo claire, j'ignore à quoi il ressemblait réellement. Ma mère n'a jamais voulu me le montrer, elle étouffe toujours le sujet. Je sais seulement qu'il est mort. Nous avions alors un point commun, c'était que chacun de nous n'avait pas connu son père et que nous avions été élevés, éduqués par un étranger.

Enfin, je ne suis pas malheureuse, j'ai un mari, un travail. Rien n'est véritablement palpitant en moi, je ne fais que tenter de me fondre dans le moule social, en tentant de ressembler et de vivre comme tout le monde. Je gagne ma vie convenablement et je m'occupe gentiment de mon mari, sans prétention.

Je ne suis que « Madame Tout Le Monde », Madame la française moyenne. Ma vie est simple, tout est simple en moi.

Je ne suis ni originale ni extravagante. Je n'ai pas particulièrement brillé dans les études, je n'ai pas de diplôme sensationnel. Ma formation reste commune et sommaire avec mon diplôme de comptabilité. Je n'ai jamais eu un esprit très enclin à la métaphysique, je n'apprécie pas particulièrement la philosophie et je n'ai jamais manifesté une curiosité marquée pour la théologie. Alors pourquoi moi ? Qu'a-t-il trouvé en moi ? Donc, je n'ai pas pu m'empêcher de lui communiquer mon étonnement. Je lui ai répété : « Pourquoi moi ? Je suis simple, banale…

Il a répondu, personne n'est banal. « Ne crois jamais cela et ne laisse jamais personne te le dire ou t'en convaincre. Je suis profondément humaniste. Je pense que chaque être est unique et renferme une richesse, un don, un talent parfois inconscient ou méconnu. Il suffit juste de savoir regarder, observer profondément pour le cueillir, le découvrir et le sublimer. Tous peuvent sans exception offrir, donner, œuvrer pour le bien, le bonheur commun. Chacun par son unicité, peut offrir un don unique, singulier, rare, précieux et différent à la collectivité, au monde, à sa famille, à ses amis.

Chacun peut compléter l'œuvre universelle, la renouveler, l'enrichir, la prolonger par sa complémentarité inhérente. Tous les hommes se sont vus offrir un potentiel immense intellectuel ou manuel ou

artistique et le problème est que l'on peut utiliser ce potentiel pour faire le bien ou le salir pour faire le mal, semer le trouble, la destruction. Certains pervertissent leur capacité, la dénature, la détourne pour des buts fourbes ou même maléfiques. Ils galvaudent les dons humains ou alors les détruisent avec l'alcoolisme, la toxicomanie… L'homme parfois se détruit sans raison, seulement parce qu'il s'est détourné de son chemin, de son destin et se laisse tenter par la séduction malfaisante.

Toi, tu l'ignores mais tu as un don pour l'interprétation et la composition musicale et tout particulièrement le piano, c'est pourquoi tes doigts sont fins et effilés et tu as l'oreille musicale. Ton second don, pour celui-là, tu le sais déjà, réside dans ta capacité à donner de l'amour autour de toi et dans ta grande générosité. Toutefois, ta déficience, ta défaillance se situe dans ton manque de confiance en toi, d'où cette susceptibilité et cette sensibilité bien marquée.»

J'étais étonnée par sa singulière capacité d'analyse ou par sa capacité de devin, étrange, troublante et inexplicable. Tout semblait si clair pour lui, il semblait maîtriser l'art de lire dans les êtres avec une dextérité exceptionnelle et une habileté remarquable voire déconcertante.

Il avait raison, j'étais douée pour la musique et il avait très bien perçu mes traits de caractère. Mais ce n'était pas fini à propos de ce qu'il avait deviné étrangement, surnaturellement.

Il savait tout de moi, il savait comment et quand j'avais failli me noyer comme s'il avait été présent, il savait pour mon appendicite, pour mon asthme, mon premier petit ami, mes films préférés… Il lisait dans mes souvenirs, dans ma conscience, dans mon cœur, il pressentait, présageait. Il déchiffrait le moindre sentiment. Qui était cet homme à l'intuition extra-sensorielle, suprasensible, cet étrange devin, ce décrypteur énigmatique, ce mystérieux déchiffreur ? En outre, il se montrait imperturbable, sûr de lui-même et toujours sérieux, concentré comme si ses propos contiendraient une certaine gravité.

Il avait un don particulier et inexplicable ou il s'était renseigné à mon sujet. Mais qui aurait pu le renseigner si précisément mis à part ma mère qui ne pourrait dévoiler tout cela. De plus, il a fourni des détails que ma propre mère ignore, des secrets, une intimité que Dieu seul connaît et dont nul, n'a jamais eu connaissance et accès en ce monde. Il a même abordé des péripéties, des incidents où il m'a exhorté de cesser de me culpabiliser, de douter et que cela devait en être ainsi. Il me rassérénait, m'offrait la paix, l'allègement de ma conscience.

Il est revenu sur toute mon enfance, mon passé comme s'il en avait été le confesseur, le juge et celui qui annonçait le verdict pour l'ensemble de mes erreurs, de mes fautes, de mes péchés. Il était celui qui m'aidait à me pardonner à moi-même.

Il était l'écho de mes mystères, de mes souffrances, de mon introspection. Il était celui qui m'aidait à trouver la paix et qui me forçait à m'imposer une deuxième chance pour tout refaire autrement, pour tout recommencer et devenir meilleure. Il m'expliquait qu'il n'existait pas de fatalité et qu'à tout instant, qu'à n'importe quel âge, l'être humain peut tout recommencer, se reprendre et accepter la deuxième chance, la rédemption, la pénitence, l'expiation, la repentance pour gagner l'absolution souhaitée.

« N'oublie pas que rien n'est jamais perdu, qu'il n'est jamais trop tard au royaume de Dieu. Apprends à t'aimer, à te pardonner, accorde-toi de temps à autre, de la clémence et tu te sentiras mieux. L'être humain est par nature, imparfait et doit apprendre sans cesse, pour s'améliorer et tendre à parfaire son devenir, tendre à osciller vers la voie de l'amélioration, du progrès afin de gagner la fierté et l'estime de lui-même. Regarde à la fenêtre cette pluie diluvienne mais vivifiante qui génère la vie, le renouveau, la purification.

Ouvre la fenêtre et sens ce bien-être après la pluie, cette fraîcheur et l'espoir qu'elle amène. Elle hydrate le sol, la terre, les cultures, elle jaillit du ciel et nous désaltère, nous lave, sans elle nous n'avons pas de lendemain. Le miracle, l'espoir est omniprésent, penche-toi vers lui et saisis le de tes mains, ramasse le, sur lui, repose notre survie, la survie universelle. Respire cette odeur purgative, épuratrice, revigorante, cette senteur dynamisant et énergisant notre sphère terrestre. Ecoute ce crépitement, ce son doux, voluptueux, éphémère, cette douceur violente, exaltante et ce vent qui la répand aléatoirement, au gré des caprices du hasard, qui la disperse généreusement.»

Pour en revenir, à la complémentarité, il avait expliqué que nous n'avions pas tous, le même vécu, le même passé, les mêmes expériences et que c'est pourquoi, la confrontation des êtres, génère une rivière rare et précieuse qui arrose le monde de ses merveilles; qu'il suffit tout simplement de capter, de canaliser et de sublimer. Les divergences d'opinion demeurent constructives et fécondes. Ainsi, imposer la pensée unique, entraver l'épanouissement réflexif, brimer et prohiber la liberté d'expression représente la stagnation du savoir et la régression humaine, plus grave le déclin et la décadence.

Même dans le domaine de la foi, de la religion, la pensée unique n'existe pas, on explore, interprète fait vivre les textes sacrés. On parle même de foison de possibilités de méthodes interprétatives comme l'exégétique, l'analogique, celle à contrario, la téléologique... L'homme a le devoir d'utiliser son intelligence pour poser les questions fructueuses, constructives et ainsi il prépare, oriente l'avenir de l'humanité qu'il fait avancer et par conséquent, il œuvre pour le bien commun.

Si un jour, l'homme cesse de s'interroger, c'est que l'humanité a disparu, ou qu'une horrible puissance tyrannique, pernicieuse, maléfique, malfaisante, destructrice l'a anéantie, asservie au point de lui annihiler sa force intrinsèque, son essence, ou que notre monde ait cessé. Il faut laisser miroiter, fleurir les découvertes, les recherches et les encourager, sur elles se fondent notre devenir. Puis, l'homme n'est-il pas libre d'agir, de penser, n'est-il pas doté depuis la genèse du monde, de la raison, de l'intelligence et du libre arbitre ?

La différence, la variété constitue la richesse et la force de l'humanité. Les sensibilités, les personnalités diffèrent dans la mesure où nous sommes tous uniques, nos compétences, nos goûts, nos capacités varient dans une mouvance conduisant à un dessein essentiel, vital, capital, fondamental : progresser, survivre ensemble. Le fondement repose sur une inclinaison, une oscillation, un basculement répondant à un postulat originel, parfait, unique et irréfutable : confronter les êtres, les rassembler afin que moissonne le progrès universel. Ils doivent pour ce but ultime et salutaire, unir leurs forces, leurs spécificités, leurs différences, leurs caractéristiques distinctes, pour l'enrichissement mutuel et le bonheur terrestre. Les germes ont été semés en chacun de nous pour concrétiser ce rêve universel, or, pour qu'un jour, cette aube bénite apparaisse, arbore cette couleur d'espoir,
et qu'elle jaillisse d'en haut, d'en bas, des profondeurs, du ciel, des quatre points cardinaux, les hommes doivent grandir, mûrir et ne pas s'éloigner de leur destin individuel.

De fait, le destin universel comprend la somme de tous les destins individuels, créant, renforçant la chaîne du destin du monde. Mais, un jour viendra où tous les combats par la plume, par les mots, par l'énergie humaine ne seront pas vains et résonneront comme un écho jaillissant, rayonnant et se répandant à travers les mers. Un jour viendra où pourra poindre, germer dans l'horizon, à travers les océans, l'aurore d'une vie nouvelle, d'un monde meilleur où prospèrera s'accroitra la paix universelle et la plénitude infinie.

Je me trouvais seule avec lui, je l'écoutais, je buvais ses paroles comme une enfant qui découvrait la vie, qui apprenait et restait émerveillée par l'enseignement qui lui était dispensé. J'aimais l'écouter, je demeurais concentrée, attentive à la moindre de ses paroles, de ses respirations, de ses gestes, de ses attitudes, de ses regards. J'étais totalement captivée, submergée par l'intensité, l'amplitude, l'ampleur des puissantes révélations. Il était un messager de l'autre monde et moi, j'étais son intermédiaire pour propager un enseignement, une sagesse que je ne maitrisais pas moi-même, qui me dépassait totalement. Qui étais-je moi-même pour devoir assumer une telle mission ?

Il avait entendu la voix du ciel, la voix d'une vérité irrésistible, qui s'imposait à lui et ensuite à moi et laquelle, un jour, s'imposerait d'elle-même au monde, à tous les hommes qui l'auraient entendue, écoutée. Tous seraient séduits, captivés, émerveillés par la beauté, la pureté de cette vérité ineffable, par la magnificence de cette prodigieuse vérité. Nul homme ne peut résister à l'impénétrable vérité toute puissante, ses vibrations, sa voix submerge d'émotion et trouble par son souffle pur.

Il me fascinait, j'adorais l'écouter, il m'inspirait des rêves nouveaux, de nouvelles prétentions, des appétences spirituelles. Je me sentais flattée par l'importance, la considération, l'attention qu'il m'accordait. Je me sentais à la fois intéressante et importante. Un homme m'avait trouvé suffisamment attrayante pour se confier et me relater son existence, ses secrets et ses mystères. Il me donnait de la force, de la confiance en moi, il me démontrait par son comportement que j'étais une jeune femme non dénuée d'intérêt. J'en avais vraiment besoin, cela faisait fort longtemps que l'on ne m'avait pas parlée ainsi, que l'on ne m'avait pas mise en valeur, sur un piédestal. J'avais aussi besoin de me sentir une femme intelligente, belle et séduisante. Peut-être m'aurait-il choisie parce que je le charmais et que je l'attirais par mon style. Quel bonheur qu'il m'eût élue, désignée parmi l'innombrable foule, quelle satisfaction pour mon égo, mon amour propre.

Après l'avoir interrogé, il m'a répondu comme pour me faire plaisir, « ton comportement m'a interpellé, je t'observais depuis plusieurs jours.» Son regard me signifiait, me signalait qu'il m'avait choisie bien avant et qu'il ne m'avait pas rencontrée par hasard, mais qu'il venait me chercher. Il avoua qu'il m'avait choisie avant de me connaître et que Dieu par des ondes, des vibrations, l'avait guidé jusqu'à moi. Avant de me rencontrer au café pour la première fois, il avait eu une vision de mon visage quelques instants avant de me voir apparaître sous ses yeux. Il ne m'a pas abordée le premier jour, a attendu patiemment que l'heure arrive et que le destin opère. Toutefois, il dit que mon apparence de femme sérieuse lui avait plu et que se devinait, une nécessité pour moi, de me libérer de mon quotidien, de mes habitudes. Il disait que mon passage au café, mes gestes, ma constance, ma régularité dans ce rituel l'attendrissait. Il analysait cela comme un besoin de fuir une réalité ennuyeuse, lassante, monotone.

Puis ensuite, je lui ai demandé s'il avait eu des nouvelles d'Hannah, ce qu'elle était finalement devenue. « J'étais connecté à elle surtout au début, je ressentais à distance, malgré les kilomètres sa mélancolie. Je savais quand elle était oppressée. J'aurais tant voulu pouvoir la rassurer, la prendre dans mes bras, la serrer fort, la soulager mais j'étais impuissant.

La nuit je l'entendais qui m'appelait dans mes rêves. Elle ne comprenait pas mes motivations. Elle n'était pas en paix et moi non plus. Je l'entendais me réclamer des explications, elle me disait que je lui manquais, qu'elle trouvait mon choix injuste et égoïste. Ainsi, je ne parvenais pas à me sentir serein et donc à avancer dans ma quête. J'errais car je ressentais trop sa douleur. Elle m'appelait dans les sentiers de la nuit, je la ressentais par la pensée, par les ondes, par les vibrations. Elle m'appelait par le cœur, jusqu'à l'âme, elle me réclamait comme un enfant qui appelle ses parents. Elle semblait perdue, désorientée, effrayée. De plus, une nuit, j'ai entendu son cœur alangui, je l'ai entendue me dire de revenir pour que nous élevions ensemble notre fille. Elle disait qu'elle attendait un enfant de notre dernière nuit d'amour.

Le lendemain, j'ai voulu vérifier l'information par l'intermédiaire de mon notaire et elle s'est révélée exacte. J'allais moi, devenir père. Au début la nouvelle m'a ravi, j'étais fou de bonheur. J'ai voulu alors repartir à ses côtés. Puis la réserve et la pondération ont remplacé l'euphorie. Je n'avais que peu de temps à vivre, pourquoi repartir pour la faire souffrir mais j'allais mourir heureux car j'allais laisser un enfant, une trace de mon passage, un être qui aurait mon patrimoine, mes gènes. J'espérais qu'elle aurait une bonne image de mon souvenir quand elle grandirait.

J'espérais que sa mère lui raconterait notre histoire d'amour et la haine, la douleur à mon égard se dissiperait. Je voulais qu'Hannah soit heureuse et en paix même si je ne serais plus là pour aimer et protéger ma famille.

Avec ma fille, je réalisais qu'à mon tour, j'avais une famille en ce monde. J'avais été touché par la grâce, j'obtenais miraculeusement ce qui m'avait tant manqué pendant mon enfance. C'est pourquoi, j'avais été consulté un autre médecin qui malheureusement avait confirmé l'échéance de ma très proche agonie. Je n'aurais pas même le temps d'assister à la naissance de ma fille. Je ne pus m'empêcher de pleurer à l'annonce de cette nouvelle. J'avais tant cherché inlassablement un but, ce don du ciel m'était offert et j'aurais quitté ce monde avant même d'avoir pu la connaître, la prendre dans mes bras, la toucher. J'étais rassuré pour Hannah et ma fille matériellement, dans quelques semaines, elles seraient toutes les deux, de riches héritières. J'avais toutefois émis une clause dans mon testament qui enjoindrait Hannah, après un test de paternité de prouver que l'enfant était bien ma fille et non celle de cet amant énigmatique. Dans le cas contraire, la moitié de ma fortune serait léguée à une œuvre de charité. J'avais choisi d'aider les jeunes artistes talentueux par des bourses et aussi la lutte contre le cancer.

Je craignais aussi pour Hannah que les vautours ne s'approchassent d'elle pour sa fortune et qu'un homme malhonnête, mauvais, intéressé et peu scrupuleux n'élevât ma fille. J'ai alors décidé de joindre le seul homme séduisant, qui m'apparaissait droit et qui disait avoir été mon ami. Lors d'un diner par le regard attiré qu'il ne pouvait s'empêcher de lancer irrépressiblement à Hannah, j'ai compris qu'il l'aimait. Je l'ai alors rencontré secrètement et lui ai expliqué qu'Hannah était libre, seule, malheureuse et qu'elle avait besoin d'un homme comme lui pour s'occuper d'elle et de ma fille. Je lui ai fait promettre de prendre soin de ma famille, d'élever dignement ma fille et de la rendre heureuse. Je savais qu'il leur faudrait un père et un mari, même si pour moi, c'était un déchirement de ne pouvoir jouer mon rôle.

C'était très difficile pour moi, mais j'aimais Hannah plus que moi-même et ma fille déjà tout autant. Je réalisais que je n'aurais pas le bonheur qui m'attendait à mes pieds, qui se trouvait à côté de moi et que je n'avais pas pu ni le voir, ni le saisir. L'homme vit souvent dans une illusion sans voie, sans chemin, il possède tout, les dons divins, les bénédictions se trouvent sous ses yeux mais il est aveuglé, ne sait pas voir. Il est aveuglé par le désir d'acquérir, de conquérir l'inaccessible et s'éloigne de la route qui avait été tracée pour lui et se condamne à l'exil, à l'errance. Cette erreur fatale fait irrémédiablement son malheur.

Pour ma part, j'ai cru un instant que j'étais concerné par ce constat mais non, bien au contraire, je n'avais jamais été aussi proche de ma route, de mon destin bien que je l'ignorasse.

En effet, j'ai pensé que la liberté sauvage, à l'état brut pouvait exister, mais je me suis lourdement fourvoyé. J'allais où bon me semblait, je dormais à la belle étoile. J'ai franchi une partie du désert en chameau, j'ai parcouru à cheval des paysages fantastiques à la recherche de mon idéal. Je me levais quand mes caprices me le dictaient, je rencontrais les hommes que le hasard, la contingence m'offrait. J'adorais cavaler, marcher au gré du vent, je vivais d'eau fraiche sans amour. Hannah et moi, vivions nos deux vies en parallèle, nos deux routes ne se croiseraient plus. Mais je croyais toujours à la circularité de notre amour, nul pourrait le briser. Il demeurait enfermé dans le cercle de la vie de l'amour, nos alliances symbolisaient cette permanence, cette immanence, cette immuabilité. Notre amour restait enfermé dans un temps circulaire qui n'a pas de fin, le cercle étant scellé par ce sentiment intarissable et se fortifiant avec les années. Je savais que je continuerais à l'aimer jusque dans les profondeurs du temps, dans la maladie, dans l'adversité. Elle restait gravée en moi jusque dans l'infini, l'abîme, le néant, le vide.

Mais, j'ai très vite compris que cette liberté sauvage ne me contenterait pas et au contraire, me perdrait, m'égarerait.

La liberté sauvage est une illusion, la liberté se trouve avec l'humanité, la famille, l'amitié. Une liberté guidée par une soif de plaisir terrestre est une ineptie, elle dépossède l'homme de lui-même, le mène jusqu'au seuil de la perdition.

Ces tentations vaines détournent l'homme de l'écriture de sa vie, de l'accomplissement de son destin. Elle lui fait perdre un temps précieux qui ne cesse de s'écouler jusqu'au départ final. Les femmes, l'alcool, les fêtes interminables, les voyages vains vers ailleurs, l'utopie, nulle part, donnent l'impression d'occuper son temps, sa vie, d'oublier la mort, la fuite du temps, mais est-ce là, la vraie vie ? Un jour, le réveil face à une réalité vide n'est-il pas trop brutal et douloureux ? La drogue n'est-elle le reflet, le symbole de celui qui n'assume pas sa vie, la fuit dans la recherche de sensations vaines et destructrices.

Tous ces plaisirs éphémères représentent la fuite en avant vers le tourbillon de la déchéance, du dépérissement physique et morale, de l'étiolement et de la décadence. J'avais commencé à me perdre dans les excès pour oublier, pour me fuir, j'ai voyagé dans les mirages, les pièges, les abîmes du plaisir avide, sans scrupules. J'avais perdu mes repères, mes buts en me lançant dans cette course effrénée du plaisir, de la jouissance amère, de la délectation servile du délice sans saveur croyant défier, contredire mon destin dans un inconscient désir d'autodestruction.

Envolée lyrique et pédante, alimentant pour les femmes et moi-même flatteries démesurées, orgueil insatiable, vanité exacerbée me guidaient, m'engourdissaient jusqu'à m'anesthésier.

Or, contrairement à ce que je croyais, tout cela n'avait pas contrarié, ni perturbé la route de mon destin. J'étais tel un enfant qui tombe à plusieurs reprises avant de marcher. Pour apprendre, il faut connaître l'erreur, les tentatives vaines et avortées, la chute, les difficultés. Je ne me suis nullement écarté de mon chemin, il fallait que j'apprisse, que je murisse, que je vécusse toutes ses expériences humaines, sensibles, empiriques, sensorielles afin que je pusse m'élever spirituellement. Et à mon tour, je témoigne, je te relate mes expériences pour que tu propages ce message, tu dois ouvrir les yeux des hommes pour les protéger d'eux-mêmes. Ils sont aisément, sans difficulté, séduits par la facilité, la chair, les vices avec une totale ignorance et inconscience ingénue de leur fourvoiement, méprise car ils ne comprennent pas qu'ils s'autodétruisent. Ils sont naturellement attirés depuis Eve, le serpent vers l'interdit par curiosité, rébellion, goût pour le défi mais ils se perdent eux-mêmes

La véritable vie se situe ailleurs. Les sensations fugaces, futiles, ne remplissent nullement une vie, ne satisfont pas, mais une fois l'effet ou la sensation dissipée,
elles plongent dans un vide encore plus douloureux qu'auparavant, au point d'en venir à la conclusion, qu'il n'aurait mieux valu ne jamais connaître, goûter, toucher à cette frivolité sans signification ni profondeur.

Quelques semaines plus tard, il se renseigna et eut vent du mariage avec l'ami qu'il avait rencontré. Il fut rassuré pour elle, mais cela le plongea dans une sombre tristesse. Il cherchait par tous les moyens, à oublier, à se vider l'esprit. Malgré tous les gens qu'il côtoyait, il se sentait terriblement seul, souffrait et ne parvenait pas à s'échapper de ses souvenirs. En outre, malgré son mariage, Hannah le hantait tout autant, il la ressentait, ils ne se libéraient pas mutuellement. Ils refusaient chacun, de se laisser partir, ce qui les empêchait de recommencer à vivre une autre page. Il savait à distance quand elle pleurait, il sentait une angoisse, une oppression, il avait l'impression d'étouffer. Leurs âmes étaient entrelacées, unies et rien, ni personne ne pourrait les désunir, les détacher l'un de l'autre.

Quant à lui, il a bien essayé mais il n'a jamais pu toucher une autre femme. Elles lui apparaissaient comme vides, sans attraits, dénuées de tout intérêt... Il ne pouvait pas... Hannah était pour lui, la seule, l'unique et aucune ne pourrait lui voler sa place dans son cœur. Il était comme rattaché à elle, par un lien invisible, par un fil imperceptible.

Il avait beau tenter de toutes ses forces d'éloigner son image de ses pensées, de son esprit, elle lui revenait alors encore plus intensément comme s'il n'avait pas le droit de rompre son alliance, sa promesse, à l'égard de cette femme, de cette ancienne épouse qui le bouleversait. « C'était comme si nos cœurs, nos consciences coexistaient, conjointement, de manière contiguë, irrépressiblement. Son portrait persistait, elle restait vivace, omniprésente en lui.

Vertige, étourdissement, souffle coupé, déploiement sensoriel, frissons charnels, emportement aux confins de la nuit. Affranchissement, libération, soulèvement suprême après le souffle ascensionnel érigeant, conférant une dimension onirique et magique. Frémissement vaillant, souffle extatique, exacerbation lunaire. Auguste prairie, vallée souveraine, frénésie fiévreuse. Rivière de l'apaisement et du silence, nuit symphonique. Rivière infinie du souvenir, caprice de la vie au point culminant du jour, au zénith de l'humanité.

Houle frémissante, vertige de la vie, pause émanant du ciel. Troubadours charmeurs voguant sur la rivière de la vie, voyageant dans la nuit du souvenir au prodigieux destin. Désirs souverains, foisonnement impérieux aux saveurs délicieusement inextinguibles. Immense joie, ravissement.

Délectation enivrante au souffle du vent. Subtile joie transperçant la tristesse et laissant jaillir le bonheur, transcendant le cœur des hommes, le cœur de l'existence, le cœur du monde. Douceur extatique, enivrement, frémissement sans fin, infinie nuit d'orage au vert pâturage, souffle du silence de la nuit. Splendide lumière divine, miel luxuriant au caprice de l'instant crucial, à la saveur pétillante et fruitée, au goût suave de la vie.

CHAPITRE TREIZE : **Pure floraison lyrique**

Puis, soudain, la conversation se centra davantage sur nous deux et plus particulièrement sur moi.

« Tu as une caractéristique que j'apprécie, tu sais analyser les gens que tu rencontres. Tu aimes observer les gens, saisir leur personnalité. J'aime cette curiosité. En revanche, je t'entends crier tout bas, hurler silencieusement ta lassitude, ta monotonie, ton insatisfaction. Je pense que tu appréhendes ton travail comme une activité fatigante, fastidieuse voire inintéressante. N'abandonne pas et surtout ne te laisse pas tenter par la mauvaise voix, je te sens prête à dévier.

De fait, ce besoin d'observer quotidiennement les gens du café, traduit ton ennui. Si tu étais satisfaite de ta vie, tu ne t'attarderais pas ainsi, à dresser une analyse détaillée d'inconnus. Une personne heureuse laisse échapper une certaine frénésie, elle est souvent pressée, agitée et désire impatiemment, hâtivement retrouver ce bonheur quelle a dû abandonner, laisser pour quelques heures afin d'aller travailler. Toi, tu restes là, impassible et tu observes comme pour passer le temps, le faire s'écouler plus rapidement afin d'oublier et de tromper ton ennui.

Tu sembles si vide et tu cherches à combler ce vide, cette solitude en t'emplissant de la vie des autres, de leurs anecdotes mais ce n'ai pas ta vie, c'est la leur et elle ne t'appartiendra jamais. C'est à toi de rendre ta vie plus féconde et de contribuer à ce qu'elle devienne riche d'aventures, de bonheur, en saisissant ce que tu peux trouver et en n'allant pas chercher à rêver de l'inaccessible, de l'impossible, de chimères conduisant à des désillusions, à des inepties douloureuses.

Je peux repérer très facilement ta torpeur. Tu sais, les gens sont bien souvent des égoïstes dès l'instant qu'ils goûtent au bonheur, ils ne voient plus personne, ils oublient les autres, ne s'en intéressent plus, ils ne pensent qu'à vivre intensément ce qu'ils ont acquis et à le préserver. Ils veulent profiter de l'instant présent, ils veulent goûter, capter, aspirer tout ce qui leur est offert et ils désirent ensuite comme manger et dévorer la vie. Ils ne veulent pas perdre une seconde de ce temps délicieux, émanant d'auspices privilégiés qu'ils ne voudraient pas contrarier. Ils deviennent superstitieux et craintifs de perdre ce bonheur, de le voir s'envoler à cause de malfaisance particulière. Lorsque l'on obtient tout, ce qui hante, tourmente est la peur, voire la frayeur de perdre ce glorieux privilège. Ils aiment ce bonheur immédiat et craignent qu'il leur échappe et ne veulent pas s'en dessaisir puis veulent ensuite le rendre durable.

-Effectivement, j'ai l'impression de m'ennuyer en ce moment. Je ressens moi aussi une lassitude latente et persistante, une grande fatigue morale, souvent les larmes coulent malgré moi. Sous les abords d'une jeune femme et épouse épanouie, je ressens comme un manque que je ne m'explique pas. Peut-être, est-ce une nécessité de repères spirituels. Je ne me suis jamais réellement penchée sur la question de la foi. Pour moi, c'est une question sur laquelle, je suis ignorante et surtout bien que je croie en Dieu, je n'ai jamais cherché à en savoir beaucoup plus.

-Tu sais, à ce propos j'ai inventé quelques préceptes qui m'ont été révélés grâce à mon expérience et inspirés par ma foi.

Tout d'abord les lois originaires sur lesquelles tout homme doit s'appuyer sont les Dix Commandements dictés par Dieu aux hommes. Ensuite, j'ai finalisé ma théorie pour l'accomplissement de tout homme grâce à ma foi en Dieu et à mon expérience quand j'ai franchi le seuil guidant vers le prélude de la mort, vers la berge de la conscience humaine. Cette exploration m'a éclairé, m'a enrichi, m'a même illuminé.

Mes premiers préceptes requièrent avant tout la tolérance, le respect, la dignité face à tout être, à toute chose et à toute œuvre noble de cette terre, mais encore et surtout, l'amour de Dieu et d'autrui. Le postulat originel de ma théorie se fonde sur le principe initial de l'universalisme.

Je conçois le monde comme étant régi par une chaîne invisible, imperceptible pour le profane, mystique, atemporelle, transcendantale et impérieuse. Chaque homme constitue un maillon de cette chaine où les êtres se trouvent enchevêtrés, entremêlés par l'énergie impulsée par le destin. Or, si un homme étant doté de la liberté, du libre arbitre, se refuse à suivre le chemin menant à la chaine universelle, il retarde, contredit le destin collectif et universel que Dieu a prévu.

Chaque être humain est un postulat, un principe générateur, ontologique du mouvement universel, d'un devenir potentiel prédéfini, prédéterminé, une clef de concrétisation du destin humain. Mais pour que de ce destin, jaillisse le progrès, l'inclinaison positive et illuminative, il faut que les hommes raisonnent en terme de mission à l'échelle individuelle, laquelle s'insérant dans un tout, s'intégrant dans une structure cohérente, rigoureuse, logique, laquelle s'implantant dans un assemblage de toutes les missions humaines foisonnantes. Cette dernière ferait naitre alors, par la somme cohérente de toutes ces missions individuelles, de tous ces destins individuels, une mission collective, universelle s'inscrivant dans un plan transcendant insufflé, élaboré par Dieu pour l'avenir du monde. Tous ces destins s'imbriqueraient au nom d'un tout, d'une unanimité harmonieuse de la destinée universelle ne faisant ensuite, par l'union de ces destins plus qu'un, plus qu'un absolu conduisant à l'unité du monde, à la concorde, au consensus planétaire.

Parallèlement, le monde est nourrit, guidé, inspiré, par une sorte de fil conducteur qui génère une énergie bienfaitrice, créatrice et féconde. Il électrise, dynamise, galvanise, par son magnétisme énergisant, grisant l'humanité. Tous les destins individuels restent et demeurent imbriqués, liés les uns aux autres. L'action d'un être produit une réaction en chaine, induisant, impliquant d'autres hommes inconscients de cela, ignorant ce fait, cette perpétuelle mouvance conduisant toujours à un but ultime transcendant, dépassant sa propre personne, conduisant inexorablement à un objectif plus grand et au dessus de soi-même.

Or, en tant qu'humain, notre entendement ne peut nous permettre de maîtriser et de comprendre un tel mouvement, un tel plan relevant de l'intelligence divine, parfaite, supérieure et suprême. L'homme ne peut qu'accepter sa finitude et s'incorporer dans un mouvement qu'il ne pourra jamais dompter, ni contrôler car il relève de l'inhumain. Les chemins de Dieu ne sont-ils pas impénétrables à tout homme ? Qui chercherait à contrôler, à supplanter les desseins divins se condamnerait à la damnation, se brûlerait irrémédiablement les ailes.

C'est pourquoi, nul ne peut détruire la vie d'un point de vue spirituel et moral. C'est priver le monde d'un de ses membres qui peut lui offrir découverte scientifique, art, travail permettant la vie commune, la vie collective.

C'est aussi détruire un être émanant de la création divine, c'est permettre le mal qui, par conséquent, rejaillit toujours sur soi. C'est banaliser, dépersonnaliser, normaliser la mort et ne plus s'offusquer de la mort, du meurtre, c'est décliner son humanité. Ce qui fait la noblesse de l'homme, c'est sa compassion, sa capacité à donner généreusement.

Un principe inviolable et intangible qui doit conserver une dimension hiératique, sacrée, est le fait que nul homme ne puisse aliéner le feu sacré de la vie contenu en chacun de nous. Ce feu renferme l'espoir, les rêves. Nul ne peut détruire au point de désenchanter un homme et de lui annihiler toute dimension fantaisiste, tout souffle onirique. L'art, le rêve ne sont-ils pas une nourriture spirituelle qui élève l'homme et le fait survivre à la pauvreté, au malheur ? Dieu a offert à l'homme, cette chance de pouvoir s'évader même dans les périodes funestes et impies.

En revanche, ce que nul ne peut dérober, détruire, c'est la foi en Dieu qui résiste à toutes les exactions subies et qui ranime éternellement la flamme de l'espoir qu'aucun être malfaisant ne peut dévorer ou aspirer. La foi d'un individu lorsqu'elle est profonde, viscérale, l'accompagne jusqu'au dernier souffle de vie et lui donne la force, le régénère, fortifie sa volonté libre et hardie, intensifie son courage, sa vaillance pure et intrépide devant l'audace, l'insolence du temps.

La foi est une énergie intarissable qui augmente, se décuple, s'accroit, s'amplifie exponentiellement face aux épreuves. Mais, surtout n'oublie jamais l'existence de cette chaine impalpable, invisible qui relie les hommes entre eux, qui lie le devenir de l'humanité tout entière. Il ne faut jamais la rompre au nom de l'universalisme inhérent, la perspective universaliste gravitant inévitablement, infailliblement autour de nous.

En outre, un des préceptes essentiels repose sur un serment que chaque homme doit se faire au nom du devoir moral, de l'obligation morale à laquelle nous sommes tous confrontés et détenteur en tant que vivant, en tant que citoyen de la Terre des hommes, en tant qu'être digne de répondre aux attentes de Dieu. Tu sais, même si tu ne crois pas en Dieu, même si tu doutes, même si tu n'y crois que partiellement ou de manière abstraite, indéfinissable, inconsciente, l'idée même de l'existence de Dieu, du génie divin, est un concept qui élève les hommes. Il leur enseigne l'humilité, face à cet orgueil humain intrinsèque, il leur apprend à voir plus loin, à voir au-delà d'eux-mêmes, des apparences, il ouvre leur esprit à une spiritualité élévatrice, salvatrice. Il leur inculque une finalité allant bien au-delà d'eux-mêmes, gravitant au dessus d'eux-mêmes et prospérant pour l'avenir, pour les générations futures.

Chacun peut croire différemment, ce qui compte c'est la relation libre et intime que chacun peut entretenir avec Dieu. Il suffit de fermer les yeux, de se concentrer pour le ressentir, ressentir sa force, sa lumière. Dieu s'adresse silencieusement à l'esprit, au cœur, à la conscience, à l'inconscient. Dieu se perçoit, se ressent au plus profond de l'âme. Il existe plusieurs cultes, plusieurs religions, diverses manières de croire en Dieu que nul n'a le droit de juger, ce qui compte, c'est d'ouvrir son cœur à lui. La foi demeure une forteresse imprenable, une citadelle, un rocher qui protège l'homme des agressions.

Le serment consiste à choisir dans sa vie d'aider, de secourir, de sauver une personne. Cela peut consister en une aide matérielle, morale, ce qui compte, c'est de la guider, de la ramener vers sa route qu'elle a perdue par les épreuves de la vie. Il s'agit ainsi, de renforcer cette chaine, de la nourrir d'une énergie bienfaitrice et donc de permettre l'imbrication, l'union des destins individuels pour libérer et amener la glorieuse destinée universelle.

Ensuite, il s'agit d'être toujours loyal, fidèle à soi-même, à ses convictions, à ses nobles et vertueuses valeurs, de ne pas les trahir pour une maigre rétribution. La fidélité en amour et en amitié est importante pour la satisfaction de la paix intérieure.

Qui commet le mal se condamne au tourment, aux remords, aux regrets et à l'angoisse, l'anxiété. La conscience souffre et la sérénité, l'ataraxie cesse et s'efface au profit de la culpabilité et de la damnation terrestre. L'existence devient alors un enfer telle la loi du talion, le célèbre effet boomerang pareil à un retour de flamme.

Je veux que ces préceptes servent de grille de lecture aux actions humaines, de directives qui orientent les hommes. Ce qui à mes yeux est très important, c'est de pouvoir se dire qu'on a accompli une œuvre, un acte majeur dans sa vie. Consommer, profiter, extraire, vivre ingratement, goulument sans ne rien donner en retour, est un art de vivre vain et sans lendemain.

L'important pour soi et pour le monde est de réaliser une œuvre, un ouvrage, de laisser une marque de son passage, transmettre, léguer un héritage. Cette succession, ce legs peut être matériel, culturel ou il peut reposer sur un enfant. Ce qui importe selon cette perspective universaliste, est d'offrir un présent au patrimoine de l'humanité, qui s'inscrit dans le temps et dans l'espace. Ce sont les hommes qui élèvent l'humanité à la force de leur labeur, ils peuvent, ont le pouvoir de la faire progresser. Nous avons tous dans nos mains une partie différente et complémentaire de ce pouvoir.

Il dépend seulement des hommes d'unir, leur force et leur pouvoir pour permettre une amélioration encore plus rapide, prompte, véloce voire foudroyante, fulgurante et efficace.

Les hommes détiennent l'engrais de la moisson, de la floraison, de la germination, le ferment pour la grenaison. L'homme a toujours le champ libre pour que sa vie ne soit pas vaine. Pour cela, il ne doit pas enfreindre les règles fondamentales et originelles ou le code d'honneur élémentaire, dans le cas contraire son succès reste souillé, entaché par la corruption et se trouve illégitime. La perspective universaliste est la clé de l'avenir. Le monde pourra s'améliorer, sera poussé par un vent meilleur, par un tourbillon d'amour et propulsé dans une mouvance prospère et allégée en tourment. L'horizon deviendra bleu clair, couleur de sérénité. Les rêves humains deviendront possibles, la foi transpercera l'horizon et l'encerclera d'un voile blanc couleur de la paix.

Puis apparaitra comme un aphorisme le devoir d'agir en silence pour soi, pour Dieu, pour demain, pour l'avenir du monde. L'homme acceptera sa finitude et agira pour sa conscience et persévèrera pour lui et pour Dieu, au nom de la relation directe qu'il cultive, entretient avec lui. Voici, une partie de mon message suprême. Tant de sang versé depuis des millénaires, alors que tout pourrait être si simple, si l'on accepte l'évidence première et originelle…

Mais ce qu'il ne faut jamais oublier est que la foi est un don précieux qui élève l'homme, le grandit au rang d'un être spirituel. Elle lui ouvre la voie de la métaphysique intrinsèque, inhérente chez l'homme et expérimente la vision, l'idée de l'existence d'un monde dirigé par une force supérieure, invisible et dépassant notre intellect, notre entendement, notre capacité humaine où l'homme ne serait plus le maître incontesté et tout puissant. Il pouvait ouvrir une brèche à l'abstrait, à l'inconnu, à l'impalpable.

Il pouvait frayer un chemin vers l'idée, vers la théorie d'un univers intelligible relevant de l'intelligence seule, de l'entendement pur, s'opposant au sensible, à l'empirisme, dénué de faux semblants et de préjugés. Il peut envisager un monde pur, spirituel, sans orgueil ni vanité. Il édifia à travers son esprit, un monde aux lois impérieuses que l'homme ne peut ni contrôler, ni appréhender et encore moins maitriser ou apprivoiser. Il ne peut que se soumettre, capituler, obtempérer face à une puissance, une détermination qui le dépasse. La volonté de Dieu, la providence, le destin qui peut le prévoir ou alors imaginer les prévoir et les maitriser ? Qui peut oser prétendre empêcher la fuite du temps? L'homme peut entrevoir l'humilité, la pondération, la mesure face à un monde qui est le sien mais il ne peut tout contrôler et ni tout dominer comme son immaturité, son arrogance, son inconscience le lui ont souvent dictés autoritairement.

Ainsi, la foi limpide peut purger l'homme de ses pulsions vaniteuses, le purifier de sa passion pour la démesure inaccessible. L'homme peut s'éveiller chaque matin en appréciant ce qu'il possède, le peu deviendra beaucoup. L'espoir prend genèse dans la spiritualité. L'homme soulé d'effroi trouve la paix intérieure dans le retour sur lui-même.»

Plus je l'écoutais, plus j'avais la sensation que des liens complices se créaient entre nous. J'avais l'impression de très bien le connaître et peut-être commençais-je à l'aimer comme un ami, comme un père que je n'ai jamais eu... Je crois que je l'aimais parce qu'il m'avait particulièrement touchée, attendrie. Il me troublait, me perturbait. Je craignais de m'attacher excessivement à lui et de souffrir bientôt à cause de ce lien.

Chacun de ses mots me transperçait le cœur, j'avais envie qu'il me prît dans ses bras et me serrât très fort comme un père qui rassurait sa fille effrayée par la vie, par les épreuves, par la solitude, par la crainte de pas être digne de sa mission. Puis, il continua à se confier à moi avec une confiance inébranlable, avec une sincérité indéfectible oubliant tout sentiment de pudeur, de honte, de gêne. Nous devenions de plus en plus proches, j'ignorais l'heure qu'il pouvait être, je me sentais si bien en sa compagnie que j'avais l'étrange sensation que le temps s'était figé, qu'il nous avait fait l'honneur, la faveur de suspendre son cours.

Où nous trouvions-nous ? Ailleurs, au paradis, dans un autre monde, sur la grève dans un rivage lointain ? Ces instants privilégiés, volés à la rigueur de la vie, des conventions dégageaient une intensité bouleversante. C'était pour moi, comme une revanche sur la rigidité immanente, une pause apaisante et authentique sur les artifices imposés par la société. Une Jeune Femme avec un Vieil Homme en train de confesser sincèrement leur intimité, leur histoire, serait-ce normal ? Serait-ce naturel selon le regard intolérant et accusateur du monde, aux yeux suspicieux et inquisiteurs d'une société malsaine, médisante, propageant le mal partout, salissant de ses calomnies les relations les plus pures ? Je me sentais légère, heureuse et forte comme jamais. Je ressentais comme une bouffée oxygénant, vivifiant l'âme et le cœur tel un souffle nouveau.

Puis, je me sentais forte, réchauffée comme la lumière de Dieu m'éclairait et me forçait, me persuadait de l'écouter car son message était empreint d'une sagesse allant au-delà de la simple expérience humaine, il était comme inspiré par Dieu. Il dégageait un magnétisme que seul Dieu pouvait lui avoir insufflé, il exprimait la voix de la paix universelle et individuelle. Il était emporté par la lumière de Dieu qui se reflétait dans son regard pur, affirmé et particulièrement perçant. Lorsqu'il me regardait droit dans les yeux, je tremblais, je frissonnais d'émotion.

Il m'avait ouvert la porte d'un autre monde qui m'était inconnu jusqu'à présent. Son histoire, son passé, tout me captivait, j'avais envie de tout connaître. Il possédait l'art d'attirer ma curiosité, de hâter mon intellect, mon entendement. Sa voix avait un charisme singulier, elle irradiait des ondes envoûtantes, ces mots se déployaient et se répandaient telle une boule de feu, une boule d'énergie qui emplit l'horizon, se propage jusque dans l'azur étoilé.

Avant de le rencontrer, j'étais persuadée que la vie était la somme des hasards, l'accumulation d'une chaine d'évènements fortuits, imprévus, il m'avait ouvert les yeux et je compris que nous avions des anges gardiens pour nous guider vers notre chemin, que nous devions suivre les voies de Dieu pour notre plus grand bonheur.

Je lui avouai soudain que j'étais très heureuse de l'avoir rencontré, que je me sentais vraiment bien avec lui, il me répondit alors : « - voilà, nous y venons, nous y aboutissons, j'ai été attiré vers toi, je t'ai cherché, attendue car je devais te rencontrer toi et nul autre. Je t'ai choisi pour libérer ma conscience, mon âme et mourir en paix. Tu me touches beaucoup car tu me rappelles Hannah. Ta fraîcheur, ta candeur, ta beauté, ta jeunesse sont des trésors que tu dois conserver. Ne laisse jamais les difficultés de la vie les effacer, les gommer cruellement. Tout en toi, me rappelle celle que j'ai aimée.

Je sens en plus, que tu souffres du même mal de vivre, que moi, je subissais avant mon départ. Je veux t'offrir un présent unique qui te libérera, te délivrera de ce douloureux poids. Je désire t'apprendre à aimer la vie, chaque instant, à savourer chaque seconde comme une faveur de L'Eternel. Je veux te purifier comme lorsque les dramaturges antiques écrivaient des tragédies dans le but de purger les passions, d'évacuer tout sentiment de tristesse et voulaient apporter du bonheur. Je souhaite que tu oublies, que tu occultes, que tu supprimes tout désespoir, toute désillusion et que tu ranimes, ravives la flamme de l'espoir dans ton cœur comme le peuple d'Hannah en sortant des camps de la mort a fait rejaillir une étincelle d'espoir, en sortant de l'Egypte a fait renaitre, réapparaitre la confiance après la maison de servitude, comme l'harmonie succède au chaos, comme l'arc-en-ciel remplace la tempête.

Je veux que tu croies en des jours nouveaux, je veux que tu espères un avenir florissant, prospère, aurifère. Ouvre les yeux à la vie, ouvre ton cœur à l'espérance, ouvre tes mains à la joie et à l'amour. Saisis et accepte les offrandes de la vie. Laisse-les te transporter et tu comprendras que ton malheur est si léger, si futile, si infime que tu finiras par le transformer en bonheur et que tu apprendras à trouver beaux les plaisirs simples, ceux qui te semblaient si banals auparavant.

Ceux qui t'apparaissaient comme négligeables, insignifiants deviendront primordiaux, essentiels, fondamentaux à tes yeux. Ta peine deviendra infondée, tes soucis deviendront caduques, vains.

Nous partageons tant d'idéaux similaires que je peux te comprendre beaucoup plus que quiconque. Je me retrouve en toi, j'aime ta simplicité, ta sobriété, tu ne recherches ni pouvoir, ni argent, tu n'es ni cupide, ni intéressée. Tu es une jeune femme sincère, authentique, tu n'es pas envieuse. Je souhaite que tu reçoives ce qui t'es dû, ce que tu mérites : l'attention, la reconnaissance. Tu es différente du commun des mortels, je ne décèle pas chez toi, ni ne distingue de sentiment de cupidité.

Ce qu'il faut avant tout, c'est que tu parviennes à atteindre un certain degré de sérénité et ta perception de la vie se modifiera et se trouvera grandie. La vie est un voyage sur une route qui cesse un jour. Il ne faut surtout pas s'en angoisser mais rendre ce voyage utile. L'homme ne se rend pas toujours compte de cette fuite irrémédiable du temps dans la mesure où il cherche toujours l'inaccessible, un bonheur indéfinissable et oublie d'apprécier ce qu'il possède ou est si aveuglé, par sa quête avide qu'il ne voit pas même ce qui est devant lui. C'est pourquoi, l'homme ne parvient pas toujours à seulement apprécier l'instant présent et ne réalise pas que le temps coure irrémédiablement.

Lorsqu'il s'en aperçoit, on peut considérer qu'il est devenu vraiment adulte mais parfois, il est trop tard. C'est là que réside la différence entre l'enfant et l'adulte. L'enfant a hâte de devenir adulte et trouve le temps si long, l'adulte quant à lui, sent le temps passer, le temps glisser sournoisement, insolemment avec désappointement et amertume : il aimerait le retenir, le saisir. L'homme ne cesse de perdre son temps à la recherche de la gloire, de la reconnaissance, d'une matérialité qui ne nourrit pas l'âme et qui reste une drogue perverse qui égare dans une perdition croissante. Elle se plonge ensuite dans une désillusion inégalable empêtrée dans la frustration. Puis alors vient l'emprise du temps, le tourbillon du temps.

Or, lorsque l'on cesse de compter le temps, lorsque l'on n'en n'est plus esclave, l'homme peut enfin sourire, il vit alors hors du temps, apprécie chaque minute. Il n'est plus angoissé car il a alors apprivoisé le temps, il l'a domestiqué. Il a fait son apprentissage dans la mesure où il oublie la fuite, la mesure, le flux temporel. Il n'attend plus la prétendue « vraie vie », il vit dans le présent, dans l'immédiat, l'instantané et comprend que la « vraie vie » se trouve ici et maintenant. Alors, il atteint la complète maturité. Ainsi, l'homme vit et vivra la traversée d'un destin dans sa fascinante et prodigieuse progression, le pur tracé d'un destin dans son puissant et curieux enchaînement.

Il suffit qu'il se laisse guider par les évènements, et la gloire puis le bonheur viennent à lui. En revanche, forcer la destinée ne fait que la contrarier. Les opportunités nous guettent, il suffit juste de prêter attention, de les voir, de les cueillir. Le temps demeure toujours subjectif au niveau de la conscience intime, pèse ou s'accélère en fonction des péripéties, de son état d'âme, de sa maturité. Le temps vécu, le poids des années est perçu à des vitesses différentes, variables en fonction de la qualité des moments. C'est comme si coexistaient en nous deux temps différents, à la fois opposés mais complémentaires : le temps objectif qui contrarie un temps subjectif.

Mais pour que tu comprennes, je vais t'expliquer que l'avenir n'est pas qu'une page blanche. L'homme reste l'unique être vivant qui ne subsiste pas, gouverné strictement, exclusivement, seulement par ses instincts. La notion d'avenir, de futur le hante, l'idée du probable demeure inscrite en lui, étant un être doté de raison. Ainsi tout homme croit, espère détenir un avenir devant lui et dans le cas contraire, le désespoir l'habite, la lucidité extrême le conduit à œuvrer, à faire des choix inattendus, inopinés poussés par la brève échéance de la fin. L'avenir tant individuel que collectif n'est-il pas orienté par nos actes mêmes les plus inconscients ?

La liberté, le hasard, la contingence, la réflexion restent des indices qui guident vers l'idée que rien ne serait écrit à l'avance, que demain est et demeure une page blanche. Mais suffisent-ils ?

Nos habitudes, notre vécu, notre passé tant collectif qu'individuel n'influence t'il pas le cours de notre vie ? L'expérience mais surtout les conventions sociales, notre éducation, notre morale nous laissent-elles véritablement toute la marge de manœuvre que l'on croit détenir ? Vivre intensément l'instant présent est essentiel, profiter de chaque seconde, la savourer aisément tel un cadeau, un présent que Dieu dans sa générosité nous offre, nous concède. Ensuite, nous pensons avoir le choix, le choix de faire des projets, de les annuler.

C'est pourquoi, nous pensons que rien n'est prévu d'avance, que rien n'est inscrit dans l'avenir. Un avenir que nous attendons tous glorieux, heureux. En outre, nous pensons que notre avenir détient une part de hasard, de contingence ou surtout est-il guidé, impulsé par la providence. Or, nous détenons depuis la Genèse, le libre arbitre, la possibilité de le bouleverser, de le contrarier. La route est à la fois droite mais possède des carrefours, des voies parallèles, des perpendiculaires, des lignes sinueuses. Donc, l'avenir ne peut pas n'être qu'une page blanche dans la mesure où nos décisions, nos choix passés et présents déterminent l'irréversible futur, l'irréversible avenir universel et individuel.

Le conformisme, la préférence pour la facilité, l'habitude, la crainte de l'inconnu ou une sorte de couardise nous paralyse et nous empêche d'agir, de faire les bons choix. L'homme se complet dans l'immobilisme, la passivité et reste englué dans la complaisance, les compromis qui ne le rendent pas foncièrement heureux. Il choisit souvent le confort moral et matériel et oublie ses rêves, ses aspirations. Mais trouver son destin, son avenir et sa voie passe par une certitude que l'on ressent dans son cœur. Il s'agit d'une petite voix intérieure qui conforte les choix, qui guide.

Il s'agit de trouver son bien-être, sa plénitude, de se réaliser. Dans le cas contraire, il reste une destinée inachevée à accomplir. Se trouver, c'est trouver la sérénité et un intense bonheur devant tel ou tel choix. C'est ne plus éprouver le besoin de regarder derrière soi ni à côté de soi mais toujours regarder devant soi avec confiance, assurance et certitude. C'est ne plus éprouver le moindre doute, ne plus désirer l'indéfinissable, rester indifférent face aux autres options ou aux autres alternatives. C'est ne plus succomber à aucune tentation. C'est aspirer à retrouver ce que l'on a choisi à tout moment : ce « tout » qui signifie le bonheur. C'est ne plus se sentir étranger dans sa maison, dans son foyer, avec ses proches, c'est ne plus se sentir étranger dans l'existence, errant dans la vie.

La liberté, le libre arbitre, la jeunesse, le goût pour l'aventure nous pousse à chercher, à expérimenter, à tester mais nous revenons irrémédiablement aspirés par un destin qui nous domine et nous attire. Or, il peut arriver qu'on s'en soit tant éloigné, qu'il soit très difficile de revenir pour emprunter ce chemin, le bon chemin. La route devient tortueuse et l'existence torturée. Cela peut conduire à s'engouffrer jusqu'aux fond des abîmes mais il existe toujours une crête, un sommet, une cime, un vallon lumineux où l'on peut se raccrocher. Une étoile dans les ténèbres peut scintiller pour indiquer le sentier puis la route. Les drogues, les vices, la tentation destructrice, le désespoir sont des prédateurs captieux, sournois qui engendrent un doute cruel. Ils se montrent discrets, oublieux dans la nuit tels des chasseurs au cœur corrompus, à l'âme acerbe, âcre, qui attendent leur proie timorée qu'ils tentent d'asservir après un combat qu'ils livrent contre sa volonté, contre son courage.

Ils veulent annihiler la foi, la personnalité, l'humanité de leur proie pour la soumettre et la plonger dans un enfer indubitable. Ils cherchent la dévotion autodestructrice que leur proie devrait leur vouer, ils font chuter dans le gouffre du silence et pénètrent l'âme jusqu'à la détruire et lui ôter sa noblesse.

Ils sèment le doute, le tourment, l'angoisse pour mieux asservir et posséder l'âme de leur proie devenue servile, faible qu'ils manipulent alors à leur guise et oppressent cruellement tels des tortionnaires avides. Ils contrôlent tyranniquement la conscience, ils oppriment fermement l'être piégé et captif. Le retour vers la lumière devient alors un combat sanglant, une lutte acharnée de tout instant contre un ennemi jaloux, possessif, omniprésent qui guette et qui déclenche les représailles.

Mais la lutte courageuse mène vers la lumière, la rédemption, l'absolution, l'expiation et la mansuétude face à soi-même. Alors une vérité lumineuse peut scintiller, resplendir et apaiser. Cette vérité s'impose par conséquent insolemment, impérieusement, autoritairement par son pouvoir puisqu'elle est vérité inaltérable, indéniable, atemporelle et universelle. Elle est la vérité de Dieu tout puissant, maître de tout en ce monde.

Tu sais, le temps est une notion très relative qui varie en fonction des individus et de leur vie. La vie, le temps sont des idées, des concepts qui nous tourmentent. Mais nous sommes si petits à l'échelle du sablier universel et éternel. Ce qui importe est d'apprendre à bien vivre et la qualité des instants tous relativement éphémères, demeure essentielle. Les relations interhumaines doivent être riches, profondes, marquantes.

C'est sur ce point que réside la véritable question. La durée de l'existence finalement importe certes, mais ce qui l'emporte, c'est le bonheur que l'on ressent et que l'on est capable d'offrir à autrui. Vivre pour vivre n'est pas le véritable dessein de l'existence mais vivre pour donner, pour offrir, pour apprendre et pour transmettre demeure le centre d'intérêt premier, le point névralgique de l'existence. Vis pour devenir mais ne vis pas pour demeurer.

En outre, nous sommes influencés malgré nous et malgré notre liberté, malgré le hasard, malgré notre détermination, notre volonté ou notre véhémence, dans nos choix, par la culture, la société, autrui, nos expériences et le passé. Donc comment peut-on affirmer que l'avenir est une page blanche ? Tous ces critères influent sur l'avenir, le grave. L'avenir est une page remplie d'évènements inscrits dans une introduction, dans un prélude qui est notre passé et qui après un développement se conclut par l'épilogue crépusculaire. Le dénouement de toute chose est inscrit dans l'avenir, excepté l'infinitude de l'Eternel, vérité inaltérable, impérissable, intangible, atemporelle et éternelle. Nous ne maîtrisons que si peu, nous croyons illusoirement détenir les clefs de tout, de l'avenir. L'homme est bien souvent arrogant, présomptueux, prétention mais la vanité et l'orgueil nous aveuglent.

Une dose d'humilité, de recul, de sagesse nous rendrait plus lucides et moins inconscients. Tout deviendrait clair, limpide et une grille nouvelle de lecture du monde, de la vie s'imposerait salutairement à nous. Et un nouvel essor, un nouvel espoir universel et individuel naîtrait et nourrirait nos actes.

Goût palpitant, splendides discours, clameurs sublimes et suppliciées des hommes voltigeant et flottant dans les profondeurs de l'abîme. Désuétudes forcenées luttant pour survivre au milieu d'un tapis lumineux et pourpre de modernité, au milieu d'un océan froid, glacial mais plongeant le monde dans un prodigieux progrès oscillant, basculant inexorablement, indéniablement sans cesse vers le visage du déclin, de la décadence, de l'ineptie, de l'erreur et vers la figure de la stagnation humaine et se tournant ensuite providentiellement et inéluctablement vers la voie lumineuse et inopinément retrouvant la grandeur humaine noble, pivotant alors vers la silhouette de l'expérience féconde et expiatoire d'un univers en proie au souffle stérile du silence de l'indifférence. Ce souffle s'essoufflant, s'étouffant, s'étiolant pour répandre, faire jaillir le souffle pur du silence du sage, du silence audacieux du recueillement, de la paix candide et de l'apprentissage humain.

Engouffre-toi dans la splendeur de la vie, plonge dans l'abîme du temps, dans l'abîme lumineux de la vie. Eau silencieuse de vie, rivière pure et douce, frontière illimitée de l'amour, de la paix, et de l'entraide poussant à la probité. Exhalaison chaude, suave au gout de miel. Indicible beauté d'une nature vivante, vivifiante aux secrètes vertus. Nature sacrée et maternelle berçant le monde, le réchauffant toujours et encore. Nature atemporelle et se régénérant toujours au souffle souverain de Dieu. Nature pour les hommes, pour la vie, pour le devenir universel...Rythme souverain et échappant au vouloir humain, nature indépendante, subtile, têtue, capricieuse et insaisissable. Véhémence impénétrable d'un monde végétal et animal émanant de la seule volonté de Dieu et de son génie infini et tout puissant.

Monde clos, voulant s'ouvrir, s'épanouir, se libérer et s'élever vers des contrées emportant, ravissant, enflammant un monde animal, végétal, un règne humain aspirant au respect de la grandeur des anges et révérant, glorifiant Dieu : maître du monde et de l'univers. Corps immobiles, médusés et pétrifiés telle des statues de glace face au génie divin impénétrable. Explosion d'amour, éclatement et éclosion lumineuse proférant un devenir merveilleux. Auberge de cristal, abri, antre, havre, refuge humain propice à la paix. Cristal tintant dans la nuit au parfum enivrant de la rose mystique et à la saveur de framboise ambrosiaque. Avenir vertigineux plongeant le monde dans la lumière divine.

...La vie est un voyage spirituel au cœur d'une exploration menant à une ascension vers la lumière...

La vague à l'âme, la vague au cœur, j'écris ces mots si beaux, si purs.

Lumière souveraine, élévation de l'esprit qui vagabonde, erre et trouve sa voie, son chemin, son sentier convergeant avec le destin, tracé pour lui, par Dieu. Quête de la foi pour une destinée prodigieuse, lumineuse, exaltant l'espoir tel un feu verdoyant et suave pareil à la contemplation de l'azur.

…L'art plonge et illumine le mystique voyage de l'existence…

CHAPITRE QUATORZE :
Eblouissement

Ensuite, nous continuions à converser en perdant la notion du temps. Le temps était passé si vite que j'avais la sensation d'être hors du temps, de vivre une expérience étonnante, irrationnelle et mystérieuse. J'avais l'impression de me libérer, d'avoir le droit de tout exprimer, d'avoir véritablement l'opportunité de m'affirmer, d'affirmer ma personnalité et mon identité. Mon cœur palpitait à la vie, ma conscience criait à la vie, je n'étais plus moi-même. Mon esprit critique, ma raison était acérée mais j'avais comme un voile sur l'évident. J'avais perdu mon contrôle, je me laissais guider. J'étais à présent capable de déchiffrer, de décrypter, de défricher l'invisible, l'au-delà des apparences. Je pouvais appréhender une réalité nouvelle, une réalité transcendantale, une vérité dissimulée dans les mensonges, dans les simulacres, les faux semblants aux portes de l'illusoire.

Je pouvais distinguer une réalité intelligible mais j'étais bloquée, paralysée pour percevoir la réalité sensible, les évidences concrètes. Mes sens n'étaient pas endormis mais je me sentais comme engourdie, comme si tout s'imposait à moi.

Sa voix était tel un écho qui résonnait dans mon esprit, ma vue était trouble, toutefois mon odorat était comme exacerbé. Je sentais comme un parfum enivrant de fleurs. Je me sentais bien, comme jamais auparavant. Tout était à la fois clair et trouble, limpide et nébuleux. J'étais si grisée, si embrumée, si perturbée que je ne parvenais pas à connaître son identité.

Dès que j'abordais la question, il détournait mon attention ou me faisait comprendre que c'était sans importance. Moi, j'aurais tant voulu savoir. Il me faisait penser à un ange, à un homme mystérieux doté de capacités dépassant le commun des mortels. Etait-il envoyé par Dieu ? Qui était-il ? Pourquoi moi ? Il était comme une allégorie de l'humanité toute entière, comme l'exemple de ce que nous pourrions devenir avec un peu de sagesse. La question qui me venait soudain à l'esprit, était de savoir s'il était vraiment un homme, un être humain ou un envoyé de Dieu ? Etais-je dans un rêve éveillé ? Dans une réalité parallèle ?

Puis notre entretien reprit, il n'y avait pas de répits, pas de pauses, il fallait continuer. C'était comme s'il ne fallait pas perdre une seconde, comme si notre temps était compté.

Je ne contrôlais plus rien, j'étais devenue un instrument de ma propre existence, comme si je voyais mon être, ma conscience guidée par une force qui m'était étrangère et qui s'imposait autoritairement à moi.

Puis, soudain, il me dit : « tu sais, beaucoup de gens ne résistent pas devant le désir de posséder ou devant la soif et l'ivresse du pouvoir. Tout cela crée une dynamique perverse mais paradoxalement féconde.

Cela crée un progrès au sein de la société. En effet, l'ambition est un spectre qui se communique, qui interagit réciproquement sur les individus d'une société. Le succès de l'un se transmet et crée une mouvance positive. La somme des intérêts individuels crée les intérêts collectifs. La raison, l'intellect, l'entendement humain est stimulé par le désir de vaincre, par la véhémence, l'énergie déployée pour atteindre son objectif, pour inventer, pour créer. L'envie, la jalousie à l'égard de son prochain stimule l'intelligence et l'effort pour égaler voire dépasser l'auteur de ses tourments et de ses frustrations.

Le travail s'avère alors salutaire et libère. Il canalise cet état d'esprit et le sublime pour engendrer une force créatrice, novatrice ou même artistique. Cet état d'émulation et de rivalité interhumaine permet d'éveiller l'excellence des dispositions naturelles, de ses facultés pour parvenir au résultat escompté.

Il nait par conséquent une alliance naturelle, une union des forces, des capacités pour répondre à la compétitivité. Une harmonie naturelle et inéluctable se crée et jaillit l'élévation des compétences et une complémentarité des talents. L'égoïsme naturel, l'individualisme est supplanté par l'union, par l'alliance des talents. L'homme se rend compte que s'il s'isole, il décline son humanité et se destitue de son statut d'être social. Il évince alors son individualisme et accepte le partage par intérêt, il fait des compromis face à sa nature.

Il s'aperçoit aussi que sans autrui, il ne peut pas se sentir épanoui. Il réalise qu'autrui représente une médiation pour apprendre ou pour s'affirmer en tant qu'homme, en tant que citoyen d'une société. Autrui permet d'évoquer ses pensées, en l'occurrence de les clarifier, de les concrétiser et de les affirmer. Ainsi, autrui permet d'être en tant qu'homme, d'affirmer son existence, de maîtriser l'environnement, l'espace et donc de s'affirmer en tant qu'être humain. Autrui permet de s'épanouir, de se réaliser car en discutant, il développe l'esprit critique, l'entendement, la raison et l'intelligence.

Grâce à autrui, la personnalité se forme, pour pouvoir affirmer sa force, sa présence face à son prochain. Pour cela, il développe ses facultés d'argumentation. Il cherche, il expérimente, il fait appel à son imagination. Il veut créer de la nouveauté, de l'originalité afin de contrer son adversaire.

Il sollicite son intuition, sa créativité et grâce à sa raison qu'il développe exponentiellement, il peut dépasser ou égaler enfin son concurrent.

Des rapports de force s'établissent et les recours à l'ingéniosité, à la stratégie s'accroissent afin de rivaliser. Beaucoup d'énergie est alors déployée et donc je te souhaite à présent la bienvenue dans le milieu des affaires, dans cet univers chasseur. Un monde impitoyable où l'on lutte constamment pour préserver sa position, des êtres arrivistes, opportunistes, avides, cupides guettent sans répit une défaillance afin d'en profiter pour te dérober ta vie, ta position, tout ce qui fait de toi, un homme accompli. Les vautours sont omniprésents et attendent patiemment sans repos. Les ennemis sont présents partout et surtout là où tu les attends le moins. Ils sont tels des charognards, des prédateurs, des chasseurs, épiant leur proie, ils sont omniprésents et ont une armes braquée sur toi et espèrent le moment opportun pour tirer à vue».

Nous développions une discussion passionnante. Je me souviens que j'étais impressionnée par la pertinence de ses propos. Je voulais l'arrêter pour tenter un nouvel essai afin de connaître son identité Mais je ne pouvais pas expliquer cet échec. Je n'y étais toujours pas parvenue, je ressentais comme une force qui m'empêchait malgré moi d'oser le lui demander. Puis soudain, il semblait lire dans mes pensées et anticiper la question. Il m'a regardée droit dans les yeux et a mis son index sur mes lèvres pour me faire comprendre qu'il fallait que je cessasse de chercher à savoir. Je pense avec le recul qu'il voulait ménager son anonymat et le suspense pour sacraliser, pour magnifier cet instant magique, cet entretien hors du temps. Son regard avait alors une force de conviction mystérieuse, il dégageait une force, une fermeté, une intensité telle le regard perçant de l'aigle qui soumet la volonté de sa proie. Il avait l'art d'anesthésier, d'endormir les doutes et la curiosité. Il savait me rassurer mais son regard ferme distillait une bonté paroxysmique.

Puis, il reprit avec une passion incontrôlée ses propos si enrichissants. Je me sentais totalement hypnotisée par ses réflexions si atypiques et si originales.

« Autrui peut aussi être un refuge dans l'infortune. Autrui fournit un repère et des limites qu'on impose. Il permet aussi d'imposer sa personnalité et son identité. » Ainsi, voici le genre de discussions sérieuses que nous avions. Nous avions réussi à établir ensemble un contact étonnant. Je me sentais devenir sa complice. Son don pour me faire réfléchir me passionnait. Il était devenu tant un professeur qu'un confident. Il savait exciter mon intellect et ma curiosité comme personne. J'avais la sensation d'avancer vers une voie qui m'était inconnue, vers une voie qui me semblait insolite mais attirante voire séduisante. Il avait l'air de faire naître en moi la femme adulte, la femme qui aime la vie et qui a atteint la maturité intellectuelle. J'avançais inéluctablement, irrémédiablement vers un ailleurs que je pressentais. Je ressentais comme ses ondes, comme ses vibrations. Cet ailleurs, ce monde nouveau qui avançait sous mes pieds m'appelait, me parlait, je le ressentais comme si j'étais en train de le saisir de mes mains fébriles, de mes doigts tremblants d'une intense émotion. Mes sens étaient sublimés, capturés, magnifiés. Une sorte de synesthésie se forgeait dans ma tête. Les mots, les sons appelaient des parfums, des couleurs. Mes sens étaient exaltés, exacerbés. Ma perception spatio-temporelle était en train de se modifier. J'aimais ce qui m'arrivait.

C'était comme si soudain, tout devenait beau, les couleurs, les senteurs, les sons étaient pareils à des douces mélodies. Les oiseaux, les papillons, les fleurs jouaient, dansaient au son de la symphonie enchantée du vent. Les chants du vent, le parfum des fleurs se mélangeaient, s'amalgamaient, s'entremêlaient, s'entrecroisaient sous de splendides auspices.
Tout se côtoyait pour ensommeiller le malheur, ensevelir la tristesse et éveiller le bonheur sous la magnificence de l'aurore. La majesté, la solennité de l'instant révélait un sillon d'une lumière prophétique qui marquait la déroute des nuits froides et glaciales, des soirs blancs

O solennelles et précieuses stances, odes profondes et spirituelles, vie de l'esprit, vie de l'âme sonnant le glas de la détresse intime. Ma solitude se trouvait abrogée par une aura qui s'était retranchée dans le souffle du vent divin. « Ecoute la voix qui t'appelle, qui appelle ton cœur, qui l'éveille à la vie, à Dieu, à la beauté des beautés, à la perfection unique, à la quintessence de l'existence. Ecoute la voix qui parle à ton cœur, qui t'approche, qui t'éclaire, qui te guide, qui t'aime. Accueille l'amour, la vie, l'espoir dans ta conscience.

Tu ne seras plus dans la nuit froide de l'oubli, baigne-toi dans cet océan de lumière qui jaillit du fond des vallées, du fond des prairies, des clochers, des abîmes, des entailles de la Terre, des confins de l'univers. Abreuve-toi du nectar de la vie, quitte le sol terrestre pour accepter un voyage dont on revient éveillé, élevé vers la spiritualité. Embrasse la vie, accepte les larmes de l'infini bonheur, les larmes extatiques de l'intense spiritualité, le frisson de la félicité, le frémissement de la béatitude. Aigle de feu, baiser d'espoir, révérence sacrée, puissance divine, lumière des lumières, lumière de feu.

Culte universel, candélabre sacré. Vies, destins qui se rencontrent par la puissance providentielle et qui s'entremêlent dans un cœur pur qui palpite à l'unisson pour le Dieu unique d'amour et de miséricorde.

Poudre de feu, poudre d'or, glaive du feu sacré qui œuvre pour la paix éternelle et universelle. Ruissellements torrentiels, pluie aurifère, trombes suprêmes, bourrasques sublimes, tourbillon céleste d'amour infini. Vrombissement à la lisière annonçant une ère aurifère d'amour. Fraîche et pure est la fleur qui s'épanouit dans le silence de la nuit. Pluie prodigieuse de diamants couleur cristalline, couleur pureté, couleur providence divine. Pleurs de joie, pleurs subjugués de passion, pleurs d'amour infini. Dieu d'éternité, Dieu d'amour à la voix sacrée, à la voix parfumée d'une incommensurable sagesse qui exacerbe l'humain d'une intense ferveur, qui galvanise son cœur et ses sentiments les plus intimes. Vérité des vérités, genèse, raison originelle, perfection inégalable, existence sublime, soleil, lune, constellations, astres rappelant la supériorité du créateur prodige. Lumière étanchant la soif, lumière rassasiant l'affamé. Pouvoir unique et paroxysmique, puissance des puissances, absolue perfection à l'infinie beauté

Humanité plongée dans le délice enflammé, beauté chatoyante, parfum passionné, art éclairé, inspiré et jubilatoire, inscription, serment gravés dans une pierre indestructible, art prolixe sacralisant la vie, art foisonnant, art fécond, anoblissant l'humanité. Foi, puissance sacrée, transports frénétiques, héritages culturels, universels ouvrant et marquant les esprits. Ecriture, eau que je bois, fée bienveillante qui me berce et me protège, soupir d'apaisement, de joie et de bonheur. Narrateur, enchanteur, alchimiste détenant les clefs de la vie, les clefs de l'avenir.

Foule galvanisée, massée, électrisée, émue prête à recevoir le présent divin, l'amour universel, prête à recevoir dans un écrin le bonheur insufflé, prête à s'émouvoir de la lumière scintillante, de beauté et de pureté. Regards resplendissants de paix, de vérité, d'amour, exhalaison, parfum arborescent et charnu, magie mystérieuse, charme enchanteur, puissance céleste, magie lumineuse rejaillissant depuis les cieux et se répandant, se diffusant, essaimant, se propageant, rayonnant à travers le monde, à travers la sphère céleste, les confins de l'univers, les mers, les océans, les forêts, les vallées, les montagnes et captant le cœur des hommes, et captant la raison universelle. Et lux facta est… Ainsi soit-il…

Jardin, précipice enneigé, glacier d'airain, crépitement des branches de l'arbre d'amour qui se consument tel un feu ardent illuminant le ciel et honorant l'azur, l'immensité et l'horizon par sa beauté. Voûte céleste protectrice, archange ébloui et réveil du missionnaire divin pour une ère aurifère, désistement lâche des hommes et bravoure intrépide angélique. Talent de feu au dessein glorieux, pensée prophétique, inspiration prophétique, florilège intense et créatif, exaltation spirituelle et grandiose. Chant du luth destiné à apaiser les âmes, vibration de la lyre touchant les cœurs et enchantant, séduisant, charmant par son doux pouvoir enivrant. Chant métaphorique des tourterelles et des colombes, pétales de roses odoriférantes. Protecteur angélique tel un missionnaire gardant les portes de la vie et du bonheur. Cheval d'airain, coupole argentée, main blanche à la peau laiteuse, main du souvenir, main pure et prophétique guidant depuis les cieux, depuis le firmament, les destinées humaines. Délices humains, orfèvrerie cultuelle. Vent de fraicheur intense, vent de liberté. Roi des chantres de la paix, élévation, liberté, spiritualité, béatitude, plénitude infinie....

Mon intuition me rassurait, j'avais l'impression d'être en sécurité, sereine avec cet inconnu que j'avais finalement l'impression de connaître ou d'avoir toujours connu. Je me rapprochais de lui, de ses idées, de sa pensée comme si je me métamorphosais.

Il me guidait vers une expérience qui me bouleversait, qui me subjuguerait pour la suite de ma vie. J'étais heureuse, je sentais que je me transformais, que je m'ouvrais sur le monde, sur la vie et inexorablement sur ma vie. Je pressentais qu'après ce très long entretien, je serais une autre, je deviendrais une autre qui avait découvert les vérités cachées de ce monde.

Il m'aidait à fuir ma naïveté originelle, mon innocence pour m'ouvrir les yeux, m'éclairer sur les illusions de l'existence, le profond sommeil dans lequel j'étais plongée, mon aveuglement... Il me sortait de ma claustration, de ma prison, de mon cachot sombre, de mes ténèbres. J'apprenais à fuir les préjugés qui emprisonnaient mon esprit, le souillaient. Il me purifiait et m'amenait vers un univers des réalités pures, vers la transparence cristalline que tout être, rêve un jour d'atteindre. Il me conduisait vers la splendeur de la vie...

Etait-il en train de me sauver de moi-même, de ma détresse, de ma lassitude ? Une idée m'effrayait, comment allais-je à présent continuer sans lui ? Comment allais-je pouvoir revivre mon quotidien si banal, si prosaïque sans lui ? Je me sentais envoûtée, mais renforcée et libre. J'avais rompu, brisé les chaînes de mon existence, de mon esprit, de ma conscience. Je ressentais une liberté frénétique tournoyer en moi, s'emplir de ma chair, de mon être, de mon essence.

Le vieil homme me libérait. J'étais grisée, enivrée, je me sentais incapable de fuir, de renoncer à cette expérience prodigieuse. Cette tentation de découvrir cet ailleurs était inextinguible, j'étais emportée et dominée par ce désir puissant de visiter, d'explorer cet ailleurs que l'on ne pas qualifier, que l'on ne peut pas définir, ni déterminer par sa splendeur singulière et unique. Le définir, chercher à le nommer serait le rabaisser, le déprécier, l'offenser, l'insulter. Je ne pouvais plus rebrousser chemin, il m'intriguait, il me semblait magique. Je désirais également percer l'énigme qui gravitait autour de cet homme.

Qui était-il ? Je voulais parvenir à rompre le charme, à contourner son charisme, son magnétisme, je voulais démystifier son mystère et cerner son dessein à mon égard. Et voilà qu'il recommençait à me plonger dans son univers, dans sa vie qui n'était nullement la mienne mais où par la force du hasard ou de la providence, je me trouvais. Par moment, j'avais le sentiment de commencer à m'identifier à lui malgré toute ma résistance face à ce phénomène. J'avais malgré tout, encore assez de discernement pour réaliser qu'il s'agissait uniquement de sa propre vie, de son expérience qu'il me révélait, qu'il m'enseignait. Mais finalement, il me communiquait tant, me confiait tant, que je finissais par m'identifier à lui, je me sentais comme aspirée vers lui, vers sa vie.

J'avais l'intuition que je commençais à penser comme lui, à le comprendre au point que j'en étais troublée.

Il me confiait l'intégralité de son passé, de son présent avec honnêteté, sans aucun artifice ni ornement. Il s'imposait dans son authenticité et ne cherchait nullement à enchérir, à surajouter, à agrémenter, à enrichir, à embellir pour tronquer la vérité dans l'éventuel dessein de plaire. Il se confessait totalement à moi, avec transparence et sincérité. Il m'offrait tout son réservoir intime, toute sa vérité. C'était comme si nos deux vies étaient en train de fusionner, de s'entremêler. Je lutais de toutes mes forces pour rester « moi-même, Laura, une jeune femme vivant comme tout le monde, comme le commun des mortels. Je souhaitais conserver ma personnalité, mon identité.

Or, ma perception de la vie, de l'existence se modifiait irrémédiablement, mon esprit critique se changeait, il grandissait, je m'émancipais, je m'affranchissais des chaînes des conventions sociales, du regard, du jugement d'autrui, je me libérais, je respirais enfin. Je naissais, je me découvrais, moi, dans ma nature authentique. Ma force se déployait enfin comme un oiseau, un papillon qui déploie pour la première fois dans son existence ses ailes et éprouve la merveilleuse sensation de voler, de voler enfin après tous les obstacles, tous les efforts, toutes les difficultés rencontrées.

Il a entonné alors, la certitude toute puissante d'avoir fait jaillir ma nature originelle. C'était comme s'il m'avait fait effleurer les clefs du feu de l'existence, de la vie. Je sentais que je m'élevais vers des contrées inconnues, inouïes et splendides. Ce voyage devenait prodigieux et prenait des dimensions inattendues et inespérées.

Mon esprit critique se modifiait, se développait, j'éprouvais le frisson, l'exaltation de l'intense découverte, comme si je goûtais au fruit de la connaissance, je progressais au point que cette fièvre qui s'emparait de mon corps, de ma chair, de mon âme me faisait craindre de ne plus être capable d'assumer un quotidien si prosaïque. Ma vision de l'existence, de mon espace, de mon environnement était modifiée. Tout était amplifié, mes sens s'étaient accrus, j'explorais un monde nouveau d'où on ne revient jamais. J'aurais souhaité que cet instant se figeât et perdurât pour toujours. J'étais propulsée dans un paradis hors du temps, un paradis atemporel.

Le temps ne signifiait plus rien, il avait perdu de sa substance naturelle, originelle, c'était comme s'il s'était arrêté pour nous, nous avait enlevé à notre existence, nous avait capturé. A cet instant, il a lu dans mes pensées et m'a fait comprendre mystérieusement sans parler que le meilleur reste à venir. Je vivais une expérience si enrichissante, si mystérieuse mais tellement prodigieuse.

Je ne ressentais plus ce vide dans mon cœur, plus cette souffrance dans ma chair. J'avais enfin envie de vivre pleinement, de savourer l'existence. J'ignorais à présent la sensation du froid, de se sentir seule, désœuvrée. Il était telle une tornade enivrante, un ondoiement spectaculaire, une onde de choc spirituelle qui méduse même l'être le plus intrépide.

Joie, foi, reines des forêts enchantées d'amour, féérie joyeuse, frénésie insatiable et spectaculaire, dérisoire mélancolie, majestueux festoiement, énergie lyrique. Je vivais l'appel de la vie, l'appel du cœur. Il m'expliqua soudain que vivre sans amour, sans être aimé, c'est mourir et qu'aimer, vivre avec amour, c'est vivre, vivre intensément, c'est savourer le dessein d'exister. C'est aussi exister, c'est honorer l'existence, c'est l'honorer pour le temps précieux qu'elle nous accorde. Vivre sans aimer, c'est n'avoir ni fortune ni moisson. J'étais attirée vers ses pensées, il dégageait un charisme singulier lorsqu'il parlait, ce phénomène m'intriguait, m'interpelait.

J'étais tombée sous son charme, un charme qui me retenait, m'appelait et me forçait à adhérer à la splendide vérité de la foi. Il m'avait appelée de son pouvoir mystérieux permettant d'attirer, d'influencer, d'enchanter la volonté tel un champ magnétique qui se propage dans le corps et le capte. Il était comme un catalyseur qui faisait battre le cœur par le charme, la fascination, le magnétisme qu'il exerçait.
Il avait permis la cristallisation féconde de mes forces.

J'avais la sensation tel un rêve éveillé peut-être prémonitoire, de me baigner soudainement dans la rivière de la spiritualité et de percevoir une lumière d'un bleu éclatant qui scintillait et se répandait en moi. Cette eau pure et suave de la rivière azurée me faisait tressaillir et trembler d'émotion. Mon champ de vision était flou, vague, nébuleux mais l'exaltation me faisait bouillonner tel un état de frisson illuminatif. Rivière du destin intronisant la vie, la foi, la spiritualité, clé du mystère de l'existence. Flot d'une joie infinie, rivière chaude du souvenir, privilégié fleuve de la vie convergeant avec la rivière de l'espérance exacerbée. Eaux troubles d'une vertigineuse mémoire couleur opale. Après le tourbillon de l'orage foudroyant, de la tempête intrépide, sonne la trompette de la vie, la symphonie de l'excellence couleur rubis.

Soudain, je retrouvai mes esprits et ma clarté réapparut après cette intense et exaltante rêverie. Puis, il a abordé le thème du voyage. Il me demanda ce je pensais des voyages. Il m'a dit que découvrir les civilisations des hommes, leur histoire, leur passé était passionnant et un devoir pour faire naitre la mémoire à travers les âges.

Connaître le monde, le patrimoine mondial est une exploration nécessaire et enthousiasmante. « Mais tu sais, le voyage n'est qu'une illusion qui fait croire que le monde, que la vie s'ouvre devant soi. On y perçoit à juste titre, un rêve, un idéal, une aventure merveilleuse. On y désire légitimement à travers l'inconnu un retour sur soi, une introspection, une exploration de son être afin d'apprendre à se connaître puis aussi afin de pouvoir s'ouvrir sur soi et sur autrui telle une promenade spirituelle.

En effet, découvrir des paysages exotiques est fascinant, rencontrer de nouvelles cultures est une formidable découverte. Apprendre à se connaître, réfléchir, apaiser son âme dans un voyage introspectif au cœur de sa conscience, au cœur de son être, au cœur de soi-même enrichit. Mais cela n'est et ne sera jamais le remède face à l'ennui perpétuel, à la tristesse, à la mélancolie. Le mal de vivre pousse parfois à cette extrémité: tout quitter, quitter les êtres aimés, quitter tous ceux qui rattachent à un passé que l'on cherche à fuir.

Quitter tout ce qui a été construit, tout ce qui fait l'identité, la personnalité pour enfin s'affirmer, vivre, être libre. Tourner la page d'une vie détestée, rejeter tout ce qui identifie, les habitudes, les liens familiaux, le quotidien…

Or, le voyage donne l'illusion d'agir, d'apprendre à vivre…Le voyage, la fuite trompe les hommes en leur faisant croire, espérer qu'ils peuvent améliorer leur vie ailleurs.

La fuite donne l'illusion que le bonheur peut se trouver alors et que la vraie vie va commencer. Elle fait naitre un sentiment illusoire de liberté et d'évasion.

Tant d'hommes ont été trompés, leurrés, bernés lorsqu'ils ont cru à des faux semblants. Ils ont imaginé des chimères inutiles, ils ont été piégés par le faux espoir qu'une contrée nouvelle leur offrirait argent et profit. Ils pensaient que « l'argent était le moteur, le nerf de la vie ». Ils croyaient acquérir fortune, pouvoir et donc à une illusion de bonheur. Mais ils ont oublié que le bonheur se cherche ici et maintenant et qu'il ne réside ni dans l'argent ni dans le pouvoir. Ce sont certes des bénédictions de la vie, de la providence mais le bonheur se trouve avec les siens et dans les plaisirs simples, purs, sobres. Le bonheur se situe dans l'authenticité des liens, dans la sincérité. Le bonheur s'acquiert avec autrui et dans l'amour.

Celui qui a besoin d'artifices pour être heureux, de sensations spectaculaires mais si éphémères ne peut pas être heureux ou ne l'est pas. La richesse se trouve avec autrui, avec sa famille, avec ses amis. La véritable aventure se trouve avec les siens, dans la chaleur du foyer. Il est totalement illusoire d'imaginer que l'on ne se sentirait plus être un exclus à l'étranger. Lorsqu'on se sent étranger dans la vie, le voyage ne change strictement rien à ce triste sort, à ce triste constat.

L'homme croit que le départ vers nulle part permettra d'oublier le passé et de se tourner vers le présent. Or, le problème est que l'homme est et restera toujours prisonnier de son passé, de ses origines, de son vécu, de ses expériences. C'est pourquoi, le vieil homme pense que la vraie vie se trouve en nous. On ne peut la trouver que seul et par soi-même, par sa quête, par ses efforts. La vraie vie se trouve dans la spiritualité, dans les liens authentiques, sincères que l'on construit avec autrui, dans son œuvre, dans son travail, dans son ouvrage, dans ses enfants a qui l'on transmet une part de soi, de son savoir, de sa vie. La fuite n'offre que désillusions, frustrations, déceptions et désespoirs. Nous restons toujours nous-mêmes, ici ou ailleurs.

Effectivement, le voyage permet la découverte de nouvelles cultures, ouvre l'esprit, permet parfois le rêve, l'inspiration mais en aucun cas ne modifie tout. En effet, qui résiste aux sept merveilles du monde, à l'histoire, aux vibrations et à l'empreinte des terres saintes ? Qui résiste à la beauté et à la variété des paysages exotiques, des reliefs les plus singuliers ? Lorsque la vie permet de les découvrir, il s'agit d'un cadeau. Mais tout voyage, toute sensation même la plus extatique, la plus exacerbée, la plus apothéotique ne reste qu'éphémère.

Elle ne dure qu'une fraction de secondes, qu'une infimité à l'échelle d'une vie et elle finit par s'évaporer. La lassitude, l'ennui, l'avidité revient avec encore plus de ferveur, de virulence, d'agressivité après ce genre d'expérience voyageuse.

Le désespoir encore plus profond, renait. L'errance rejaillit et l'espoir disparaît. Le voyage ne produit alors que désillusion car une fois dissipé l'enthousiasme de la découverte, le vide devient puissant, s'amplifie et prend la dimension d'une immensité insurmontable, d'un gouffre. La fuite éloigne du vrai chemin de la destinée ou la retarde. La mission, le dessein d'un homme doit-être accompli afin qu'il puisse être en paix, dans le cas contraire, il se sent tourmenté, il se sent errer dans l'existence, il perçoit un reflet de lui-même inachevé et reste insatisfait de tout et de lui-même chroniquement.

Il m'a néanmoins expliquée que durant ses voyages, il avait côtoyé la misère, la corruption, la générosité, la prospérité, la maladie, la souffrance, la solitude, la détresse et la chaleur, la sincérité. Grâce à tout cela, il a évolué et s'est remis en question, il s'est construit. Mais son véritable enrichissement, il l'a trouvé avec les hommes et non pas avec des paysages ou des sensations éphémères. Il s'est enrichi, a grandi grâce aux liens qui se sont noués, grâce à des hommes d'exception.

Lui seul, n'était plus l'unique centre de sa réflexion et il avait découvert la vraie définition de « l'autre » qui est différent de moi mais qui me ressemble tant. Puis, il m'a avouée que le lieu seul où il se sentait en paix inexplicablement, c'était la ville sainte. Il ignorait par quel phénomène, par quel miracle, il se sentait en paix, en phase. Il aimait ce lieu, il se sentait sécurisé, paisible.

Comme tu as pu le constater, le voyage donne l'illusion de rompre avec la routine, le quotidien. Il offre une sensation de liberté, d'aventure, d'évasion. Il peut permettre un repos moral ou physique mais de courte durée. Un homme heureux a envie au bout d'un moment de rentrer mais un homme malheureux et perdu, erre sans réel but mais ne souhaite pas rentrer non plus. L'idée du retour l'angoisse, le hante. La reprise d'un quotidien qui ne le satisfait pas, est alors insupportable. Les réalités sont alors pénibles à retrouver, il replongerait dans les soucis et dans cette vie froide et lassante Se réhabituer à son quotidien sordide et monotone est impossible alors la tentation renait de partir à nouveau.

Ainsi, beaucoup d'individus n'ont pas l'âme de voyageurs mais ne partent seulement dans la mesure où ils ne parviennent pas à s'adapter à leur vie avec des contacts superficiels et donc sans attache. Ils ne peuvent pas aussi, s'adapter à la société. Ils doivent travailler, étudier.

Ils doivent se soumettre, se plier à la société, se fondre dans un moule social qui ne les satisfait nullement. Ils doivent rester conformistes sinon très rapidement, ils sont perçus comme des marginaux. Ils veulent fuir cette uniformisation de la société, ils souhaitent échapper aux modèles véhiculés, inculqués, imposés.

Or, n'en trouveront-ils pas de nouveaux ailleurs ? N'est-ce pas intrinsèque, inhérent à toute société ? Pourquoi chercher à fuir ce qui forge une société ? Notamment ce qui fait ses repères, son histoire, ses racines, son charme, son âme ? Refuser de se plier à l'art de vivre commun, social, c'est se plonger en marge, c'est s'isoler même si c'est un moyen d'affirmer sa liberté. L'originalité enrichit une société, la libère, l'oxygène, la renouvelle, la rajeunit mais l'excentricité excessive et gratuite peut être perçue comme de la provocation voire de l'irrespect. Il continuait à me dévoiler son intimité, il se confiait à moi sans retenue. Il avait une surprenante lueur de satisfaction dans le regard et une grande douceur. Il avait une éducation remarquable, il agissait avec une déconcertante délicatesse. Beaucoup de distinction, de raffinement, se dégageaient de sa personne.

Plus je l'écoutais, plus je l'admirais, plus je l'appréciais. Il m'impressionnait, j'adorais rester avec lui et je me sentais bien à ses côtés. Il était si cultivé, et avait tant de charme et de courage.

Affranchissement affirmé des règles de la réalité, des lois du réel. Dépassement des frontières matérielles, irrépressibles poussées lyriques conduisant à un monde qui relève de tous les possibles. Va silence du destin œuvrant silencieusement mais sûrement, ouvrant la porte à la certitude affirmée d'un au-delà du réel visible, d'un monde impulsé par une force supérieure répondant au mérite de l'homme. Rivière du silence, rivière de la vie, splendeur de l'existence. Fleuve de la mémoire, fleuve de la vie, fleuve de l'esprit. Sanctuaire de la vie, destin vallonné telle une mer enfiévrée et emportée au-delà d'elle-même. Silence des amants s'ouvrant à l'universelle vérité, rigole, saignée dans les murs sombres de l'obscurantisme afin de laisser ressortir et apparaître la lumière de la vérité sempiternelle, atemporelle et transcendante. Espérance, attente d'un Deus ex machina providentiel. Les fleurs fanées se mirent alors à refleurir et à s'épanouir par l'éclat, le resplendissement, la splendeur de l'azur.

CHAPITRE QUINZE : Rêve

Puis soudain, il prononça ces paroles avec une sérénité complète comme s'il avait oublié ma présence.

« Voyageurs sans parole, qui viennent à moi et qui me parlent à voix basse, ouvre ton cœur face au baiser de feu, au souffle de feu. Abreuve et nourrit ton corps, ton cœur, ton esprit, ton âme, de la foi, de l'espoir au seuil du sommeil, au seuil de la nuit, au seuil du jour, au zénith, au nadir, à l'aurore, à l'aube, au crépuscule. Ondoiement céleste, cœur qui virevolte à travers l'azur, mélancolie en sépulture de verre glacial, ensevelie dans les décombres de la désillusion, de la frustration. Tristesse au pied d'argile s'écroulant tel un château de carte au souffle d'une pluie diluvienne, d'un torrent emballé, des flots déchaînés.

Joie, bonheur, foi, espoir, plénitude naissante par la lumière jaillissant des cieux, rayonnant, resplendissant, se répandant à travers le firmament, la voûte céleste, la nue et se diffusant, emplissant les continents, les mers, les océans. Les confins de l'univers, les tréfonds de notre monde sont purifiés de toute souillure, la grève, les rivages sont lavés de la fange et les terres sont devenues à nouveau fertiles, prospères, fécondes. Tout est devenu possible et réalisable à la force de l'effort, de la foi et de la véhémence. Des moissons nouvelles sont apparues toutes plus abondantes, plus foisonnantes, plus luxuriantes. Des fruits savoureux, sucrés, parfumés et voluptueux ont germé. Un tourbillon euphorisant, exaltant, une tornade heureuse est née et tout est devenu réalisable à la force de la foi, de la ferveur et de l'espoir. La paix universelle et la prospérité sont réapparues sur la Terre. »

J'ignorais s'il s'agissait d'un rêve éveillé, d'une vision pour l'avenir, ou de l'expression d'un espoir ? Néanmoins ce qui m'interpelait était que je n'avais pas peur de ses mots, bien au contraire je les écoutais avec attention et intérêt. C'était à ce moment précis que j'avais réalisé et compris que j'étais véritablement en train de changer dans la mesure où auparavant un tel récit m'aurait étonnée voire inquiétée.

Il continua et m'expliqua de ne jamais me laisser tenter, corrompre, de ne jamais m'éloigner de ma quête ou il entreprit de me parler de ce qui comptait pour moi. Il reprit en ajoutant qu'on ne peut jamais échapper à son passé dans la mesure où ce qui nous a construit est notre histoire, nos origines, notre famille et même notre nom de famille nous le rappelle et fait notre identité. Nous sommes tous prisonniers de notre passé, de notre enfance, de notre vécu, de nos habitudes, c'est ce qui constitue notre mémoire et notre essence. Et la fuite en avant ne libère pas de ses racines, ne peut pas gommer ce que nous sommes. Un jour ou l'autre resurgit en nous le passé même si nous voulons l'oublier, l'effacer, il se manifeste toujours avec force et vigueur.

Il se fortifie en silence, sournoisement et rejaillit avec une grande virulence. Si on ose le rejeter, il réagit et revient en force ou se venge. La clef du bonheur se trouve au fond de soi, de son cœur et ce n'est pas en reniant des évènements passés qu'il apparaît. Au contraire, il faut les affronter pour pouvoir trouver la paix. Le passé, est un temps à la fois révolu mais vivace, vivant qu'il ne faut pas désavouer, abandonner et à l'opposé, il est important de le faire vivre, de le cultiver car c'est une richesse intarissable qui forge le présent.

Cependant, le passé ne se conjure pas, ne s'abdique pas, il fait parti de soi et tenter de le gommer, de l'oublier, de l'abjurer est faible et vain. Même si un passé a été sombre, il faut l'affronter sans le détourner, l'appréhender sans le contourner, l'apprivoiser afin de le maîtriser et ensuite de le dompter. Le passé n'est pas un ennemi mais une somme d'expériences vécues qui forge l'être et l'enrichit. De même, qu'un passé domestiqué, jugulé est une opportunité pour s'aguerrir et se confronter aisément à la difficulté. Il peut offrir une énergie foisonnante et féconde pour triompher même dans l'adversité telle la force, la vitalité, l'ardeur, l'audace de la lutte, du combat, du défi voire de la revanche sur la veille. Notre passé est notre carte d'identité formant notre personnalité et nos aspirations.

Rivière fauve du souvenir, rivière de l'épreuve, rivière du supplice fécond et formateur. Flot de l'égarement, flot de la douleur, des vicissitudes, flot du vertige apaisé par la chaîne du miracle, de la providence. Doux et violents efforts ramenant dans le lit du fleuve rougeoyant de la vie sous un soleil lumineux. Frénésie exaltante au cœur de la tourmente et au cœur du silence sous un majestueux souffle éolien prédisant l'avènement du bonheur, augurant la joie.

Les expériences, les erreurs sont riches d'enseignement, d'un enseignement chargé d'avenir. Mais avec la fuite, c'est rechercher l'inaccessible, c'est poursuivre, pourchasser, traquer ce que l'on ne possède pas et accourir après ce que l'on n'aura jamais. C'est renoncer à la frontière du possible, c'est rejeter l'opportun instant, l'heure de la destinée, la construction d'un progrès après une ère d'échecs fondateurs, d'épreuves formatrices, c'est fuir son propre destin. C'est refuser de franchir et de pénétrer l'orée du bonheur, de se baigner dans une rivière aux frontières dorées.

Chacun détient sa propre définition du bonheur, pour certains, il réside dans l'espoir d'aboutir à une œuvre, à une cause, à une aspiration, dans l'espoir d'atteindre ou d'obtenir un objectif. Mais une fois cet objectif atteint, certains le savourent, le dégustent avec reconnaissance et sont véritablement heureux.

Or, pour d'autres, bien au contraire, une fois que l'objet accompli, le but tant attendu, est atteint, ils se sentent vides, sans but, ont perdu l'énergie, la fougue de la lutte et leur bonheur s'étiole et finit par s'éteindre. Ils sont plongés alors dans la mélancolie et dans le vide d'un lendemain d'une fête spectaculaire mais achevée. Ils ressentent alors la vacuité d'une existence sans attrait ou avec le souvenir d'un bonheur passé, éphémère et révolu.

Ils ne parviennent plus à se remettre de la fièvre de leur succès qu'ils auraient tant voulu pouvoir poursuivre et rendre infinie, sans fin. Ils vivent alors dans le passé, avec nostalgie et amertume. Ils réagissent telle une célébrité déchue qui ne se remet pas d'avoir été destituée de son statut, de son piédestal. Ils sentent, que sans l'étincelle d'un succès nouveau, exaltant, ils ne connaitront plus cette sensation fugitive, fugace et illusoire du succès qu'ils assimilent fallacieusement, trompeusement au bonheur ou à un absolu. Le bonheur et l'absolu ne sont pas une sensation mais un état, une certitude proche de la béatitude, de l'ataraxie et corrélative, indéniablement, inéluctablement, indubitablement à la spiritualité.

L'exaltation, l'absolu sont le cheminement de la foi et de la spiritualité et donc, l'aboutissement, le parachèvement d'un absolu apothéotique, d'un absolu paroxysmique, d'un état extatique, intense à l'instant de l'accomplissement de ce cheminement conduisant, ensuite, à la sérénité et à la plénitude de l'âme, à la paix intérieure. L'art, l'expression artistique, la créativité, l'amour, la réflexion, l'accomplissement d'un destin, le beau qui séduit et exalte l'âme, ce qui nourrît l'âme, sont des voies possibles menant à la spiritualité et à Dieu, la voie sacrée de la vie.

L'art guide et mène vers Dieu dans la mesure où le véritable artiste touche, effleure un sublime qui rend hommage à Dieu,
à la création et l'artiste par sa créativité tente d'élever, de grandir l'humanité, il tente aussi de l'honorer et de la servir. Sensations foisonnantes, élévation, rêve, beauté pour l'esprit, exaltation, imagination et réflexion sont l'énergie créatrices nourrissant l'inspiration artistique.

Le vrai bonheur est une satisfaction durable, constante, intense, inaltérable qui .atteint et nourrît, rassasie notre conscience. C'est un idéal auquel nous aspirons tous, qui équilibre, qui éteint les regrets, les remords qui hantaient et qui dévoraient auparavant. Le bonheur soulage les peines, étouffe, noie la douleur, apaise, gèle la souffrance et la mélancolie. Il sublime tout, il fait naître, éclore la rose de l'amour, le lotus de la sérénité, le rameau d'olivier de la paix et fait germer l'embellissement des souvenirs tel un passé glorifié, magnifié, un hommage à l'enfance, à la vie. Le bonheur loue, transfigure l'existence.

En revanche, si un jour, ce bonheur saisi, s'échappe, s'étiole à cause de l'inconscience, de l'immaturité, la chute est alors vertigineuse. Pour grand nombre, c'est au moment où ils le perdent qu'ils prennent conscience qu'ils étaient heureux. Ils s'aperçoivent qu'ils ont été ingrats, oublieux et là, ils apprennent à définir le bonheur qu'ils ont laissé fuir et qu'ils ont perdu. Ils se rendent compte alors qu'ils n'ont pas su l'apprécier ni profiter de cette bénédiction, de ce cadeau de la providence.

Leur désinvolture, leur insouciance, leur indifférence, leur inconscience leur aura été fatale. Ils n'ont pas pris garde à conserver jalousement leur chance, à la préserver. Ils ont joué avec le feu et on perdu à ce jeu.

Ils n'ont jamais su déguster ces instants éphémères car ils les croyaient infinis, interminables et intarissables. Mais ils ont oublié que rien n'est jamais acquis. Leur immaturité les conduisait à croire qu'ils avaient tout l'avenir devant eux mais le problème est que seul Dieu détient les clefs du temps et le contenu de la destinée. Demain est un présent qui se mérite et qu'il faut apprécier.

« C'est pour cela que je te conseille de saisir le moment opportun comme si c'était le dernier. Si tu as besoin d'exprimer des émotions, des sentiments à l'égard de tes proches, fais le, tout de suite et maintenant, avant qu'il ne puisse être trop tard. Le temps file, fuit et ne tient pas compte de nos états d'âme. Vis ta vie, ne laisse personne t'en empêcher. Malheureusement, on ne peut pas prévoir les événements futurs, la fatalité qui frappe arbitrairement, on ignore pourquoi, dans quel dessein. La course peut être stoppée à tout instant, alors ne perds pas ton temps face à ce qui te tient à cœur. Nul ne connaît le contenu réel de son lendemain et la meilleure arme est la foi et la spiritualité pour affronter les épreuves avec courage, force, résistance et victoire.

Goute au parfum de la vie, vis intensément le bonheur qui t'es offert, les pauses de douceur, de tendresse que le destin t'accorde. Mais paradoxalement le bonheur se construit progressivement, s'il est trop rapide, trop brutal, il offre une griserie inattendue et plonge dans une ivresse excessive. Pour assumer le bonheur, il faut l'avoir attendu et non pas l'assumer brutalement, du jour au lendemain sans s'y être préparé.

Tout porte à croire finalement que la fuite, les voyages sans buts précis et répétés intempestivement sont seulement un subterfuge inconscient, une parade pour fuir sa vie et se révolter contre son destin, contre la mort. On sait tous inconsciemment que le temps fuit, qu'il nous dirige irréversiblement vers la destination finale, vers la traversée de l'autre rive. On veut alors conjurer cette fatalité et on croit illusoirement que le voyage exorcisera cette réalité funeste. On pense que le voyage est un synonyme de distraction, que c'est un moyen de profiter de la vie. On ne veut pas gâcher son existence et on imagine, on se figure que la vie sera meilleure ailleurs. Mais refuser son destin est vain, au contraire acceptons notre destin d'homme, de mortels. Etablissons-nous, construisons, vivons notre vie et oublions l'inéluctable crépuscule des âges pour tenter de laisser une trace de notre passage, pour immortaliser notre présence sur Terre,

pour transmettre un legs, un héritage culturel, artistique, scientifique, pour parfaire les fruits de la création...

Ne laisse pas non plus tes désirs, ton inconscient prendre le pas sur ta raison. Ne te laisse pas envahir et séduire par cette mouvance matérialiste et conformiste. Choisis toi-même tes aspirations, ta conduite, ta morale et ne deviens pas esclave des tentations. Ne te laisse pas corrompre, ni asservir face aux objets, aux vices. Sois libre, affranchis-toi du jugement d'autrui et de sa doctrine si tu la juge mauvaise et illégitime. Ne te laisse pas influencer par des êtres vils...

Enfin, fuir, c'est errer dans la vie, dans un abîme sombre, dans les ténèbres. Le vrai voyage, la paix se trouve dans le voyage éternel qui attend tout homme dès sa naissance, qui est un sublime eldorado, un rivage heureux et paisible. Fuir sans cesse est une parade pour attendre passivement la mort sans ne jamais oser construire.

Le voyage le plus exaltant se fait par l'esprit, par l'imagination, par les livres, par des tableaux, par une prodigieuse symphonie...Découvrir dans les voyages, les civilisations des hommes est passionnant mais cela ne peut pas égaler un art intemporel, l'art de séduire l'âme, de bercer l'esprit, d'élever l'âme, d'anoblir et de transfigurer l'humanité. Pour la lecture l'homme est transporté dans un univers fictif, dans un monde idéal où il se forge lui-même un paysage au gré de son imagination ou des directives de l'écrivain. Il élabore son univers virtuel certes, mais intense et contemplatif.

La peinture fait voyager l'imagination jusqu'au sommet de l'inconscient, jusqu'au cœur du labyrinthe de la conscience. La photo est l'art de la vérité saisissante, un art parallèle à la peinture qui crie une authenticité, une émotion transfigurée, poignante tel un témoignage indélébile et immortel. La peinture est une reformulation, une interprétation de la vérité dans les méandres de l'inconscient et de la fantaisie de l'artiste. La photo sait également suggérer, elle manipule la lumière, la luminosité, l'éclairage, la peinture joue avec les nuances, les symboles au gré de la créativité, de la frénésie imaginative du peintre.

Quant à la musique, c'est une mélodie aux sons de velours, une symphonie à la puissance des émotions qui font frissonner, un jeu subtil d'accords telles des paroles qui font vibrer le cœur et l'âme. Elle adoucit la conscience par l'art de l'harmonie sonore, elle apaise par le truchement des ondes magiques, elle exalte par des vibrations prodigieuses qui font frémir tout un corps. Elle offre, elle diffuse, elle propage une musique qui foudroie par son intensité, sa puissance, son pouvoir, sa force. Elle souffle le frémissement dans la chair.

Elle émeut. L'art sait plonger l'homme dans le mystère, dans le rêve, voire l'extase, il empêche le désenchantement, il manie habilement la suggestion.

Quant à la Littérature, la photographie, le cinéma, l'art pictural, peut entrevoir l'horrible, l'insoutenable, l'abject, l'ignoble. L'art dénonce, fait prendre la mesure, la conscience des réalités. Il a un pouvoir émotionnel puissant et peut éduquer, avoir une mission cathartique sur les consciences. Puis, il peut apaiser, adoucir et forcer à accepter son existence, son destin, lorsque l'on réalise à quel point on peut être chanceux par rapport à des situations tragiques, sans issue et tristes. Le langage poétique a aussi le pouvoir de transfigurer la vie, la réalité, il sait sacraliser la nature. Il maîtrise l'art des sonorités, des harmonies imitatives, suggestives. C'est un langage qui vient du cœur du poète, inspiré par son âme.

C'est une musique émanant de son âme, de ses sentiments, de ses émotions, qui exalte. C'est le langage du cœur, d'une lyre enchantée venant des profondeurs, des abîmes de la conscience humaine, des méandres de l'esprit d'un être à la sensibilité singulière. Il sublime, embellit, magnifie le réel. Il sanctifie l'esprit, exalte la créativité. Il immortalise la beauté, séduit l'esprit, élève et empêche le désenchantement. Il est le langage du rêve, la musique de l'imagination.

Le poète est un alchimiste, un hypnotiseur, un enchanteur qui dissimule sa magie et plonge dans le rêve éveillé, dans la forêt enchantée, dans le champ crépusculaire et onirique où les sons dans la prairie de l'art sont amplifiés, font écho. Envoûtement profond ouvrant les portes du sommeil, de l'inconscient, de l'esprit et semant la fantaisie, les chimères, les utopies et les espoirs, entonnant les chants de l'espoir, entonnant les louanges de la vie, guidant vers une aventure infinie. La poésie est la musique jouée par l'âme poétique, qui enivre, qui fait pleurer les peuples et le cœur de l'humanité qu'elle encense. Elle enivre les sens, libère l'esprit, la conscience, elle promet le voyage féérique au cœur de la vie de l'esprit de l'humanité. Elle déploie des versets, des psaumes glorifiant Dieu, l'éternité de Dieu, elle demeure atemporelle, résonne à travers les âges. Elle est le chant de la vie qui inonde de ses odes enchantées. Elle célèbre la paix, l'amour tout en charmant et sait communier avec la nature, avec les âmes par ses prosopopées lyriques.

L'art offre une source intarissable d'expériences et il suffit d'en ramasser les fruits qui se trouvent à ses pieds. L'art pur empreint de spiritualité, de sagesse permet d'exulter et promet la triomphale extase artistique tant convoitée. Il permet l'élévation de l'âme par sa créativité prodigieuse.

L'art peut libérer avec l'esprit, l'imagination, les frontières du possible peuvent être sans cesse repoussées, nourries par un réservoir quintessentiel créatif

En outre, l'esprit permet les souvenirs idéalisés et donc apaise, permet d'envisager un futur hypothétique souhaité. L'esprit mais surtout l'imagination de l'homme est l'une de ses précieuses forces. L'esprit humain peut choisir d'oublier mais peut aussi cultiver les souvenirs, les faire germer et les faire fleurir.tel un passé révolu érigé en âge d'or, en apogée telles des pétales de fleurs jaillissant dans les airs et répandant leur parfum, leur empreinte, leur pouvoir enivrant.

Toutefois la compagnie d'autrui qui aide, qui soutient, qui offre de la tendresse sans rien réclamer en retour, qui aime avec sincérité est précieuse pour la construction et l'épanouissement d'un être. Mais pour être heureux, il faut cesser de compter le temps et vivre en conformité avec le présent. Vivre l'instant et tous les autres, linéairement, sans regretter hier et appeler en envisageant avec enthousiasme demain. N'oublie jamais que le bonheur te guette, qu'il est à la portée de tes mains, il faut juste le cueillir telles les fleurs fraîches d'un printemps qui ne demande qu'à renaître et à réchauffer les cœurs, à démontrer que par son exemple la joie devient possible. Les élégies, les complaintes, les tragédies appartiennent à hier, aujourd'hui sonne l'avènement de la vie et de sa saveur. Le feu de l'existence allait rompre la glace de la mélancolie, la faire fonde telles des perles cristallines d'eau pure qui se déverseraient et enrichiraient, rafraichiraient le sol asséché.

Vis ton présent sereinement, accepte avec sagesse ton destin. A quoi bon courir vers l'impossible. Prends ce que la providence t'offre, accepte le comme un don précieux, un cadeau qu'il faut jalousement préserver de la convoitise d'autrui, de la convoitise de ton ennemi, cultive le, prends soin de lui. Saisis les opportunités, les chances de bonheur que tu croises. Ne les refuse pas pour un trophée que tu ne gagneras jamais. Si tu as la chance de rencontrer ton trésor, la réponse à ta quête effrénée et tourmentée, ne le laisse pas t'échapper. Saisis le, capture le et ne te dirige pas avidement et cupidement vers un impossible sentier qui te mèneras immanquablement vers l'écueil, vers la perdition, vers le déclin et l'autodestruction...

Lutte, ne laisse pas le sentiment de la déchéance, de l'étiolement, de l'anéantissement, de la décadence, de la déroute et de la défaite venir à toi, t'envahir, t'étouffer, t'affaiblir, te corrompre. Ne le laisse pas prendre le pas sur tes aspirations, sur ta force, sur ton énergie et sur la route de ton destin. Les ondes négatives sont néfastes et asservissent la force, la vigueur, l'énergie, la substance et la volonté de l'homme. Elles lui volent, lui dérobent sa foi et son espoir dans l'existence. Elles sont sournoises, perverses et avilissent qui se laisse tenter et corrompre par elles.

Elles magnétisent, affaiblissent, taisent les aspirations, les rêves et nourrissent l'être avec une énergie opposée, sinistre, nocive, l'énergie du désespoir, de la mélancolie qui rend amer, âpre, acariâtre, vil. Elles désociabilisent, désunissent les êtres. Elles absorbent l'amour au profit de l'égoïsme, de l'égocentrisme, de la souffrance. Elles éloignent l'être de sa route, de sa destinée, ensommeillent, ensevelissent ses nobles dons. Elles aiment la destruction mais détestent la repentance, la rédemption, la foi et la spiritualité synonyme d'amour et d'espoir. Elles préfèrent la haine, l'envie et la frustration.

Or, tout échec et épreuve doivent être considérés comme des difficultés, des douleurs qui grandissent, renforcent une fois que l'homme les a surmontés victorieusement. Tout naufrage, tous les déboires, tous les insuccès peuvent être transformés en succès à la force de l'énergie de la foi, de l'espoir et de la volonté.

N'oublie pas fuir signifie vouloir échapper à son destin et par conséquent, désirer échapper à sa ligne de vie, à la vie elle-même. Un mauvais choix impulsé par des énergies négatives, peut faire basculer irrémédiablement, en une poussière de seconde, un avenir. Eloigner l'être de sa mission, de sa route, de sa destinée.

Le retour est parfois très difficile ou trop long. Puis, soudain l'émotion dans sa voix s'intensifiait. Je percevais qu'il allait dévoiler davantage.ses sentiments, ses secrets, son passé dans cette ambiance trouble, nébuleuse.

Tu vois, j'ai cherché la perfection, le bonheur absolu, une paix intérieure, mais je ne l'ai pas trouvée dans le voyage, ni avec les femmes, ni dans les abus. J'ai expérimenté, j'ai scruté, j'ai cherché mais persistait le spectre de mon passé, mon amour pour Hannah. Le jeu, la solitude, l'autodestruction ont été un instant mon quotidien. Au début, je me sentais grisé par mes expériences mais elles m'ont mené vers l'ennui, l'insatisfaction, la désolation ; tout était vain et stérile. Je m'enfonçais, je m'endiguais, je sombrais fatalement et je ne parvenais pas à remonter car la chute avait eu lieu. Il existait alors deux choix, remonter la pente, sortir du tunnel, du précipice, des ténèbres ou m'engouffrer irrémédiablement

J'ai choisi la bonne option, la bataille et j'ai été récompensé, j'ai obtenu une réponse inespérée à ma quête. J'avais réussi professionnellement, j'avais la sensation d'avoir tout accompli. Je cherchais je ne savais quoi, je ne pouvais pas le définir, c'était si vague, si abstrait. Cela se ressentait mais ne se qualifiait pas, ne se délimitait pas, ne pouvait pas se matérialiser. J'errais dans les tourments de l'existence, dans des labyrinthes tumultueux.
J'ai réalisé alors qu'Hannah détenait entre ses mains la clef de mon bonheur, que j'avais connu le vrai bonheur mais que toutefois j'aspirais à de la profondeur, à un but indéfinissable.

Je recherchais tout simplement l'absolu, l'appel de la vie, l'appel de la lumière. Auparavant, je croyais vivre mais je ne vivais pas. Je vivais dans l'illusion, dans un mirage, je fuyais la vie, le réel. La seule réponse à cette quête a été la spiritualité, la foi, la découverte de Dieu, la découverte de sa puissance et de la force que la foi peut offrir. La réalité, la vérité, au bout du chemin, a été Dieu, vérité unique, universelle, atemporelle et parfaite qui ne se prouve pas mais qui se ressent, ou qui résonne au plus profond de son essence, de son âme, qui fait écho dans son cœur, dans sa conscience. Sa lumière plonge dans un océan d'exaltation, dans une sensation extatique, dans un état de bonheur, de paix infinie et un état de béatitude, de félicité, de plénitude. La foi est un art de vivre, de penser, de réagir.

La foi est une force infinie et inaltérable qui retient toujours et protège, préserve face à une tragédie plongeant dans le malheur et dans une tristesse intense. La foi donc la spiritualité, mène à la vertu, à la modération, à la capacité de mesurer la providence, la chance, le bonheur dans la vie. Elle mène à la pondération face aux évènements, à la prudence et à la force face aux tentations ; elle conduit à la maturité puis à la sagesse.

Mais lorsque j'ai quitté ma vie parisienne et que j'errais dans l'existence en quête de ma raison d'être, au début j'ai gaspillé mon temps, ma vie. J'étais devenu esclave du hasard, de la contingence, de ce que le lendemain accepterait de m'offrir. Je ne choisissais plus, je ne maîtrisais plus rien, ce n'était certainement pas ma volonté, mon libre arbitre qui choisissait le contenu de mon lendemain. C'était autrui, l'air du temps, les auspices. Je n'étais plus rien, ni personne. J'avais perdu progressivement mon identité, ma personnalité. Je devenais un pantin, un spectateur de ma propre existence, je ne contrôlais plus rien, je me laissais vivre ou plutôt détruire et mourir. Je subissais la vie, plus rien n'avait véritablement de consistance. Mes états d'âme étaient plein de paradoxes et mes sensations devenaient extrêmes; l'euphorie excessive et inexpliquée côtoyait et se mélangeait à la sordide et triste mélancolie.

Je perdais peu à peu tous mes repères, mes souvenirs devenaient évanescents et s'évaporaient, s'évanouissaient, s'effaçaient dans les sentiers escarpés de l'inconscient. J'oubliais mon passé que j'avais chassé, les sentiments, les liens affectifs s'essoufflaient, loin des yeux, loin du cœur. Mais le souvenir d'Hannah restait limpide, clair, vivace. Elle me hantait, je ne cessais de rêver d'elle chaque nuit, de l'entendre, de la sentir. C'était la seule femme qui ait réussi à me foudroyer, à me toucher. Elle m'inspirait telle une douce fée, une muse.

Elle m'a insufflé la vie, l'espoir, le bonheur. Nous parvenions à lire dans nos pensées réciproques, nous n'avions plus de secrets l'un pour l'autre, nous nous comprenions au premier regard. Nous nous aimions passionnément, avec une intensité que je n'avais jamais connue. Elle a été la seule et l'unique, les autres avaient beau tenté de me séduire, toutes leurs tentatives étaient vaines. Elles ne m'attiraient pas, je les trouvais vides, sans saveur, sans substance. Avec Hannah, je pouvais échanger, converser des heures durant, inlassablement avec toujours autant d'attrait et sans jamais aucune lassitude, ni monotonie.

Elle était si riche, si profonde intérieurement que j'avais sans cesse l'impression de la redécouvrir, d'explorer à ses côtés, des rivages inconnus, lointains, exotiques. Elle me donnait la sensation d'être vivant. Elle avait le regard de la vérité et de la franchise, elle m'avait rendu un homme, elle avait fait naitre en moi, l'adulte.

J'avais connu le vertige de l'amour, je respire toujours son parfum. Elle m'avait conduit vers l'amour audacieux, enivrant, exubérant, durable, indélébile. Je n'avais plus peur de vivre au contraire j'en avais la soif. Elle me faisait frissonner, frémir, tressaillir…Nul ne pouvait espérer l'égaler ou la gommer de ma mémoire, son empreinte, son essence étaient gravés en moi et demeuraient toujours vivaces.

Elle m'avait fait entrevoir l'ivresse de la vie, de la jeunesse, de la fougue, l'impétuosité, la frénésie, la fièvre de la vie. L'envie, le désir de vivre à plein poumon, à en perdre haleine, son sourire, son visage, son âme était gorgé de vie et d'amour. Elle resplendissait par la beauté et la bonté qui se dégageaient de son regard. Elle savait charmer par son charisme et sa grâce.

Quand je suis parti, je n'avais pas peur du lendemain puisqu'au fond de moi, je ressentais qu'il n'y en avait plus pour longtemps pour moi. Je croyais vivre mais je mourais un peu plus chaque jour. J'étais sans but, sans racine, sans famille, j'avais tout perdu. Je me détruisais un peu plus chaque jour, je perdais mon identité, mon âme. J'étais devenu un fantôme, l'ombre de moi-même. Je ne me reconnaissais plus. Mes forces m'abandonnaient, disparaissaient. J'étais désenchanté, dépossédé de moi-même. Je ne connaissais que solitude et je sentais que je n'avais plus rien à offrir ou à partager sinon de l'amertume, le malaise s'amplifiait encore.

L'extase intellectuelle, l'absolu auquel j'aspirais m'échappait. Rien ne me libérait, ni me satisfaisait. Je me perdais dans les abîmes du temps, rien ne pouvait plus enivrer mon âme, exalter mon esprit. Tout plaisir était éphémère, fugace, furtif et laissait un vide, le gout de l'inachèvement Seule la foi m'a sauvé. Vouloir tout expérimenter était vain d'avance.

La connaissance de toutes les sensations, la connaissance absolue, la connaissance de l'essence même de tout, des êtres, le devenir du monde n'appartient qu'à Dieu. Chercher tout cela, c'est se brûler les ailes, c'est se détruire. La splendeur de la satisfaction extrême appartient à la spiritualité.

Fraîcheur, voûte des arbres, voûte céleste, étourdissement de la révélation. Vague heurtant, fouettant, caressant les rochers. Vague euphorique embrassant la vie. Tourbillon déchaîné au fond des mers déployant les flots de la vie. Lumière souterraine jaillissant et se répandant au creux de la vie des hommes. Douceur aérienne, douceur vaporeuse, sonnant le glas de la tristesse, étouffant la mélancolie et laissant éclore alors le souffle palpitant de l'avenir, de la vie, du devenir.

Bruissement léger, clapotement frais des enfants en fête. Innocence retrouvée, jeunesse rattrapée sous la saveur pétillante de l'amour, de l'allégresse. Euphorie, volupté, enthousiasme des hommes trouvant leurs chemins désirés ardemment, véhémence éperdue, courage, tentatives fébriles, tentatives avortées, tentatives vaines finalement couronnées après l'effort par la rivière du succès, par la mer de la réussite, goût suave, ambrosiaque, exaltant.

Symphonie du bonheur, courant d'air marin sifflotant aux oreilles humaines jusqu'au fond des vallées, des forêts, des vertes prairies, de l'abîme. Parcelles de terres vierges ne réclamant que l'amour, l'attention humaine afin de se fructifier, de germer, de s'épanouir et de fleurir. Fruits frais innocents, neufs et ingénus. Harmonie, bonheur souverain jaillissant après l'ère du chaos. Douceur crépusculaire, candeur subtile et voluptueuse permettant le baptême de la vie, l'ère de la raison, la naissance de la spiritualité émergeant après la foi. Renouveau des âges, règne du rêve, de l'art et de l'absolu.

CHAPITRE SEIZE : Félicité

Cette vaine recherche m'avait déconnecté de la vie, de la réalité. J'étais devenu égoïste, égocentrique. J'avais perdu tout engagement politique, tout m'était indifférent. Même les causes humanitaires ne m'importaient plus. Plus rien ni personne ne m'importait. Je me désociabilisais, je me déshumanisais. Je devenais un être errant, nomade, sans but qui ne pensait qu'à ses instincts, ses pulsions, ses désirs. Je devenais individualiste, incapable de générosité. J'étais devenu passif, inconscient. J'avais perdu toutes les valeurs morales qui faisaient auparavant mon éducation, ma personnalité. J'ignorais désormais ce que signifiaient l'altruisme et l'héroïsme. Seulement ma personne comptait.

Je ne pensais plus qu'à assouvir des plaisirs éphémères, des désirs. Je vivais sous l'empire et l'emprise de mes désirs. Mon enfance, ma vie étaient tel un tombeau, tel un champ de ruines. Une fois être parvenu à gouter, à obtenir ce que je convoitais, je repartais pour une autre conquête. Et le plus ironique, le plus dérisoire, le plus pitoyable est qu'une fois obtenu ce qui me tentait, je me sentais encore plus vide et plus amer.

Plus je l'écoutais, plus je me sentais perturbée, plus je me sentais émue, bouleversée. Ce qu'il ressentait, je commençais véritablement à me le voir transmis, communiqué. Sa tristesse, sa mélancolie m'atteignait comme si ses émotions, sa vie devenait la mienne. Je me sentais concernée, responsable de cet inconnu, de cet étranger. Je m'identifiais à lui malgré moi, alors qu'il était différent de moi, alors qu'il avait un autre vécu, un autre destin, alors qu'il était bien distinct de moi. Je me sentais inexplicablement proche de lui, alors qu'il avait son identité propre, son histoire personnelle qui ne me concernait guère mais il me touchait, me bouleversait par son récit comme s'il m'était familier, comme s'il je l'avais toujours connu. Je me répétais pour me convaincre « mais cet homme possède une autre personnalité, une autre âme, un autre destin, un autre passé, ne t'attache pas trop à lui. » Mais en vain.

Je savais que chaque individu était unique mais malgré ma résistance, il parvenait à m'influencer, à m'inspirer. J'avais la sensation qu'il m'aspirait, qu'il me convertissait grâce à son charisme, à sa force de conviction et de persuasion. Il modelait mon être, ma personnalité. Je me souviens ensuite que je l'ai écouté, écouté, encore et encore sans répits. Puis mes paupières devenaient de plus en plus lourdes, je commençais à somnoler. Je me sentais étonnamment rassurée, légère, décontractée et apaisée. Mais j'étais fatiguée et mes idées étaient confuses, mon esprit nébuleux.

Je me souviens que je me suis endormie d'un sommeil lourd, comme si j'avais à évacuer les émotions d'une journée très bouleversante, comme s'il fallait que ma conscience s'apaisât. Les émotions de cette journée étaient intenses mais je ressentais une fatigue agréable et enivrante, une fatigue apaisante que j'aimais ressentir comme après une journée d'écriture intense. Cette fatigue paradoxalement m'apportait une jouissance inexplicable. Mais depuis le début, tout était pour moi troublant, mystérieux, énigmatique dans cette rencontre. Qui pouvait bien être cet homme ? Tout était soudain devenu flou et j'ai perdu conscience. J'ai dû m'assoupir environ un quart d'heure tout au plus…Enfin, je crois car j'avais perdu la notion du temps, j'étais projetée hors du temps.

Lorsque j'ai repris conscience, j'avais du mal à me souvenir où je me trouvais. Je me sentais désorientée. Un certain temps m'était requis pour que je réalisasse où je me trouvais. Je me suis alors remémorée tous ces évènements, cet homme qui me regardait, mes idées étaient troubles. Je ne comprenais pas comment je pouvais avoir été entraînée dans cette aventure et j'ignorais où elle me mènerait. Mais je ressentais des sentiments ambivalents dans la mesure où j'étais en paix, satisfaite, enthousiaste comme s'il m'arrivait à moi, une aventure merveilleuse mais je me sentais en même temps, perturbée. Puis après quelques instants, il a repris et a dit :

« La flamme qui brûlait en moi jadis, qui façonnait mon être était en train de s'éteindre sous un jour nouveau. Ma soif de vivre, ma confiance en l'avenir était détruite, avait disparu. Cette flamme s'était consumée, elle s'épuisait, s'essoufflait. Mais malgré mon désespoir, mes mauvaises influences, je n'ai jamais perdu mon intégrité, je n'ai jamais fléchi à ce propos. Je me faisais seulement du mal à moi-même. Je me suis toujours efforcé néanmoins, de conserver mon éthique et de ne pas changer, y déroger et commettre de faux pas irrémédiables qui conduisent de l'autre côté du miroir de la morale. Je ne me le serais jamais pardonné.

La vie est parfois comme un coup de poker, il suffit au bon moment, pendant une fraction de seconde, de saisir le moment opportun, de rencontrer les bons amis et de fuir les êtres nuisibles. Autrui, tes choix de vie, tes choix professionnels, sont une piste, sont l'une des réponses à la clé de l'énigme du bonheur, et de la vie.»

Cet homme me livrait ses secrets, sa vie, tout. Il m'enseignait une philosophie très précieuse, la philosophie de l'école de la vie. Il me livrait le langage de son cœur. Or, le seul fait de discuter avec lui, me permettait de me sentir libérée, comprise, heureuse, paisible comme jamais auparavant.

Il avait un pouvoir bénéfique sur moi et une emprise que je ne contrôlais pas. Il me faisait du bien, je n'étais plus la même. J'avais changé, je m'étais transformée, ouverte, métamorphosée. Mon expérience était intense. Je me sentais vivante à l'intérieur de mon corps comme jamais auparavant. J'étais devenue une autre qui était en train de fleurir, d'éclore, de s'épanouir, de se réaliser. Il m'avait mise sur un piédestal, m'avait fait confiance et je ne voulais pas le décevoir. Je me sentais murir, devenir une femme au sens métaphysique du terme. Il a éveillé en moi une humanité nouvelle, féconde, une singulière élévation de l'esprit.

Puis soudain je me rendis compte que le jour venait de se lever, que c'était l'aube, une aube fraîche, vigoureuse et vivifiante. Le soleil rougeoyait et semblait renaitre avec une infinie beauté. Mes idées étaient un peu troubles et il a ouvert la fenêtre et une lumière fantastique m'éblouissait. Cette prodigieuse clarté qui envahissait la pièce, symbolisait pour moi, le bonheur nouveau et naissant. Je me sentais euphorique, régénérée. J'avais la sensation de m'éveiller après un profond sommeil, le sommeil de la tristesse d'hier, la somnolence, la torpeur du désenchantement passé.

Mon esprit découvrait des vérités cachées, dissimulées, les mystères de ce monde. Je vivais comme une résurrection, je ressuscitais après une longue période de léthargie, d'apathie. J'avais entraperçu l'essence des êtres, des choses, de la vie, un savoir transcendantal, métaphysique, ontologique concernant la réalité pure, la beauté, la pureté. Il avait révélé, réveillé des connaissances enfouies en moi telles des réminiscences. C'est comme si j'avais été aveugle et je refusais auparavant de voir ce qui était sous mes yeux innocents et naïfs. Il m'avait ouvert les yeux, la voie, le chemin, la porte du savoir. Il m'avait offert toutes ses expériences et me forçait à apprendre à raisonner. Il me délivrait de ma prison, de moi-même. Il m'ouvrait la porte de la vie, de la sagesse, du savoir.

Cet homme avait une énergie, une force, qui me traversait, m'emplissait, je sentais la chaleur qu'il délivrait et qu'il m'offrait. Lorsque je me trouvais avec cet inconnu sans nom, je ressentais l'intense plénitude, l'ataraxie fertile. Il se montrait attentif à mes moindres faits et gestes, il était attentionné, prévenant, il guettait la moindre expression se dégageant de mon visage ou que mon regard exprimait. Il me traitait avec altruisme et désintéressement. Ensuite l'angoisse de ses propos, de son regard me pénétrait malgré moi, je tremblais d'émotion. Il m'a confié alors que mon mari celui qui partage ma vie, ma destinée était celui qu'il me fallait. J'ignorais comment il pouvait savoir cela. Il m'a dit que j'avais bien choisi en unissant mon destin avec le sien, qu'il m'entourerait, qu'il me réchaufferait quand j'aurais froid et m'aiderait à vivre. J'étais perplexe.

Il m'a ensuite expliqué qu'il fallait bien choisir ses êtres. Il a ajouté qu'ils ont du pouvoir sur nous, peuvent nous influencer et qu'ils exercent une emprise certaine puisqu'ils peuvent nous bouleverser, nous rendre tristes ou heureux. L'attachement à leur égard est si puissant que l'on ne peut plus vivre sans eux. Mais il ne faut pas se laisser envahir et y laisser pour autant sa liberté et son indépendance. Or, nous avons besoin d'eux car seul nous ne sommes plus rien.

C'est eux qui nous libèrent, nous épanouissent, nous aident à trouver notre identité, à former notre personnalité, ils transfigurent notre humanité grâce à l'amour. Nous finissons par devenir dépendants d'eux, de l'amour qu'ils nous témoignent, de leur tendresse, de leur chaleur, de leurs baisers, de leurs caresses.

La solitude engendre misère et désenchantement, la sociabilité, le couple est source de vie, mère de la vie, issue de secours et la porte du savoir. L'amour est la récompense suprême à ne jamais laisser fuir. L'amour partagé est un bonheur intense et merveilleux. Il est une force, une énergie qui fournit du courage et de l'euphorie. Il donne un goût savoureux à la vie. Or, moi, j'ai été trahi par mon entourage professionnel qui rôdait autour de moi comme des vautours, mes prétendus amis m'avaient rendu amer, méfiant, ils m'avaient désenchanté, volé mon innocence, mon goût de vivre, ma spontanéité.

Fais attention à tes ennemis qui te guettent. J'étais devenu leur marionnette, leur pantin qu'on rejette une fois que l'intérêt convoité, a été acquis. Leur complot, leur méfait se répercutait sur mon foyer, sur mon histoire d'amour, mon couple. Prends garde aux gens qui dévoilent des envies, des intentions destructrices, dangereuses à ton égard. Je finissais par négliger mon épouse, mais je ne voulais pas que la magie de notre amour ne pût s'évaporer.

C'était mon hantise alors quand on aime, il faut parfois partir. J'étais devenu avec Hannah, amer alors qu'auparavant, la vie était splendide tel un âge d'or, une apogée. Je savourais chaque minute passée avec elle.

Chaque réveil à ses côtés était une joie. Je me souviens encore de sa beauté, de sa sensualité, de sa féminité. Je me souviens de son corps, de son parfum, de sa pureté. Elle était reine dans mon royaume. Nous nous comprenions même sans parler. Elle savait me stimuler, me donner du courage, faire jaillir le meilleur en moi. Elle me donnait une impression d'accomplissement, de plénitude. Mais ce bonheur a été éphémère, il s'est évaporé dans le néant, dans l'abîme. Je me souviens encore de nos nuits d'amour intense et inoubliable.

Elle m'avait offert la paix, je vivais un bonheur calme, suave, doux, chaleureux, soyeux et notre dénominateur commun reposait sur l'authenticité. Elle m'apportait la paix intérieure, le calme, j'avais hâte de rentrer dans mon foyer, dans mon univers qui nous appartenait à nous seuls. Elle m'accueillait, m'attendait avec un sourire exempt de toute rancune, avec une attitude dénuée de toute remontrance. Elle était toujours patiente et si clémente à mon égard. Je bénéficiais de l'immunité permanente malgré mes maladresses, mes négligences éventuelles.

J'avais une personne chère qui m'attendait, qui savait me réchauffer.

Ma vie s'est modifiée, s'est altérée et finalement arrêtée le jour où je l'ai quittée. C'était un ange qui m'aimait pour ce que j'étais. Et moi, j'ai refusé qu'elle continue à m'accompagner dans la vie, dans la longue route du temps. J'ai refusé de vieillir avec elle, la plus noble aventure que de vrais amants peuvent vivre ensemble. Je lui ai refusé ce don, ce privilège, j'ai fait un choix douloureux lorsque j'ai décidé de séparer nos destinées, de nous désunir dans la durable promenade du destin.

Ce choix, je l'ai fait seul, sans la consulter, sans son consentement, je lui ai dérobé son droit de décider pour nous. J'étais l'unique décisionnaire, le seul acteur au sein de notre couple dans cette démarche précise, ce jour là, et elle, la spectatrice passive, l'observatrice qui dut subir. J'étais le seul responsable. Je me suis perdu en la perdant et j'ai alors rencontré le désespoir et la désillusion. Je me suis puni moi-même J'ai été fou, inconscient, j'avais avec elle, l'amour, le succès, la reconnaissance mais je m'ennuyais, il me fallait un nouveau but, un nouveau défi. J'étais un privilégié qui avait tout sauf un enfant.

Et je m'étais transformé en un être vide, errant, sans but et sans identité, en pleine crise existentielle et en crise d'identité. J'ai cherché à la préserver, je l'ai fuie pour la sauver de moi-même. Je ne voulais pas l'entraîner avec moi dans ma chute, dans mon précipice.

Mais ce que je regrette, c'est de ne pas lui avoir laissé le choix. J'ai agi égoïstement, je lui ai volé la chance de trouver la paix. Je l'ai abandonnée. En agissant ainsi, je l'ai plongé dans le tourment et dans la culpabilité.

Je n'ai plus jamais vécu de nuits d'amour torride et passionné. J'ai eu honte, je n'ai plus osé regarder mon reflet dans le miroir, je n'étais plus digne de son amour. Je ne pouvais plus aimer et je refusais les bras d'une autre.

Or, je suis parti à la recherche d'une vérité que j'ai trouvée. J'ai fini par trouver la rédemption, le pardon, la liberté, l'absolu et la paix. J'ai trouvé Dieu, la foi, la lumière après ce périlleux voyage. Auparavant, je me suis puni d'avoir été trop heureux, comme si le bonheur était un péché. Je me suis alors noyé dans les excès de la vie. Je ne vivais que dans la minute présente, totalement arbitrairement, aventureusement. J'ignorais la signification du mot projet, futur, avenir…

Je désirais avoir l'impression d'agir, d'exister et je m'enivrais dans la futilité, dans le plaisir du danger, de l'autodestruction. J'étais devenu avide et sans espoir. J'étais plongé dans l'illusion superficielle, un artifice destructeur. J'étais entré dans l'infatigable et l'inlassable course d'une tristesse insatiable. Je ne parvenais jamais à me satisfaire de ces plaisirs éphémères, je ne réussissais jamais à assouvir mes désirs vains. Je me dirigeais vers la pente du néant, du vide.

En effet, j'aimais jouer car cela me procurait la sensation de flirter avec la vie, avec le danger. J'aimais transpirer pour la chance. C'était comme si je jouais ma vie, que je la remettais en jeu à chaque fois avec les jeux de hasard. J'adorais le défi dans la mesure où je me défiais moi-même à chaque tentative. La jouissance, le goût du risque, la frayeur, l'adrénaline, le frisson intense, la sensation forte, étaient alors décuplés. C'était comme si je voulais défier le destin, jouer avec lui. Mais je ne maitrisais rien et je ne parvenais qu'à me détruire. Je désirais me brader, me détruire et l'ironie était que parfois je gagnais alors que finalement je voulais perdre inconsciemment pour me punir, me faire du mai et m'apaiser ensuite.

Or, je ressentais comme si une force voulait que je vécusse cette expérience mais malgré tout, elle me protégeait et m'empêchait de me détruire totalement. Au début, j'aimais rivaliser avec des adversaires mais même cela ne me satisfaisait plus, me lassait, m'exaspérait, j'étais repu, rassasiée. Je subsistais sans attache, j'errais dans l'espace temps, je subissais, j'errais, je me perdais, je mourais à petit feu de l'intérieur. Mais ce que je cherchais, c'était la fièvre d'un moment opportun, fatidique. Cette fraction de secondes, d'heures qui peuvent conditionner, modifier le cours de toute une vie dans le labyrinthe effréné du temps audacieux, véhément et impérieux.

L'excitation de savoir déterminer ce moment qui métamorphose l'existence, est intense.

Comme si nous avions des jours fastes, des jours déterminants. L'important est de savoir saisir ce moment, cet instant qui procure l'extraordinaire frisson, afin de le cueillir, de le prendre, de le capturer tel un chasseur. Il faut avoir le géni, la clairvoyance, l'inspiration, la lueur de l'intuition à l'instant gagnant. Là, alors la chance est cueillie, saisie. Je n'ai jamais cessé de chercher à le saisir, ce singulier moment, cet éclair lumineux et je l'ai trouvé à l'instant où j'ai embrassé la foi, la spiritualité mais je l'ai saisi une autre fois, le jour où j'ai rencontré Hannah. J'ai été chanceux et sauvé à plusieurs reprises. Mais je réalise que durant toute mon existence, je n'ai cessé de chercher Hannah et d'appeler Dieu. Cette quête m'a baigné dans la rivière providentielle de l'espérance.

Hannah me manque toujours autant, elle est dans mon cœur, je ne l'ai jamais oubliée. Je la ressens toujours, elle sera ma dernière pensée. Nous avons été unis donc ce lien invisible mais puissant ne peut cesser de persister et ne peut pas se rompre, ni se détruire. Le soir, sans elle, j'ai froid, je frissonne sans sa chaleur, sans son corps, sans sa douceur, sans ses caresses. Nous appartenons l'un à l'autre et je sais qu'elle ne peut pas m'avoir oublié.

Mais j'ai survécu…puis il répéta : au-delà de l'ombre, il y a la lumière.

La traversée de l'ombre, des ténèbres aboutit à la puissante lumière qui adoube l'homme et le propulse au sommet de l'humain.

Ses mots, ses paroles étaient plein d'émotions, de regrets au point que mes membres tremblaient. Mais je crois lui avoir offert de l'espoir et un nouveau souffle. Il était pour moi, un exemple, le reflet de nous tous, de l'humanité qui ne cesse de se chercher avant de murir, de grandir. Il resplendissait de sagesse. Il m'aura indiqué les pièges, les mirages et la bonne route à suivre, la voix à emprunter dans le carrefour de l'indécision. Où aller, que choisir ? Comment agir ? Dois-je me laisser guider par mes désirs, mes impulsions, mes passions ? Dois-je me laisser guider par mon instinct ?

Dois-je réfléchir face à cette opportunité ? J'étais à présent la privilégiée qui détenait les réponses à ces questions. Nous ne sommes pas des anges, nous pouvons tous nous tromper, nous plonger dans l'insupportable erreur qui serait fatale. Nous pouvons tous être tentés, transgresser, fauter. Le principal est l'éveil de la conscience et la réflexion qui permet de se reprendre. La conscience se trouve à l'intérieur de nous-mêmes et nous guide, nous préserve. Les signes du destin doivent pouvoir aussi guider notre intuition. Cet homme est devenu un guide spirituel. Il me dirige vers la vie et me protège de la déroute. Il est ma providence, ma bénédiction, ma récompense.

Il est celui que j'attendais au fond de moi, tel le père que je n'ai pas eu, je l'ai longtemps cherché. Il traduit, il lit en moi. Il me conduit vers mon destin, vers ma liberté, vers mon émancipation, mon affranchissement. Je remerciais Dieu de l'avoir guidé vers moi. Il est comme un double, la clef de mes énigmes, la réponse à mes tourments. Il semblait maîtriser tant de connaissances, comme s'il en savait vraiment plus que le commun des mortels. Il ne me jugeait pas et m'avait enseigné que nous ne sommes que des hommes et que nous ne pouvons avoir le statut de juge d'autrui, la seule vraie valeur est que si autrui fait du mal alors là, nous avons la certitude de notre jugement.

Mais dans le cas contraire, au nom du respect et de la liberté, nous ne sommes pas en droit de juger. Nous sommes comme des enfants que l'on laisse dans la nature et nous ne cessons pas de nous tromper, d'apprendre, de retenir la leçon de nos erreurs jusqu'au crépuscule, jusqu'à l'hiver, jusqu'au jour ultime. Nous ne sommes rien d'autre que des êtres en quête de nous-mêmes qui se cherchons, expérimentons sans cesse, qui agissons selon notre libre arbitre et donc qui pouvons fauter. Nous sommes plein de lacunes, de maladresses mais aussi plein de clémence et de noblesse, c'est pourquoi, la compassion est importante.

Il vivait quant à lui, dans un bonheur passé.

Mais je ne comprenais pas pourquoi, il refusait de la revoir, peut-être craignait-il de la faire souffrir ? Peut-être avait-il peur de ne pas trouver ce qu'il souhaitait ? Peut-être s'agissait-il de l'angoisse, de la culpabilité qui le rongeait ? Alors il se raccrochait à ses souvenirs si beaux, si doux, si intenses. Il ne voulait pas endommager ses souvenirs par un affrontement regrettable ou il ne voulait pas la perturber, la tourmenter, la bouleverser ?

Elle faisait partie de lui, son visage s'illuminait à la moindre allusion, elle était sienne pour toujours. Elle était son jardin secret, sa nostalgie, sa joie intérieure, sa muse, sa source d'inspiration et l'une de ses sources de vie. Elle était devenue son rêve impossible et son souvenir. Il se disait qu'il ne la méritait plus, qu'il ne pourrait plus la reconquérir, ou regagner sa confiance.

Puis, il m'a dit « profite de ton existence, de ton bonheur, goute au parfum, à la saveur de la vie. L'existence est belle, immortalise ton bonheur, fais le durer car tu ignores ce que sera demain. » J'étais très émue, je ne pouvais m'empêcher de pleurer face à toutes ces révélations. Pourquoi moi ? Cet homme était si mystérieux, mais si authentique, si spirituel. Il avait tant de recul, de hauteur face à la vie. Il était sage, il était mon repère, ma lumière, mon étoile face à la nuit ténébreuse.

Il m'avait apportée épanouissement, bien-être. J'ai la sensation qu'il m'est familier, qu'il est plus qu'un inconnu. Il existe un lien inexplicable qui me rattache à lui. J'ai puisé en lui force, vigueur et volonté. « N'accepte jamais de te perdre dans les méandres de la vie. »

Tourbillon d'énergie passionnée, nuage d'espoir, suavité cotonneuse crépusculaire. Timide nébulosité, délice de feu doré se propageant dans le ciel et générant un singulier spectacle pour le regard humain appréciant l'innombrable splendeur du monde. Voûte céleste magnifiée, sublimée, honorée pour le ravissement frétillant humain. Lumière divine omniprésente. Instant crucial, inopiné dans l'histoire d'un homme lorsqu'il prend contact avec l'ineffable, l'indicible beauté du monde, de la vie, de la nature sacrée. Miracle ondoyant de l'instant providentiel, de l'instant gagnant dans la vie d'un homme et dans la vie du monde. Jour de mes jours, nuit de mes nuits, citadelle de bonheur guettant les hommes sans trêve. Cohortes généreuses, légions enflammées par l'intense bonheur se propageant dans les airs pour insuffler à l'homme le ravissement et la douceur palpitante de la vie. Profonde joie, intense espoir, ondes frénétiques, vibrations exaltées flottant dans la nue, dans le firmament, dans la voûte stellaire.

Liberté enflammée, fièvre intense, montagne ardente, terre sauvage émanant de Dieu offrant le feu sacré de l'existence. Caprice du jour, vestige pour l'avenir, douceur de la nuit scintillante, lumière triomphant sur les ténèbres, sur l'obscurité, sur la pénombre. Alignement stellaire, constellations innombrables, lune luisant, brillant, miroitant dans la nuit. Promeneur, pèlerin qui trouve son chemin en scrutant les faisceaux d'indices, en interprétant les signes offerts par Dieu, en décryptant les sons silencieux murmurant à son cœur envoyés par Dieu. Roi des forêts, roi du monde, souverain de l'univers, maître du temps.

CHAPITRE DIX-SEPT :
Béatitude

Après trois mois écoulés, une succession d'expériences humaines assez grisantes mais si futiles, fugaces et insatisfaisantes, il sentait son état se dégrader progressivement jusqu'à se sentir au seuil de la mort. La nuit, il avait froid, se sentait seul, vulnérable, démuni. Il avait l'impression d'avoir vieilli prématurément comme si la vitalité, la vigueur de sa jeunesse l'avaient quitté alors qu'il n'avait que trente-trois ans. Il acceptait son sort, se résignait car il savait qu'il laisserait au moins une petite fille, c'était ce qui lui donnait encore la force et l'envie de sourire.

Le soir, seul, effrayé sous les draps, il imaginait qu'Hannah était près de lui et lui tenait la main, le caressait, le réchauffait. Il l'imaginait si fort qu'il n'avait plus peur et il avait vraiment la sensation qu'elle se trouvait à ses côtés. Il repensait sans cesse à leur bonheur passé, ses souvenirs l'aidaient à garder les yeux ouverts et à respirer encore, ils lui offraient un souffle de vie. Mais il sentait que tout commençait à s'éloigner de lui, à lui échapper.

Une nuit, tout fut différent, il avait la sensation que tout était trouble, sa gorge était sèche, il transpirait comme s'il était brulant de fièvre alors qu'il claquait des dents de froid. Les sons, la chambre tout devenait lointain. Etait-ce l'instant du grand départ, de la destination finale ? Il sentit un vent tiède le caresser durablement alors que la fenêtre était fermée. Puis, soudain, il vit défiler dans sa conscience le vestige de ses plus doux souvenirs, Hannah, puis il eut une projection dans l'avenir lorsqu'il aperçut le magnifique visage de sa fille qui n'était toujours pas venue au monde, il assista à sa naissance comme si Dieu lui fit ce prodigieux cadeau. Ensuite, il revit son enfance, il se vit enfant courant dans l'herbe, escaladant une colline de souvenirs, de sensations et apparut son cheval Gabriel à la crinière d'argent, intrépide puis il se vit sur son dos, galopant à toute allure.

Dieu lui avait accordé le privilège, de se remémorer, de revivre, en quelques secondes les instants apothéotiques de son existence et son apogée avec son premier baiser et sa première nuit d'amour avec Hannah. Il avait aussi aperçu Hannah qui lui souriait, qui semblait lui ouvrir les bras comme pour lui dire d'aller en paix et lui signifier qu'elle l'aimait toujours et lui pardonnait de l'avoir abandonnée.

Enfin, il lui apparut une dernière image encore plus longue et plus intense, la vision splendide du tableau.

Un trésor de réminiscence, un vestige, un sanctuaire d'amour s'était figé dans son esprit. Il contempla avec ravissement ce paysage pictural béni par sa beauté. Ce spectacle d'un monde éperdu d'amour, d'une splendeur paroxysmique, se déployait sous ses yeux. Il semblait progressivement grandir, se rapprocher de lui, l'image de ce monde merveilleux l'emplissait d'une lumière qui le réchauffait, ravivait l'énergie de sa foi, le submergeait d'une émotion jaillissant du tréfonds de son âme, de son cœur.

Des vibrations, des ondes d'amour l'appelaient, l'attiraient tel le magnétisme d'un aimant. Soudain, cet univers pictural, se concrétisa, se matérialisa, prit vie autour de son corps affaibli, de sa dépouille prochaine, il était semi conscient, il ignorait s'il était agonisant, mort, souffrant, vivant... Il savait qu'il ne souffrait plus, qu'il ressentait une complète plénitude et même une béatitude infinie. Il se sentait particulièrement en paix et n'avait peur de rien. Il se sentait comme entouré d'une énergie cosmique.

Il était envahi d'un tel ravissement que des larmes de joie coulaient, son cœur palpitait par cette sensation d'extase spirituelle. Il avait eu la chance, le privilège d'ouvrir la porte, de franchir, de pénétrer et de traverser dans un monde inondé d'amour. Il entendait autour de lui cette merveilleuse nature luxuriante et plus que jamais il aimait la vie.

Il avait exploré une palette infinie de couleurs à la fois chatoyantes mais aussi très paisibles, très belles, féériques.

Un parfum, une senteur douce, suave, odoriférante, vivifiante avait chatouillé sa narine, cette exhalaison restait inédite, inconnue et si agréable, si parfaite, si apaisante qu'elle demeurait indescriptible, ineffable. Il se dégageait comme des effluves jubilatoires, des fumées, des vapeurs de bonheur. Des fragrances, des bouffées, des émanations jouissives se répandaient dans les airs. Il se souvient avoir été en proie à une intense envie de vivre, un immense désir de boire, de se nourrir, de courir, de nager. Il exulta à l'idée de retrouver toutes ses sensations.

Ensuite, il prétend avoir un trou dans sa mémoire, une absence totale de souvenir, une amnésie comme si ce qu'il avait vu, vécu avait été effacé. Il ne se rappelait de rien, il pense qu'il avait franchi un monde qui n'appartient pas aux vivants, un monde interdit aux vivants. Il avait visité un monde secret dont on ne revient jamais. Lui, était revenu pour accomplir sa mission à condition d'avoir oublié l'univers de l'incommensurable et de la sainte beauté. Peut-être avait-il entrevu l'éternelle vérité, peut-être avait-il admiré l'impalpable perfection, peut-être avait-il effleuré, touché l'arbre de vie. Il ignorait et ne pouvait que spéculer mais à son réveil, il avait ressenti une empreinte, une marque de sainteté, de pureté.

Il avait senti, respiré une odeur indescriptible mais merveilleuse et apaisante.

Il s'éveilla alors avec une énergie nouvelle, une vigueur et une paix intérieure très puissante. Il se souvint de son état d'agonie, de détresse de la nuit. Au petit matin, il sentait son esprit, ses idées claires, limpides mais il avait l'impression de se réveiller d'un très long voyage, d'un très long et prodigieux rêve.

Or, à sa grande surprise lorsqu'il se leva, il n'avait plus trente trois ans mais plus de soixante ans. Il fut au comble de la surprise quand il réalisa qu'il était totalement guéri. Dieu avait purifié son corps de la maladie. Il alla consulter un médecin qui lui confirma qu'il n'était atteint d'aucune pathologie et qu'il était étonnamment, en très bonne santé pour un homme de son âge. Cinquante années de son existence s'étaient écoulées et il ignorait comment. Il ignorait comment Dieu avait ravivé la flamme, le feu de la vie en lui. Dieu lui avait offert un miracle, il le réalisa avec une vive émotion. Des larmes de joie, de bonheur, d'émotion inondaient ses yeux.

Entre temps, Hannah l'avait cru mort et avait ainsi pu faire le deuil de son amour. Elle avait guéri et était parvenue à cicatriser ses plaies et donc à recommencer une nouvelle vie. Il la ressentait toujours autant et il était persuadé que dès l'instant de son réveil, elle aussi, avait dû se remettre à penser à lui, sans savoir pourquoi.

Ils étaient des âmes sœur qui ne respiraient que l'une pour l'autre et qui se chercheraient à tout jamais et se retrouveraient toujours par ce lien invisible qui les unissait immuablement par la grâce de Dieu.

Ainsi, la première image vivace, le premier souvenir qui lui apparut à son réveil, avant même d'ouvrir les yeux, était Hannah qu'il aimait tant. Son visage d'ange, son regard de femme, son corps de femme qui transfigurait le cœur de la féminité, qui magnifiait l'image de la femme, qui en sublimait la vision telle une statue célébrant, consacrant toute la puissance artistique, la force créatrice de l'artiste, du sculpteur, de l'architecte de l'univers. Il se figurait sa chevelure d'or, ses yeux, ce regard vert lumière, vert émeraude qui amplifiait sa beauté sous le scintillement, l'étincellement lumineux du soleil. Il se rappelait la puissance, l'intensité envoûtante, séductrice du regard d'Hannah dont l'effet traverse la chair, étourdit l'esprit, fait tourbillonner les idées.

Quant à moi, j'étais totalement ébahie, pétrifiée par ce récit si émouvant et si beau. Il évoquait ce passé avec tant de persuasion que je ne doutais plus de lui, de la réalité de ses propos. Elle ne pouvait pas exprimer pourquoi, ni comment, mais elle adhérait à sa réalité. Ses mots, ses paroles retentissaient comme une révélation capitale et émouvante.

Ensuite, il m'expliqua qu'Hannah avait retrouvé la saveur du bonheur, que le temps avait soigné ses blessures même si son souvenir, son empreinte, son essence restait vivace dans son esprit. Même si elle s'était remariée, qu'elle avait appris de nouveau à aimer, son seul et unique amour, c'était lui. Leur fille avait procuré de grandes satisfactions et avait laissé une marque indélébile de son passage. Il savait pertinemment, en son âme et conscience qu'elle ne l'avait jamais oublié et qu'elle ne l'oublierait jamais.

Lui se souvint de tout, de ces marques du passé comme s'il s'agissait de l'instant présent, d'hier, de demain. Elles n'avaient jamais déménagé, n'avaient jamais quitté leur foyer d'amour. Il avait su que sa société avait fait faillite sans lui, quelques années après, elle avait été vendue. Nul ne s'était véritablement battu pour elle, pour son souvenir, au contraire, on avait pillé, extrait avidement, ingratement les capitaux, les liquidités sans respect ni retenue. On avait seulement pensé à la course effrénée pour l'argent coulant à flot et pouvant assurer des lendemains confortables…

Sans lui, personne n'avait voulu poursuivre son œuvre, ce qui témoignait à ses yeux du peu d'intérêt qu'il représentait. Tout reposait seulement sur son argent et son pouvoir mais personne ne l'avait estimé, ne l'avait aimé mis à part Hannah.

Il était désolé, navré de n'avoir représenté que si peu. Il était également désolé de n'avoir pas pu être présent pour Hannah et pour leur fille. Il se demandait s'il avait fait le bon choix, mais il ne pouvait en être autrement puisque le destin l'avait rattrapé mais il avait reçu le don de la providence et de la grâce divine.

Il était vivant, guéri par le miracle divin et il ressentait en revanche qu'il était en sursis, qu'il n'en n'aurait pas pour longtemps. Il devait se dépêcher d'accomplir sa mission, sa destinée et se concentrer sur elle seule. C'est pourquoi, très vite, il s'est mis à ma recherche et n'a jamais cherché à revoir Hannah. Il ne souhaitait pas la perturber et craignait d'être distrait et détourné de sa mission, de l'unique et l'ultime mission de son existence.

Il avait fait un long voyage en terre inconnue, il avait eu le privilège de revenir d'un monde qui ne s'explore pas et qui relève du secret originel. Il était passé de l'état d'un trentenaire, agonisant, au seuil de la mort à l'état d'un sexagénaire plein de vie, d'espérance et de sagesse. Il disait qu'il suivait son étoile, sa constellation et continuait à arborer dignement la foi, à contempler la voûte céleste, à toujours regarder en direction de l'horizon. Il avait ouvert les yeux après un profond sommeil, le sommeil de son existence passée, vide et inerte. Il ignorait où il avait été propulsé, ce qui lui était arrivé mais il était certain qu'il avait vécu le meilleur et éprouvait une complète sérénité.

Trente ans s'étaient écoulés comme un torrent déchainé et à la fois comme une rivière d'eau douce poursuivant paisiblement, inéluctablement son cours. Il savait que Dieu seul maitrisait le temps, était le gardien de la porte du temps. Dieu seul possédait les clés des mystères originels, la vérité unique, universelle et atemporelle. Dieu seul, connaissait et maitrisait le dessein universel, le destin universel. Dieu seul détenait l'impénétrable, l'impalpable vérité. Ce qui lui était véritablement arrivé, n'avait que peu d'importance, ce qui comptait avant tout, était de vivre, de profiter du souffle de vie qu'il lui restait, des forces que Dieu lui avait insufflé pour qu'il pût survivre le temps nécessaire de sa mission.

Ce qui l'exaltait était l'incroyable concordance de temps entre son âge et les dates représentant le temps à l'échelle humaine. Il s'était endormi la nuit chaude du 26 Aout 1958 à trente-trois ans précisément et s'était éveillé au petit matin dans la même chambre selon sa conscience, son sens du réel, sa perception de la réalité le 26 Aout 1988 à 6heures55 du matin dans la fraîcheur de l'aube, après la splendide aurore estivale. Le soleil brillait, rougeoyait, scintillait comme pour symboliser l'espoir, une nouvelle vie, une nouvelle ère qui débutait. Sa certitude nouvelle se confirmait, le temps ne lui appartenait pas, il n'était qu'un émissaire à présent.

Il lui vint tout de même un autre souvenir qui émergeait, qui jaillissait du fond de sa mémoire. Il se souvint de cette prodigieuse sensation de fraîcheur, il avait été comme plongé dans une eau limpide, pure, blanche, épaisse comme du lait. Etonnamment, il y flottait, ne pouvait pas s'enfoncer ni se noyer, il restait toujours curieusement à la surface. Cette eau était dense comme celle de la mer morte. Il se sentait gorgé de vie, une lumière chaude le rassurait toujours. Etait-ce une illusion de son esprit, une hallucination ? Il l'ignorait lui-même. Il avait été plongé dans un bain d'amour qui l'avait fait renaître, revivre, espérer en des jours nouveaux sous l'enveloppe protectrice et tutélaire de Dieu. Après une telle expérience, une telle révélation, une telle clarté, une telle illumination, plus rien ne serait perçu comme auparavant. A présent, il ne possédait plus rien, il voulait juste accomplir son destin et honorer de toutes ses forces Dieu.

Cependant, il remarquait que ses sens étaient décuplés, il pressentait les évènements, la pluie, la chaleur, les orages. Un bruit, un son avant qu'il n'arrivât à lui. Toute sa perception du monde était modifiée. Il ressentait la joie et la douleur des êtres. Il avait réalisé qu'il avait appris à lire dans les cœurs. Cette intuition profonde, ce sixième sens lui avait donné la capacité de scruter les cœurs, de mesurer leur pureté. Il lisait dans les consciences et devinait les bonnes comme les mauvaises intentions.

Ses sens étaient acérés, les parfums, les effluves agréables l'enivraient, il ressentait les ondes, les vibrations des êtres. Il percevait à l'avance les dangers. Il savait lire, traduire les regards, les intentions, les souhaits, les désirs sans que l'on ne les lui révélât. Lorsqu'il se lavait, se baignait, l'eau lui procurait une sensation extrêmement intense. Il ressentait le vent comme une caresse, une musique berçait son cœur, son âme, le touchait au plus profond.

Un jour, à la vue d'un piano, par un hasard émanant de la providence, il s'était remis à pianoter au gré de son humeur. Or, il se mit à jouer tel un prodige, un virtuose, il ne parvenait plus à s'arrêter, il était comme habité. Les sons étaient si beaux, cette mélodie était si pure, si limpide et splendide qu'elle semblait lui avoir été dictée par une voix de l'autre monde, par une muse, par une inspiration supérieure. Son regard semblait exalté et exultait comme s'il était plongé en pleine extase artistique. Il ressentait constamment comme des ondes célestes qui emplissaient, envahissaient l'horizon.

Des vibrations d'amour transperçaient sans cesse les cieux et imprégnaient la nue mais les hommes ne les percevaient pas toujours. Ils oubliaient que c'était Dieu qui les faisait respirer, qui leur avait insufflé leur souffle de vie, leur force, leur énergie vitale. Dieu les aimait, les assistait mais certains ne voyaient pas, l'ignoraient ou l'avaient oublié. Dieu offre la richesse, l'abondance,
la nourriture du corps et de l'esprit. Dieu offre la vie, le bonheur, la jouissance, le ravissement. Il trace un chemin pour chacun qui lui incombe de suivre sous peine de se perdre et de s'égarer. A chacun de suivre la chaine invisible afin de se laisser insérer dans le destin du monde et de ne pas s'en dérober ni s'en écarter. Il sentait jaillir en lui la flamme de la vie, le feu intérieur de l'existence.

Il était heureux, paisible, il aimait la vie. Il me demandait de propager son message aux citoyens du monde, aux nations de La Terre. Il souhaitait montrer l'exemple, il devait vivre pour cela, pour cet ultime dessein.

Sa présence, son récit m'atteignait, l'émotion m'assaillait, sa prestance, son charisme m'envahissait. Puis soudain, il me dit le jour va bientôt se lever, nous allons devoir nous quitter, nous séparer. Ces paroles me firent sursauter, je ne me sentais pas prête à le quitter. Je voulais voler à nouveau des minutes, des instants, j'avais peur de le perdre, je m'étais attachée à lui et je n'étais pas prête à partir. Il m'a touché au véritable sens du terme. Il a prononcé ces mots précieux dans les profondeurs des sentiments, dans un impétueux délice de senteurs fraiches et odoriférantes. « Laisse-toi bercer par les forces du destin que Dieu a tracé pour toi, ne crains rien, avance avec confiance vers le chemin qui t'es tracé. »

Troisième Partie : La traversée de l'extase

CHAPITRE DIX-HUIT :
Elévation

Tu sais, c'est le moment de nous quitter, j'espère que tu n'oublieras pas notre conversation. J'espère que tu accompliras à ton tour, ton devoir. Propage, clame, mon message à la face du monde, pour aujourd'hui et pour demain. Ouvre les yeux des hommes pour les protéger d'eux-mêmes. Je veux l'entendre, le voir depuis là où je me trouverai demain, dans dix ans, dans des décennies. Je veux que ces paroles se martèlent dans les esprits, dans les cœurs pour que le monde devienne plus beau qu'aujourd'hui. Je veux que mes mots se répandent, se propagent dans les airs et transcendent l'espace-temps et perdurent séculairement pour que l'humanité honore Dieu toujours plus. Ne crains pas les réactions, agis à la vue et au su du monde.

Affirme tes idéaux dans des écrits qui échapperont à l'oubli, qui resteront dans le patrimoine de l'humanité, qui marqueront les hommes et entreront dans l'histoire par la douce lumière pacifique qu'ils irradient. Ne te laisse surtout pas intimider par d'éventuels détracteurs qui feraient jaillir une ambiance délétère, médisante, diffamante.

Affronte-les avec fougue, distille tes mots pour leur offrir impétuosité, beauté et sagesse. Ainsi, le monde validera tes idéaux et s'en inspirera. L'humanité sentira un vent de libération tournoyer autour d'elle, elle allumera les lumières du candélabre de l'espoir afin que la vie continue et que l'avenir soit protégé.

Elle pourra pénétrer dans des eaux lointaines, vers des rivages inconnus et sera galvanisée par la lumière sacrée de Dieu. Elle retrouvera la foi dans la prière, dans l'exhortation, dans l'imploration et dans l'adoration divine. Elle reformulera et chantera de splendides oraisons d'espoir et d'amour. Elle s'amendera pour arborer ce vent d'amour qui déferlera au dessus de la tête des hommes et ils liront sur chacune des lèvres, dans chacun des regards une espérance nouvelle qui résonnera comme une musique d'amour langoureux au son harmonieux d'un hautbois dialoguant en plein accord avec une harpe.

Le hautbois répandant au sein de la sphère terrestre un vent subtil de bonheur uni aux vibrations envoutantes des cordes d'une harpe magique diffusant, semant, essaimant un rayonnement éclatant, distribuant et dispersant des ondes apaisantes. Je t'ai propulsé dans le tourbillon de la vie et de ton destin, à présent laisse-toi bercer et emporter par lui.

Cet instant si solennel, si émouvant ressemblait à un adieu, alors je lui demandai avec émotion si nous nous reverrions ? Il m'a répondu, évidemment, ce n'est qu'un au revoir mais son regard traduisait le contraire et je savais qu'il préférait me mentir car ce moment semblait l'émouvoir lui aussi. Puis je lui ai demandé l'autorisation de le photographier pour conserver un souvenir de notre rencontre. Il a accepté et j'ai pris la photo avec l'appareil que Je garde toujours dans mon sac.

Soudain, un évènement extraordinaire, incroyable se produisit. Il me prit la main droite et la serra très fort. Ensuite une chaleur frémissante s'est dégagée et s'est propagée dans tout mon corps. Je voulais détacher ma main mais je n'y parvenais pas. Des vibrations se répandaient dans ma chair, je tremblais, je transpirais. Je ne comprenais pas ce qui était en train de m'arriver, cet instant était si intense, si puissant que je ne pouvais pas m'empêcher de retenir mes larmes.

Je frissonnais d'émotion. J'ai alors senti comme un fluide qui m'atteignait. Il me communiqua un réservoir intarissable d'émotions, j'ai senti pénétrer en moi, jusqu'à mon âme, toute sa peine, sa douleur et ses joies. Son être, son empreinte m'ont traversée, m'ont transpercée, se sont emparés de moi. Il m'avait transmis son essence, ses forces, son être. Dorénavant, il faisait partie de moi, il m'avait offert ses expériences, son intimité, tout était entré en moi. Il venait de me transmettre, de me léguer un merveilleux héritage.

La sensation était si puissante, si exaltante, qu'il n'y existait aucun mot capable de la décrire. Il m'avait fait le don de sa substance, de son essence. En l'évoquant je sens encore jaillir ce don d'amour, ce sacrifice de lui-même qui m'avait faite tressaillir. Des picotements envahissaient ma colonne vertébrale, j'avais la chair de poule, je vis comme une succession d'étincelles.

Ma tête tournait, tout tournoyait autour de moi. J'étais inondée de vertiges tous plus puissants les uns que les autres. Mon cœur battait si fort que j'entendais les pulsations tambouriner dans mes tempes et dans ma poitrine. Je me sentais essoufflée comme pendant un lourd effort physique. Puis, je me souviens de son regard pénétrant, perçant et mystérieux. Son regard semblait habité par une force pure. Ces minutes étaient d'une grande beauté.

Puis, il continua à me toucher, à me transmettre son magnétisme, je sentais qu'il faiblissait progressivement mais il poursuivait. Soudain, je vis traverser dans mon esprit, défiler toute sa vie comme si j'étais en train de la vivre au ralenti, je voyais chaque étape comme un film qui m'était visionné, je ressentais chaque émotion comme si je la vivais. Puis cette chaleur, ces vibrations se dissipaient, diminuaient, s'évanouissaient. Les larmes de joie, d'émotion, de tristesse, de nostalgie se mélangeaient. Je ne pouvais m'empêcher de trembler…Pendant cette expérience si poignante, il est resté stoïque, totalement silencieux, il n'a pas prononcé une seule parole.

Mais à la fin, il m'a regardé avec un regard complice, silencieux comme s'il avait déjà tout dit et qu'il n'avait plus rien à ajouter. Cependant, une fois m'avoir communiquée cette offrande, il semblait avoir froid, son regard était vide et épuisé. Il s'était entièrement donné, avait transmis sa vigueur, son énergie vitale, sa vitalité, sa force, sa sève, son souffle de vie, son fluide vigoureux, son dynamisme vital.

J'avais à présent accumulé dans mon cœur, deux vies, deux expériences. Je restais moi, mais s'était enfoui dans ma chair son passé, ses sentiments m'avaient envahis impérieusement, autoritairement. Je me sentais forte, apaisée, sereine, heureuse. Mais je sentais le poids de ma responsabilité, il m'avait révélé l'intégralité de son message pour les hommes.

J'avais vu son tableau, son monde merveilleux, sa maladie soignée, tout, vraiment tout m'avait été communiquée, révélée. J'étais totalement bouleversée par cette chaleur intense qui m'avait traversée, pénétrée et avait transformé, modifié, métamorphosé ma perception de la vie, de notre monde. Ma réalité avait irrémédiablement changé. J'avais été foudroyée par une énergie nouvelle et exaltante. Il m'avait fait voir, vivre tout, le miroir de son inconscient, de sa conscience, même ses secrets, j'ai pu découvrir les images concrètes émanant de sa vie, de son être, de ses souvenirs, de toutes ses puissantes expériences.

Puis il m'a dit bonne chance et ses mots ont résonné, ont retenti, tinté dans ma tête comme un écho interminable et il m'a sourie et son visage, son image se sont éloignés de moi progressivement telle une image qui devient de plus en plus petite et s'échappe, s'évanouit du champ de vision. Il n'a pas lâché ni desserré ma main jusqu'à la fin comme s'il s'était établi entre nous un lien indéfectible, une alliance pure et inopinée.

Subitement une vision de lui est apparue dans ma tête qui m'a silencieusement obligée et ordonnée de fermer les yeux. J'ai alors été propulsée, aspirée dans un tourbillon merveilleux et j'ai ouvert les yeux quand cette sensation était finie. Je me suis alors promptement retrouvée chez moi, dans les bras de mon époux qui ne comprenait pas pourquoi je tremblais comme une feuille et qui se demandait ce que j'avais, pourquoi, selon lui, ce trouble soudain ? Je n'avais plus notion de l'heure, du temps mais ma montre était arrêtée à l'heure de notre rendez-vous au café, j'avais bien été transportée hors du temps, dans un ailleurs indéfinissable et inexplicable, indicible, ineffable.

Alors, je n'ai pas répondu et mon premier geste a été d'aller à la fenêtre, de l'ouvrir pour respirer l'air frais crépusculaire, pour observer ce ciel limpide parsemé d'étoiles étincelantes et j'ai pensé à lui très fort. J'ai pensé à cet homme sans nom, sans identité, si généreux et si mystérieux. Puis, j'ai sursauté en pensant à cette mission, à ce message. Comment m'y prendre ? Je me dis que j'écrirais un livre qui lui serait dédié, qui lui rendrait hommage, le louerait, l'honorerait pour ce présent de toute une vie, pour cet héritage rare, ce trésor légué généreusement, avec tant d'amour.

J'étais malgré moi agitée, tourmentée, je parlais énergiquement et frénétiquement. J'étais hyperactive, incapable de me tenir tranquille et concentrée. J'étais encore trop perturbée, sous le choc pour me confier à mon mari. J'éprouvais le besoin de réfléchir. Je suis alors sortie marcher, me promener solitairement pour assimiler ma singulière aventure. Les sensations avaient changé, tout était amplifié, les sons, le vent, les odeurs, mes sens étaient acérés, intensifiés. Il m'avait transmis cette capacité puis je retournai dans notre café où nous nous sommes rencontrés et j'ai fait comme lui j'ai regardé droit dans les yeux une jeune fille et j'ai lu dans son cœur ses émotions, ses intentions. J'ai alors compris que plus rien ne serait comme avant.

J'ai alors réfléchi, à la manière dont j'avais pu rentrer chez moi, j'étais sonnée, en pleine confusion, je ne me souvenais pas avoir marché donc il m'aurait bien précipitée, projetée chez moi par un subterfuge inconnu.

Lorsque je suis rentrée chez moi, mon époux s'est approché de moi, m'a observée et m'a dit que t'arrive t'il ? Tu n'es pas comme d'habitude, tu as l'air tourmentée, tu es étrange. As-tu un problème ? Ton regard a changé, il y a comme une lumière nouvelle. Il projette une sagesse nouvelle, une espérance nouvelle, ton regard reflète la vie. Je lui répondis avec exubérance : «-Tu sais, demain, un jour nouveau va se lever au royaume de Dieu, au royaume de la vie, au royaume des hommes...

-Je ne comprends pas où veux-tu en venir ?

Je lui chuchotai alors à l'oreille : tu comprendras bientôt.»

J'ai alors passé toute la nuit dans ses bras, l'oreille contre son cœur battant pour vivre. Je ne parvenais pas à m'endormir, je ne cessais pas de penser à cet homme anonyme, étranger, à ces dernières heures passées avec lui, à ce secret exaltant. Je m'étais alors plongée dans les bras de mon mari pour trouver le réconfort, la sécurité après ces moments qui me laissaient désorientées, perdue, déphasée car ma perception du réel avait changé. Or, je me sentais paradoxalement sereine, je savais parfaitement ce que j'allais faire, comment j'allais agir mais ma vie serait modifiée, métamorphosée irrémédiablement. J'avais toutefois vécu une nuit de tendresse, d'affection, de chaleur au côté de mon promis pour la vie.

Je savais néanmoins que nous notre couple connaitrait des perturbations car à présent nous serions comme deux étrangers qui devraient réapprendre à se découvrir, à se connaître. Me comprendrait-il ? Me suivrait-il ? J'avais quelques craintes mais ma quête, ma mission seraient éminemment plus importante que nous-mêmes, que notre propre devenir, que notre propre intérêt.

Elle savoura alors cette nuit étoilée, dans la chaleur et le doux parfum corporel de son époux. Lorsqu'elle parvint à s'endormir, elle rêva de l'homme sans nom. Il lui apparut et lui dit : à présent, je suis parti, tu es prête pour affronter seule les épreuves qui t'attendent mais le meilleur reste à venir, puis il disparut, lui et sa voix dans l'horizon, tout était bleu, d'un bleu doux, lumineux, couleur ciel.

Elle s'éveilla au petit matin, à la pointe du jour, heureuse et paisible. Soudain, elle vit perché à sa fenêtre le même oiseau qu'elle avait vu la veille chez l'homme. Le son de son chant était identique, son plumage, les couleurs, les détails étaient identiques.

Elle interpréta cela comme un heureux présage, un signe du destin, un signe de la providence lui montrant que désormais, elle n'était plus seule et qu'elle ne le serait plus jamais après ce prodigieux éveil spirituel vécu la veille.

Jardin des délices, suave mystère de la vie, des rencontres, du destin. Souffle pur du destin, vestige de l'avenir, détermination festive, ondoiement céleste et souverain. Prépondérance de l'avenir, feu de la vie, de l'avenir des hommes. O souffle pur du destin, vertige onirique, bouillonnement intense. Feu ardent de la vie, de l'espoir tel un fil conducteur pénétrant l'être, l'abîme, le néant, les profondeurs, les abysses. Acuité des souvenirs idéalisés, heureux, soulageant l'angoisse existentielle de l'instant. Fresque livresque gravant dans la pierre l'histoire des hommes, l'histoire de la vie, scellant l'histoire des peuples, l'histoire des âges et signant un patrimoine universel sacré, des repères millénaires, des racines indestructibles perdurant dans le cœur des hommes, dans l'âme de l'humanité. Vestiges sacrés du temps, survivances de la mémoire universelle, survenance d'un devoir de mémoire luttant inlassablement contre l'oubli. Conscience universelle, souvenance en proie à la réminiscence, enclin au pardon, résurgence empreinte d'émotion, de respect et d'amour.

Reliques, amulettes appartenant au passé, à l'histoire, au vestige du temps mais à conserver jalousement tel le témoignage des temps passés appartenant à l'histoire des hommes. Messages sacrés se répandant dans la communauté des hommes, se propageant souverainement dans la nue, fleurissant innombrablement, sublimant le présent enclin à la nostalgie, magnifiant la vie célébrant l'absolu, consacrant la rivière des souvenirs humains. Sempiternels échanges dialogués humains, sentier de ma vie, sentier de la gloire humaine.

Vent fouettant le pré verdoyant où paît un troupeau paisiblement, ce dernier est gardé par le sage berger le guidant à l'aide de son bâton. Il médite avec sagesse et protège avec amour sa troupe lui obéissant harmonieusement tel un harmonieux cortège. A ses côtés un verger et une vigne auréolent le paysage champêtre, réchauffé par un soleil généreux et exubérant. Une odeur gravite et flotte dans cet univers bucolique, dans cette nature enchanteresse : la senteur de la culture de la vie, des pâturages charmeurs pour l'artiste, envoûtant pour les amoureux, idyllique pour les enfants innocents découvrant la vie, un lieu magique et merveilleux pour tout homme apprenant à apprécier la valeur de l'existence et du don sacré de Dieu à l'humanité.

Vigne, culture de la vie, fruits de la terre où coule la sève vigoureuse, où ruisselle et se répand une énergie, une force légendaire.

Cépage, vignoble où s'écoule, se déverse la vie telle des perles translucides, telles des gouttes cristallines. Rivière chamarrée de mon cœur, souffle de l'existence, rivage des siècles, érudition sacrée. Florilège d'âmes, bouquet de destins, gerbe.de vies guidées et impulsées par le dessein divin impénétrable. Mur du son, mur du silence, citadelle du sommeil, palpitation, battement, éveil heureux à la vie. Elévation spirituelle, trouvant sa genèse dans le goût de l'absolu prenant racine dans son espace originel tel le sanctuaire dédié à la prière, à la méditation souveraine menant à Dieu. Frontière mince, exigüe entre la matérialité environnante et la spiritualité jaillissante, sous-jacente et émergente. Stèle sacrée, fièvre originelle consacrant la soif du savoir et la curiosité face à l'interdit.

Algorithmes déchaînés, effrénés s'enchaînant pour percer le mystère infaillible du monde, de l'univers des hommes, de la genèse, de l'aurore des temps. Quête inlassable et souveraine de l'humanité, lyre du cœur enfiévré, énergie vitale déployée, innombrables tentatives, chaînons manquants au détour de suites mathématiques honorant l'entendement humain et couronnant, célébrant l'intelligence au service du progrès. Mystère du monde, mystère de la genèse, mystère de la vie sous la gouvernance du souffle du temps. Frénésie atemporelle, inhérente à l'être humain doté de la raison. Enigme pure et sempiternelle. Mausolée secret et imprenable, tombeau du supplice, mystère impalpable. Horizon imprenable et imperceptible, noblesse humaine universelle, jalonnement souverain. Jaillissement de rayons lumineux se propageant, se diffusant, se répandant impérieusement dans les airs.

Marche silencieuse, procession solennelle, silence de la vie, silence de la nuit. Cohortes enchantées et bienfaitrices naissant au petit jour, lumière divine réchauffant, adoucissant et sublimant sous la splendeur d'une nuit froide, la vie dans une lune atemporelle, dans le firmament, dans la prodigieuse voûte stellaire. Alchimie mathématique, algorithmes effrénés, enchantés et effrontés dévolus à l'œuvre prodigieuse divine, rendant hommage au maître des temps. Vertiges oniriques, fresques livresques et lyriques pour honorer et conserver l'histoire de la civilisation des hommes. Souffle liturgique, souffle sacré.

CHAPITRE DIX-NEUF : **Encre perlée au goût de vie**

Elle se lava et s'habilla hâtivement, elle ne prit pas même le temps d'absorber un petit déjeuner tellement elle demeurait impatiente. Elle repartit fébrilement, son cœur palpitait d'empressement, elle marchait avec précipitation, promptitude et impétuosité. Elle accourut à toutes jambes pour le revoir, l'interroger, se confier de nouveau. Elle ne croyait pas à son rêve, elle se disait que ce n'était qu'un songe, qu'il n'était par parti, qu'il était toujours là, à son domicile, qu'il ne pouvait pas s'être volatilisé.

Elle pensait que cet homme mystérieux l'attendait afin de lui accorder du temps, du temps béni, du temps dérobé à la vie, du temps offert par la providence divine. Elle pensait qu'elle l'aimait comme un ami d'un âge avancé, un père qu'elle n'a jamais eu. Elle était très heureuse à l'idée de le retrouver. Elle acheta même des croissants pour lui faire plaisir et désirait prendre le petit déjeuner avec lui. Elle préparait déjà dans sa tête un discours dense sur ce qu'elle pensait, elle élaborait des sujets de conversation, elle préparait, imaginait, anticipait ses réponses, ses réparties. Elle inventait des tirades convaincantes, persuasives.

Elle amenait une réserve d'énergie, de motivation. Depuis ce moment passé à ses côtés, elle aimait la vie, il lui avait offert un deuxième souffle, une deuxième jeunesse.

Elle arriva devant chez lui, repéra sa fenêtre, elle était fermée. Elle se souvint que son appartement se situait au deuxième étage, escalier gauche, numéro 7. Elle sonna puis personne n'ouvrit, elle sonna encore et toujours pas de réponse…

Elle descendit alors à la loge de la gardienne. Elle lui demanda si elle pouvait dire à l'homme qui habitait cet appartement qu'une jeune femme était passée pour lui rendre visite.

La gardienne lui répondit avec une voix étonnée, « mais personne n'y habite depuis des années. Un couple y a vécu, il y a longtemps, il n'a jamais été vendu ni loué. Mais depuis quelques mois, il est en vente, voulez-vous le visiter ? » J'étais sidérée, blême, stupéfaite. Je lui rétorquai que je repasserais plus tard. J'allai alors chez le photographe développer ma pellicule pour pouvoir lui montrer sa photo dans le dessein qu'elle pût l'identifier. Je partis me promener en attendant qu'elle fût développée. J'errai impatiente et un enchaînement d'interrogations se sont succédées dans mon esprit. Je ne peux pas m'être inventée de telles aventures, un tel moment. Toutes ses paroles, cette sagesse, ces révélations sur la vie, l'amour, la foi ne peuvent certainement pas venir de mon imagination.

Je méditais, spéculais, réfléchissais inlassablement et désespérément.

Quelques heures ensuite, j'allai chercher ma pellicule, il figurait bien sur la photo avec son air sérieux, sa prestance, je n'étais pas devenue folle. J'ai même demandé au photographe de me reproduire les photos en trois exemplaires. Je retournai par conséquent, voir la gardienne sûre de moi et de ma preuve. J'allai pouvoir lui prouver, lui présenter la réalité, la preuve qu'il ne s'agît point d'élucubrations de mon esprit.

Je me présentai à elle, je lui dis : « Voici le portrait de l'homme dont je vous ai parlée. » Elle me répondit qu'elle ne l'avait jamais vu. Je lui répétai avec un étonnement empreint d'angoisse, «-Mais, oui, vous savez l'homme qui habite à l'appartement numéro 7.

-Mais, je vous ai dit que personne n'y vit depuis de très nombreuses années. On paie régulièrement les charges, mais il reste vide. C'est une femme âgée qui paie chaque trimestre ; mais il n'y a jamais ni courrier, ni signe de vie. La boîte aux lettres qui correspond à cet appartement ne contient aucun nom et est perpétuellement vide. Même pour moi, cela a toujours été un mystère mais si je veux conserver mon emploi, je n'ai pas à me mêler de ce qui ne me concerne pas. Néanmoins, je peux vous faire visiter si vous le souhaitez.

-Oui, s'il vous plaît, je le souhaite. »

Plus je franchis les marches, plus l'émotion m'envahissait, mon cœur battait si fort que j'étais essoufflée, mes jambes tremblaient. Qu'allai-je découvrir ? Elle ouvrit la porte avec sa clef et là m'apparut un appartement totalement vide, sans vie. Il n'y avait aucun meuble, aucune trace de sa présence, aucune trace de notre rencontre de la veille. Il s'était volatilisé. J'étais sous le choc, d'ailleurs j'avais blêmi de stupeur, alors la gardienne est allée me chercher un verre d'eau. Lorsque j'ai repris mes esprits, je lui ai demandée si je pouvais rester seule, elle a accepté et m'a demandée de lui déposer les clefs en partant.

Je suis alors restée seule, j'ai repensé à ma rencontre avec lui, j'ai regardé la photo et je me suis dit que je n'étais pas folle puisque j'avais une preuve et en arrière plan on reconnaissait bien la cheminée qui elle, n'avait pas pu disparaitre. J'étais interloquée et si déçue de ne pas pouvoir le revoir. Je me demandais si c'était fini pour toujours, si j'aurais la chance de le revoir un jour ? Puis, je sentis un tel vide que je ne pu m'empêcher de fondre en larme. Je paniquai, qu'allai-je devenir sans lui ?

Soudain, j'ai ressenti comme une chaleur dans ma main droite comme si un être invisible me tenait la main pour me réconforter et me faire comprendre que tout irait bien. Puis comme, il me l'avait appris, je fermai les yeux et je me concentrai sur mes souvenirs de la veille, sur toutes ces sensations vivaces et si belles. J'entendis alors la mélodie qu'il avait jouée pour moi au piano, je la savourais et je me dis que j'essaierais de la jouer chez moi en souvenir de lui.

Je sentais encore sa présence, son odeur, l'odeur de la pipe. Je sentais ses vibrations, ses ondes. Je le ressentais comme s'il était là, ici et maintenant. Subitement, je vis l'oiseau chez lui, perché au balcon. Il chantait encore et ne partait pas, il ne me quitta pas jusqu'à mon départ. Je ne cessais de repenser à lui, à tout ce j'avais vécu et je prêtais serment dans mon cœur d'accomplir ce qu'il m'avait demandé, de me battre pour y parvenir. Je retournai donner les clefs à la gardienne et je lui demandai si je pouvais rencontrer la propriétaire, pour négocier avec elle, l'offre de vente.

Elle laissa son numéro de téléphone et partit tristement, avec résignation. Le soir, elle rentra chez elle et son mari lui dit qu'un coursier avait déposé un paquet pour elle. Elle l'ouvrit avec empressement et découvrit dans une boîte de joaillier, une bague sertie d'un duo de pierres étincelantes. Un saphir accompagné d'une aigue-marine était enchâssé dans une monture en or blanc. Elle était splendide, les deux pierres précieuses faisaient plus de trois carats chacune et chaque pierre était encerclée de fins petits diamants. C'était une bague superbe et de grande valeur. J'étais très heureuse, j'avais envie de sourire un instant à nouveau mais j'étais surprise et intriguée.

Je fis tomber un petit mot qui avait délicatement été glissé dans le paquet.

« Chère Laura

C'est moi, le vieux Monsieur, sans nom. Cette bague est pour toi. Je te l'offre afin que tu te souviennes de moi, de tout ce que je t'ai enseigné. Je compte sur toi pour transmettre mon message à travers tes écrits, tes paroles au monde entier. J'aimerais que tu la portes toujours, cela me ravirait. J'ai choisi le saphir car il symbolise la voûte céleste par son bleu profond mais aussi la justice et la foi et selon moi, elle rappelle le lien de confiance et de sincérité entre Dieu et l'homme. J'ai également choisi l'aigue-marine car elle symbolise le courage et signifie en latin, « eau de mer ». Et si tu unis la foi symbolisée par le saphir au courage symbolisé par l'aigue-marine, tu pourras accomplir l'impossible. De plus, la mer suggère l'universalité de mon message comme je te l'ai enseigné. N'oublie pas, à la force du courage et de la foi on peut franchir les océans, traverser et marquer les sept mers par la force de son message.

Bonne chance et ne me cherche pas, avance plutôt et ne te retourne pas sur le passé mais regarde vers l'avenir, il n'y a que cela qui importe. Prends soin de toi et de ta famille. »

Mon époux me demanda quelques explications que j'éludais en pleurant dans ses bras. Il avait compris qu'un évènement bouleversant s'était produit mais il resta discret par générosité et ne chercha pas à en savoir davantage sur le moment. Je n'eus aucun appétit et après une bonne douche, je partis me coucher en ne réfléchissant pas davantage et je ne cherchais pas à me torturer plus, étant donné que la journée avait été beaucoup trop riche en émotions. J'avais surtout envie d'oublier ma tristesse. Demain, serait un autre jour plein de promesses et j'y verrais surement plus clair.

Le lendemain, je m'éveillais plus sereine, j'avais retrouvé mon enthousiasme. J'étais décidée à en apprendre un peu plus sur lui et à découvrir son identité. C'est pourquoi, j'attendais l'appel avec hâte. En outre, cet appartement dans le quinzième arrondissement dégageait un certain charme, peut-être serait-il dans nos moyens et pourrions-nous l'acquérir et partir y habiter. Il était proche de mon travail, ce serait un bon motif à invoquer à mon époux. Il aimait tant me faire plaisir que peut-être me cèderait-il ? Je parviendrais à le convaincre. Je sentais que notre vie allait changer. J'étais pleine d'allant, d'ardeur, de dynamisme. Mais surtout j'avais besoin d'en apprendre davantage avant d'écrire mon roman, il me fallait du recul afin de me concentrer. J'avais revêtu avec fierté cette superbe bague. Je retournais enfin travailler, il le fallait la vie avait repris ses droits.

Après cette expérience, tout me sentais différent, je n'étais plus la même. Mon regard sur la vie avait changé, j'avais appris à apprécier la simplicité, il m'avait appris à rêver. En plus, j'étais dotée de cette capacité de lire dans les cœurs. Par moment, alors que je travaillais, j'avais comme des visions de lui, de sa vie. J'avais l'impression de me souvenir d'évènements qu'il avait vécus comme si je les avais vécus réellement. J'étais à présent dotée de deux mémoires, de deux vies. Ce qu'il m'avait transmis qui demeurait le plus omniprésent, était sa mémoire sensorielle. J'avais accumulé les odeurs, les sons, les sensations foisonnantes vécues, variées, ses joies, ses douleurs, ses souffrances.

Ce qui était fréquent qui vibrait dans ma poitrine était l'euphorie ou résonnaient des mélodies, des sons, j'avais aussi le goût d'arômes qui pétillaient en moi. Il avait libéré en moi, quelque chose, une force, un don, je ne savais quoi, mais c'était très puissant et très particulier. Je ressentais différemment l'espace, le temps, les sons, les couleurs. Tout était amplifié, sublimé, tout avait pris une dimension merveilleuse. Le réel était transfiguré. Les sons, les couleurs, les odeurs, tout. Il m'avait fait ce précieux cadeau de me rendre tout si doux, si sucré, si beau. Un sentiment d'exaltation, d'amour de la vie s'emparait de moi.

J'avais envie de profiter de chaque seconde, je réalisais que je possédais les ingrédients du bonheur terrestre, un mari que j'aimais, une vie confortable et je voulais remédier à mes carences…

Je souhaitais à présent m'épanouir spirituellement, il m'avait ouvert la voie, il avait ouvert une brèche pour moi et je voulais poursuivre dans cette ascension. Comme il me l'avait expliquée, l'être humain est complexe et pour se réaliser, il ne doit pas négliger l'épanouissement de son esprit. Un homme qui ne réussirait que matériellement et qui ne se préoccuperait jamais de sa conscience, de sa foi, de sa morale est un homme qui glisse peu à peu vers le déclin, la perdition.

La réussite s'accompagne de valeurs morales, de vertus dans le cas contraire, elle est incomplète, inachevée voire inutile ou futile. Ce même homme, au sommet de la réussite sociale, matérielle, un jour a l'impression d'étouffer, de ne plus être à sa place et tend à chercher inlassablement ce qui lui manque. Le seul problème est que souvent il cherche sans réellement savoir ce qu'il cherche et c'est pourquoi, il s'enfonce dans l'erreur, l'illusion, croyant se faire du bien. Il cherche à plaire, à séduire et commet l'adultère, se réfugie parfois dans des addictions nocives et finit par s'autodétruire. Une vie sans Dieu près de soi, sans spiritualité, sans cette quête enrichissante et fascinante demeure très difficile.

L'homme a besoin et aura toujours besoin de repères pour subsister et progresser. Dieu est son souffle qu'il en soit ou non conscient, il est son réconfort face à l'inconnu que représente la mort.

Je ne cessais de penser à lui, à ces mots. Je me souviens des paroles qu'il avait écrites pour Hannah, de ses envolées lyriques destinées à l'honorer dans le feu de leur passion. « Toi, qui pique mon cœur, en déversant sur ma rive ce bouquet, ce flot intarissable de roses rouge-ardent, de coquelicots rouges, lumière de feu tel un feu rougeoyant de passion, un brasier continuel alimenté par la force de ses sentiments. » Lorsqu'ils se trouvaient seuls au monde, dans la nature sauvage et farouche, ils disaient qu'ils aimeraient geler le temps tel un torrent glacé pour que rien ne changeât comme s'ils se doutaient qu'un jour, ils seraient séparés malgré leur volonté.

Le soir, Laura repensait à lui, elle avait froid et restait dans l'expectative. Il ne s'agissait pas d'une simple curiosité mais d'un sentiment profond et sincère qu'elle n'expliquait pas non plus. Qui était-il pour l'avoir bouleversée ainsi ? Quel était ce pouvoir surhumain, surnaturel ? Aucune sensation ne résonnait comme auparavant, tout était devenu si différent. Il lui manquait tant, elle se languissait de lui, elle ne pouvait s'empêcher de penser à lui, elle ne parvenait pas à tourner la page.

A chaque fois, qu'elle essayait, après un cours instant tout revenait avec plus de force, plus de virulence.

Il était devenu son obsession, son leitmotiv. Comment échapper à son souvenir, à son spectre, à son aura, qui avait imprégné son environnement ? Elle avait l'impression qu'il la suivait partout, son souvenir restait omniprésent. Tout à présent, la ramenait à lui. Lorsqu'on lui parlait, elle avait l'impression de l'entendre, elle avait l'impression qu'il lui parlait. Elle avait comme des flashs, la sensation que sa voix résonnait dans sa tête, dans ses oreilles. Tous ses mots revenaient, retentissaient comme des ondes qui jaillissaient du fond des bois, du fond des forêts, du fond des cavernes.

Je m'arrêtai, je contemplai la magnificence terrestre qui me prodiguait des forces insoupçonnées. Il m'avait appris à apprécier l'ombre, le soleil, la vie, à m'imprégner du naturel, du pur, du beau sanctifié et transfigurant la voûte terrestre.

Malgré ces legs, ces offrandes si précieuses, il me manquait toujours autant dans ce flot, ce tourbillon continuel de sensations. Je ne cessais malgré moi de l'appeler depuis la caverne du sommeil de la nuit, dans mon cœur, dans mon âme. Entendrait-il ma voix, mon souffle alanguissant nocturne, diurne, ma douleur, ma souffrance ? Ce manque me prenait et m'oppressait au point d'avoir la sensation de ne plus respirer.

Chaque jour qui passait, amplifiait, intensifiait cette absence, cet abandon en moi-même. Etait-ce son dessein, afin de m'éprouver et de fortifier mon indépendance, ma volonté ? La seule et unique opportunité qui soulageait ma douleur était lorsque pour la première fois, j'ai allumé ma machine à écrire et j'ai créé un dossier.

Ensuite, je me suis mise à écrire, pour raconter au monde entier ce que j'avais vécu, son message. Là, à cet instant j'ai commencé à ressentir une force jaillir en moi. Les mots venaient en moi, dans mon esprit, envahissaient mes pensées, dansaient dans ma tête. Tout était naturel, instinctif, sans que j'eus à chercher ni les mots, ni les pensées. J'étais emportée, emballée et rien ne pouvait me freiner.

J'ai écrit des heures durant, sans boire, ni manger, j'étais habitée par son souvenir, par lui, par ses pensées, par ses sensations. Mon écriture était soumise à la fantaisie arbitraire de l'instant, du temps ; mon écriture était gouvernée par une créativité soumise à mes états d'âme, à l'aléa, à l'alchimie de l'instant coïncidant avec l'idée novatrice, originale et désirant chanter la beauté. Lorsque je pianotais sur ma machine à écrire, tout était si naturel, si évident que j'avais la sensation de jouer des notes de musiques, de composer une mélodie au souffle du vent, à la caresse d'une brise douce et légère. J'avais l'impression qu'il était proche de moi, qu'il dialoguait avec moi, qu'il murmurait, susurrait à mon oreille pour m'encourager, me galvaniser.

J'étais électrolysée, stimulée, anodisée, lorsqu'il m'avait touchée, il m'avait magnétisée, électrisée afin de m'emporter au-delà de moi-même. Plus j'écrivais, plus j'avais la sensation de retrouver la paix et surtout d'embrasser, de côtoyer, de saluer les profondeurs d'un inconnu, de baigner dans les eaux troubles de mon âme, de franchir les méandres de l'inconscient humain. Je traversais un ailleurs, je transcendais les barrières, les limites ineffables, je m'élevais vers le spirituel, je m'éveillais, je parvenais à explorer à travers le voile qui gravite autour de l'humanité. J'approchais des voies mystiques, des chemins qui mènent à Dieu, à la foi. Je n'avais plus peur, au contraire

J'étais émerveillée, charmée, grisée, hypnotisée, fascinée. Une autre vie, une nouvelle ère avait débutée pour moi. J'avais captée tout son magnétisme, il m'avait offert son énergie, son fluide vital, sa vigueur. J'étais heureuse car j'avais compris que même si je n'avais toujours pas enfanté, ma vie allait être utile, servir une grande, glorieuse, inattendue et noble cause. J'allais apprendre à l'humanité désenchantée à allumer la lumière de l'espérance, à rêver de nouveau, à raviver la flamme de la foi pure et authentique, qu'elle seule, peut alimenter, nourrir de sa puissance la paix universelle et l'union interhumaine.

J'allais ouvrir les yeux des hommes pour les protéger d'eux-mêmes, de leurs miroirs d'illusions.

Je voulais qu'ils ne regardassent plus un simple et pale reflet dans le miroir de la réalité, qu'ils dépassassent les simulacres de vérité, les faux semblant, les trompes l'œil, et qu'ils découvrissent au-delà du miroir, la réalité pure. Ils doivent cesser de se complaire dans le virtuel, la simulation, le mensonge, l'ombre mais doivent chercher à découvrir, à voyager vers la lumière de Dieu, de la vérité.

Ils pourront se mouvoir dans une prairie verte et fraiche de tolérance et de respect mutuel. La loi universelle qui pourrait ainsi régner, serait celle de l'amour qui conduirait les hommes à se laisser emporter, guider, propulser et à s'insérer dans la chaîne du destin universel, liant l'ensemble de chacune des destinées individuelles vers le chaine de l'espoir, du dessein collectif et ultime menant à la plénitude et à la paix.

Puis, lorsque la fatigue m'obligea à suspendre mon travail jusqu'au lendemain, ce bien-être commença à se dissiper. Je compris que l'ouvrage, la tache allait être grande et que je ne parviendrais à être en paix que lorsque j'achèverais mon œuvre ou plutôt lorsque je la parachèverais. Dans la chaleur de la nuit, mon angoisse resurgit subitement. Je ne pouvais pas effacer son image de ma mémoire. Il avait en quelques heures, rempli ma vie, combler mon vide intérieur. Il avait gravé une trace indélébile, après avoir goûté à cette béatitude, son empreinte ne me quitterait jamais.

Je voulais me battre, je ne parvenais pas à admettre, à intégrer l'idée, le concept que jamais je ne le reverrais.

J'étais en colère, comment a t'il pu à la fois tant me donner pour ensuite m'abandonner si vite, si promptement, si subitement. Le soir, le jour, je parcourais désespérément les rues à sa recherche, j'errais tristement, je l'imaginais. Je me remémorais ces moments intenses, cet intense bonheur à ses côtés. Comment allais-je pouvoir continuer sans lui ? Comment pouvoir l'oublier puisqu'il m'a transmis une partie de lui-même ? Il m'avait tant appris, tant donné. Il m'avait métamorphosé, à présent j'avais une parcelle de son essence, de son âme qui coulait dans mon sang.

C'est comme si son esprit avait fusionné avec le mien, comme si tout en moi faisait corps avec lui. Nous avions vécu en osmose quelques heures et cela avait inscrit en moi, une preuve, un témoignage. Il avait déposé dans mon sillage son vestige. A chaque instant, chaque moment, chaque jour, continuellement, je l'attendais, je repensais à lui, tout me rappelait et me signifiait sa présence, sa chaleur, sa douceur.

Il me manquait tant, je devais apprendre à vivre sans lui mais je n'étais plus la même depuis son passage. Tout me semblait si fade, si insipide avant son intervention, son fantastique récit. Il m'avait épanouie, m'avait enseigné un art de vivre, de percevoir la vie, la nature, les éléments.

Tout était transfiguré, beau, épuré, magnifié, raffiné. Mon mari était effrayé et intrigué par mon changement de personnalité mais en même temps, il disait qu'il aimait la nouvelle Laura entreprenante et ambitieuse. Quant à moi, je ne cessais de penser à cet homme sans identité, sans nom, mystérieux, énigmatique, impossible à démystifier.

Où se trouvait-il à présent ? Que faisait-il ? Etait-il vivant, cet homme à qui je faisais confiance et que j'admirais ? « Toi, qui m'as ouvert les yeux qui conduisent à la voie sacrée de la foi. Tu m'as fait entrée dans le jardin des délices, délice de la vie, délice de la chair, délice de l'esprit et de l'âme. Tu m'as montrée du bout des doigts un jardin de bonheur enfoui où il faut en cueillir, en récolter, en ramasser ça et là, en glaner la prodigieuse profusion. » Une fois les fruits amassés, il faut en extraire la substance sacrée, rare et précieuse faisant naître la félicité faisant jaillir l'inspiration des temps jadis, des temps passés, immémoriaux et futurs, l'inspiration féconde, prospère et éternelle.

Fée lumière, Fée amour, alchimiste du rêve, écrivaine de l'espérance émanant de la volonté divine. Plante odoriférante et suave, fruit de volupté initiateur de jouissance, de délectation, de ravissement terrestre. Sensuelle saveur, goût subtil, délicate sensation tactile de velours, musique extatique, parfum enivrant, doux, sucré, pétillant de vie et tendre.

Magnifique lumière céleste, sublime et éclatante telle de l'or, transparente et luisante telle le cristal, le diamant ; lueur, clarté, éclat, étincellement, flamme, flambeau, lumière rougeoyante splendide, parfaite, étincelante, éclatante, chaude et pénétrante, rayonnant jusqu'aux tréfonds des mers, jusqu'aux confins des vallées, des forêts, des déserts afin d'illuminer une humanité en quête d'elle-même.

Lumière divine, suprême et éternelle de toute vie, source de toute œuvre, source d'espoir. Vénérable beauté, perfection, universelle et éternelle, vérité parfaite, universelle, belle et atemporelle. Source intarissable, genèse de tout, vérité originelle et inaltérable, immanente, immuable, constante et indéniable.

Mais, à présent, je pense encore que ce qui lui conférait une aura particulière, une présence circonspecte mais charismatique, résidait dans le mystère qui gravitait autour de lui. Cela lui offrait un singulier attrait, le couronnait d'intérêt, apportait le moteur d'une étrange curiosité, le fruit défendu de l'arbre d'une énigme insoluble. Le mystère sous-jacent qui demeurait autour de lui composait tout son charme, un charme inexplicable, irrationnel mais tout de même certain et irrépressible. Or, une fois le mystère percé, si les réponses ne demeurent plus inaccessibles quant à une personne, concernant n'importe qui que cela puisse être,

cette dernière perd de sa magie, de son charme, de son prestige. Les arcanes, les secrets passionnent, intriguent et ceux-ci une fois démasqués, démystifient son sujet, son détenteur, son émetteur. La connaissance totale et complète, la porte ouverte sur l'intégralité du savoir est non seulement impossible mais conduirait à un ennui inexorable pour l'homme.

La curiosité, la soif de découverte berce l'humanité, la pousse, la propulse toujours plus loin, la stimule et permet aussi une émulation intrinsèque. Une fois la découverte acquise, une fois la clef trouvée, le trésor, la théorie prouvée, ce succès transmet une exaltation certaine, plonge dans un bain d'euphorie, d'extase, de béatitude mais totalement éphémère. Le but, le projet si dynamisant, si énergisant a disparu. L'intérêt, la quête du but ultime s'est dissipée faute de ne plus exister.

A fortiori, celui qui touche à l'interdit que l'humain ne pourra jamais maitriser, qui appartient au divin, au sacré, se brûle, se consume car il subit l'effet de retour de flamme. La tentation de l'interdit rattrape toujours celui qui se laisse séduire, qui se laisse piéger, qui se laisse envoûter, comme Adam a gouté au fruit interdit de la connaissance du bien et du mal. Percer l'édifice d'un secret interdit rattrape et ne reste pas impuni. Nul ne peut franchir la porte interdite, sans se brûler à moins de ne pas être humain tel un ange.

Il m'avait enseigné que l'homme qui veut saisir l'intouchable, qui tente de capter l'inaccessible, se heurte au danger et à l'autodestruction. La tentation face au supplice le menace de s'enfermer, de s'engluer dans une connaissance qu'il ne peut supporter.

Cette connaissance l'autodétruit par la violence du choc de la révélation. C'est pourquoi, celui qui connaît l'heure, le jour de sa mort, est déjà mort ou il en est de même, pour celui qui connaitrait l'intégralité de son avenir, de sa destinée. Par conséquent, l'homme doit accepter l'ignorance, la faiblesse face à des vérités qui le dépassent. De plus, l'avenir n'est pas toujours figé ni impossible à modifier, le hasard, la providence, la chance, la contingence sont des paramètres qui restent omniprésents. La volonté, la foi, l'espérance peuvent modifier le cours de la vie, la fatalité, le déterminisme, ne sont pas tout-puissants. Le choix, le libre arbitre sont des facteurs, des variables prépondérants.

Je me posais alors la question, peut-être qu'en acceptant d'ouvrir cette porte du savoir, j'étais en train de me perdre ? Il me manquait tellement, il était toujours présent en moi. Je ne pouvais pas me débarrasser de son image, du souvenir des moments heureux que nous avions passé ensemble. Mais je n'avais pas le droit moral de chasser son souvenir par gratitude envers lui et ce qu'il m'avait offert.

En outre, le souvenir reste l'essence même d'une personne et l'oublier, c'est faire mourir sa mémoire en ce monde.

Le souvenir, c'est la vie, c'est l'histoire individuelle, la mémoire, le passé. Oublier un évènement aussi majeur, c'est s'oublier soi-même, se renier, détruire son identité, annihiler son être, son essence. J'avais besoin de lui, il était entré dans ma vie, dans mon cœur, dans mon être. Je me sentais malheureuse, triste, nostalgique, vide. La mélancolie m'envahissait tel un nuage brumeux, froid et gris. Je ne pouvais me confier à mon mari à ce propos, il ne croirait jamais mon histoire, mon trésor intime et secret. J'avais un poids au cœur, un fardeau qui me consumait. Cet alanguissement, ce manque de sa présence s'amplifiait constamment, augmentait constamment et seule l'écriture me délivrait.

Je me sentais submergée par une fontaine de silence sec, mais grisante car elle permettait toute sorte de spéculation, laissait tout présager, tout imaginer. Mais un sentiment surgissait en moi, je pensais que la vérité était en moi, peut-être inconsciemment, je la connaissais sans vouloir la voir, sans chercher à la laisser jaillir du fond de mon être. Je savais que je serais libérée de l'emprise du souvenir quand j'aurais fini d'écrire mon histoire et que je la publierais.

J'attendais l'appel de la propriétaire de l'appartement ou de la gardienne afin d'en apprendre davantage mais j'étais rassurée car je détenais la photo, preuve suprême de mon histoire. Et pour la première fois depuis mon enfance, je me mis à prier Dieu. Je ne savais comment faire, alors j'ai confié spontanément ce que je ressentais et j'ai alors senti un bien-être profond, la sensation de ne plus jamais être seule, la sensation d'avoir pour la première fois découvert ce qu'il me manquait. Je me sentais alors paisible, heureuse, j'avais parlé à mon Dieu pour la première fois depuis que j'étais adulte, j'étais émue.

J'apprenais le bonheur de la foi, de la relation directe et libre avec Dieu. Je comprenais ce que le vieil homme voulait dire par le fait que l'on ressentît sans cesse la présence de Dieu, de son amour dans son cœur, que Dieu parlât à voix basse, silencieusement à l'homme et qu'il fallait juste apprendre à écouter, à percevoir les signes, les indices qu'il envoyait. Il suffit de fermer les yeux, de se concentrer pour ressentir sa présence, son amour, sa lumière chaleureuse et apaisante. Mon cœur se mit à battre quand j'eus ressenti très fortement sa présence comme s'il était à côté de moi, me rassurait, me fortifiait, me renforçait. J'avais appris à entendre et à aimer l'ineffable, l'indescriptible perfection. Je ressentais sa force, son omniprésence, son omnipotence.

Des larmes d'émotion, de joie me coulaient sur les joues. J'avais enfin compris qu'il nous guidait, qu'il était présent dans la nature, l'espace, le temps, l'univers, l'horizon, les cieux. Il était à l'origine de toute chose en ce monde, de toute vie, de toute beauté et que c'étaient les hommes qui ne le comprenaient pas et qui détruisaient l'œuvre divine. Je compris que Dieu était l'éternelle et l'universelle vérité de toute chose. J'avais accepté l'indéniable, j'avais ouvert mon cœur à Dieu. J'étais passée de l'illusion sans chemin au rêve absolu et parachevé. Le rêve absolu, c'était l'ascension spirituelle menant à la foi, menant à Dieu. Rien au monde n'était plus beau que cet océan de lumière.

Le soir, dans la profondeur de la nuit, j'avais senti frissonner en moi une magie comme si un souffle nouveau m'animait, le souffle de la foi, le souffle de l'éternel espoir. Splendide nuit vagabonde qui inonde dans son sillage les prairies, les collines, les vallons. Il s'y projette une cascade d'argent et de feu luisant, étincelant jusqu'au fond des forêts. Des rayons luminescents rappellent la présence divine, même au cœur de la nuit, les étoiles telles des candélabres allumés à l'effigie de la vie, en l'honneur et pour la gloire de Dieu.

Le jour, j'entendais le chant des oiseaux, le son, la musique de la vie, témoignage de l'omniprésence divine. Le déchainement de la mer en mouvement continuel, le soleil dans son manteau doré corrobore le miracle céleste,
le miracle de la vie, le miracle de Dieu. Dieu, créateur du jour, de la nuit, des astres, de la nature, de la faune, de la flore, de l'homme, de la lumière et des ténèbres depuis La Genèse, depuis le jour originel, depuis l'instant premier de notre ère. Dieu, maître du temps, détenteur des clefs de la porte du temps, de la vie et de la destinée universelle.

Mon souhait le plus cher, était de parvenir à transmettre de génération en génération mon expérience pour que l'humanité n'oubliât jamais que Dieu, est l'auteur de tout et qu'elle apprît à entendre Dieu parler à son cœur, à son âme, qu'elle apprît à écouter les murmures silencieux mais si audibles. L'absolu en ce monde que l'homme cherche désespérément, c'est Dieu, unique fil conducteur de la béatitude, de la félicité, de la paix intérieure. Je me sentais enfin éclairée. A chaque fois que je pensais à Dieu, je me sentais pousser des ailes pour écrire et dès l'instant où je me mettais à écrire, je me sentais apaisée et libérée, libérée même du départ du vieil homme sans nom. Même si je rêvais de le revoir, je parvenais à prendre du recul et de la distance. L'écriture était mon miracle et me rapprochait de Dieu de manière inexplicable, irrépressible mais certaine. Je me sentais enfin libre et heureuse.

Subitement, une idée jaillit des profondeurs de son inconscient, elle résonnait, tintait comme une douce, parfaite et pure note de musique.

Des mots se frayaient un chemin dans son réservoir cérébral, dans sa fontaine créative. Aimer l'homme, ses qualités, ses défauts, aimer la nature, ce trésor légué par Dieu, cela signifie s'aimer soi-même et surtout aimer Dieu. Ses paroles retentissaient dans sa tête et avaient la beauté d'une larme d'amour versée dans le Pacifique pour le faire resplendir. Le droit naturel ne se fonde t'il pas sur la satisfaction et le droit légitime de chaque individu, pour ensuite l'ériger en norme universelle ? Le respect d'autrui passe par l'appréciation de son propre respect que l'on adapte à son interlocuteur. Pour aimer autrui, ne faut-il pas commencer par s'aimer soi-même, remercier Dieu de ce qu'il nous a donné, le remercier pour les qualités, les dons qui forgent notre identité, notre image sociale ?

Nous avons les dons, les capacités que Dieu dans sa bonté absolue a bien voulu nous concéder et ensuite nous sommes la résultante de nos efforts, de nos mérites. Mais nous ne pouvons oublier que nous ne serions rien sans la volonté de Dieu, dès l'instant originel et sublime de notre création. Nous ne pouvons oublier que c'est Dieu qui fait tambouriner notre cœur, qui nous insuffle la vie et que sans lui, nous ne sommes rien ni personne. Combien d'hommes l'ont oublié effrontément, se croyant tout-puissants et se sont brisés et transformés telle une poignée de poussières sombrant dans la désolation et l'oubli ultime et infini.

L'orgueil, la vanité restent les plus perverses faiblesses humaines.

Je me souviens lorsqu'il m'a dit « Tu sais le temps des miracles, le temps de la présence divine, de l'amour infini de Dieu n'a jamais été révolu et ne le sera jamais. Dieu reste et demeure la force toute puissante et éternelle. » Lui-même en une poignée de seconde en me touchant m'avait donné force et santé, qui l'aurait permis, si ce n'est en amont Dieu. J'avais appris à apprécier la vie, à contempler le miracle et la magnificence d'un soleil levant symbolisant la vie et la splendeur d'un soleil couchant, rougeoyant tel le feu, annonçant paradoxalement le repos. J'entends le flot éperdu du son des guitares de la vie, de la mélodie des trompettes de l'espoir. Moi, Laura, il m'avait enseignée l'art de métaphoriser la vie, les actes qui nous rendent forts et responsables pour assumer notre propre destinée que nul alors ne pourrait entraver.

Il avait aussi transformé, métamorphosé ma perception du temps, il devenait de plus en plus subjectif. Avant de le rencontrer, le temps me paraissait si lent, les journées avaient l'air si longues comme si j'attendais sans m'en rendre compte, la mort, la fin de mon ennui, de mon existence vide.

Or, après son passage, le temps passait si vite, je ne voulais pas en perdre une seule seconde. Je désirais le capturer, le saisir, l'arrêter dans sa fuite, dans sa course folle.

Peut-être cela signifiait-il que j'avais véritablement mûrie, qu'il m'avait rendue adulte et m'avait aidée à m'accomplir, à devenir véritablement une femme. J'étais parvenue à trouver ma mission, ma destinée, ma raison d'être grâce à lui. Je désirais lui rendre hommage afin qu'il fût fier de moi et qu'il fût récompensé de son cadeau. J'étais sûre qu'il pouvait me voir, me ressentir où qu'il fût.

Je crois que je l'avais vraiment aimé comme un père même si je n'en n'avais jamais eu, je me disais que cela devait être ainsi, l'amour pour un père. J'avais vécu une traversée du désert, une vie qui mérite d'être traitée en ellipse avant ma rencontre avec cet homme qui m'a fait côtoyer le rêve, entrevoir, imaginer et goûter à l'absolu. Qui n'en rêve pas un jour ? Qui ne le cherche pas un jour ? Et j'avais la clef de l'énigme, j'avais compris que la seule réponse à cette quête, c'était Dieu et chercher une autre voie, était, assurément vain par avance.

Cet homme avait fui la tristesse, la mélancolie pour trouver un absolu si beau qu'aucun mot ne sera jamais capable de le traduire, de le définir car il relève du divin et non de l'humain. Son regard, ses pas, ses pensées, son souffle, sa véhémence avait convergé vers cette perfection ineffable. Il avait échappé au trompe-l'œil, à l'illusion sensorielle pour se laisser guider au fil de l'eau, au gré du vent vers son unique voix sacrée.

Sa maladie, son mal avait cessé, s'était évanoui pour lui permettre d'accomplir son destin.

« Puisse le soleil se lever chaque jour et le monde s'embellir et s'épanouir comme toi après s'être vue révéler la vérité suprême. » avait-il ajouté avant de me quitter. Tout ne cessait de résonner dans mon esprit et me revenait continuellement, en m'endormant, en me réveillant, en regardant devant moi et derrière nous. Tout revenait telle une mélodie enchantée à la saveur suave tel un doux frisson de velours, un frémissement lumineux qui m'emportait, m'exaltait et ne me quittait plus. Les sons, les couleurs, les parfums me caressaient voluptueusement, m'enivraient et me replongeaient dans cet univers sublime. Quant à moi, j'avais découvert le bonheur de prier, de communiquer, de confier à Dieu ma peine et je savais qu'il écoutait, je le ressentais en moi.

Toi mon Dieu, Roi des forêts, des flots, des vents, des marées. Puissance supérieure et infinie, incommensurable bonté et beauté. Nous, hommes qui te vouons une adoration frénétique et parfois maladroite. Souffle divin qui guide l'homme. Ornement d'opale, frisson chaud, geste supplicié et convulsif. Paroles incantatrices qui implorent, sanctifient, invoquent ton nom.

Cœur déchiré, corps décharné, souillé avide de vie et espérant en toi encore et toujours. Amour, fidélité éternelle dénuée de douleur, effort exaltant, intense fraîcheur.

Tu donnes à l'homme le souffle de vie, toi qui détiens le souffle éternel. Lumière pénétrante d'espérance après le feu de l'errance humaine qui converge toujours vers toi, qui te cherche inlassablement. Quête spirituelle qui cavalcade, chevauche jusque dans nos cœurs, jusque dans nos souvenirs collectifs, universels, immémoriaux. Indomptable silence vertueux, repli, recul, réserve pour enfin te ressentir et se laisser envahir et guider par toi.

Le soir, en allant me coucher sur ses notes si captivantes, j'ai fait un songe pénétrant, très intense. J'étais dans un ailleurs inconnu, un lieu merveilleux, magique. Je cherchais, j'ignorais où je me trouvais. Je n'avais pas peur, j'étais rassurée, je ne craignais rien malgré ce lieu inédit. Puis, soudain des sensations familières et agréables m'interloquèrent. J'aperçus un oiseau de feu et un félin qui le guettait telle une proie, un trophée qu'il convoitait avec envie mais qui paradoxalement n'osa pas l'approcher comme s'il le craignait et le respectait, alors il continuait à l'observer attentivement tel un compagnon avec qu'il avait décidé de composer.

Puis j'avançais pour découvrir un formidable spectacle, un émouvant et solennel témoignage de la splendeur divine. J'étais comme aspirée, transportée vers cette inqualifiable, inexprimable et sublime beauté. J'étais comme paralysée, transportée, en extase tel un être subjugué, torturé par le feu de la passion.

Un doux parfum de roses mêlé à la majesté du lys, la noblesse du muguet et de la fraîcheur sensuelle du jasmin, m'enivrait. Cette sensation olfactive m'apparaissait tantôt nébuleuse, subtile mais flamboyante et tantôt vibrante, pétillante.

C'est comme si dans ce lieu magique avaient été distillées, purifiées, raffinées toutes les notes dans le dessein d'en accomplir un accord parfait faisant écho à un lieu paradisiaque que l'entendement humain ne peut imaginer, concevoir, ni élaborer tant qu'il n'en a pas entrouvert la porte, effleuré du bout des doigts une infime partie. Je vivais le plus prodigieux des voyages sensoriels, ces voluptés pétillantes, ces volutes candides, suaves me plongeaient dans un sillage profond, captivant, séduisant, pénétrant et m'enfermais dans une fragrance délicate et inouïe.

J'eus alors cette envie lancinante et intempestive de toucher à ces fleurs, à ce décor paradisiaque, à cette harmonie délicieuse et de gouter ce parfum enchanteur. Tout d'abord, j'ai tenté de toucher, de caresser cette nature luxuriante, féérique, or tout m'échappait et m'apparaissait comme insaisissable, impalpable. Peut-être avais-je été séduite par un interdit ? En revanche, je persévérais encore et essayais en vain d'attraper une fleur afin de l'accaparer, de la cueillir comme si je cherchais à cueillir les fleurs de la vie, les fleurs de l'âge, du temps.

Je sentais qu'elles étaient précieuses et rares. Ensuite, j'ai continué et je n'ai pas reculé devant l'obstacle, la difficulté, je me suis concentrée, j'ai imaginé que je réussissais. Je m'y suis prise avec délicatesse, adresse, habileté comme si j'avais compris qu'il fallait respecter, honorer, révérer cette nature unique et parfaite. J'ai alors récolté une superbe fleur de lotus, une orchidée et une grappe de raisin vert, gros, lumineux. J'ai alors fermé les yeux et j'ai inhalé ces senteurs florales pures et tendres. Puis, je me suis aventurée à goûter un grain de raisin si beau. Son gout était délicieux, savoureux, exquis.

Soudain, après ce glorieux émerveillement, je vécus une expérience étrange, je voyais mon corps refléter comme dans un miroir ou dans une eau transparente, parfaitement claire et limpide. Mon cœur battait frénétiquement, je sentais mon corps engourdi, mes jambes dans du coton, j'entendis comme les échos que l'on observe lorsque l'on se trouve sous l'eau, sous l'océan. Je respirais laborieusement, j'étais comme paralysée, je voulais parler mais les mots ne pouvaient pas sortir de ma bouche. J'étais en train de voir au-delà du miroir, au-delà de notre réalité, de nos perceptions. Ma vue était floue, j'avais froid, je sentais un vent glacial qui m'emportait. J'étais en proie à une douleur voluptueuse, agréable comme si cette douce douleur me mènerait vers

des sentiers merveilleux, comme si je devais subir cette épreuve avant le triomphe. Après cette douleur voluptueuse sans nom, je sentis comme la sensation d'un voile de soie invisible qui me caressait. Je me sentais bien dans cette plénitude unique. Je vis apparaître l'homme sans nom qui me dit

« Tu es venue à moi, tu as triomphé, mais à présent tu dois vivre, vivre ta vie, accomplir ton destin, propager, diffuser à la face du monde mon message. Nous nous reverrons un jour mais tu appartiens au monde des vivants, ton heure n'est pas encore venue. Tu te trouves à la frontière du cœur de la vie, au seuil de la vie, aux portes de l'existence humaine. Va et vis… » J'avais entrevu la lumineuse porte des temps, les entrailles du temps.

Je savais que je n'avais pas envie de m'éveiller, que j'avais envie de rester dans cet univers mais malgré moi, je m'éveillai de nouveau à la vie. Mais paradoxalement je me sentais libérée, en paix comme si toutes les barrières, les limites, les frontières, avaient sautées pour m'ouvrir la route vers ma destinée. Les chaînes du doute, de l'incertitude s'étaient brisées, plus rien ne me retenait à présent. Mon message allait marquer le cœur de l'humanité. J'étais heureuse d'accomplir cette mission qui me permettrait enfin de vivre, de me sentir vivante car je réaliserais le dessein même de ma naissance, l'œuvre qui m'avait été dévolue.

Je devais transmettre de génération en génération mon expérience pour que les hommes n'oublient jamais le rêve, l'espoir et ne permettent pas que notre monde soit désenchanté. Je devais aussi rappeler que seul Dieu est l'auteur de tout et qu'ils apprennent à écouter la voix silencieuse de Dieu qui parle à leurs âmes, à leurs cœurs. Ils devaient comprendre et admettre que l'absolu qu'ils cherchent, auquel ils aspirent souvent en vain se trouve tout près d'eux, si près d'eux qu'ils ne le sente pas et s'égarent de leur route, de leur destin. Ils n'ont qu'à se laisser guider, à ouvrir leur cœur et à écouter la voix de Dieu.

Humanité, florilège d'existences, de destins, florilège de vies et d'ardeurs passionnées. Un instant, une vie, une existence, une goutte d'eau cristalline à l'échelle humaine mais une immensité à l'échelle universelle et divine. Homme, toi, être de chair et de sang mais volcan au milieu de la nuit, oiseau qui s'envole dans l'horizon froide en dépit du vent glacial. Etre de glace, être frêle pleurant des perles invisibles mais si puissant une fois fortifié par l'amour divin. Etre noble et puéril qui trésaille face à la tentation mais qui se raffermit par sa foi, sa ferveur et sa raison. Etre capable du sordide comme de l'altruisme le plus majestueux. Grain de sable dans le néant impénétrable, dans l'infini, dans l'espace-temps mais rouage, pièce maîtresse de la destinée universelle, espérance regardant vers les cieux, vers l'horizon universel à l'aube de l'avenir, des temps futurs, du renouveau tant espéré. Amour existentiel, chantre de l'existence, une vie d'amour, après la haine, la passion, une vie d'honneur, de pardon, d'apprentissage pour l'humanité au seuil du lendemain lumineux. Ame fraîche, âme forte pour le renouveau, le progrès, la sagesse. Tant d'amour pour si peu de reconnaissance mais tant de preuve de courage, de persévérance. Chantre céleste inondant de son amour jusqu'aux confins du monde, les hommes s'en imprégnant tels des chérubins en extase spirituel. Douceur, innocence angélique.

J'écrivais tel un artiste qui fait glisser le fusain, le sculpteur qui façonne de ses mains des heures durant tel un peintre inspiré par son cœur, par son âme, par Dieu qui lui murmurait à voix basse le dessein de l'existence humaine. Dieu était devenu mon souffle de vie, mon espoir, mon énergie vitale qui me donnait la force de continuer et d'espérer. Plus j'écrivais, plus j'avais la sensation folle et extatique de m'éveiller à la vie, de renaître comme au printemps d'une vie, je me sentais libérée comme délivrée de l'infernale douleur de la mélancolie. Je m'éveillai à la vie, au bonheur, à l'infinie lumière, source inexorable, intarissable d'espoir. Existence sucrée et suave, d'or et d'argent, splendeur incommensurable, inégalable.

Folie, faribole ou désir d'avenir idéalisé ? Non, douce et pure réalité encensée par la voix de Dieu. Vérité des vérités, souffle de vie, lumière rayonnante, majestueux éblouissement. Souffle pur et limpide dérobé, échappant aux simulacres de vérité, aux faux semblants nébuleux. Lumière des lumières, souffle du jour, beauté de la nuit qui va et vient à moi pour encenser mon existence, m'illuminer les instants d'obscurité. Réjouissance festive, souffle ensoleillé, vent pénétrant, onde chatoyante exaspérant la profondeur de la nuit. Harmonie parfaite, sucrée et suave. Fleuron de l'amour discret et authentique. Désir de vie et d'amour, volupté subtile. Douceur d'orient traversant l'Asie et le monde. Douce ivresse, déploiement argenté et sucré. Odeur, saveur frétillante qui émeut et rassasie le monde. Douceur, saveur, senteur, sensation étoilée, stellaire, cosmique. Energie effrénée des nuits d'ivresse amoureuse. Désert de sable chaud enveloppé par un voile lumineux en proie à la douce mélodie du vent, au son langoureux et à l'harmonie de cet unique souffle du vent.

Vent chaud, vent froid, pluie torrentielle d'amour passionné, volcan de passion fraîche et frétillante. Souffle de feu, esprit du jour et de la nuit. Parfum doux et fruité traversant l'horizon et encensant la vie et l'espérance. Main de feu, farandole subtile et délicate d'existences respirant la brise, caressant la vie. Soirée douce et automnale à la paisible gaieté folle.

Vent délicat, souffle limpide et chaud chantant au creux de l'oreille du cœur dans la splendeur de la nuit. Soirée nocturne festive près d'un feu ardent. Passion, émotion, sentiment, lit capitonné et tapissé de fleurs épanouies, en exultation, rougeoyantes tel le brasier de la passion. Délivrance subtile et frénétique, intempestive, torride et extatique. Douceur flamboyante, âme de feu, âme féline. Bonheur humain offert par la bonté d'une main généreuse et miséricordieuse. Tendresse sensuelle dans l'harmonie du soir, saveur bénéfique, ravissement charnel au gré du balancement de l'aiguille du temps. Vie, douceur luxuriante, espoir foisonnant. Vent frétillant soufflant dans l'azur étoilé et jaillissant jusqu'à atteindre les profondeurs abyssales.

Souffle vertigineux et volubile, s'évaporant, s'évanouissant telles des volutes tournoyantes. Etres d'essence divine virevoltant dans les sphères supra-sensorielles, visitant les frontières de la conscience. Souffle du désert chaud aux éclaboussures de perles d'or qui se déploient et ravissent le regard par leur scintillement splendide. Flamme vacillante inspirée, dirigée, guidée, attirée par le souffle de l'avenir. Frétillement sulfureux, désir inopiné. Souffle frétillant de la poésie exaltée, délice succulent, tendresse épanouissante et véhémente. Sensations fraîches et torrides.

Flot continuel de vies tourmentées, tourbillonnantes, grouillantes qui gravitent et rayonnent jusqu'aux cieux. Harmonie parfaite, symphonie florale et pétillante. Etres contrits qui s'agitent fébrilement, qui espèrent toujours et encore. Péninsule stellaire de feu étincelant depuis le ciel, attirant les voyageurs égarés et aventureux voguant à travers l'horizon à la recherche assoiffée et éperdue d'amour. Plume d'or ondoyante pour honorer Dieu. Sensation veloutée, luminosité festive, bonheur, réjouissance passionnée. Déflagration laissant jaillir l'onyx de la passion au fond du désert, des mers, des océans.

Parterre de fleurs odoriférantes touchant l'ardeur du jour, captant l'ardeur du cœur. Va, viens, tournoie près de ma tête tel un papillon venant visiter les âmes fragiles et tourmentées. Désert de feu et d'argent, brise marine flétrissant toute laideur, surgissant pour purifier, magnifier la vie. Va et viens à pas dissipés, dispersés pour arborer le délice de l'existence, le fruit savoureux de la passion. Dénivellations, ramifications menant à la félicité, aux quatre points cardinaux convergeant vers l'intense destinée humaine. Souffle lumineux et ondoyant, traversant la sphère céleste.

Arbre de vie, départ sans retour, destinée humaine. Délice azuré et féérique, supplice dansant, délice des délices. Caprice festif, souffle sulfureux du jour, captif délivré, claustration ressentie dans des murs en ruine, errance fragile. Souffle originel, souffle de feu virevoltant dans les airs, inspirant, enivrant les esprits, captivant les consciences, illuminant les esprits, générant des lendemains magiques et lumineux.

Prélude de la symphonie universelle, crépuscule de la détresse humaine et aube de la félicité éternelle grâce à la main divine généreuse, toute-puissante, miraculeuse, bonheur terrestre affadissant, annihilant toute misère pour la métamorphoser en douce lune de miel. Sublimation sensorielle et désinvolte. Horizon de feu, horizon d'amour, douceur de l'onyx évanescent. Recherche exaltée de la clef qui ouvrira la porte du bonheur au seuil de l'espoir. Vent de folie doucereuse et brulante. Laideur avilissante, splendeur libératrice. Sanglot permettant au bonheur de miroiter telle une douce et agréable exhalaison omniprésente dans les airs. Enigmatique voyageur emporté par le souffle mystérieux de l'espoir, par la force de la foi. Aventurier empreint de bravoure qui est en quête du miracle captivant, heureux et jouissif de l'existence.

L'énigme originelle flamboie telle une fleur pure éclose dans l'horizon céleste qui répand, qui déverse l'éclat, l'étincellement, la flamme d'un espoir puissant pour l'humanité. Lumière, rayonnement de la foi humaine, universelle, éternelle, atemporelle, unique en Dieu chantant sa gloire permanente. Ferveur galvanisante, lumière des lumières, espoir se fortifiant, se régénérant, grandissant au fil du temps, des années, des millénaires, des épreuves séculaires. Espoir lumineux, espérance pure et puissante en Dieu maître de toutes choses. Humanité amnésique, ingrate mais ouvrant son cœur à la résurgence de l'histoire humaine, aux réminiscences salutaires. Humanité qui se souvient, qui prie, qui commémore avec amour la grâce divine. Humanité qui ne doit jamais oublier qui lui a donnée vie, santé, amour.

Sensation fraîche et folle, solennelle et émouvante gravitant dans l'horizon. Eclair, fumée blanche, angoisse et félicité nocturne, caprice du vent, frisson, exil mystique, ardeur fraîche, déferlement sensoriel au caprice de feu. Exhalaison pernicieuse au souffle de raison. Résurgence du temps, déploiement de remords coupables, d'espoir, d'énergie pour l'apprentissage, la repentance et la contrition. Ineffable beauté de feu au silence de la nuit ténébreuse et mystérieuse. Désert de feu lumineux, délivrance mystique, libération spirituelle. Oriflamme furibonde et moribonde, en quête dans un désert de nacre irisé du prestige d'antan. Frivolité enchantée au gré du vent, douceur, quête exaltée.

Beauté énigmatique, mystique et ténébreuse. Lumière guidant vers l'absolu, chemin des chemins, sentier des sentiers, découverte apothéotique, ascension onirique et clairvoyante.

Extase enchanteur, absolu inégalable, frénésie, déploiement artistique, créatif, fébrile, propulsant vers l'absolu. Mystère des mystères, insaisissable énigme de la vie désireuse d'absolu cherchant inexorablement la voie de Dieu, la voix sacrée. Désert de feu, ondoiement céleste, captif libéré par le chant sacré, délivré par la vérité mélodieuse, par l'authentique réalité symphonique et magistrale. Intense et pénétrante lumière subtile et sublime. Idéal idyllique, ondoiement charmant sous la voûte céleste propice à l'allégresse. Ruissellement de pluie d'or, d'argent, velouté cristallin, souffle d'azur, fée lumière, fée étoile louvoyant à travers la luxuriance vivace. Enfant pure et innocent aveuglé par des larmes d'espoir et de joie. Perles de l'orient, merveille éclatante du Pacifique.

Mes mots sonnaient comme une mélodie s'écoulant dans une rivière étoilée luisante, resplendissante tel un déferlement lumineux scintillant d'une pluie de diamants reflétant la splendeur divine, providentiel crépitement festif. Horizon de nacre au scintillement céleste. Pluie diffuse, éclair céleste de nacre parfumée, senteur florale et pure d'une nature généreuse et aimante, pétales de roses lumineuses. Déflagration ondoyante laissant jaillir l'orage, l'éclair, la pluie diluvienne annonçant un jour nouveau pour l'humanité.

Souvenirs perdus et retrouvés pour forger une expérience essentielle et universelle, histoire, patrimoine sacré de l'humanité, racines, repères collectifs. Senteurs expiatoires d'une route nouvelle, délivrance et espoir nouveau, désertion illusoire sans échappatoires, destin universel…

Je regardais alors avec stupéfaction, ce que j'avais écrit, moi, la fille banale qui avait si peu étudié. Moi, la fille insignifiante si peu créative… Je contemplais cette force nouvelle, ce don soudain qui me venait d'une volonté providentielle. J'étais éblouie par ce don du ciel, ma victoire était de pouvoir si élégamment transmettre le message du vieil homme. Un message d'amour universel entre les hommes et la reconnaissance des miracles, de l'omniprésence de Dieu qui n'oublie jamais personne. Plus j'écrivais, plus je me sentais proche de Dieu, je ressentais sa force, sa puissance, sa présence, sa chaleur. Je m'étais enfin réalisée, je me sentais véritablement devenir une femme, j'étais heureuse comme si un jour nouveau, une vie nouvelle était en train d'éclore pour enchanter l'humanité, lui ouvrir les yeux, la réchauffer, la rassurer. Finis l'aveuglement, le désespoir, venait de naître une existence douce, limpide et épanouie.

Néanmoins, j'avais envie encore d'en apprendre davantage sur ce vieil homme témoin et initiateur de mon ascension vers la vie, vers la vérité qui se cachait près de moi,
que le voile de mon ignorance dissimulait depuis mon enfance. Ainsi, je décidai d'appeler la gardienne de l'immeuble qui me dit que j'avais rendez-vous avec le propriétaire dès le lendemain matin. Il me manquait tant, je le cherchais en vain, je criais, hurlais, l'appelait dans la nue, à travers le jour, la nuit, le crépuscule, l'aube, l'aurore, l'azur, l'obscurité.

CHAPITRE VINGT : Frénétique exaltation

J'étais impatiente mais je souhaitais par-dessus tout geler le temps, capter, juguler la puissance de l'instant tant j'étais heureuse. Je voulais apprivoiser le temps, je voulais toujours pouvoir ressentir cette paix, cette plénitude. Je craignais que ma curiosité vînt bouleverser ce bonheur. Mais j'avais besoin de savoir, de comprendre car je sentais que seulement à mes pieds se trouvais la réponse, la révélation qui tue, qui assassine ou transporte de félicité…

Je marchai alors le cœur palpitant d'impatience, le souffle coupé par l'appréhension mais une détermination grandissante, une volonté, une véhémence coulait dans mon corps et le nourrissait, je ne pouvais m'empêcher tel un voyageur, un pèlerin, un chercheur d'or, d'aller au bout de l'énigme, le désir ardent de percer le mystère, le secret. J'étais dans l'expectative, je devais quoiqu'il en coûtât, avancer, regarder toujours droit devant ou vers l'horizon et la voute céleste. Il m'avait appris à ne jamais baisser la tête ni les yeux et à aller au bout du chemin, au bout de moi-même, bien que la route pût être parfois longue et sinueuse ou pleine de mirages, de pièges à déjouer et de faux semblants à cerner.

Qu'allais-je découvrir, je l'ignorais mais mon intention me guidait et me disait que le déplacement me réjouirais car apprendre la vérité sur le vieil homme me permettrait de le comprendre et de me rapprocher encore de lui. Je crois vraiment qu'à cet instant je réalisasse que je l'aimais comme un père à qui je voudrais ressembler, comme un père que je voulais rendre fier.

J'arrivais alors, j'avais les mains moites, j'étais tendue mais attirée irrémédiablement. Je vis la gardienne qui me dit « veuillez me suivre, nous vous attendions. » Je montai avec elle qui m'expliqua que la propriétaire se trouvait à l'intérieur. Je pénétrai dans cet appartement, cet instant ressemblait à un songe familier, les fenêtres étaient ouvertes et laissaient ressortir une vive clarté, le temps d'une infinité de secondes, la première image qui apparut avant que je tournasse la tête, était notre splendide oiseau qui semblait entonner un chant de joie, d'allégresse et d'amour.

Puis, je tournai la tête et à ma grande stupéfaction, je vis ma mère. Comment cela était-ce possible ? J'étais stupéfaite. Elle m'expliqua prise au dépourvu qu'elle était la propriétaire de cet appartement et qu'elle souhaitait vendre car il était trop chargé de souvenirs. Il représentait sa jeunesse, une partie de son existence qu'elle désirait enfin parvenir à oublier.

Je lui sortis ensuite la photo de cet homme et elle fondit en larme.

Quand je lui eus demandé si elle le connaissait, elle m'eut alors révélé qu'il s'agissait de mon père mais que cela était incroyable car il était décédé depuis de nombreuses années, depuis quelques jours avant ma naissance. Elle pensait qu'il devait s'agir d'une erreur et que la ressemblance était frappante mais que les années, la vieillesse rendaient la probabilité incertaine que cela fût lui et qu'en fait, c'était impossible puisqu'il était décédé.

Or, un fait incroyable, s'était produit, après la lui avoir montrée, l'homme sur la photo s'était effacé comme pour signifier que ces évènements restaient notre secret impossible à prouver. Ce fait inexplicable me révélait que cette rencontre relevait d'une foi certaine, affranchie, libre et devait à présent appartenir à ma conscience et à mes souvenirs. Après un vif questionnement, elle m'expliqua qu'elle avait vécu ses plus belles années avec mon père, dans cet appartement et elle me révéla son passé secret avec mon père, son histoire concordait mots pour mots avec l'histoire du vieil homme. Je compris alors que ce vieil homme, c'était mon père et son épouse Hannah, c'était ma mère, qui se nommait Annabelle.

Je rentrai chez moi, pour assimiler ces révélations, je vis alors l'oiseau qui continuait à me suivre comme pour m'accompagner, me réconforter dans cette épreuve.

Je ne voulais pas faire de la peine à ma mère, c'est pourquoi,

je me suis abstenue de lui révéler ma rencontre et mon expérience surnaturelle. J'ai écrit toute l'après-midi comme pour me libérer, pour expier ce lourd fardeau. Je me dis que je n'avais pas grandi avec mon père mais qu'il m'avait enseigné, en une poignée d'heures, plus que certains parents en trente ans. Il m'avait offert tant d'amour et un don si précieux, une expérience intense et la sagesse de toute une vie. Je ne pouvais que le remercier pour ce présent merveilleux et pour être revenu pour moi.

J'allais l'honorer et tenir ma promesse. J'allais propager son message. Il m'avait expliqué que mon sang est comme la sève d'un arbre, il y a jailli des siècles de vie, des siècles d'histoire, l'histoire de mes ancêtres, de mes racines présente dans mon sang, dans mes gènes. Je ressentais leurs empreintes en moi, je connaissais à présent le mystère, le secret de mes origines. Dans mon sang, se sont formés des siècles de vie, d'expérience, d'apprentissage et de douleur. Je savais à présent qui j'étais. Je ressentais une mémoire cellulaire, sensorielle qui avait nourri mon âme. Comment l'oublier, cet homme si fascinant et ne pas l'aimer malgré ses choix ? Il m'avait appris à vivre, à apprécier la vie, ses couleurs, ses saveurs, ses nuances, ses goûts, ses parfums. Il m'a offert tout l'amour d'un père. « Profite du printemps de ta vie, va rejoindre ton mari, va vivre ta vie, va rejoindre ton existence, la vraie vie …» disait-il.

Puis avec cette expérience, les mots coulaient en moi telle une cascade laissant jaillir l'eau spirituelle prodiguant le ruissellement prodigieux du verbe, plein de roses fraîches, de perles translucides couleur cristal, couleur pureté, couleur vie, parfum d'amour au frontière d'un bain exaltant tel un rêve éveillé. L'inspiration venait à moi, sans réflexion, sans préméditation, les mots glissaient, m'appelaient, venaient dans ma tête sans même que je ne les appelasse.

« Etranger dans la fontaine argentée de vie, souffle du vent glacé, mains d'or qui se réchauffent grâce au soleil resplendissant, fleur de vie à peine éclose. Souffle argenté à la majesté d'or, cime argentée luisante, attirant l'oiseau migrateur. Désir, flagornerie époustouflante et déjouée par les âmes pures et innocentes. Ondoiement céleste qui court dans une forêt de roses et d'épines, douceur du verger, dune de sables ardents, cyprès, ange de feu miroitant dans les cieux, vague, méandre, volute fragile mais pénétrante, caprice charmant bruissant dans une nappe veloutée de neige. Absolu lumineux n'appartenant qu'à Dieu, illimité, infini, atemporelle réalité relevant du domaine réservé de Dieu. Vie couleur étoile. »

Une question revenait sans cesse à mon esprit, était-il mort ou vivant ? Avais-je rêvé ? La nuit fut longue et tourmentée. Le lendemain matin, j'allai voir ma mère pour tenter d'en apprendre encore davantage.

Je lui demandai une photo de mon père et la ressemblance était troublante. Je partis pour réfléchir et méditer. Je me dis alors que même s'il était mort, il était vivant dans mon cœur et que j'allais pouvoir poursuivre sa volonté, révéler son message d'amour pour l'humanité.

Etait-il devenu un ange de Dieu ? Il était revenu pur, du monde interdit aux vivants, c'était pourquoi, il avait oublié ses nombreuses années. Pendant ces instants de réflexion, je sentais une présence très forte à mes côtés, la force de Dieu qui me soutenait. La nuit suivante, je rêvais du vieil homme, de ce père disparu, il me toucha d'une main chaude et aimante le ventre et me sourit comme pour m'envoyer un message que je ne comprenais pas. Le lendemain matin, je me réveillai troublée et interrogative, je ne comprenais pas la signification de ce rêve, alors je continuais à chercher.

Je n'avais plus eu aucune manifestation particulière pendant plusieurs jours comme pour me laisser le temps de réapprendre à vivre, de retrouver mes marques, mes repères après un tel bouleversement dans mon existence. Puis trois semaines plus tard, par le plus grand des hasards, après une prise de sang fortuite mais providentielle et un rendez-vous chez le médecin, j'appris que j'étais enceinte. C'était un véritable miracle après tant d'années, cela remontait à ma nuit d'amour intense avec mon époux après la rencontre avec le vieil homme au café.

Cette nouvelle m'a transportée de bonheur, à cet instant où j'ai réalisé ce qu'il se passait, j'ai senti près de moi une présence, une chaleur qui m'entourait. Etait-ce mon père, était-ce Dieu ? J'assistai encore au miracle de Dieu, omnipotent et si généreux. Un être grandissait en moi, fruit de l'amour, fruit de la vie, fruit de deux existences, de l'union providentielle de deux destinées, mélange de traditions, d'une histoire familiale. L'enfant à naître, détenteur des clefs de l'avenir, du devenir humain, de sa folie, de sa sagesse. L'enfant responsable d'un honneur familial forgé séculairement, inlassablement, l'enfant gardien d'un héritage culturel familial, l'enfant possesseur des secrets de famille, des origines, l'enfant le prolongement de toute une vie de labeur, d'amour, l'enfant être cher immortalisant, pérennisant les œuvres humaines. L'enfant don de Dieu qui offre la paix avant le grand voyage.

L'enfant à qui l'on transmet son savoir, sa connaissance, ses ouvrages au seuil de la vie, au crépuscule de l'existence, l'enfant à qui l'on se donne corps et âme, l'enfant qui scelle l'apothéose de l'existence, qui grave dans la pierre le souvenir imprenable, inviolable, inaliénable d'une existence avant le passage sur l'autre rive. L'enfant reflet de soi-même, l'enfant clé de l'espoir, de la vie, du mystère originel. L'enfant, héritage des héritages, legs d'une histoire individuelle, collective, universelle et fleuron de l'humanité par sa pureté, son innocence. Ame neuve, âme libre dont le destin choisit par Dieu l'attend.

J'avais alors l'impression de commencer à vivre, tous ses évènements, avaient soudainement offert à mon existence un souffle nouveau, une dimension inattendue pour moi, la Laura sans importance, insignifiante, transparente que personne ne remarquait vraiment, que nul ne respectait ou ne prenait le temps d'écouter pour savoir ce qu'elle pensait, ce qu'elle avait à dire... Je me sentais transfigurée, j'étais enfin ravie, heureuse, épanouie et ruisselante d'amour. Lorsque je suis sortie de chez le médecin, une pluie abondante, pénétrante me rafraichissait et semblait me purifier, je marchais, marchais encore et encore, je suis allée jusqu'à notre café comme pour un pèlerinage, une commémoration.

Je voulais lui rendre hommage, lui souffler à l'oreille, le bien qu'il m'avait apporté. J'aimais vivre à nouveau, chaque jour était devenu pour moi un délice, chaque jour avait un gout de miel, de vie, d'espoir. J'attendais avec impatience la naissance de ce petit être qui émanait de ma chair, de mon sang. Je le sentais bouger en moi comme pour me communiquer son bonheur de bientôt venir au monde, naître dans ce monde si beau, cette fourmilière où se côtoie bonheur, tourment, mystère, fascination et joie.

Je désirais que dès que mon enfant verrait le jour, dès qu'il pousserait son premier cri, qu'il pût prendre place dans ce monde, s'intégrer, s'y sentir en sécurité. Le soir, je contemplais le feu de la cheminée crépitant, je me demandais s'il aurait ma bouche, le sourire de mon mari, sa force et ma volonté, je savais que j'avais déjà envie de le serrer dans mes bras. Puis, dès l'instant où j'eus laissé jaillir cette pensée, je fus prise des premières contractions, heureuse douleur, douleur rassurante et joyeuse. Douleur originelle, destin heureux de la femme qui enfante. Après quelques heures, un nouvel être était né, avait enfin vu le jour, notre monde comptait un nouveau membre.

Lorsque je l'ai pris dans mes bras pour la première fois, j'écoutais sa respiration sur ma poitrine, son souffle régulier et paisible. Je contemplais le résultat prodigieux d'une nuit d'amour, de tendresse, de violente passion. J'écoutais son premier cri, son premier cri de vie, son premier cri exprimant toute la véhémence d'un petit être qui se cherche déjà, qui cherche déjà sa destinée, sa raison d'être, son devenir sans le savoir. J'admirais son petit visage émouvant, son cri emporté, frénétique, impétueux de révolte en germe et d'espoir inhérent.

C'était un être nouveau dans la société des hommes, un citoyen du monde. J'avais enfin donné la vie dans ce monde impulsif, fougueux et passionné, dans cette jungle humaine. Je voulais par-dessus tout l'aimer, l'orienter, le guider et l'armer dans ce monde où il n'y a de la place que pour les gagnants.

Je voulais qu'il grandît en trouvant sa voix, son destin, je voulais l'aimer et qu'il grandît en marchant vers le sillon que Dieu aurait tracé pour lui, qu'il évoluât dans le sillage de Dieu qui lui donnerait force et courage. Cet enfant signifiait le miracle, le don de Dieu alors que je me croyais stérile, j'avais été libérée après tant d'années d'attente. Cet enfant innocent, cette âme pure devait être protégée de la haine, du mal, cet ennemi invisible qui rôde en quête de proies faibles. Je savais pertinemment qu'il deviendrait un homme qui ne serait qu'un grain de sable dans l'immensité, sur la plage du monde, dans le désert de sable ardent, mais je voulais qu'il parvînt à se distinguer par sa force, sa volonté, sa droiture et sa générosité.

Cet homme parmi les hommes pourrait-il se distinguer, se singulariser, se démarquer par son mérite ? Il avait vu le jour, un soir serein, dans la tourmente de la nuit, à travers l'orage universel, au cœur d'une tempête humaine, d'une errance spirituelle. Il avait fait naitre l'espoir, la joie, la plénitude. L'enfant fruit du renouveau fécond, prospère.

Il s'était éveillé à la vie, à une vie sacrée, inaliénable que nul n'avait le droit de prendre, d'ôter, de dérober. Il allait à son tour occuper une parcelle de l'espace-temps, des minutes, des secondes, des jours, des années. Allait-il marquer son passage, contribuerait-il à parfaire notre monde ? A lui offrir, à lui léguer une part de son être, de son temps, de sa force ?

S'investirait-il dignement pour notre monde qui a besoin de tous pour s'épanouir et prospérer ? Qui allait-il devenir ? Je savais que je serais responsable de cette réponse et que je devais réussir à remplir mon devoir, ma responsabilité de mère aimante qui instruit, qui inculque une morale, une sagesse, une foi, une conscience religieuse, une ambition mais surtout la force et le courage de braver les difficultés, les obstacles afin de parvenir à s'accomplir, à se réaliser. Je voulais que mon enfant apprît à écouter la voix céleste, la voix sacrée qui atteint le cœur, l'âme, la conscience et qui mène à la plénitude. Je lui dirais : « Ecoute, laisse toi guider par la voix de l'amour infini qui transcende les âges, la vie, ressens les ondes pures et généreuses. »

« Vallon d'or nouveau, vallon de grâce et de feu rougeoyant pour l'aube du jour, pour un jour nouveau dans l'horizon constellé. Fontaine de vie éclose aux premières lueurs du jour, vendange automnale d'espoir, labyrinthe de feu, étranger dans la nuit, inconnu dans la tempête, être errant dans la lumière à la recherche de Dieu, son créateur. Etre en quête du sens de son existence, de son destin, de son devenir et assoiffé d'absolu. Odyssée, voyage virtuose, aventure existentielle. Mémoire blanche, vierge, pure prête à se construire, s'emplir de sensations, d'odeurs, de bonheur, de caresses, expérience constitutive d'une personnalité, d'une identité unique,

personnalité sans cesse blessée mais toujours prête à se relever, courage traversant les pires tempêtes, douleur, joie, épanouissement bravant les tourments. Mémoire blanche, mémoire vierge, âme pure et innocente. Déchaînement onirique, foisonnant, passion rutilante et sifflotant dans les prés verdoyants. »

Cette naissance a ressoudé mon couple, ce bonheur distribué par Dieu m'a régénérée. Nous étions tous les trois réunis devant cet événement providentiel, inespéré, inattendu. Son premier cri d'inspiration et d'expiration vibrait comme une musique dans l'horizon, comme une course folle pour la vie, comme une danse vertigineuse plongeant dans la providence infinie, comme une symphonie passionnée guidant vers l'apprentissage de la sagesse.

Lors des mois de ma grossesse, je n'avais pas cessé de composer mes plus beaux vers, pour rendre hommage à cet homme qui m'avait ouvert la voix de la spiritualité, de la foi. J'écris ces derniers mots avec un cœur plein d'espoir pour cette nouvelle vie qui m'attend, pour cette paix intérieure que je suis parvenue à trouver. Mais je ressens aussi un grand vide, le vide de l'écrivain qui achève, qui parachève son ouvrage et qui va cesser de sentir cet absolu, ce feu de la créativité couler dans ses veines, cet écrivain qui espère dès maintenant, dès demain, se remettre en selle pour un ouvrage nouveau, pour un message plus intense et plus puissant.

Je ressens l'angoisse de l'écrivain qui craint de ne plus être en état de grâce, enclin à l'excitation, à l'euphorie, à la frénésie créative, je ressentais le vide d'un lendemain de fête préparée avec joie, le vide du rideau qui se baisse après une magistrale représentation théâtrale. Je vous ai écrit ce roman pour lui, pour me souvenir de lui, pour rester en contact avec lui depuis les profondeurs de la vie, des années. Je veux pouvoir me regarder dans le miroir, mourir un jour paisible en me disant que j'aurais rempli ma mission, diffuser les paroles de cet homme, mon père au nom de Dieu et pour l'éternité. Pour cet homme qui a bravé la mort, qui s'est souvenu du message divin, des paroles de Dieu pour moi, alors qu'il était au seuil de l'expiration, pour cet homme qui m'entend depuis son fleuve tranquille.

Je me trouve là, assise à mon bureau et je vous écris fière, heureuse. Mais qui était-il si ce n'est qu'un être d'exception, choisi par Dieu qui cherche à s'adresser, à parler, à discourir jusqu'aux tréfonds du cœur de l'humanité, jusqu'aux confins des âmes ?

CHAPITRE VINGT-ET-UN : Extase

Puis alors que je parachevais mon ouvrage, j'eus une image, une vision claire, diffuse. Un jour prochain, toute l'humanité s'unira, se réunira pour chanter la paix, pour se souvenir que Dieu leur a donné la vie, que Dieu existe et qu'elle doit être digne de son amour. J'ai vu un pré vert, du blé, de l'eau, des fontaines où coulait le lait de la vie, le miel du souvenir, le vin de la délivrance. Tous les êtres étaient réunis pour former un pont entre les mers, les océans, pour former une union sacrée universelle, une paix universelle sous les vibrations mélodieuses des trompettes jouant des musiques émouvantes. Cette symphonie acclamant, ovationnant cet évènement merveilleux pour le destin du monde, pour la vie des hommes.

L'humanité avait aimé ce souffle inédit, Laura avait remporté le prix Nobel de littérature, elle avait beaucoup pleuré de joie. L'humanité a lu son ouvrage et s'est souvenue que c'est Dieu qui insuffle la vie, qui prodigue le bonheur et forge pour chacun, un destin, un destin individuel, unique. L'addition de tous ces destins, forme la destinée universelle, l'avenir du monde. Tous les hommes sont responsables de demain, du devenir humain même avec des petits actes en apparence futiles, secondaires.

La générosité, le courage, l'amour et le respect sont les vertus cardinales pour un monde de paix, épuré de toute souillure. Elle y était parvenue avec des mots simples et purs, avec une parole innocente et sincère. Kant disait bien « d'agir selon que la maxime de son action puisse être érigée en loi universelle » donc exemplaire et qui, selon la doctrine du droit naturel s'adapte en tous lieux, à toute époque, universellement et atemporellement.

Elle rêvait d'une prière unique, d'une communion unique des âmes, des croyants vers le ciel, vers les cieux, vers Dieu. Elle ressentait comme une émotion intense, indicible, comme des vibrations qui se répandaient dans les airs. Une énergie psychique commune, une énergie de tous les cœurs réunis, une énergie de la ferveur des âmes montant vers le trône céleste pour louer le maître universel, le grand architecte de tous les temps. Soudain, une pluie bénéfique et purifiante était descendue du ciel. La prière, la foi, la pensée commune, synchronisée vers Dieu avait purifié le monde des souillures des âges enfantins et irresponsables. Ce miracle collectif forgé en toutes les langues du globe, empreint de toutes les cultures humaines avait offert un souffle d'espoir pour un jour nouveau.

Elle était assise là à son bureau avec l'écriture de l'espoir, l'encre ruisselante de vérité, de la sincérité, de la clairvoyance et de l'authenticité pour un monde meilleur,

pour aujourd'hui, pour demain, pour dans mille ans pour l'avenir de l'humanité. Elle voulait crier, hurler cette vérité lumineuse, étincelante, resplendissante par sa grandeur. Elle voulait que le monde cessât son aveuglement, s'éveillât à la vraie vie, à la réalité. Elle désirait ardemment que les hommes comprissent que tous les rêves peuvent un jour devenir réalité. Nous pouvons transformer en or, la poussière, en diamant la boue, en amour la lie. Le précipice fébrile de la douleur perverse, de la souffrance sournoise, fourbe, le précipice de la déchéance avide s'était refermé, s'était obstrué pour faire place à un piédestal d'amour.

Un trône, un sanctuaire, avait été édifié pour vouer un culte à Dieu, à l'amour universel, à un amour nous dépassant, allant au-delà de nous-mêmes, de notre propre intérêt, au-delà de notre existence, de notre propre destin pour transcender l'espace temps universel, pour transcender notre monde et graviter dans les cieux, rayonner jusque dans les galaxies, le cosmos, les constellations et rejaillir jusque dans la sphère terrestre tel un oiseau dans les airs qui répand l'espoir et la joie pour nos générations et les générations futures. Un temple d'amour, de vérité allait être bâti pour glorifier Dieu, une ère nouvelle de paix était en train de naître.

Le temple sera rebâti pour un âge fécond et doré, pour un renouveau lumineux, pur, pour un renouveau purgé, assaini de toute corruption. Un homme nouveau et fort arrivera sur son cheval blanc traversera la brume, le brouillard et apparaîtra clairement au regard humain, à la conscience humaine, il guidera l'humanité, guidera le monde. Terre d'argile et de feu d'où germera et fleurira le blé de la moisson sacrée. Le vin de la prière, de la bénédiction, de latoute puissance divine coulera afin que les hommes sanctifient encore et encore sa grandeur, inlassablement, à jamais, infiniment, toujours et encore. Ainsi soit-il.

Un homme vigoureux au regard pur, vaillant et noble, à l'âme sage, à la prestance forçant le respect, au charisme poussant à la révérence tel un homme dévoué corps et âme à Dieu, tel un homme au service de la voix sacrée, tel un homme conduisant à la vénération d'un créateur miséricordieux. Voyageur emporté par la ferveur tout droit venu du désert de sable chaud, du désert ardent et solitaire, du désert doré où il a entendu la voix des voix, la voix de la lumière.

Voyageur, pèlerin ayant franchi, ayant traversé courageusement les mers, les océans en quête du destin du monde. Voyageur qui eut la révélation, le message sacré ayant traversé, franchi, transcendé ces dunes de sable. Homme ouvrant les horizons, les portes de l'espoir, la clef de la vie heureuse. Homme, messager sacré sous un soleil brulant qui s'est lavé de la fange brandissant un drapeau blanc.

Homme de chair et de sang à l'âme pure annonçant une ère de paix bercée par la flamme de la foi. Dieu insufflera enfin aux chercheurs l'inspiration et l'intelligence, la force pour découvrir les vaccins contre les maladies, les maux. Ainsi le monde guérira en récompense de sa maturité et de sa sagesse nouvelle.

Le monde se libèrera enfin, s'affranchira de sa naïveté, se délivrera de son profond sommeil, de son ignorance. Il s'éveillera à la vérité telle une conscience collective, une conscience universelle nouvelle, tel un éveil spirituel fécond et mondial, unanime, terrestre, omniscient et inaltérable. L'humanité aura enfin grandi et sera prête pour la paix, la tolérance et l'amour. A chaque levée du jour, à chaque aurore, à chaque crépuscule, au seuil du jour et de la nuit l'humanité rendra grâce à la bonté divine.

Elle brandira vers le ciel un vase débordant de larmes de joie. La nuit obscure déclinera pour laisser place à la lumière, le ciel sera couleur saphir, les étoiles resplendiront même en plein jour d'une couleur de feu luminescent pour rappeler le miracle universel. On entendra un immense bouquet d'âmes en fête qui de tout leur esprit crieront la splendeur divine. Le monde gravira les marches de l'espoir, le temps de l'ascension vers les rêves lumineux, glorieux, heureux connaitra son apogée, son paroxysme, son apothéose.

L'humanité franchira un rêve qu'elle n'oubliera jamais, qu'elle cultivera toujours, qu'elle perpétuera, qu'elle fructifiera pour les générations futures qui s'en imprègneront. Elle fera fleurir des gerbes de vie, des germes pour une existence heureuse. L'humanité toute entière finira par enfin trouver le bonheur absolu de son vivant. Elle se souviendra de ses écrits de son présent qui couronneront son avenir, son devenir, son destin, son futur.

La voix de Dieu était parvenue jusqu'à moi, jusqu'à mon cœur, jusque dans mon âme pour teinter le monde d'un vert verdoyant couleur verdure, couleur de l'espoir, couleur de l'émeraude symbole de l'espérance, de la confiance et de la fidélité d'un sage. L'illusion aveugle et corruptrice se transformera en un vestige, en un simulacre, en un leurre fictif pareil à un mirage livide. Néanmoins, l'humanité ne dissimulera plus le respect de la tradition et s'offrira la consécration de son histoire universelle, de son patrimoine et de sa culture immémoriale pour retrouver ses racines, son identité, clef d'un jour nouveau, inédit et prospère. Les hommes rencontreront leur passé collectif, leur solennelle et majestueuse culture qui fait figure de repère et de point de départ pour un renouveau et un foisonnant regain d'énergie et de force.

Ces temps nouveaux ont reconnu la grâce divine qui coexistait circulairement avec le profane, avec un temps humain linéaire.

L'Eternel, gravitait, entourait circulairement le monde de son amour telle son alliance originelle pour l'éternité. Les enfants qui allaient naitre étaient les enfants de la liberté et de l'espérance. Elle vit de nouveau, ce cavalier sorti de la brume et du froid qui fut guidé par un oiseau dans le désert, par les étoiles de la nuit, par les vibrations, par les ondes. Il regarda naitre la nuit, naitre le jour à travers le silence lumineux d'une vérité pure qui faisait écho dans son cœur, dans sa conscience, dans son esprit, dans son corps, dans ses sens, dans son être, dans son essence, dans son âme. Cette vérité était en lui, il le comprit. Elle allait entrer dans les entrailles du temps, s'insérer dans la caverne de la sagesse, dans l'antre de la vertu et scellerait une boucle temporelle afin que tout devînt possible. Le jour où il eut cette révélation, le temps se figea pour lui afin qu'il la criât au monde.

Puis, elle connut un instant d'une intense émotion, son cœur palpita lorsqu'elle comprit que ce cavalier du temps ne serait autre que son enfant. Elle s'interrogea sur la teneur de cette information. Etait-ce un rêve éveillé ou une prémonition qui avait l'air singulièrement réelle? Elle comprit que Dieu serait sa force et son bouclier. Elle était heureuse de l'honneur que Dieu lui faisait mais inquiète par l'ampleur de la responsabilité. Elle avait vu la lumière sacrée, une lumière d'une extrême beauté qui transcendait le balancier du temps.

L'aiguille du destin universel s'était arrêtée sur son propre destin pour que tous deux s'unissent.

Son roman était finalement une mise en abyme de sa propre existence. Elle avait connu la haie d'honneur de l'élévation spirituelle pour observer la clarté, la limpidité d'un ciel cosmique, infini, universel. Elle avait espéré en la pérennité de son œuvre pour que l'humanité retrouvât le germe de sa pureté, de son innocence originelle. Elle souhaitait que cessât d'exister les chairs meurtries, les âmes déchirées par le temps. Elle voulait préluder à la fin de la caducité, de la vacuité des existences. Elle souhaitait que l'humanité retrouvât la paix intérieure et comprît que la finitude de l'homme n'était que relative. La fin de l'existence fait naitre le début d'une nouvelle vie, d'une nouvelle existence, de la suite de la destinée universelle et individuelle. Elle désirait que la vie fût enfin sacralisée pour honorer l'auteur de l'éternité et celui qui demeure l'essence même de l'éternité.

Elle eut ensuite l'ultime vision, la pluie des cieux se déversera dans les airs, se répandra dans les forêts, se diffusera dans les déserts, se dispersera à travers les nations, essaimera en tout lieux de notre monde et éteindra les incendies pour faire naitre l'apaisement et la paix. Le soleil jaillira après, dans un azur, dans des cieux scintillants d'une lumière étincelante, resplendissante, éclatante pour réchauffer le cœur des hommes et rappeler l'omniprésence, la toute puissance, la bonté et la miséricorde de Dieu : vérité des vérités, vérité originelle, atemporelle, universelle, unique et éternelle. Elle avait mis fin à son précipice, à son abîme d'illusion sans chemin pour renaitre à la vie et connaître enfin l'absolu, un rêve parachevé. Elle s'était laissé bercer et guider par le destin que Dieu avait ébauché pour elle, elle était parvenue à voir la lumière divine d'une prodigieuse beauté. Le chantre de la vérité pure, transparente et unique avait esquissé et ouvert pour elle la porte de la voie sacrée, la voie de son destin. Son cœur, son âme, son être avait entendu la voix de Dieu, le chant sacré de la vérité, le paroxysme de la perfection, de la beauté.

Elle avait rencontré la quintessence de la vie, cette splendeur cristalline, ces gouttes, ces perles pures, transparentes, rappelant la providence divine, elles transportaient le corps, enflammaient la conscience telles des gouttes de vie et d'amour qui la caressait. Ces gouttes l'enivraient telles des onctions parfumant l'âme et ravissant par sa pureté et par sa sublime beauté, l'esprit tout entier telle une onction sacrée qui insufflerait un souffle nouveau qui donnerait envie de boire la vie, de respirer l'existence. Elle s'était baignée et immergée dans un bain d'exaltation qui s'était transformé en un prodigieux océan d'extase.

Cette eau pure avait magnifiée sa vision de l'existence et lui avait permis d'apprendre à percevoir au-delà des choses, au-delà de la réalité, au-delà du sensible, du perceptible et du profane.

Elle espérait et était certaine que bientôt se construirait l'édifice de la paix et de l'harmonie universelle et que les seules prières et les seules incantations qui seraient prononcées seraient pour remercier, louer et honorer Dieu pour ce miracle... Tous les hommes lèveront les yeux, la main, le cœur vers le ciel, leur regard, leur esprit, leur conscience, leur âme regarderont l'horizon céleste. La rivière du sommeil, de l'illusion, se tarira, les sensations fallacieuses, le mirage de l'illusion cessera pour laisser place à la splendeur de la foi et du rêve. Cette rivière cessera pour donner naissance à un océan, à une mer d'espérance et de vérité.

Puis, elle paracheva son œuvre avec émotion et paix comme si elle savait qu'elle offrait à l'humanité un testament qui l'inspirerait aujourd'hui et demain. La frénésie voluptueuse s'inclina devant le spectre de la sérénité, elle avait trouvé la plénitude extatique. Elle scella son apothéose avec les mots suivants : le souvenir forme un rivage mystérieux, infini et elle y avait vogué. Dans ce rivage infini et mystérieux le corps, l'esprit, l'âme, la conscience s'y aventurent pour s'y abandonner authentiquement et se baigner dans la rivière de l'espérance lumineuse et

dans un océan de nostalgie joyeuse avec le désir de geler le temps et d'orienter le destin selon le contenu de ses désirs. Mais nul ne doit se dérober et chercher à contourner le dessein de Dieu ni pour lui-même, ni pour autrui, ni pour le monde. C'est pourquoi, l'homme a le devoir de sacraliser la vie pour permettre ce qui doit être…

J'observais, j'écoutais, ce chant d'amour, ces larmes de bonheur infini. Je me sentais emporté, j'avais la sensation intense et indéfinissable de m'élever dans les airs, vers une beauté pure et ineffable. J'avais effleuré ce fleuve bouillonnant d'amour luisant et reflétant le rougeoyant soleil couchant pourpre tel le sang de la vie, diapré tel un intense feu de joie. J'entendais les vibrations d'un violon en fête, je ressentais les ondes de l'extase mystique, épuré de rires facétieux et corrompus. J'avais partagé avec bonheur les rivages du passé et des souvenirs glorieux, magiques et féconds avec elle. J'avais eu le privilège d'entendre la voix de Dieu, la voix du miracle, de l'espoir et de la vie. J'entendais alors un chœur de chérubins, un chœur angélique qui faisait palpiter mon cœur d'une émotion paroxysmique transcendant notre monde sensible, notre monde terrestre pour franchir la porte des cieux, le seuil de l'autre monde, du monde de la lumière, du monde de l'infinie splendeur, du monde de la béatitude…

C'est ainsi que le livre du temps, le manuscrit de l'espoir et de l'amour, les pages d'un manuscrit des temps nouveaux se refermèrent sous un halo d'une prodigieuse et frissonnante lumière pour aujourd'hui et pour demain... Le son, les ondes et les vibrations d'un souffle divin semblent l'auréoler et le protéger pour que tous les hommes le lisent et retrouvent la foi qu'ils ont perdue, le chemin qu'ils ont trop longtemps négligé et en errant, ils se sont égarés. L'humanité retrouvera la force prospère, l'énergie jubilatoire et féconde de la foi et de l'espérance. Il lui suffit d'ouvrir une brèche, une fenêtre vers la spiritualité, il suffit de déposer une prière universelle simultanée s'adressant à L'Eternel, il suffit de prononcer la prière du pèlerin, la prière du miséreux, la prière de l'apatride errant qui s'élève dans la prière et y retrouve sa force et sa dignité, son humanité dans son amour éperdu envers son créateur. « Ouvre ton esprit au son silencieux de la voix de Dieu que seul le cœur peut entendre et décrypter. » disait le vieil homme sans nom qui hurlait silencieusement le nom de Dieu, qui clamait le nom de Dieu inlassablement tel un luthier du cœur et un guerrier par le son de la mélodie des mots touchant l'âme.

Un parfum au fil de l'eau, au fil du temps avait envahi le monde de sa senteur douce. La course folle de la vie, du temps, du destin avait emballé l'horizon pour le guider vers cette vérité unique.

« N'oublie jamais celui qui fut à l'origine du temps, celui qui fut à l'origine des temps pour l'éternité, honore le, vénère le », m'avait-il dit.

J'étais à présent et pour toujours une autre, l'hantise, l'angoisse, la nuit de mon esprit, l'abime avait laissé la place à la plénitude. Le bien-être, l'exaltation et l'absolu avaient répondu dans l'écriture à cette quête. Les mots coulaient, glissaient délicatement sur elle, telles des perles de pluie chaude, délicate, sensuelle et enivrante. Elle était comme habitée, exaltée, envoutée, submergée par eux, par leur pouvoir, par leur empreinte. L'écriture était devenue un instinct, une nécessité vitale. Les mots étaient comme des paroles qui lui susurraient doucement au creux de l'oreille telle une oreille musicale. Elle captait, elle entendait, les mots dansaient, chantaient dans son esprit, dans sa conscience. Les mots étaient comme des notes de musique savoureuse, langoureuse et captivante. Les mots résonnaient ainsi qu'une symphonie enchanteresse, les mots couleur de feu, de glace, de soleil et d'amour. Les mots teintés de vert, de pourpre, d'or et d'argent dialoguaient, se bousculaient frénétiquement et se répandaient dans mon esprit. Ils atteignaient mon âme grâce à leur pouvoir exaltant, extatique.

Je les avais domestiqués, apprivoisés. Ils me chantaient l'amour, la vie, dans une farandole enchantée. Ils omettaient l'évocation de l'abîme mais m'insufflaient instamment l'espoir, la clef des champs de l'esprit,
des rivages de la rêverie, des forêts de la contemplation et des bosquets de la méditation.

Je Respirais ce parfum de vie, cette senteur exaltante, j'observais ces couleurs vives, ces nuances chatoyantes qui venaient à moi. Voici, ce que je ressentais quand j'écrivais, un bonheur indicible, la sensation de savoir où j'étais, où j'allais, d'avoir enfin trouvé, mon dessin en ce monde, mon devenir, mon présent sans ne me perdre dans des chimères inaccessibles.

Je prenais place sur le banc de la vie, de l'expérience, de l'existence... Je m'asseyais devant cette scène lumineuse où rayonne Dieu, devant ce spectacle majestueux de l'existence heureuse. Mon âme et ma conscience étaient emballés au son de la musique qui vibrait dans mon cœur. Ce flot de sons jaillissait dans mon âme tel un cheval qui s'emballe, qui court jusqu'à perdre le souffle et qui récupère ensuite ce souffle emporté par une félicité inédite. J'entendais la musique, ce son originel, ce son pur, ce son enchanteur, doux, mélodieux qui m'emplissait le cœur, la chair, le sang, l'âme, la conscience. Je tremblais d'émotion...

Les mots étaient comme un fluide conducteur qui coulait dans mon corps et me permettaient de prendre contact, de découvrir une réalité supérieure. Le temps fuit comme un fluide insaisissable, mais ce fluide pouvait régénérer le bonheur, la douceur, il suffit uniquement de le dérouler telle la bobine d'un film.

Ce fluide peut être canalisé et être orienté pour servir des causes opportunes, des instants intenses, des présents allègres, des futurs heureux. Mais je constatais que ces mots, ces traducteurs de la conscience humaine, du cœur, des sentiments me rapprochaient sans cesse de Dieu et me plongeaient dans une toile de fond où l'énergie et la force du destin s'entremêlent, s'entrecroisent et s'inter alimentent.

Les mots m'emmenaient loin, très loin, au-delà de moi-même. Ils me permettaient de visiter des contrées lointaines, inexplorées, inhabitées, inconnues que l'homme rêve un jour d'entrevoir. Je goûtais des saveurs exotiques, je me déplaçais à mon gré, selon mes humeurs de l'instant. J'explorais, je goûtais, j'expérimentais au-delà des quatre points cardinaux. Je franchissais la barrière de sable, l'étoffe du souvenir, un voile se déployais au gré du vent mais se levais pour laisser vagabonder mes pensées, mon esprit. Je voyageais par mes méditations, mon imagination, je ressentais des frissons de fièvre. J'écrivais tout en faisant naître la fièvre de l'exaltation, le frisson du souvenir, les palpitations du suspense. J'allais, je venais, je frémissais et j'étais heureuse. Je m'étais libérée de ma pudeur, de ma timidité, de mes craintes et je déployais toute mon énergie créatrice au service de moi-même mais pour les autres, pour les hommes, pour l'humanité, pour son devenir, pour aujourd'hui et pour demain.

Je désirais offrir un legs au-delà des désillusions immanentes, au-delà des catastrophes, au-delà de l'histoire pour que les hommes se souvinssent toujours que l'espoir, la vie existe et le bonheur peut remplacer la torpeur, la mélancolie, la douleur, la souffrance. Nous avons les clefs de la vie, de notre devenir et tout dépend de l'attention que nous portons à la chance, à notre providence. Nous détenons la liberté, le libre arbitre, la nécessaire et légitime souveraineté quant à notre avenir. Tout dépend de notre mérite, de notre persévérance, tout peut devenir possible quand nous savons ce que nous souhaitons et que nous le voulons ardemment. La vie, notre avenir reste dans nos mains.

Je me sentais alerte, légère, emportée au-delà de la servilité des flatteurs. Je sentais apparaître, je voyais émerger un idéal qui me feignait un sentier puis me frayait un chemin, qui m'atteignait au terme d'un long parcours spirituel. Des sensations fugitives me faisaient vibrer, exulter telle l'émergence impudente du rêve de toute une existence. Les mots qui m'habitaient, qui étaient dans mon corps, dans mon âme s'échappaient pour prouver leur liberté, pour figurer, s'affirmer, s'affranchir, se libérer, s'émanciper et perdurer sous l'impulsion de ma plume. Ces mots s'inscriront tel un code, des symboles, des séquences, des chants d'amour, des messages, des sentiments passionnés, exacerbés dans la permanence de la vie et du temps.

Ils devaient croître, prospérer, se diffuser, se propager pour exprimer un cri de vérité acharnée, véhémente, face aux ténèbres de l'ignorance. Les mots, les phrases devaient franchir l'escalier péremptoire de l'existence pour s'inscrire dans la postérité. L'humanité déconcertée, désarçonnée depuis naguère devait retrouver son aplomb, son hardiesse afin de reprendre possession d'elle-même dans cette incursion haletante, frénétique et émotive. Je restais en totale perclusion, interdite, immobile, paralysée à la relecture de ces simples mots, traduction, rhapsodie de l'esprit humain, de la conscience dans son état pur, authentique. Ce n'était pas une crise intérieure mais l'expression la réflexion, d'un rêve éveillé, d'une mutation, d'une transition de toute une vie.

Je m'étais laissé emporter telle une voyageuse de l'extrême dans des contrées nouvelles, inhabitées, inconnues. J'avais été propulsée, guidée, entrainée et j'avais visité, visité encore et encore. J'écrivais tel un conducteur cherchant sa route, errant inlassablement au gré du vent glacial en quête d'aventure, recherchant son trésor pareil à un chercheur d'or. J'allais, je venais à travers le passé, le présent et le futur. Je dilatais le temps ou je le raccourcissais avec mes ellipses temporelles orientées par la somme de mes humeurs. J'avançais, je repartais, j'explorais l'espace temps, je jouais avec lui pour franchir de nouvelles sphères en quête de l'absolu.

Je me sentais libre, j'éprouvais cette liberté fraiche et grisante. J'avais pris mon envol, je m'étais affranchie de la barrière de la timidité, je me sentais même désinhibée. L'écriture est une drogue prodigieuse, exaltante, magique, grisante où l'écrivain ne contrôle plus son inspiration. Les mots voltigent, virevoltent dans les sentiers de l'âme sous l'égide de l'imagination, sous la houlette de la fantaisie, sous la tutelle d'une force créative et créatrice. Les mots inondent, immergent, envahissent l'esprit humain tel un chant extatique de l'esprit. Les mots chantent à l'âme, à la conscience humaine telle une symphonie folle qui emporte dans son sillage tout être en quête de réponse à ses questions existentielles. J'étais une adulte qui avait retrouvé son enfance mais qui paradoxalement en était sortie simultanément. J'avais rêvé mais j'avais médité et j'avais connu une élévation de l'esprit. J'envisageais la vie sous un regard nouveau, inédit.

Je n'étais plus seule à présent, les lettres, les mots avaient prospéré dans mon corps et nourrissaient mon essence. J'avais embrassé l'art, la créativité, un abîme au pouvoir enivrant s'imposait à moi impérieusement. J'avais franchi la rive de l'extase et je m'étais rapprochée de Dieu car la quête d'absolu, c'est la quête de la foi, de la spiritualité et la sensation de ressentir Dieu près de soi.

La sensation qu'une force supérieure, un esprit supérieur et suprême gravite aux tréfonds de son cœur. Ecrire, c'est se réaliser, s'est accomplir un devoir et s'est avant tout, aimer Dieu, le louer et l'honorer.

« Soit loué L'Eternel, mon Dieu, Roi de l'univers » essence même de l'amour, de la bonté, de la miséricorde…

L'humanité acceptera t'elle d'ouvrir les yeux, de se oindre, de s'inonder, de s'immerger de la sagesse divine ? L'humanité un jour se délectera du parfum suave du rameau d'olivier, se ravira de la vue d'un bouquet d'amour, de la splendeur lumineuse et ondoyante des cieux rejaillissant à travers l'horizon. Le flambeau de la paix éternelle s'allumera et ne s'éteindra jamais, il brulera et sera sauvegardé de générations en générations sur Terre et dans l'Univers, pour rendre hommage et honorer la splendeur divine. Le vent de la liberté avait caressé mon cœur, la course du temps avait freiné sa vitesse pour m'emporter avec elle.

L'axe du temps avait cessé sa traversée dans mon esprit, il avait formé une courbe et semblait m'avoir enveloppé de son empreinte apaisante. Je ne comptais plus le temps, j'étais prête pour affronter l'avenir, le passé, le présent, la fin tel un commencement.

Le temps était devenu une notion si floue, si vague, il m'exaltait, il m'avait domestiquée et je l'avais apprivoisé. Le souffle de la lumière splendide s'emparait de moi, il m'avait fait ce présent, cet honneur et je lui avais fait l'offrande de ma foi, de ma fidélité et de mon amour. Cœur de feu, cœur de flammes, cœur de lumière, horizon lumineux, présage heureux. Signature de l'espoir, encre de l'espérance et plume de la liberté, sceau de l'amour universel et de la paix.

Je souhaitais fermer la porte à l'illusion et fuir les illusionnistes serviles qui plongent l'humanité dans un abime de détresse, qui les inondent de faux semblants, de simulacres, qui les avilissent et les asservissent par le pouvoir maléfique de leurs mensonges, de leur réalité artificielle et édulcorée, de leur réalité omettant l'espoir et dissimulant une vérité encombrante. Mais ils oublient que la vérité pure et limpide rejaillit toujours par le pouvoir de sa lumière. Cette vérité est alors si universelle, si atemporelle et si authentique et réelle que nul ne peut l'enfermer dans une boîte et l'ensevelir. L'humanité même aveuglée un instant, retrouve tôt ou tard la vue et ressent un frémissement d'une joie intense, le frémissement de la vérité, de la clarté et la liberté.

Cette vérité si pure, aucun homme n'aura jamais le pouvoir de la pervertir, de la soumettre, de l'entraver. Au contraire, c'est l'homme qui en est dépendant et assujetti.

La vérité détient le pouvoir de gagner un assentiment unanime, une conviction totale, une persuasion absolue ou une adhésion pure. Il faut alors ouvrir son cœur, ressentir cette vérité au plus profond de son âme, se laisser pénétrer par elle jusqu'aux tréfonds de son cœur, de son essence et de sa conscience et alors l'homme y croit, se laisse subjuguer sans éprouver le besoin de la remettre en cause, en question, de la prouver puisqu'elle s'impose à lui par son pouvoir intense, omnipotent dans la mesure où il s'agit de la vérité. Cette vérité ressemble à une révélation puissante, impérieuse, unique et absolue tel un promeneur qui trouve sa voie, tel un voyageur qui avance vers la route de son destin.

J'eus après ce passage un frisson d'une émotion intense comme si j'étais parvenue à trouver les mots justes. J'eus alors observé mon époux, mon enfant et l'image représentait un instant de vie que je désirais ardemment savourer et capter pour en conserver la quintessence. J'étais heureuse et en paix, j'avais trouvé le sentier où j'entendais un chant qui m'appelait depuis naguère, où je pressentais depuis mon enfance une lumière qui m'indiquait le chemin. Cette consécration avait nécessité de multiples efforts, une quête longue mais si prometteuse.

Ma route avait été escarpée, caillouteuse au début, le chant très nébuleux et la lumière très floue mais soudain progressivement
la route était lisse et droite, le chant intelligible et la lumière claire et pure. J'étais arrivée à destination. J'avais entrouvert la porte et franchi le seuil de l'espoir, de la vie et du savoir indubitablement vers le sentier de la gloire.

J'eus alors saisi et serré très fort la main de mon mari pour qui j'avais juré amour et fidélité, nos doigts se sont croisés, entremêlés, se sont entrelacés et se caressaient avec complicité, tel un doux va et vient bref, sûr et langoureux. Ensuite, s'est produit un échange de regards intenses qui signifiait l'amour profond et que nous n'avions plus de secrets l'un pour l'autre, qui exprimait que notre amour était authentique, que nos âmes se connaissaient et que nous étions unis pour ne former plus qu'un. Cette symbiose, cette osmose était singulière et parfaite.

Dieu avait uni nos âmes, il nous avait fait ce présent, c'est pourquoi notre amour était devenu si pur, si puissant et nous connaissions une plénitude extraordinaire. Mon cœur battait violemment, mon souffle était haletant à cause de la magie de l'instant.

A ce moment résonnaient dans mon esprit, dans ma tête, dans ma conscience ces mots « Nul ne pourra t'enlever à moi, tu es mienne devant L'Eternel. » Il contemplait avec sérénité mon visage, il parcourait des yeux mon corps et me dit « Je t'aime à perdre haleine, à perdre le souffle, à perdre la vie, la raison » Je souhaitais alors que des graines de foi l'atteignissent,
que des flux de sagesse liquoreuse pussent coudoyer et pénétrer sa conscience afin qu'il fût toujours en paix.

Je rejetais toute pensée secrète, interlope à son égard, je désirais la totale authenticité et sincérité. Je voulais lui fouetter les sens afin que lui aussi trouvât son contre courant et la plénitude par l'effort intense et individuel mais par une démarche circonspecte et réfléchie qui scandât et scrutât chaque traction vers l'avant, chaque hypothèse, menant à la méditation, à la vérité, à la sérénité, conduisant au recul et à l'élévation.

L'écriture à présent occupait mon temps, mon esprit, je ne pouvais plus m'en passer. Nuit de mes nuits, enchanteresse envoutante. L'écriture m'emportait vers la spiritualité, à chaque ligne où l'encre coule à flot avec passion et émotion, j'avais la sensation de ressentir la présence de Dieu.

L'écriture emmène vers des contrées nouvelles et inhabitées, une fois cet univers enchanteur et inconnu découvert, un écrivain apprend à déployer son intimité, à oublier sa pudeur, à exprimer son être, à se libérer du jugement d'autrui pour parvenir à s'affirmer en tant que guerrier par les mots, par la plume, en tant que scripte de l'émotion, du cœur, des sentiments et penseur pour aujourd'hui et pour demain.

L'écriture permet de voyager dans l'espace temps, dans un univers romanesque empreint de l'ombre de nous même, du spectre de notre monde.

O écriture une main tendue vers toi, représente pour moi une main tendue vers la vie, une passerelle vers l'absolu. Envoutante maitresse de mes nuits, de mes songes, du jour, elle insuffle des mots dans mon âme, dans ma conscience qui chante inlassablement un écho magique et inépuisable. Tu t'adresses à moi avec hardiesse, tu me fais l'honneur et l'offrande de ton silence prestigieux ponctué de tes mots sensibles et beaux. Tu me parles, tu me chantes et je veux partager avec autrui ce monde romanesque féérique qui plonge dans la félicité. La faim, la fatigue, le froid, la lassitude sont totalement étrangers à son pouvoir, rien n'atteint, n'entrave cette merveilleuse énergie, ce splendide fluide, ce magnétisme transcendant.

Ce frémissement d'ivresse me traversait, ce tressaillement fantaisiste m'exaltait, ce fluide vertueux et onirique m'emportait. J'avais bu à ce nectar délicieux et capricieux telle une délectation tendre et savoureuse inaugurant une inspiration foisonnante et discrète. Il offrait l'énergie créatrice qui exultait et se dégageait telle une source vivifiante. J'avais appris à aimer la vie, à la respecter, à l'honorer. J'avais fait connaissance avec la gaieté, le bonheur. Demain était devenu une attente, un espoir et un bonheur.

J'écoutais le chant des oiseaux avec une perception nouvelle, chaque aube était devenue pour moi, un nouveau souffle, chaque rosée, chaque aurore et chaque crépuscule annonçait un lendemain inédit et encore plus doux. Cet amour suave m'envahissait, cette fièvre bienfaitrice, cette frénésie créatrice exacerbait mes sens.

Je sentais souffler sur mon visage, le vent du souvenir, le vent d'un souvenir atemporel qui devait perdurer pour aujourd'hui et pour demain. Il devait faire renaître le flot des idéaux qui s'accompliraient grâce au courage, à la bravoure et à la foi. Je remerciais Dieu de m'avoir permis d'entrevoir l'amour, la vie, le temps, la spiritualité à travers une expérience aussi intense que l'écriture. J'ai entrouvert la porte de l'extase, de l'onirique et du rêve féérique, frénétique et voluptueux.

J'ai entrouvert le monde merveilleux de l'exaltation, j'ai découvert cet univers qui permet par la force de son esprit, de son imagination, de sa créativité, de forger des images, des tableaux, des paysages enchanteurs. Elle permet d'expérimenter des saveurs nouvelles, pléthore de parfums, de senteurs merveilleuses, chaleureuses et innovantes. Je n'avais plus peur du froid, de la solitude j'avais enfin trouvé ce que j'avais toujours cherché. Mon inspiration était telle le son d'une voix chaleureuse, bienfaitrice qui s'était penchée sur mon épaule et me susurrait,

me chuchotait doucement à l'oreille des paroles douces, elle me déclamait tout bas des mots magiques, des paroles, des sons, des chants, des mélodies tendres, des symphonies spectaculaires.

Elle se déployait en moi, dans ma conscience et éveillait tous mes sens. Elle m'acclimatait avec la faune et la flore. Elle m'avait édifiée un sanctuaire où je pouvais me recueillir, prier, aimer et vénérer Dieu. Cette voix angélique me parlait, m'accompagnait avec franchise, elle me faisait brûler d'un désir exacerbé de la faire entendre à la face du monde. Elle me parlait métaphoriquement, le son de cette voix était fascinant et me faisait pénétrer dans cet univers romanesque mélodieux et exalté. Elle m'appelait, c'était l'appel de la vie, cette voix était pure et s'exprimait sans flagornerie et était en proie au dilettantisme, aux transports passionnés. Elle m'avait enseigné l'art de scruter, de transpercer les préjugés, de voir au-delà de la réalité versatile, du visible illusionniste et trompeur.

Elle m'avait appris à voir au-delà des sens parfois trahis et trompés par des apparences éloignées de la vérité, je dépassais ainsi l'audible, le tactile pour m'élever vers une vérité transcendante, dans le dessein de percer une infinité du mystère de notre condition humaine, de nos sources, notre genèse, nos origines, notre identité.

J'avais ressenti cette vérité, lorsque je m'interrogeais sur le fameux qui suis-je, « je ne suis pas seulement un être de chair et de sang mais j'ai une âme qui jaillit et une conscience qui ne demande qu'à s'épanouir. O écriture, ô élégie belle et lumineuse, cri effréné, éperdu d'amour, rivière sans fin, fleuve sans sommeil, cascade de passion, mer déchainée et fleuve sans retour, frénésie impétueuse, cavalcade du bonheur, fontaine onirique et savoureuse, inflation de paroles exaltées, turpitudes enflammées, soie, velours au pouvoir apaisant. Eau de jeunesse, de vie et élévatrice, désir chatoyant de jeunesse, fontaine de vie et bain d'amour, rivière de spiritualité. O écriture, ô douce caresse, ô princesse artiste, énergie créatrice, salvatrice.

Audace esthétique de l'artiste, créativité, esthétisme apuré et novateur, mère de l'enivrement, vertige de l'illusion, fièvre du tourment, errance dans les ténèbres, marche titubante et vacillante conduisant à la lumière, à l'attelage ailé, à une pensée transcendante, à l'élévation. Souffle de lumière, souffle de feu, sceau de l'espérance, diamant de l'espoir, prosopopée vertigineuse et frénétique, lumineux message exacerbé, amour universel.

Dérive vers le ciel bleu azur où l'oiseau fou, exalté de bonheur déploie ses ailes, traverse l'horizon, gravitant autour d'une arche d'alliance faisant jaillir l'allégresse, forgeant et façonnant une passerelle vers un monde d'amour où resplendit le rêve.

Pages blanches, parchemin pur, feuilles vierges prêtes à recueillir l'encre du savoir, la sève de l'espérance, le nectar de l'inspiration, l'élixir de la créativité. Pages qui perdureront dans le temps, dans les mémoires, dans la conscience universelle, pages qui s'immortaliseront par leur glorieux message destiné à l'humanité.

Lecteur qui part en voyage, voguer dans les pensées de l'écrivain, dans l'esprit, dans les tourments, dans les rêves tournoyants et languissants d'un être en quête d'absolu. Etre sillonnant, naviguant vers les eaux calmes cherchant à découvrir, à explorer une vérité ancrée et bercée par le temps, tentant de révéler une vérité cachée dans son cœur dont l'officialisation est en pleine floraison, une vérité dissimulée, voilée dans un berceau séculaire. Il est tel un être désirant converser, dialoguer, pour avancer pareille à une thérapie pour lui-même et pour autrui.

Il est tel un être fouillant, prospectant, sollicitant l'amour d'un inconnu, d'un père, d'une mère, d'un enfant, de Dieu. Il est un être souhaitant hâtivement hurler, crier, chanter, acclamer une vérité qu'il vient de faire accoucher telle un disciple par la maïeutique

Fleuve fluide et paisible de la vie, sommeil et paix retrouvée. Etre délivré par l'assistance et le soutien d'un ange qui demeure fidèlement à ses côtés. Satisfaction naissant de l'ouvrage, de l'œuvre, du chef d'œuvre du travail, de la tache, de la mission accomplie bravement et vaillamment et perçue telle un miracle, tel un don précieux, tel une offrande, un cadeau pour le cœur des hommes. Nul n'oubliera jamais ce sentiment magique, intense et pénétrant. Encre, fluide élévateur, encre couleur amour, couleur sagesse, couleur liberté, enluminure tapageuse attirant le regard, appelant par son harmonie suggestive, les sens de l'humain.

Pouvoir enivrant, exaltant et conduisant au dépassement, à la réflexion transcendante grâce au plaisir sensoriel. Nobles écritures, dirigeant vers la pensée pure, aspirant à la lecture des lettres saintes. Spiritualité naissante et incandescente, vibration émotionnelle, ondes tournoyant dans les airs, dans la sphère terrestre, dans l'azur, dans le firmament. Ame tourmentée, repentie et apaisée par son action expiatoire.

J'étais tel un être en habit de cérémonie, savourant la fin de ses turpitudes prêt pour une frémissante cavalcade du bonheur. J'allais enfin prendre part activement à ce voyage dans l'espace-temps, à cette rhapsodie passionnée. J'émergeais dans ce nouveau monde, dans cette démiurgie novatrice inspirée par une force créatrice suprême et supérieure ; cette créativité viscérale qui conduit hors de l'obscurité abyssale, et hors des ténèbres pour aboutir à la lumière resplendissante. La plénitude de l'existence repose sur quatre piliers, la mère, le père, l'enfant et Dieu. L'écriture mène à un absolu, à la paix et à Dieu.

J'étais sortie de l'enfance, mon esprit se dressait vers la lumière, la spiritualité, j'étais devenue adulte.

L'aigle puissant voltigeait dans les airs au son de ces mots qui résonnaient dans l'esprit humain « et lux facta est ». Le vent soufflait, chantait, sifflait aux oreilles, il chatouillait le visage de son pouvoir vivifiant. Il parcourait les collines enneigées couvertes d'un manteau blanc où la lumière reflétait, réfléchissait, luisait jusqu'aux firmaments, jusqu'aux cieux enchantés. Ondoiement magnifique, prodigieuse dévotion subtile, séculaire et éternelle conservant scellée, la boite de pandore. Voix sacrée éveillant l'amour, l'imagination, le rêve. Montagne du souvenir sacré, de la joie. Ivresse suave et transports enthousiasmés.

A l'instant même où j'achevais ces paroles, je vis le geai réapparaître à la fenêtre et tourner telle une danse majestueuse. Il me regardait de ses yeux perçants et semblait me gratifier pour mon ouvrage. J'ouvris la fenêtre, je sentis un vent frais et il entra une infimité de seconde comme pour me saluer et me dire au revoir puis me quitta comme par enchantement sans que je ne le visse partir. Je ressentais au fond de moi-même l'assurance que je venais de parachever une œuvre importante, primordiale, à la dimension inattendue.

Il s'agissait d'un message pour l'humanité, pour aujourd'hui et pour demain qui se gravera dans la pierre et

qui sera scellé pour perdurer et pour ne jamais s'éteindre tel un flambeau, telle la flamme de l'espérance, telle la lueur du rêve universel. Ce message emmène vers un ailleurs insolite et insolent par sa sérénité, pur, cristallin, transparent car il détient le sceau de la vérité. Elle était passée d'une existence plongée dans l'illusion sans chemin à l'ascension vers un rêve absolu et parachevé. Elle avait retrouvé l'espoir, la pureté, la foi, le rêve angélique de l'enfance.

Voici, mon histoire, que le lecteur y croit ou non, elle n'en demeure pas moins réelle pour moi. Il s'agit de ma réalité, de ma vérité impérieuse. Insolente vérité, frétillante, limpide et cristalline vérité, Dieu seul possède le réel, l'infini et le néant, le sombre, le lumineux. Il mène à l'absolu, à la béatitude, par le chemin du destin qu'il trace pour chacun. Félicité, sérénité, harmonie du jour et de la nuit, harmonie sombre, majestueuse beauté, majestueuse luminosité. Doux rêve éprouvant et violent par sa pureté. Enfant des nuits tendres, des nuits d'ivresse amoureuse. A présent que je connaissais le poids de la vérité, je devais l'assumer, la dévoiler, la révéler. Le poids de la vérité et de la liberté a toujours un prix, une responsabilité un devoir de transmission universel…

Epée sacrée de feu, candélabre illuminé pour le monde témoignant et remémorant au monde les miracles, calice d'or et d'argent empli du vin de la prière d'amour universel... Monde captif, bercé par la main sacrée et réchauffé par l'amour céleste. A présent, le monde ne sera plus jamais un océan de tristesse, un abime désolé et désenchanté. Litanie heureuse, avènement de l'espoir, pierre anguleuse de la vie, du renouveau de l'existence, eau du souvenir, fontaine joyeuse de l'avenir où coule à flot l'eau de l'amour. Un écrivain est tel un capitaine qui guide son navire, et l'empêche de naufrager ou de chavirer par l'énergie de son écriture et son encre pure de la créativité et de la vérité. Ecriture, princesse de la libre pensée, de la pensée limpide et affranchie, de la libre expression. Nul ne peut aliéner un être humain, emprisonner son esprit, ses pensées, le destituer de sa liberté et de son libre arbitre. Nul n'a le droit de lui voler la vérité ou de la lui dissimuler, de l'édulcorer, de la déformer, de la dénaturer, de la taire.

Nuit froide et glacée, nuit sans soleil réchauffée par la splendeur divine. Voix de la vérité et souvenir sacré. Voix de l'avenir glorieux, voix du présent, voix immémoriale, voix de toujours, voix du commencement du monde, voix du prélude du monde, voix de la Genèse, voix de la vie, voix de l'avenir du monde, voix de la liberté universelle.

Voix de lumière, voix d'amour, foi, feu sacré animant la vie, feu de la conscience humaine, mère de jouvence universelle, feu du courage, feu du silence sacré, feu sacré intérieur, certitude lapidaire, parangon de l'espoir et du bonheur, croyance déployée par l'alizée, le zéphyr, spiritualité transcendant les équinoxes du monde, les solstices de l'univers.

La rose pourpre du destin clamait altièrement son chant d'allégresse, allégresse enchanteresse, chant pur et innocent, reine, Majesté de l'espoir fécond. Chant, souffle, vibration, mélodie vocale pure et féconde.

Voix du souvenir sacré, feu du souvenir sacré, beauté enchantée, beauté parfaite. Spectacle merveilleux, exaltation, extase où l'homme se lève pour regarder vers les cieux, pour admirer l'horizon, et se prosterne pour prier et vénérer Dieu.

J'étais parvenue à trouver mon ailleurs, mes rivages inconnus, mes rivages interdits, ma quête d'absolu avait enfin abouti. J'avais enfin trouvé, le breuvage spirituel, le nectar de l'inspiration émanant de Dieu, les clefs sacrées et j'avais ouvert la porte du monde merveilleux que j'avais seulement effleuré auparavant. J'étais parvenue au cœur de l'univers, de l'autre côté de la rive, de l'autre côté du miroir, dans un monde céleste nourri d'une infinie lumière, nourri des ondes transcendantes des prières des hommes jaillissant, se répandant, faisant écho et résonnant telle la musique des musiques. J'étais émue et j'observais cette scène prodigieuse témoignant de la vie, de la liberté, de l'espérance, de la spontanéité des hommes. J'étais assise dans ce bocage éclatant tel un bucoliaste, étendue dans l'herbe fraîche. Parfum des fleurs, rosée de jasmin, perles couleur diamant, forêts heureuses, prairies épanouies, nature généreuse, odoriférante, fruits savoureux, exquis. Je souriais. Flamboyait près de moi, autour de moi, au dessus de moi, le cœur de la Terre, le cœur du monde, le cœur de l'univers, le cœur de la vie et là je pleurais de joie, d'émotion devant l'ineffable, le paroxysme de la beauté, l'exacerbation de la perfection que l'entendement humain ne peut et ne pourra jamais se représenter de son vivant...

Vérité des vérités, vérité unique, universelle, éternelle, atemporelle et parfaite. J'écrivais les mots ensommeillés dans ma conscience, je les appelais, les réveillais. Mots, paroles, idées qui vont éclore, qui germent, qui fleurissent. Mots qui s'affranchissent, qui s'expriment impérieusement, qui s'expriment inéluctablement. Mots qui s'échappent fiévreusement, se libèrent fébrilement pour ensuite trouver la paix. Mots éloquents, grandiloquents chantant l'espoir pour l'amour de l'humanité.

FIN

EPILOGUE

Ce roman reflète avant tout une partie de ma personnalité dans la mesure où chacun des personnages traduit différemment mes aspirations, mes sentiments et ma spiritualité. Mon œuvre représente mes espoirs, ma foi, mes rêves.

Je l'ai conçue avant tout pour libérer les consciences, les éclairer et suggérer l'existence d'un monde transfiguré par l'âme humaine qui serait généré par l'énergie positive de l'amour, des rêves et de l'espérance. Le possible, le potentiel doivent pouvoir se révéler accessibles par la force de la foi. Apaiser les consciences était l'un des desseins de cette œuvre, le second pilier de ce roman consiste à suggérer un « au-delà du réel visible », suggérer un monde ineffable, gravitant autour de nous, qui pour moi ne demeure pas qu'une illusion, mais une réalité.

La quête d'absolu, le désir de s'accomplir, de se réaliser reste l'objectif ultime de l'humanité et la clef se trouve consciemment ou inconsciemment dans la recherche de la foi, de Dieu qui demeure la réponse à toute interrogation existentielle, transcendantale, métaphysique et inhérente à l'être humain. La vie, le destin individuel et universel, le temps, le devenir, tout se ramène à Dieu. Dieu est la voie royale, sacrée et inéluctable du devenir, de l'espérance, de la plénitude et la sérénité.

Qui rencontre les chemins de Dieu, appréhende l'existence avec une absolue paix intérieure et ressent son voyage existentiel transfiguré, sublimé. La route tortueuse de la vie du destin se métamorphose en une ligne pure, droite dénuée de toute courbure. La vie, la pensée deviennent limpides, claires et lumineuses. La foi est un feu qui ne peut s'éteindre dès l'instant où il a été allumé.

Les mystères, les énigmes se dévoilent, les nœuds se dénouent. La vie s'embellit, se ravive, se ranime. Dieu demeure la réponse et le vertige du souvenir pénètre l'être, envahit son âme lorsqu'il se remémore par réminiscence, par touche impressionniste l'instant de la rencontre avec l'absolue et pure vérité. Il se sent alors plongé dans un vertigineux souffle d'extase. Le but ultime est accompli : la rencontre de la béatitude insufflée par la foi et la force de l'espérance. L'âme se sent alors étanchée par un bonheur exacerbé, paroxysmique, une joie incommensurable. L'être peut alors transmettre et là réside son apothéose qu'il peut alors sceller et graver dans la pierre qui immortalisera cet acte de foi.

L'oiseau blanc neige peut alors s'envoler vers le haut des cieux, il se laisse immerger, envahir et aspirer dans un tourbillon de lumière qui scintille dans l'azur, dans le firmament bleu azur regorgeant d'une beauté pure, absolue et parfaite. Il voltige dans les airs, à travers la voûte céleste, il se sent alors couronné, honoré et heureux. Il ne peut plus suspendre son vol au loin, au-dessus d'une myriade de cyprès verdoyants,

il entend la mélodie de la vie et de la foi souveraine, immuable, atemporelle, éperdue, effrénée et impérieuse. Il s'était élevé telle l'âme et la conscience d'une humanité en proie à un espoir et une foi inébranlable, indéfectible et toujours plus persévérante.

O souffle du vent céleste, qui permet le jeu subtil de la course effrénée, fougueuse, impétueuse, folle du temps et de la vie. Goutons à la délicieuse herbe fraiche et savoureuse de la vie. Splendeur septentrionale, méditerranéenne...

Ouvrons la porte du possible afin que les rêves insufflés, forgés, élaborés revêtent l'habit du réalisable. Le désenchantement s'essoufflera, s'éteindra pour faire naître un océan prodigieux et féérique. Les espoirs se cristalliseront pour faire jaillir un royaume angélique, enchanteur, éclatant et sublime.

L'homme apprendra enfin à saisir, à serrer, à étreindre et à embrasser la vie. L'espoir deviendra alors une réalité cognitive et la vie reparaîtra dans ce lieu magique et les nuances ternes, livides se changeront en des couleurs chatoyantes, diaprées.

Les douceurs, la suavité seront saisies et capturées et deviendront le trophée humain, le don, l'offrande, le présent céleste. Majestueuse félicité, majestueuse clarté, révérence, louange et hommage à l'égard de Dieu. Mots luxuriants qui abondent telles des notes de musique, des accords, des mélodies et qui jaillissent, foisonnent, prennent vie et prospèrent afin de se diffuser dans la sphère terrestre et au-delà. Ces mots transcenderont l'espace-temps et l'instant qui s'immortaliseront. Ils laisseront leurs empreintes, traceront un sillon et rayonneront pour l'avenir, depuis aujourd'hui et pour atteindre demain.

Voici cet art de vivre, cet art de pensée qui m'avait envahie telle une révélation et que je voulais communiquer. La clef du bonheur ne se compose t'-elle pas de la consécration de l'opulent espoir et du rêve fécond ?

L'écriture demeure une expérience intense, écrire au gré du vent, au gré de la vie, au gré des battements de son cœur qui palpite d'émotion jusqu'à aboutir à une extase, à une sensation frénétique du feu de la créativité, de l'élévation, de l'enivrement des sens. La pensée, la conscience, l'âme s'emballent, frémit jusqu'à perdre haleine, jusqu'à perdre le souffle. Les pensées se libèrent, s'affranchissent des contraintes, des contingences pour éclater et délivrer toute leur énergie vitale, souveraine, libre, magistrale et enfiévrée.

Être habité par cette nécessité exaltée, ardente, passionnée, véhémente et fougueuse. La sensation d'exulter à chaque mot, à chaque pensée, à chaque phrase. Vivre dans ses écrits léguer, offrir son énergie, transmettre un souffle de vie, l'énergie salvatrice d'une œuvre émanant de l'âme de l'auteur. Se donner corps et âme aux lecteurs, livrer son essence, sa substance, sa force, son énergie répond à la démarche idéalisée, exaltée et éperdue de l'écrivain, souffle de la plume enfiévrée, enthousiasmée, enflammée et enivrée.

Sa course folle, son élan devient incontrôlable et indestructible, son souffle, son énergie se fortifie, grandit et renait, se régénère inéluctablement, inextinguiblement.

Fureur, ferveur galvanisée, ferveur jouissive, se nourrissant uniquement, impérieusement et avidement de son dessein suprême. Fougue de la délivrance, de la liberté force autonome, souveraine, absolue et autoritaire. Énergie irrépressible, inéluctable qui vit selon ses propres règles qu'elle fonde au gré de l'instant, qu'elle élabore aléatoirement selon son humeur, sa fantaisie, ses caprices, sa verve, son imagination. Déchainement verbal, déploiement sensoriel, imagination, ondoyant, vibrant et exultant. Souffle vertigineux, étourdissement, tourbillon féérique. Aller toujours au-delà, se dépasser, transmettre, communiquer, divulguer, électriser, faire rêver.

Imaginer l'invisible, le caresser, l'entrevoir, le ressentir. Envisager, imaginer, toucher, effleurer un au-delà du visible, embrasser la vie, s'évader au-delà des sphères sensibles, empiriques, appeler les sensations, la synesthésie et créer, toujours créer. Créer lors des nuits froides, des nuits d'orages, ne plus sentir ni la faim ni le froid. Délicieuses nuits créatrices, s'abreuvant du nectar artistique, de l'inspiration créative.

Esprit pur, mots flamboyants, mots de feu, mots pénétrant l'esprit tel un éclair et refusant de l'abandonner tant qu'il n'est pas gravé dans la pierre, tant qu'il n'est pas écrit, figuré, tant qu'il n'a pas communiqué par l'encre du souvenir, par l'encre de l'artiste qui lègue son trésor à l'humanité.

Écriture automatique, écriture spontanée qui voyage au mouvement de la pensée telle une symphonie, une mélodie frémissante et vivifiante. Voyage vers des rivages inconnus dont l'esprit revient renouvelé, bouleversé, métamorphosé et transfiguré. La vie, l'existence s'en trouve embellie, sublimée…

Le cœur bat, palpite pour l'instant suprême de la création, de l'alchimie des mots, de leur alliance, de leur union, de leur mélange subtil. Ils s'accordent, s'unissent telles des notes de musiques enchantées. Ils ouvrent l'esprit, ouvrent les portes de l'imagination, du rêve, de l'horizon, de l'azur, du firmament. Ils libèrent le souffle du destin individuel et universel. Ils sont les clés, la grille de lecture des codes de l'avenir décryptant l'alphabet du devenir des hommes, ils sont le fluide permettant la diffusion de la pensée, des idées, ils symbolisent et fondent la liberté délivrant le progrès humain de demain. Ils permettent la confrontation, la rencontre des grands esprits, grandissent, appellent la noblesse humaine. Ils sont le souffle de la vie.

Ils permettent la communication avec Dieu, ils sont le langage suprême de la prière. Ils fomentent, forgent, conçoivent la méditation, concrétisent la réflexion et demeurent le vecteur de la spiritualité. Ils permettent à l'homme d'appréhender le monde et de le maitriser. Mots tout puissant, force de l'avenir foisonnant et prospère. Mots insufflant l'espoir à une humanité en perpétuelle attente. Aigle royal, aigle de feu qui virevolte et encercle l'humanité en quête de signes, en quête de repère, de racine, de tradition et d'avenir …

Le dessein de l'écrivain, guerrier par les mots, par sa plume est d'entraîner, d'emporter le lecteur dans l'univers singulier de ses pensées, dans son espace-temps souverain de son inspiration. Reflet dans le miroir de notre monde étourdi, souffle fou, enfiévré, déchainé, frénétique et électrisant. Pouvoir imaginatif puissant des mots qui dansent dans la conscience telle des notes de musique vagabondant. Honneur d'un danseur essoufflé emporté par le rythme accéléré et tourbillonnant de la valse de l'existence où il prend part à la fête et se réjouit euphoriquement. Il se sent emmené, transporté de ravissement, il se sent enflammé, galvanisé dans une force torrentielle, dans un tourbillon fougueux, impétueux et inexorable à l'intérieur d'un ailleurs, d'un monde où seuls l'imaginaire, la fantaisie et le rêve règnent en maitre, légifèrent, influencent et régissent leurs lois souveraines.

La flamme de l'artiste rayonne alors, miracle de la vie, miracle de l'esprit, mystère du souvenir, vague de la mémoire virevoltant dans les airs. Feu intense et onirique annonçant l'ère aurifère de l'existence idéalisant un passé, une vie, un présent, un avenir. Virage ascensionnel, souffle ardent d'une existence tumultueuse. Nuit des songes féériques, lumière nouvelle, clef de la vie, rêve aurifère. Introspection de l'âme humaine, rêve, lumière, voix sacrée de la sagesse. Traversée du temps, de la vie, franchissement du miroir de la conscience humaine, fascinantes sensations extatiques et fécondes. Rivière de l'espérance, de la noblesse, de la grandeur, de la candeur humaine.

Laisse couler l'eau de la splendeur de l'existence sur toi, permets lui de t'enivrer tel le flot des vagues et abreuve t'en afin de franchir la dimension sublimée, exaltée, magnifiée de l'aventure humaine et du voyage existentiel. Retour sur soi, méditation tel l'examen d'un être intime, d'un être intérieur, de la quintessence du sublime humain, de la richesse intarissable et du complexe foisonnant de l'être humain. Goute au fruit de l'arbre de la vie, goute au nectar de l'existence à la saveur inspiratoire, et marche telle une ascension vers la lumière. N'attends pas pour vivre, aies la rage vaincre tes démons intérieurs, brave l'ouragan pour triompher et grandir. Part à la rencontre d'un clair de lune, d'un archipel sauvage, pur, vierge de toute souillure et inconnu, d'une contrée verdoyante, épurée, surmonte les neiges éternelles des âges.

Va, traverse cette dimension onirique, cette flamme de l'esprit humain, ce chant exalté, ce souffle artistique exacerbé, cette inspiration émanant du mystère. Venez rejoindre le monde de la plume, l'univers de la fantaisie.

Plume véhémente, plume fougueuse, plume impétueuse, écriture ardente, audacieuse et fervente espérant un devenir glorieux dans une narration choisie hors du temps, afin de lui offrir l'atemporalité.et que le lecteur envisage et goûte à l'exaltation, l'exultation, l'absolu et aboutisse à l'extase. L'infinie lumière de Dieu conduit vers l'extase, dès que la puissance de la foi submerge et subjugue l'être...

Je ne détiens pas toutes les réponses et je n'ai aucune prétention édifiante, didactique ou cathartique, il appartiendra au lecteur la mission de puiser et par la suite de s'ériger en juge souverain, libre et éclairé.

Les tomes suivants d'« ...Extase de l'Infinie Lumière» relatent à quel point la suite de l'existence de Laura depuis sa rencontre et par son écrit jusqu'à son dernier souffle de vie ou le crépuscule d'une vie intense et magique sera sublimée.

Table des Matières

Printed in Great Britain
by Amazon.co.uk, Ltd.,
Marston Gate.